救赎

张建芳 著

U1007127

群众出版社 · 北京

图书在版编目（CIP）数据
救赎／张建芳著．—北京：群众出版社，2020. 8（2021.9 重印）
ISBN 978-7-5014-6130-1
Ⅰ.①救…　Ⅱ.①张…　Ⅲ.①长篇小说—中国—当代　Ⅳ.①I247.5
中国版本图书馆 CIP 数据核字（2020）第 132370 号

救　赎

张建芳　著

出版发行：群众出版社
地　　址：北京市丰台区方庄芳星园三区 15 号楼
邮政编码：100078
经　　销：新华书店
印　　刷：中国电影出版社印刷厂

版　　次：2020 年 12 月第 1 版
印　　次：2021 年 9 月第 2 次
印　　张：10. 25
开　　本：880 毫米×1230 毫米　1/32
字　　数：276 千字

书　　号：ISBN 978-7-5014-6130-1
定　　价：39. 00 元

网　　址：www. qzcbs. com
电子邮箱：qzcbs@ sohu. com

营销中心电话：010-83903991
读者服务部电话（门市）：010-83903257
警官读者俱乐部电话（网购、邮购）：010-83901775
文艺分社电话：010-83901350

本社图书出现印装质量问题，由本社负责退换
版权所有　侵权必究

代序

普通而有使命的书写

张　策

我和建芳算不上很熟，那年在河南铁道警察学院主持文学活动，我们在会场里相识。会议前后简单的交谈，让我产生了似曾相识的感觉。细想想，也许是因为从事多年的公安文学组织工作，见过太多基层文学爱好者和写作者的缘故吧。在我的印象中，他（她）们年龄不同，性格各异，生活经历更是各有各的丰富，但对文学的那种朴素而又纯真的热爱，和由这种热爱而萌生出的激情，却塑造着他们的一种共性。这种充满情感色彩的共性，拉近了我和他们的距离，也让我对基层公安文学的创作多了几分思考。

建芳应该算是公安基层文学爱好者和写作者的一个典型代表。

曾经从军，然后从警，至今在河南省郑州市公安局从事基层工作。苏联著名作家高尔基曾经说过：“对文学工作的渴望基本上是个人的一种自然的、健康的愿望，他想用文字来表现和描述人们的内心生活和外部生活的无穷尽的、形形色色的现象，借此达到与人民群众的结合。”建芳走上文学道路的过程，印证了高尔基的名言。生发于心的自然的、健康的对文学的热爱，通过认真而艰苦的文字劳动，把基层的警察故事，化作“表现和描述人们的内心生活和外部生活”的文学作品。这种书写是一种自然的状态，是不受任何利益欲望驱使的、纯粹而洁净的心灵之旅。他的第一部长篇小说《利剑》，曾获得郑州市“五个一工程”奖和河南省金盾文学奖，现在，他又推出了第二部长篇小说《救赎》。

在公安基层工作而写长篇小说，一定是个艰苦的过程。繁重的工作，疲惫的身心，在情与法之间的折磨，不被理解的苦恼，都挤压着文学创作的时间和精力。因此，我对在基层工作而始终坚持着自己文学梦想的同志们，永远怀着一种崇高的敬意。

翻阅建芳这部《救赎》书稿，有几点感触。一是题材新颖。对犯罪青少年的教育改造，二十世纪七八十年代曾有一批优秀作品出现，比如柯岩的长篇小说《寻找回来的世界》、由张良执导的电影《少年犯》，等等。那个年代这种题材的走红，不能不说是对动乱时期的控诉和对其后遗症的反思与医治。如此说来，随着国家社会治理体系的完善和法治的不断进步，这种题材数量上的减少也在情理之中。但青少年犯罪并不是一个可以一蹴而就彻底解决的问题，它随着时代的变化而有着新的发展趋向。直面这种发展，深入探究当下青少年犯罪的内因和外因，仍然是文学所应承担的社会责任。现在，建芳的新作担当起了这个任务，这种在题材上的慎重选择，体现的是作者的社会责任意识。二是内容真实。建芳多年工作在公安一线，熟悉基层公安工作，掌握有大量翔实而生动的素材。他在作品中表现的公安工作和公安生活，细致生动，合理得当，少有细节上的疏漏和错误。他笔下的人物，多是他从身边战友中采撷的生活原型加工而成的，接地气，有活力。这样的文学作品，能使读者加深对公安工作的正确理解和支持。而且，更需指出的是，建芳的这部新作整体基调积极向上，充满了善良、真诚、坦率的正能量，更洋溢着一种难得的人文关怀热情。

不能否认，建芳的作品还有提高的空间。在人物语言的性格化上，在故事情节的合理设置上，建芳都仍需继续努力钻研。但我总以为，基层公安文学的爱好者和写作者，他们在公安文学创作上所付出的心血，是值得我们格外珍视的。而他们在创作中所独有的属于公安事业的那种情怀，和来自公安还原公安的一种文学特征，更值得我们提倡，也值得理论界深入研究。

公安文学作为一种具有相当独特性的社会主义行业文学，它的独特既体现在它所表现内容的独特之外，也体现在它的主体的独特、它的创作队伍的独特。这支身着警服的队伍在公安工作的锤炼下所呈现的价值取向、艺术追求和创作风格，构成了一种不容忽视的文学现象。这种文学现象里蕴含着的深刻意义，是我们还远远没能研究透彻并推广开来的。从这个意义上说，张建芳同志的创作成果，有着某种范本的价值。

就此祝贺建芳的新作出版，也希望建芳和与建芳一样奋战在公安基层一线的文学爱好者和创作者们，都有更新更好的作品呈现给广大读者。他们勤勉地写作，于个人来说也许只是普通的倾诉，但更具备神圣的社会意义。这种普通而有使命的写作，是公安文学事业的一道风景。

（张策，中国文联全委会委员，全国公安文学艺术联合会副主席）

目录

第一章　亡命流浪

中原市城乡接合部一个华丽的小区拔地而起，周围绿油油的麦子在春风里摇曳，油菜花的芳香招来许多蜜蜂，四处飞舞着发出嗡嗡的声音，不停地从这朵花上起飞落到另一朵花上，一派繁忙的景象。门口草坪上几个小孩儿在踢足球，双方你追我赶争夺控球权。民警郑为民的养子郑华华东奔西跑追逐着足球，突然从麦田里爬过来一个衣衫褴褛的小男孩儿，他已经两顿没有吃饭了，小心翼翼地向前爬动着，生怕被人发现行踪。到了空旷的草地上，他快速爬到存放面包的地方，抓起面包用嘴咬开袋子，狼吞虎咽地吃了起来。郑华华正在兴奋之中，根本没有发现自己的食物被人偷吃。这时足球传了过来，郑华华顺势一脚把球踢出去，足球改变了原来的方向，正好向着那个衣衫褴褛的小男孩儿飞去。大家顺着足球飞去的方向望去，看到小男孩儿吃面包的样子，都有些诧异，不约而同地向足球追了过去，也来到了小男孩儿身边，把小男孩儿围了起来。郑华华上前抓住小男孩儿衣领用力把他拉了起来，对着小男孩儿的脸就是一拳，气愤地大声喝问道，为什么偷吃我的东西？小男孩儿感到理亏，没有还手，郑华华又是一个耳光打在小男孩儿的脸上，小男孩儿也急了眼，和郑华华扭打在一起，马侄子、小新、马乐乐、小蔡、蒋甲、晓东、李大肉蜂拥而上把小男孩儿一顿乱打。

郑为民这些天正在为儿童失踪案而伤神，下班了，她拖着疲惫的身子一边思考着破案策略，一边向家的方向走去。当走到小区门口时，被一群小孩儿的叫骂声打断了沉思，她看到几个小孩儿正在围着殴打一个小男孩儿，便不顾一切地冲了过去把他们分开，拉着华华的手用训斥的口气问道，怎么又打架了？郑华华指着那个小男孩儿道，郑妈妈你看！他偷吃我们的面包！不揍他揍谁？说着对着小男孩儿呸呸吐了几口表示不满，小男孩儿看见大人来了也不示弱，对着郑华华也呸呸吐了几下。郑为民站在中间严肃地说，都不要闹了！众男孩儿哼了几声就停止了吵闹。郑为民温柔地对小男孩儿说，我是民警，你看看这是我的警官证，能看懂吗？你叫什么名字？家在哪里？怎么会出现在这里？饿了吧？小孩儿听了一连串的问话回道，我能看懂照片上的警察就是你，我叫易成龙，家离这里可远了。郑为民道，如果方便的话先到我家吃点东西，再找你的家人好吗？易成龙听说有吃的，高兴地说，那太好了，谢谢阿姨。郑为民拉着易成龙的小手又向郑华华看了看道，走吧！我们一起回家。也不管郑华华愿不愿意就向着家里走去。

郑为民打开家门，把卫生间的淋浴器打开，调好水温问易成龙，你会自己洗澡吗？易成龙道，阿姨，我会自己洗澡。郑为民把毛巾和香皂递过去道，那你自己洗吧！我把华华哥的衣服找出来，你一会儿换上干净衣服我们一起吃饭。

一会儿，易成龙洗完澡换上衣服坐在客厅里，一个胖乎乎的小男孩儿出现在郑为民面前，讨好地笑着，双手在前边相互搓着，不知向郑为民说什么感谢的话才能表达此时的心情。郑为民笑着说，成龙不必拘束，我家很安全的，你暂时住在这里，就把这儿当成自己的家吧！明天我就查找你的家人好吗？易成龙高兴地点点头表示赞同郑为民的说法。郑为民放心地说，我先去做点好吃的，然后给你洗洗衣服。郑为民煎了几个鸡蛋夹在烧饼里递给易成龙和郑华华说，你俩都饿了吧？先吃着，稀饭一会儿就好。吃过饭，郑为民给易成龙洗衣服，发现上衣兜里有 块鸡心形状的玉坠就问道，成龙！这是你的玉坠吗？易成龙有点惊恐地说，这是王东北的玉坠，我们离家出走时他就一直戴在脖子上的。郑为民问道，他人呢？小小年纪就离家出走多危险啊！易成龙满脸惊恐地说，王东北！他流了好多好多的血，已经死了。郑为民的神经一下子紧张起来，满脸狐疑地说，跟阿姨说说怎么回事。易成龙伤心地说，我们两个是郊县小学的学生，因学习成绩不好，教导主任请家长到学校给我们谈心，我爹听了教导主任对我的评价后，就对我大打出手。王东北也被他父亲揍了一顿，我俩回家偷了点钱就离家出走了。跑到郊区，不久钱就花完了，没有办法只好捡垃圾维持生活，因为争着捡瓶子和一个小男孩儿打了起来，他打不过我们，就把一个叫癞子王的中年人叫了过来。癞子王没有打我们，反而请我俩到饭店吃了一顿烩面，并让我俩跟着他干，保证天天有饭吃，还给我俩规定每天要一百元钱的任务，有的时候完不成任务，他就打我们俩，我们俩想法逃跑，结果癞子王抓住了王东北，对着他身上捅了几刀，王东北就倒在地上了。我当时藏在草堆里，没有被发现，他们走后我就从草堆里出来，看到王东北已经死了，就把他身上的玉坠取了下来带回去，也好给他的家人一个交代。

郑为民急切地问，成龙！你别怕，地点在哪里？你能否带我过去看看。易成龙道，我坐了好长时间的煤车才逃到这里，记不清楚是哪里了！让我想想，回忆起来了再告诉你。郑为民不放心地说，想起来马上告诉我。

中原市郊县派出所民警申高杰接到报警称：郊县一个废弃工地项目部墙角处发现一具男孩儿的尸体，从外表看大概有十二岁的样子。接警后申高杰带领民警迅速赶到现场，协同刑侦人员开展侦查破案，申高杰打开警戒带在案发地点拉起警戒区域，刑侦人员开始拍照取样，固定证据，对现场进行录像，尸体躺在项目部两个工棚中间的道路拐弯处，民警们搜索了两边临时的简易工棚，在案发现场有条不紊地忙碌着。

郊县分局负责刑侦的副局长陈向阳关切地问，证据固定完了没有？是否发现新的线索？申高杰道，证据已经固定了，现场的手印、足迹、DNA 及物证已提取，马上派人送技术部门鉴定，没有发现有价值的线索和嫌疑人的确切信息。陈向阳道，这样下去不行，太浪费时间了，马上召开案件分析会！就在村部开吧！这里距现场近一些。很快村干部和民警就坐在桌子两边的凳子上。陈向阳道，上级要求命案现场局长必到，我来了三个小时了，也没有发现嫌疑人的任何信息，着急呀！把大家召集过来研究破案切入点，信息共享，互通有无，大家集思广益，发表自己的看法，只要对破案有利的建议我们都采纳。

陈向阳向大家介绍道，案件情况是这样的：早上接到郊县南郊工地废弃项目部发现一具男尸的警情，经过技术侦查，从骨龄鉴定分析男孩儿十二岁左右。从男尸的腐败程度和食物的消化情况判断，死亡时间大约在两天前，胸部、腹部、背部三处有刀伤，伤口较深，从刀口痕迹看应为利刃所伤。申高杰，请打开投影仪，让大家观看现场情景照片，大家可以依次发表自己的看法。申高杰把投影仪打开，播放现场的幻灯片，男尸不同角度的照片在白墙上来回播放着。

申高杰补充道，从现场提取的脚印分析，应该有三个嫌疑人，其中一个身高在一米七左右，体重在七十五公斤左右，另外两个人的脚印模糊不清，应该体重较轻，从死者衣着看有打斗的痕迹，从肤色分析死者的生存条件极差，可能是流浪人员，但是他为什么会被人杀死在这里，我还没有一个准确的判断，我想应当从查找尸源入手，找到死者的真实身份，顺着线索找到和他有恩怨的人，就会抓到凶手。大家你一言我一语讨论着破案的方法和侦查方向。

陈向阳道，静一静，案件发生在工地里，李村长熟悉当地情况，最有发言权，请村长讲讲对案件的看法。大家一脸严肃地把目光转向李村长，李村长狠狠地抽了两口旱烟，把烟袋锅往凳子上磕了磕，郑重其事地说，我认为这个案件不是发生在白天就是发生在晚上！申高杰憋不住差点笑出声来，大家一片骚动。

陈向阳严肃地看了一下申高杰道，注意形象，严肃点！听李村长讲完。李村长继续道，我认为行凶者不是女的就是男的。申高杰实在忍不住了，用手捂住嘴笑了起来。

陈向阳道，礼貌点！要懂得尊重人，李村长讲得很有道理。村长告诉我们，案件发生在晚上，嫌疑人是男的。这个线索多么重要呀！李村长请坐下吧！

申高杰想：陈局长葫芦里到底卖的什么药？找一个外行人参加我们的案件研判，真是笑话！

陈向阳道，高杰！马上拟出一份“四一五”杀人案排查提纲，安排全体民警排查失踪人口，请兄弟单位协查尸源。另外，成立“四一五”专案组，对现场附近的人员进行走访调查，案发时间段是否有嫌疑人员出入工地项目部，是否有案发后突然离去的人员，认真核查四十岁左右的男性。另外以物找人，根据伤口画出凶器的形状，排查买刀的人，注意发现线索及时汇报，大家分头行动。

郑为民正在焦急之中，易成龙怎么也说不清楚发案地点，只记得从西南方向扒了过路货车逃到这里。此时郑为民传呼机响了，她看了一眼内容：“中原区和郊县交会处的南郊工地发现男童尸体，速回电话，我去接你咱们直接赶往现场。王永盛”。郑为民顺手从衣服架上拿起外衣急切地向外走去。易成龙喊道，阿姨您去哪里？我也要去，否则哥哥会揍我的！郑为民回头微笑着走过来拉着易成龙的手说，阿姨去工作，你和哥哥在家里好好相处啊！回头对郑华华道，锅里有饭菜，你照顾好弟弟！华华极不情愿地附和说，好吧！您看我怎么照顾他！说着推了易成龙肩膀一把，易成龙差点被推倒在地，害怕地直往郑为民身后躲，胆怯地说，阿姨我想起来了，那个地点在南郊工地，我带你们去好吗？郑为民蹲下来摸着易成龙的头关心地说，你没事吧？乖！在家里待着啊！听话好吗？去那里太危险了，你还是个孩子！阿姨怎么能让你去冒险呢？易成龙坚定地说，你不让我去，回来时就见不到我了！我不愿意和华华在一起。此时楼下传来女警王永盛甜美的声音，为民姐！快点下来，我们出发吧！郑为民果断地说，成龙，那好吧！我们一起去现场。郑为民拉着易成龙的手说，孩子，答应阿姨一个条件就让你去，要听话不能乱跑，免得出现危险，给大家增添麻烦，你不是说他们正在抓你吗？易成龙道，有警察阿姨在身边，我才不怕他们呢！郑为民道，好样的！有男子汉气魄，上车去现场。

王永盛边开车门边数落道，为民姐呀！你去年刚收养一个儿子，怎么又带来一个小子呢！准备开幼儿园，还是办学习班？你看你，一个大姑娘家的像什么样子？这样怎么嫁人？已经吓跑好几个帅哥了吧！

郑为民不以为然地说，你手脚并用都忙着呢，嘴还有工夫扯闲篇，我带着易成龙有很大的用处，他知道现场的一些情况，对我们破案有帮助。她回头笑着对易成龙说，成龙是不会给我们增添麻烦的，你说是吗？易成龙兴奋地说，那当然了！我不仅不会给你们添麻烦，还会帮你们抓坏人，我长大了也要当警察，你看行吗？说着易成龙学着大人的样子，郑重地给郑为民敬了一个很不标准的军礼。王永盛瞥了一眼易成龙调侃说，小样吧！黄鼠狼敬礼还露一小手呢！敬个礼还人模人样的，挺像回事，哈哈哈！

期待着你长大了当警察一起抓坏人好吧！说着打开警灯加大油门，警车一溜烟儿似的向南郊工地驶去。

郑为民赶到村委会门口，看到临时指挥部的陈向阳喊道，报告陈局长，郑为民、王永盛向您报到。陈向阳满脸兴奋地说，请进，你们两个总算来了，听你们张伟副局长说，你们两个是破案能手啊！好不容易才把你们两个借调过来。以后我们郊县分局和中原分局要加强合作，打击流窜作案的犯罪分子。郑为民、王永盛边向陈向阳敬礼边听着客套话，易成龙紧随其后学着民警敬礼并大声道，还有我呢！易成龙向您报到。陈向阳脸笑得像朵菊花一样还礼道，小鬼挺可爱的。陈向阳指着凳子对着郑为民说，坐吧！什么情况？怎么还带个孩子过来。郑为民道，他是案件的目击证人，按规定应该把他的法定监护人也带来，可是情况紧急，没有找到他的监护人，就先带他来了。说着顺手把门关上。

会议室的门刚被关上，就吱呀一声又开了，申高杰急匆匆地从外面进来道，陈局，我们经过走访调查，群众描述案发前有一个瘸子带了几个人经常在这个地方活动，我让刘老师画了几张嫌疑人的画像你们看看。说着递给陈向阳和郑为民，王永盛、易成龙赶紧围过来，易成龙个子小看不到画像，急得踮着脚尖也没有看清楚画像的模样，于是就爬到凳子上挤着往里看，一张一张地看过画像。易成龙着急了，就去抢郑为民手里的画像，笑着说，阿姨这个画像有点像瘸子王，他左脸上长了一颗黑痣，特别明显！王永盛插嘴道，这孩子真没礼貌，有话慢慢说，不要抢东西，把画撕坏了还得重新画。郑为民笑着夸奖道，成龙真棒，我们到现场看看，你把现场情况详细地描述清楚。易成龙对王永盛不满地哼了一声，扮了个鬼脸道，还是郑阿姨好！走，我带你们去。这地方我待了大半年熟悉情况。

易成龙引导王永盛把车开到了工地项目部大门外，顺着水泥路把车停放在工地临时停车场里。易成龙打开车门指着工棚东南角的柴火垛说，当时我藏在这里边，天已经黑了，光线不太好，我没有看清楚他们具体是怎么把王东北打死的。郑为民庆幸道，不幸中的万幸呀！你躲过了一劫啊！易成龙回忆道，我和王东北回来给瘸子王交份子钱，走到工棚门口看到门缝里透着微弱的灯光，听到瘸子王和胖子刘在喝酒吹牛，并争吵着半年前在羊肉汤馆财物分配不均的事情，两个人为此吵得不可开交，我俩没敢直接进去，就扒着门缝听他俩吵架，不小心把门口的扫把弄倒了，他俩冲过来把我俩抓进屋里，让我们跪在地上。瘸子王问我们听到什么了，我俩轻描淡写地回答，听到了一些情况。瘸子王愤怒地说，你们两个经常完不成任务，藏私房钱，还敢偷听我们说话。转身从腰间掏出尖刀，一甩手把刀扎在木桌上，我吓了一跳，感到凶多吉少，站起来拔腿就跑。我出了房门向西跑到墙角又向南跑去，我害怕他们追上来，就藏在东南墙角的柴火垛里，这时胖子刘从后面向我追过来，他转过弯从柴火垛过去向前追去。正好看到对面王东北刚转过墙角，他大喊一声，站住，往哪跑？王东北看到无路可逃，就转身向回跑过去，正好和追过来的瘸子王撞在了一起，瘸子王一个趔趄摔倒在地，怒气冲冲地爬起来，嘴里骂着，你小子他妈的吃了熊心豹子胆，敢把老子撞倒在地。只听到王东北“啊！啊！啊！”的声音，便从墙角处仰面倒在地上，胖子刘上前说道，不至于这样吧！他会死的。瘸子王道，你还不知道吧！他偷听了我们的争吵，不死不行，为了保住我们的性命，只有这样了。胖子刘道，易成龙跑了，他可能会去叫警察来，我们赶快走吧！否则就来不及了！瘸子王道，那个易成龙跑不远的，还真是个隐患呢！胖子刘道，不知他跑到哪里了，我眼看着他转过墙角，追过来就看不见他了。瘸子王道，他不会是藏起来了吧！分头找找。胖子刘到每个房子和墙角寻找着，他用棍子在柴火垛中胡乱捅了几下，几乎捅到我的身上，我吓得差点尿了裤子。胖子刘也没有发现什么，自言自语道，这里藏不住人的，快走吧！他们快速地收拾东西带着郭小娟、孙云霞、周古莉从后门跑了。我害怕极了，天慢慢地亮了，我从柴火垛里爬出来，看到王东北已经死了，我就把他脖子上的鸡心玉坠取下来带走，想着回去也好给他家人一个交代。我知道的就这么多了。

郑为民看到易成龙害怕的样子动了恻隐之心，顺手把易成龙拉过来搂在怀里道，成龙不要怕，有这么多警察叔叔和阿姨呢！我们一定抓住这个瘸子王和胖子刘，把他们绳之以法，还王东北一个公道。

陈向阳夸赞道，成龙人小鬼大啊！为我们破案提供了重要线索，郑警官你有什么看法？郑为民道，你们看这个项目部是建了三间工棚的独立大院，大门朝北临着公路，停车场后面是两间工棚，最里边是一个连排的长工棚，在工棚之间有一个通道直接通向工地的后门，王东北死在两间工棚之间的丁字路口处。通过现场调查我认为事情经过可能是这样的：胖子刘追赶易成龙时，王东北没有跑向北大门，而是顺着两个临时工棚中间的通道向南跑，想从东门跑向工地藏身。瘸子王紧追不舍，从地上的痕迹和易成龙提供的信息分析来看，王东北被瘸子王追上发生了打斗，王东北将瘸子王打倒在地。当王东北转弯时被胖子刘堵住了去路，此时瘸子王追上来从背后给王东北背部捅了一刀，王东北中刀后转身去抢刀，瘸子王顺势在王东北的腹部和胸部捅了两刀，王东北倒地身亡。

王永盛称赞道，好像挺有道理，你是怎么知道的？郑为民道，你看过王东北的尸体吗？三个伤口都很深，说明是近距离捅伤的，并且力量很大，否则伤口不会那么深并且致命。

陈向阳问道，你对下一步侦查方向有什么高见？郑为民道，重点查找瘸子王、胖子刘和同行人员的下落，落实他们的真实身份，我们就破案了。陈向阳道，好办法。回头递给申高杰一些资料道，把这些人的信息发下去共同查找。

郑为民、王永盛和全市民警共同开展大排查，很快就收集到了十几条重要线索，但在确切证据面前被排除了，一时间案件侦破进入了僵局。突然间郑为民想起了易成龙，却怎么也找不到他了，就向远处的王永盛喊道，永盛！看见成龙了吗？王永盛道，他不是和你在一起吗？有一会儿没见到他了，这孩子干什么事也不打个招呼就走了。

易成龙跟着民警排查时，看到胖子刘的小跟班刘晓蜀，他就悄悄地跟在身后，发现刘晓蜀去小吃部买了一袋子肉夹馍和豆浆，然后向一个小区的地下车库走去。他害怕跟不上刘晓蜀，也没来得及向郑为民说明这个情况，就一个人跟了过去。刘晓蜀在地下车库拐角处，无意间发现易成龙跟在后边，就加快了步子跑到胖子刘的藏身之处，把易成龙跟踪的事告诉了胖子刘。胖子刘很害怕被警察发现藏身之处，可又转念一想，我们正要抓易成龙，阻止他泄露秘密呢，他却自己送上门来了。胖子刘和瘸子王交换了一下眼色，示意刘晓蜀带路，把正在寻找刘晓蜀的易成龙抓住了。瘸子王用袜子堵上易成龙的嘴，把易成龙捆绑在凳子上骂道，好你个吃里爬外的臭小子，竟敢去报警和警察混在一起，小叛徒！他在易成龙头上弹了一个脑瓜儿崩接着说，看我怎么收拾你！说着拳脚相加打在易成龙身上，易成龙疼得直哆嗦。瘸子王打开床板从里边拿出一支自制手枪对着易成龙的头说，你向警察告密了没有？老子今天送你上西天。说着把袜子从易成龙的嘴里拔出来。易成龙喘着粗气哀求道，我什么也没有说，不信，你去问问警察！好小子还敢顶嘴，反正快死了，告诉你也无妨，我们准备的枪支弹药、刀具，本来想抢了珠宝店就远走高飞，洗手不干这种刀尖上的买卖，转行做正经生意，这也有你的好处，没承想你们两个敢偷听我和胖子刘的谈话！易成龙泪流满面地说，老大！我哪敢呀！我什么也不知道呀！也没有说出去，放了我吧！胖子刘走过来吓唬道，为了安全起见，一不做二不休直接让他去见王东北吧！说着抢过瘸子王的枪对着易成龙道，去死吧！瘸子王赶紧制止道，别别！枪声在车库回音很大，会招来警察的，不然我们就没有藏身之地了，先留他一命，他活着对我们还有用处，万一有什么问题，还可以拿他当人质呢！胖子刘冷笑道，啥啥，当人质？还是你小子聪明，好吧，听你的安排。

瘸子王重新用袜子把易成龙的嘴堵上，对着周古莉道，十点多了关灯睡吧！明天还得去要钱呢！周古莉“嗯”了一声，把灯关了，穿着衣服躺在自己的草铺上。夜里两点左右，周古莉听到瘸子王和胖子刘均匀的鼾声，觉得机会来了，就悄悄地爬起来。她走到易成龙的跟前用手在嘴边轻轻地发出“嘘嘘”的声音，小声说，龙弟别出声，姐放你出去。说着解开绳子，轻轻地打开房门让易成龙出去。易成龙蹑手蹑脚地走出门口，从两个酣梦中的乞丐身边跨过去，回过头来用手势请求周古莉一起离开这个魔窟，周古莉摆摆手示意他赶快离开，轻轻地关上门又躺在自己的草铺上睡了。易成龙悄悄地走出了地下通道，快步向亮着警灯的大路口跑去，他上气不接下气地敲响了警亭的房门。值班民警常赞打开门，看到一个小孩儿惊慌失措的样子就问，怎么了小朋友？这样紧张，快进来。易成龙像看到了救星似的说道，叔叔救我！有人要抓我，我有郑为民阿姨的传呼号码，赶快联系她，我有要事向她汇报。常赞拿起电话拨打了郑为民的传呼机，告诉了易成龙所在警亭的位置，他有重大案情要汇报。郑为民、王永盛连日来都在侦查一线忙碌着，加上人口失踪、死人案件、易成龙失踪，让她俩疲惫不堪。她俩接到传呼立即停止了排查，赶往常赞说的警亭。郑为民见到易成龙，摸了摸他的头亲切地安慰道，没事吧成龙！你跑哪了？王永盛急得差点哭了，责怪道，你去哪了！我好担心你的安全呀！快把我们急死了。

易成龙接过郑为民递过来的面包边吃边说，我发现了瘸子王的老窝。他把经过说了一遍。郑为民耐心地听完后，看看手表道，明白了！原来你是为阿姨破案着想呀！真是人小胆大呀！辛苦了成龙。转身对常赞道，你们警亭有几个人值班？有一个立功受奖的机会，不知是否愿意参加抓捕嫌疑人的行动，地点就在你们的管辖区。常赞看着两个第一次见面的女警官道，我看看你们的警官证，就可以并肩作战了，不过我们就四个人，两个警察、两个巡防队员。说着接过郑为民、王永盛递过来的警官证看了看，充满义气地说，好的，两位警官，天下警察是一家，为了抓坏人我配合你们，今天违反一次规定，把警亭的门锁了，全部出动和你们一起去抓人，不过我们合起来才有六个人，能行吗？郑为民道，据易成龙反映，地下车库里有两个成年人，一个叫瘸子王，一个叫胖子刘，其他几个孩子最大的十五岁，并且受两个大人的压迫，矛盾重重不团结，我们几个人足够了。他们可能有枪，现在是抓捕的最好时机，趁他们熟睡没有防备，我们出其不意攻其不备，将他们抓获，我们……你们看怎么样？

常赞贫嘴道，没看出来，郑警官不光人长得美，出的主意也好！知己知彼方能百战百胜，同志们带上装备出发。常赞说着检查手枪，把子弹上膛关上保险重新把枪放在枪套中接着说，你们带路，我开车在你们后边跟着。郑为民、常赞在易成龙的带领下，两辆汽车在地下停车场隐蔽起来。

一行人在易成龙指引下，打着手电悄悄地行走在地下通道里，巡防队员不小心绊倒了杂物发出“呼啦、哐当”的声响，声控灯立即亮了起来，地下室门口两个看门的少年听到响声，换了姿势依然酣睡如初。郑为民用手势示意两个巡防队员悄悄上前，他俩迅速用手捂住两个少年的嘴，悄无声息地将其制伏，把两个少年连双臂抱起离开地下室，放到汽车上，铐上双手并用毛巾将嘴堵上。郑为民拿出警官证道，别怕，我们是警察，暂时委屈你们一下，不要发出任何声响，否则就不客气了。两个少年点头表示服从管理，坐在车上不反抗了。留下一名巡防队员看管，郑为民和另一名队员回到地下室门口参加抓捕行动。易成龙借着手电的灯光，轻轻地一推房门就开了。他走进去顺手打开墙上的电灯开关，郑为民和常赞带人立即冲向自己预先设定的目标。郑为民带领民警和巡防队员冲到胖子刘床前，一人按头、一人按手，胖子刘从梦中惊醒，右手向枕头下面摸了过去。说时迟那时快，郑为民左手抓住他的右手，把手铐砸在胖子刘的手腕上，两人配合把他的右手拉过腰部，将另一个铐环铐在胖子刘的左手腕上。在巡防队员的配合下，胖子刘被捉拿归案。

常赞持手枪环视全屋，大声严肃地警告着惊醒的人们，我们是警察，都别动，否则就开枪了，把手放在头上。王永盛和巡防队员没费吹灰之力就将瘸子王打上了背铐，把瘸子王带了过来。瘸子王喊道，手铐太紧了，疼死我了，能不能松松？王永盛道，别动，越动越紧，再耍花招也不灵了。

躺在地上的小孩儿们一脸的惊恐和不解，抱着头按照民警的要求在墙边蹲成一排，谁也不敢吭声。郑为民出示警官证让瘸子王和胖子刘看了看道，我们是警察，这是警官证，看明白没有？瘸子王道，看明白了，警察怎么了，这么牛，我们也没有违法，为什么抓我们呀？

王永盛命令道，别多嘴，现在对你们的临时住所进行治安检查，老实点。

郑为民掀开胖子刘的枕头，一把自制手枪露了出来，用塑料袋拿起来检查，发现子弹已经上膛，于是慢慢地打开枪栓把子弹卸了下来，使枪恢复到正常状态，把枪和子弹放进塑料袋中交代道，小心呀！枪和子弹都在袋子里装着，注意安全。王永盛道，好的，好悬呀！幸好在半夜突袭他们，才这么顺利成功抓捕，如果是白天他们会用枪进行抵抗，会增加抓捕的难度和不必要的牺牲。常赞笑道，自制手枪不是我们的对手。李俊锋跟在郑为民身后打着下手笑道，我们民警配备的手枪对付小贼那是有绝对优势的。王永盛押着瘸子王、胖子刘在墙角蹲下对常赞交代道，辛苦你继续看好他们，我固定证据。郑为民打开瘸子王的床板，吓了一跳，床下凌乱地放着枪支弹药。经清点，有两把自制手枪、一支长筒猎枪、子弹五盒，还有一个自制的炸药包。

王永盛边拍照边挖苦道，瘸子王！你天天躺在炸药上面睡觉也能睡得踏实，不怕把你送回老家。瘸子王没有太大的反应，脸上的横肉抽搐着低下了头。

参战的同志们都笑了，这下破了大案，通知技术部门到现场勘查，并向陈向阳汇报战果，把现场人员全部带走，依法扣押所有涉案物品，查封地下室。

陈向阳闻讯走进办案区称赞道，为民、永盛真有你们的，凭着警官证就能取得兄弟单位同志的信任，一起抓捕极其危险的暴力犯罪分子，了不起呀！郑为民道，还是你们警亭的常赞、李俊锋警官配合得好，才顺利地将坏人一举抓获。陈向阳看到郑为民、王永盛正在得意地笑着，立马收起了笑脸严厉地批评道，你们两个立正站好！还笑！这次行动成绩可以肯定，但是这也太危险了，真是无组织无纪律，开会时我是怎么安排的？要求发现线索及时汇报，共同制订抓捕方案，你们是怎么做的？这万一有个意外，让我怎么向张伟和广大民警交代？怎么向你们的亲人交代？怎么向组织交代？说着陈向阳倒了两杯水端过来，分别递给郑为民和王永盛，又温和地说，坐吧！功是功，过是过，下不为例，破案很重要，安全更重要，明白吗！为了能够多破案经常参加破案行动，就必须打有把握之仗，把主动权牢牢地掌握在我们手里，做到破案万无一失，安全无事故。王永盛、郑为民站起来敬礼道，是。

陈向阳道，辛苦你们了！这几天没有休息好，还得连续奋战，嫌疑人已经成为篮子里的菜了，两位英雄准备怎样“下厨做饭”呢？

王永盛道，我试探过胖子刘和瘸子王，他们两个很狡猾，不会轻易交代犯罪事实，这种人不挨收拾是不会说实话的。

郑为民道，他们身上有好几起案件，他们明知道交代了可能会判重刑，负隅顽抗的可能性非常大，我有一个方法不知可行否？

陈向阳笑道，我知道巾帼英雄“司马懿”的外号不是白叫的，不要绕弯子了，快讲吧！让我们一听为快。

郑为民道，其实也是我们经常使用的审问方法，只不过我给它起了一个名字叫“碎片推理审问法”。也就是针对嫌疑人多、知情人多、需要收集的证据多、作案地点多，案件时间跨度长，案情较为复杂的案件。这些案件破案的线索证据杂乱无章，我们先把现有的证据收集起来，比如将物证、声像资料、证人证言、技术分析等证据分门别类地收集在一起，然后按照案发时间顺序，把这些证据拼接起来，可以发现有的犯罪环节一目了然，有些部分仍然不是很清晰，我们可以通过推理的方法，还原当时的现场实际情况，这样我们就掌握了大部分的证据和他们违法犯罪的部分经过，在审问嫌疑人时就会有侧重点，问起来得心应手，让嫌疑人在证据面前不敢说谎话，为查证案件真实情况打下良好的基础。

王永盛拍手道，我怎么没有想到，听起来很有道理呀！在实践中检验是否有效，如果应验了就改名为“郑氏审问法”。

陈向阳满意地笑了，说，好主意，安排同志们尽快见证“碎片推理审问法”的效果。说着陈向阳布置任务，要求所有参案人员到会议室开会，研究审问胖子刘和瘸子王的计划内容。

时间过得飞快，申高杰、常赞、李俊锋等同志在民政部门工作人员的陪同下，完成了几个未成年人的询问笔录，没有遇到多少阻力，他们把经过交代得细致准确，相互之间比较吻合，笔录堪称完美。

申高杰带着询问笔录来到会议室向陈向阳汇报，郑为民、王永盛等同志打开笔记本正在整理案件信息。陈向阳道，高杰来得正好，你把掌握的情况向大家通报一下。

申高杰道，好的！对周古莉、郭小娟、孙云霞、马君红、易成龙、孙哲、齐飞等未成年人的询问已经结束，向大家汇报详细情况。申高杰打开卷宗继续说，周古莉是瘸子王从饭店带过来的。据周古莉说，王东北当天在工地临时工棚西南角被胖子刘和瘸子王堵在那里无路可逃，她正好从东门进来看到瘸子王先用刀在王东北的背上捅了一刀，王东北转过身来夺刀，瘸子王对王东北的腹部、胸部又捅了两刀，王东北身子一软就仰面倒在地上。她看到这一幕吓坏了，赶紧退了回去。幸好他们没有发现她。后来瘸子王叫大家收拾东西，她就赶紧把衣服装起来走了，慌里慌张来到这个地下室，没住几天就被抓住了。

另外，周古莉还提供了一个重要线索。一年前她因学习不好，被后妈打伤后离家出走，逃到了中原市东郊一个老旧小区，饿得实在不行了，就走进路边羊肉汤馆里，趁客人去端汤时，拿起烧饼就吃，正想离去时被客人抓住了，那个客人很生气，抬手向周古莉打去，被老板瘸子王拦住了，顺手递给客人一个烧饼，又给周古莉打了一碗羊肉汤，询问周古莉为何沦落到这种地步。周古莉感激地说出了自己的困境，瘸子王正好缺少帮手就把周古莉留下打零工，约定只管吃住，不发工资，每天干点杂活，给客人端汤送饼、打扫卫生、刷碗……每个月做汤剩下的羊骨头，由周古莉卖钱算作报酬。周古莉因生活没有着落就答应了，盘算着先有个落脚点再计划干别的事情。十岁的小姑娘离开家人的监护，只能听天由命了。

一天夜里，瘸子王远房侄女王丹来吃饭。她上班的洗浴中心改造暂时停业，想在这里住几天再走。王丹和周古莉谈天说地的，王丹说自己赚钱多么容易，周古莉认为王丹在吹牛，自己辛苦一个月才赚几十元钱，真是吹牛不交税。王丹笑盈盈地打开挎包道，你看这是半年挣的钱，刚领出来的整钱就有五万元，赶明呀，你长大了，干脆跟姐一起干吧！也不用出力，风刮不着，雨淋不着，轻松赚钱！说着哈哈哈地笑了起来。周古莉羡慕道，姐干啥活能赚这么多钱？王丹诡秘地笑道，一不偷、二不抢，不费油、不费电，自己的设备自己干。周古莉好奇道，我听不懂，到底是干啥呀？面对问话王丹叹气道，嗨！就是太受委屈了！你看我跟一个孩子说这么多干啥呀！脸上一丝悲哀划过，眼泪流了出来。周古莉见状也不再问下去了，考虑着明天要起早接班，就回隔壁屋睡觉了。第二天早上，她像往常一样去拿蛇皮袋子，瘸子王惊恐地阻止道，你要干什么？周古莉笑着说，你不是说过把羊骨头卖的钱给我当工资吗？瘸子王冷冰冰地说，今天不行，这个不能给你。周古莉不忿地说，为什么呀！真小气。瘸子王缓和了口气道，这骨头有点邪气，你去后院大树下挖一个坑，一会儿把它埋了，我再给你点钱不就行了吗！你看多邪气，剔羊骨头也会把手弄伤。说着把包着纱布的手伸出来让周古莉看，周古莉信以为真，赶紧到树下挖了个坑，瘸子王把骨头埋了。

周古莉继续说道，平时瘸子王都在凌晨五点开火炖羊肉汤，那天后半夜她被鼓风机的声音惊醒了，听到有人骂他不讲良心，这么早开始用鼓风机做饭影响休息。不过瘸子王也挺好的，平时都是她打扫卫生，她记得很清楚，不知为什么那天早上他已经把地面冲洗干净了，桌子炊具也擦了一遍，周古莉还说了感谢他的话。

易成龙认识瘸子王较晚，他知道王东北的情况已经说过了，他只是偷听到瘸子王和胖子刘的对话，没有更多的新线索。其他几个孩子因离家出走落入该团伙中，目前没有更有价值的线索。

陈向阳道，把材料交给郑为民和王永盛再审一遍，充分利用掌握的线索，共同制订侦查方向和询问策略。

郑为民道，派人带着周古莉去杀害王丹的作案现场，把羊肉汤馆和埋尸骨的大树拍照取证，保护第二杀人现场，把照片拿回来便于讯问瘸子王。

陈向阳道，我也是这么想的，已经通知技术人员过来了，马上安排现场勘查。

郑为民、申高杰研究案情后，决定开始对瘸子王和胖子刘进行讯问。瘸子王在证据面前无法狡辩，供述了杀害王东北的犯罪经过，他知道公安机关已经核实了他的犯罪事实，但是他对杀害王东北的原因却支支吾吾不肯回答。胖子刘也从不谈羊肉汤馆的事情，审问一度中断，审讯人员遇到了难以攻克的难题。陈向阳走进审讯室对郑为民道，给，你要的照片。郑为民笑了笑接过照片道，陈局请坐，您来得正是时候，一块儿啃这块硬骨头吧！

瘸子王打了一个激灵道，什么骨头？

郑为民道，蛇皮袋里的骨头！一个女鬼找你来了，杀一个人是犯罪，再供述一个案件也是犯罪，还不如实招来！给你看一样东西就明白了。郑为民说着把照片放在审讯椅上，瘸子王戴着手铐翻看照片，“瘸子羊肉汤”红色门头特别显眼，后院的那棵大树依然翠绿，中原区都市村庄的村名、街道……瘸子王看完照片慢慢抬起头来道，你们都知道了，还让我说什么？

郑为民道，杀死王东北的原因就在这里，那个蛇皮袋子是怎么回事？王永盛道，见钱眼开呗！给你机会自己说吧！免得多费口舌耽误事。

瘸子王转了转眼珠子道，这能说明什么？我没有杀人。郑为民道，哼！你没有杀人，王东北怎么死了？瘸子王抵赖道，我是说没有杀女人。王永盛一拍桌子怒道，你怎么知道杀死的是女人？瘸子王看看郑为民道，她说的有女鬼来了。王永盛道，那你还愣着干啥？赶快交代杀人经过。瘸子王低头不语，想着两位警官设圈套让自己往里跳，闭口不回答任何问题。

郑为民见他沉默不语，对陈向阳道，陈局，技术队有消息了吗？陈向阳道，也该有消息了，说着拨通电话道，老蔡，有进展吗？老蔡笑道，陈局，你看到剁肉案板的照片了吗？陈向阳扒拉着照片说，找到了。老蔡道，案板左上角有一道明显的裂缝，我在空隙里发现一些骨肉残渣，经鉴定有一块人的骨骼，我正在数据库里比对呢！陈向阳道，等你的好消息。瘸子王听了心里忐忑不安，大声吆喝道，我要喝水！王永盛轻声道，不说实话，想喝水没门儿。瘸子王大声喊道，我要喝水，你们这是变相虐待。民警们静静地待着不予理睬，一会儿屋里便恢复了沉静。几小时过去了，陈向阳的电话声打断了寂静。老蔡汇报道，经鉴定，提取骨骼的 DNA 信息和一起卖淫案中卖淫小姐王丹的相吻合。陈向阳挂了电话把手机装进裤兜里，扶起癞子王的脑袋，照着额头重重地弹了一个脑瓜儿崩。癞子王喊道，疼死我了。陈向阳阴阳怪气地说，喊什么喊，让你尝尝我的弹功。癞子王恶狠狠地说，你打我，我告死你，小心扒了你的皮。陈向阳冷笑道，小子！恐怕你没有机会了，百密一疏的道理明白吗？你剁肉的案板坏了也不舍得修修。拿起那张照片在癞子王面前晃了晃说，这个缝隙里有一块小小的骨头，经鉴定是王丹的遗骨，还不从实招来。说着在审讯椅上狠狠地拍了一下。癞子王盛气凌人的气势被彻底打垮，小声说，求你了，让我喝点水吧！我说还不行吗？郑为民笑道，这还差不多。她倒了一杯水递过去。

癞子王咕嘟咕嘟地把水喝完道，我只是想要王丹的钱，可又害怕她不同意，我犯毒瘾连买毒品的钱也没有了，于是就把卷闸门放下来，让她坐在操作间靠墙角的位置上喝羊肉汤。我把羊肉汤递过去，她接过羊肉汤放在桌子上，问有辣椒吗，我说，我去给你拿辣椒，我把灶台上的辣椒油拿过来放在桌子上。王丹盛了半勺子辣椒油放在羊肉汤里，用勺子搅了搅盛了一勺汤喝了起来。我趁她喝汤的时候，把烧火用的“火杵”悄悄地拿在手里，对准王丹的后背，猛然刺进了王丹的后背里，听到她啊的一声趴在桌子上，我害怕她的叫声惊动邻居，就赶紧用手捂住她的嘴，她张开嘴狠狠地咬住我的手不松口，把我的手也咬伤了。她很快就瘫软地倒在地上，我把她的钱藏了起来，又害怕尸体被人发现，于是就把碎尸煮透，把肉扔进下水道里冲走，又把操作间打扫干净才放心。把她的衣服扔到火里烧了，火杵在煤火中使用了几次血迹就看不见了。这些骨头最难处理，我就把骨头放在蛇皮袋子里准备埋掉，第二天，就让周古莉在后院大树下挖了个坑，我把骨头埋了。经过就是这样，反正杀人偿命，死定了，干脆全交代了吧！

王永盛道，老实点比什么都好！我问你，为什么和胖子刘吵架？

瘸子王道，不瞒你说，我俩投资羊肉汤馆做生意，可他经常不来。说起来也怪，王丹死的那天，他不知为什么来到店里，正好看到锅里的东西，他觉得奇怪并说要到公安局去揭发。我很害怕就对他说，你如果不告发，我就给你一万元现金；如果报警了，我就把羊肉汤里放大烟壳的事一并告诉警察，到时候你也得陪着坐牢。他害怕了就拿着一万元现金走了。后来因客人经常排长队喝羊肉汤，影响了同行的生意，羊肉汤里放大烟壳的事被人举报了，民警给客人尿检发现呈阳性，正要查我们时，发生了这个事情，我也害怕了，就把羊肉汤馆转让了，带着周古莉就到胖子刘这儿了，我给胖子刘分了点钱。情况就是这样。王永盛道，好狠毒，你个十恶不赦的家伙！说说胖子刘干了些什么？

瘸子王道，他没杀人，这两个人都是我杀的，王丹的事他只是怀疑锅里的东西，跟他一点儿关系也没有，我杀王东北时他在场，但他没有动手，我害怕王东北走漏风声就把他捅死了。

郑为民道，呵呵呵！很义气呀！想为别人扛事吗？

瘸子王道，不敢不敢！他真的没有杀人，他只不过和我一起吸过毒，他帮过我，我不能往人家身上泼脏水不是，人要讲良心。

王永盛愤怒地指着瘸子王说，你！一个杀人魔鬼，还讲良心？真他娘的能说出口。陈向阳接过话道，辛苦你们几个了，要把这个案件系统地看一遍，两起杀人案件，拐卖儿童、盗窃、吸贩毒案件等相关的案件都要搞清楚，分清轻重缓急，有计划地进行，不可有任何遗漏，问过笔录后先到王丹被杀现场调查取证，明白吗？

郑为民道，明白！陈局安排得周全，我们还有一个重要环节没有问到位，杀人用的凶器“火杵”在哪里？王永盛转脸看着瘸子王道，什么是火杵？过去一年多了，你把那个火杵放哪里了？

瘸子王想了想道，火杵就是用来在煤火中下煤用的铁棍，说白了就是头上有一个圆环连着由粗逐渐到细、一米左右长的铁棍。我当时害怕被发现，就把火杵扔在下水道里，不知能否找到，那些灶具一并转给现在的老板了。

郑为民道，走，到羊肉汤馆取证。

瘸子王指引着一行人到羊肉汤馆，在后院大树下挖来找去费尽周折，也没有发现王丹的尸骨。郑为民向瘸子王问道，你还有多少隐情没有供述？不老实交代，死了也不得安宁。瘸子王委屈道，就是埋在这里了，周古莉知道，不信问她去，我怎么知道尸骨的去向？王永盛咬牙道，你等着，跟你没完。瘸子王没有理睬，心想，哼！都说了，如果死了真就不得安宁呀！民警见状立即扣押了涉案灶具、刀等物品。

王丹的尸骨没有找到，火杵也没有踪影。重要物证的缺失使案件更加扑朔迷离，打捞火杵成了真正的问题。这个羊肉汤馆依坡而建，下水管道水流很急，怎么办？考验侦查员的时候到了。民警们按照瘸子王指认的地点进行打捞。

郑为民吃力地打开窨井盖，用手电照过去发现下水道并不宽，但是放进一个三五十斤的小猪还是会被冲走的。她站起身对王永盛道，永盛呀！火杵被水冲了一年多时间，肯定在下游很远的地方。王永盛道，那当然，不是在上游就是在下游。说着自己咯咯地笑了起来，也引发了大家的欢笑声，不由自主想起那个村长的独特发言。郑为民止住笑声看着申高杰，为何不请村长找几个壮劳力来帮忙打捞，警民一家亲不是吗？申高杰道，下水道太窄了，人下不去呀。郑为民灵机一动道，活人总不能让尿憋死吧！我有办法，找一些中间带圆孔的大磁铁，把三个到五个磁铁用棍子串在一起，绑成梭子形状，便于在下水道中穿梭，防止被杂物绊住不能使用，制作一个可以活动的磁铁探测器，把绳子的一端绑上圆形泡沫当作浮子，使泡沫浮在水上顺水而下。放绳人和下一个井口的人配合，看到泡沫浮子时打捞上来，放绳人把磁铁固定在绳子上放入窨井中，这样“磁铁探测器”就会在两个人的控制中上下左右前后随意移动，可以探测到下水道的每一个角落。从扔火杵的窨井口放下去分段打捞，我们就会成功。众人称赞道，不愧为“司马懿”。大家分头准备物品制作“磁铁探测器”，两个小时过去了，郑为民需要的“磁铁探测器”制作成功，大家一片欢呼。

李村长听到消息跑了过来，接过郑为民递来的绳子看着王永盛问，从哪儿开始？王永盛把绳子拉到窨井口笑道，从这开始吧！肯定在下游，要认真细致，不要放过任何蛛丝马迹，捞到火杵有奖金啊！民警和村民开始打捞火杵，王永盛把磁铁探测器绳子一端的泡沫塑料扔进下水道，使其顺水而下，村长用铁钩把浮子捞起，放下铁钩双手抓住绳子的一端，和郑为民、王永盛慢慢地从头开始搜寻，感觉着每一个角落对磁铁的吸引。每逢磁铁探测器到窨井处就会受到铁环的强烈吸引，民警误认为遇到了火杵惊喜万分，经过确认排除了火杵的可能，又是一阵沮丧。为了避免遗漏错过打捞的机会，大家格外仔细搜寻着下水道里的每个角落，为此耽误了进度。夕阳的余晖已经映红了大地，侦查员们依然一无所获。

郑为民掀开前面窨井盖，站在公路中间守护着大家的安全。一辆奔驰轿车高速行驶过来，司机张红星看到民警站在路中间，紧急刹车停了下来。张红星正想发火，但看到高颜值的郑为民，就强装笑脸从车上下来关心地问道，警官站在路中间多危险啊？王永盛以为他是来找碴儿的，就抢过话头道，你怎么开的车，超速了吧！还说我们，小心罚款！郑为民不温不火道，你以为你是谁呀！车开得那么快，真吓人，幸好我们提前设置了减速标记，我们在办案呢！没有看到警戒带吗？张红星嬉皮笑脸地说，美女警官别生气，这是我的名片，红星开发公司经理张红星。说着双手恭敬地把名片递给郑为民。

郑为民接过名片看了看道，真没有想到在公路中间干活还能认识帅哥，不好意思耽误您时间了。张红星道，没关系，还是人民警察辛苦，向你们学习！如果需要帮忙，我愿意无偿效劳。王永盛道，你那么耀武扬威的谁敢用你？郑为民摆手阻止王永盛笑着说，我们是中原市公安局中原派出所的民警，我叫郑为民，她叫王永盛，我们在这里捞一个“火杵”，干了一天也没有效果。

张红星不解地问道，捞“活猪”干什么？猪掉进下水道了吗？王永盛听了咯咯地笑道，真可笑！是一个下煤火用的铁棍，不是整天就知道“哼哼”的“活猪”。郑为民道，明天就要清查附近工地了，如果需要帮忙时再联系你好吗？张红星讨好道，好的！一定说到做到。郑为民道，现在可以过去了，我们今天的工作就这样了，天黑了没有光亮也看不见了，明天继续干吧！张红星道，你们是中原派出所的，我正好在附近小区住，这里是我开发的楼盘，我经常到这里上班，往返在工地和家之间，如果不嫌弃的话，搭我的顺风车怎么样？郑为民哈哈笑道，太谢谢了！他们要返回村里，我们回所里汇报工作，好吧！然后对大家喊道，把这里恢复原样，注意安全，收工。

张红星毕恭毕敬地打开车门道，请警官上车！王永盛道，洗了手免得把你的高级轿车弄脏了，说着把喝剩下的矿泉水慢慢地倒在郑为民伸过来的手上，郑为民洗完手接过水瓶，让王永盛洗手，两人拿出纸巾擦着手上了车。汽车启动了，王永盛道，帅哥，在哪高就呀！这车不错呀！张红星谦虚地说，做点小生意。王永盛紧追不舍地问，小生意？开这么好的车，虚伪了吧！郑为民推了推王永盛道，第一次见面，人家是做好事，别像审问犯人似的，留点面子。王永盛道，谁让他油嘴滑舌！郑为民称赞道，这位是大企业家，我们排查的地方要经过他开发的工地，明天还要得到他的支持才能进行呢！明白吗？张红星笑道，还是郑警官说得对，否则那个大污水池，哼！就凭你们几个根本无法打捞东西。王永盛听到这来了精神，说，你能帮忙！怎么帮忙？张红星道，我们经常施工，抽水用的工具，挖掘用的机器，运输用的汽车、技术人员等，应有尽有。王永盛道，那好呀！你帮忙吧！就算我领你的人情。破了案我给你送锦旗怎么样？算你为社会治安作贡献了。张红星笑道，我只是说说，看把你美得不行，凭什么帮你啊！有好处吗？说着向郑为民努了努嘴。王永盛道，好小子！竟敢要我们！吊我们的胃口！张红星笑道，不要急，只要郑美女点头，我还是十分愿意尽义务帮忙的，怎么样，郑警官？说着扮了一个俏皮脸，郑为民被他的孩子气逗笑了，说，好呀！我领你的人情，一言为定。

坐在一旁的副总小帆再也忍不住了，提醒道，张总别贫嘴了，大妈让你今晚参加相亲呢！怎么还想入非非呢？张红星瞄了一眼小帆道，去你的，就知道揭人家的老底，小坏蛋！

看着他俩打情骂俏，郑为民方才想起养母让她今晚去相亲的事，于是笑道，祝你成功！心想事成！张红星停下车打开车门道，到你们单位了，请吧！主动伸出右手与郑为民握手道别。

郑为民放好材料回到宿舍换了一套连衣裙，照照镜子，用梳子理顺了凌乱的头发，洗了一把脸，淡淡地涂了一些口红，换上高跟鞋向不远处的宴秋酒楼走去。

这个酒楼包间是养母专门为郑为民相亲订的，充分为郑为民着想，酒楼就在单位附近。转了两个弯就到了酒楼包间门口，郑为民听到养母和一个大妈对话，我这孩子在派出所上班，经常侦查破案，早出晚归忙得很。这会儿应该快到了，我去迎迎她吧。张红星附和道，大妈，我和您一起去吧！郑为民听到陌生而又熟悉的男声，感到莫名其妙，怎么会是张红星，真是无巧不成书啊！于是就推开包间的门迎了进去，养母拉住郑为民的手说，为民累了吧！快坐下，妈给你倒杯水喝。郑为民向张红星和大妈问好，张红星眼都直了，直勾勾地看着郑为民道，郑警官怎么会是你呀？穿上便装真是漂亮极了。郑为民微笑道，怎么不欢迎呀！

你也很帅嘛！大家哄堂大笑起来，大妈笑盈盈地扶着郑为民的肩膀上下打量着说，这闺女俺喜欢，原来你们两个认识呀！过来，来坐大妈这儿，咱娘儿俩好好说说话。大家的热情使郑为民难为情起来，红晕不自觉地从脸红到了脖子，显然大家把她当成了贵宾，有点受宠若惊的感觉。郑为民开朗的性格今天也收敛了起来，只好点头微笑应付着问候和祝福。

大妈道，看上去你们真是天生的一对，地造的一双，般配着嘞！红星是我们家的老二，他姐姐已经出嫁了，每天都忙着公司的事，也无法顾及红星的终身大事。红星这孩子也只顾干事业，把终身大事都耽搁了。为了催红星早日结婚，我和他爹把心都操碎了。今年三十岁了也没成个家，从不去见女孩子，真是愁死人了。如今见到你，大妈就放心了，这孩子真有福气，晚找有晚找的好处，老天爷让你们互相等着再相遇真是缘分。说着对养母说，妹子，你看孩子们的情况多好！你的意见呢？养母道，只要孩子们愿意，我不增加任何条件。大妈道，大人孩子都谈得来，咱们老电灯泡吃完了饭就快闪吧，给孩子们留个单独相处的空间，你说是吧？养母道，其实女方家长更着急，现如今剩女都是非常优秀的人，高不成低不就的。我家为民呀，一心扑在工作上，领导认可，工作成绩显著，年年立功受奖，只是没有把自己放在心上，终身大事差点耽误了。张董事长和颜悦色地举起酒杯道，郑老弟呀，你家为民是个好闺女，我家红星呢，也很优秀，我的身体不好，红星公司就交给红星来打理了。来，咱兄弟喝一杯酒，预祝儿女们相亲成功，我们也成为真正的亲家，以后就可以名正言顺地坐在一起喝个小酒了。郑成照笑道，求之不得，真没有想到你也喜欢喝酒，特别是这样的喜酒，没喝就想醉了，为了孩子们百年好合，我们干杯。说着两个人举杯一饮而尽。

大家你一言我一语地说着，一群人分别给郑为民和张红星祝福，其乐融融的氛围加快了吃饭的进程，大家酒足饭饱相互告别。房间里只留下张红星和郑为民。郑为民说，明天就靠你帮我们排忧解难了。张红星道，刚才我说今天不谈工作，你怎么又提起来了。郑为民笑道，我怎么没听见！不谈工作，谈情说爱吗？能解决了问题，破得了案吗？一切会更美好吗？看你明天的表现，否则，哼……张红星道，这样一来，我更有帮你的理由了，出师有名无碎语，一言为定。

郑为民道，我可是有点不寻常呀！告诉你个小秘密，不知还会和我谈下去吗？张红星讪讽地笑道，别考验我了，你这么漂亮，只要不把前男友带过来我都愿意，你说是吧！郑警官。

郑为民道，我就没有谈过对象怎么会呢？我只是说……张红星用手堵住郑为民的嘴说，不用说了，让我们慢慢地了解吧！郑为民把他的手轻轻地推开笑道，这么相信我，日子长着呢！那就给你留点神秘感吧！

清晨，郑为民和王永盛一行人赶到打捞现场，张红星还没有踪影。王永盛道，这小子不会是耍我们吧！这都什么时候了还没有来呢！

郑为民摆手道，别吱声！听这是什么声音？奇怪了，污水池里传来了“吱吱”的声音。王永盛道，大白天的不会有鬼吧！是哪个不散的冤魂聚集到这里了吧！

郑为民道，瞎说！你相信有鬼吗？还学刑事侦查呢！搞过人体解剖实验，人死如灯灭，化成灰尘了，自己吓唬自己，大白天的说梦话不知害臊。王永盛不乐意道，说着玩的也当真，真是拿棒槌引线当针用呢！等等那个小白脸过来给我们帮忙，把警戒带拉起来做好准备工作。

张红星驾驶奔驰车停在公路旁，王永盛没好气地说，看你一个公子哥开着奔驰车怎么干活？张红星委屈地装着擦眼泪道，取笑我呀！呜呜地哭了起来。王永盛推了推郑为民道，郑警官你去哄哄那个小奶孩儿吧！说着从兜里掏出纸巾递给郑为民，郑为民接过纸巾，一脸真诚地递给张红星道，委屈你了，擦擦汗吧！干哭不掉泪演得还挺像呢！说你一句就委屈成这样！说着哈哈大笑起来。

张红星接过纸巾擦了擦脸上的汗珠，正儿八经地说，你想怎么奖赏我呀！郑为民笑着反问道，你想要什么？张红星道，我想要一个……说着用手在自己的嘴上摸了一下，做了一个飞吻的动作。郑为民脸上飞过一阵红晕笑道，这还不简单，任务全部完成了一起算好吗？张红星道，说话算数呀！我刚才到上游把地下的污水暂时改道了，没有经过你的允许就去协调了有关部门，先斩后奏了，没意见吧？郑为民道，还是男人想得周到，真应该谢谢你！要不我们这边抽着水，那边进着水，什么时候能抽完呢？王永盛顽皮地说，我说你这么晚才来，原来是做好事去了。这回你可在俺头儿那儿受表扬了，光说不练不算好汉！工具呢？张红星指着开过来的抽水车说，看，来了吧！在张红星的指挥下，工人们打开污水池的盖子，顿时惊呆了，好多鲇鱼争先恐后地浮在水面上游着，一点儿也没有怕人的感觉，发出吱吱的声音。张红星惊叫道，快看！鱼呀！满池子都是鲇鱼，太壮观了。郑为民喜出望外道，我还以为找到什么物证了，这么高兴。原来是鱼发出的怪声呀！正好不知怎么谢你呢，欠同志们的人情有着落了，把活干好了，这些野鱼就给大家发福利了，你看怎么样？张红星道，那敢情好！大家有干劲。然后对工人们说，兄弟们这些野鱼捞上来分给大家。工人怀疑道，污水池的鱼能吃吗？张红星道，肯定能吃，你们不知道吧，鲇鱼适合生长在污水中，是吃腐食的鱼类，有净化水源的作用，这些鲇鱼正好把上游饭店冲下来的下脚料吃掉，既能废物利用又可净化水源。王永盛道，我说呢，一般的污水池都臭气熏天，这个水池空气挺好的，没有发现难闻的气体。张红星道，你只知其一不知其二，原来这水池也很难闻，三年前我们公司在这里开发房地产，想要改变这里的环境，特意出资和环保部门联手，在上游给下水道注入正常的河水，才形成净化了的水质，让购房客户感受清新的环境。至于这些鲇鱼哪里来的，我也不清楚。

郑为民道，上天施予我们的礼物，大自然真的很神奇，不要白不要，要了也白要。留些种鱼，明年呀，你的购房客户在这里捉鱼也是一种广告呀！这里的水质不是中水，而是像河水一样了，不然鱼怎么生存下来。

王永盛道，为民姐在这里买一套房子吧，作为你的婚房多好，环境优美，还有这鱼儿戏水。郑为民脸红道，八字还没一撇呢！谈房子有点早了，再说了靠咱这工资就别想了。

张红星贫嘴道，你们两个谁愿意来我公司上班，免费分一套房子，怎么样？王永盛道，你这是醉翁之意不在酒吧！说着指了指郑为民继续调侃道，当真！我去你公司上班，给我分一套房子怎么样？张红星笑道，当然可以了！我这里正缺像你这样的美女助手呢！王永盛脸红道，这句话很受用，还是算了吧，我知道你是说着玩的，我喜欢公安工作，不喜欢搞经济，婆婆妈妈的。

这边说笑着，那边的工人们开动抽水机，一边抽水一边捞鱼，竟把打捞火杵的事忘到了一边。嘿嘿，水见底了，这鱼真多。

张红星道，把淤泥也抽上来吧，用棍子搅拌剩下的水和泥巴，把泥巴稀释成泥汤好用机器抽上去。鱼儿跳着，人们笑着，泥汤慢慢地抽完了，也没有看到火杵的踪影。这下可急坏了郑为民和王永盛，这可怎么办？干了一整天，眼看太阳要回家了，张红星真是“英雄救美”，不由分说推开工人，亲自穿上连体防水衣下到污水池里，四处搜索了一遍，也没有发现火杵的影子。王永盛再也沉不住气了，说，经过了两天的打捞，也没有找到火杵，难道瘸子王说了谎话？郑为民道，听上去不像谎话，我下去看看。说着不顾王永盛的劝说，穿上连体防水衣，下到污水池里和张红星一起寻找，依然一无所获。

张红星艰难地从衣服兜里掏出一根香烟，点燃香烟吸了一口泄气道，哎呀！今天够呛了，天快黑了。光线开始暗了下来，此时微风吹来，张红星吐出的烟雾向上游飘去。郑为民顺着烟雾飘移的方向望过去说，为什么不在入口处找找？原来是用磁铁大概地找了一遍，现在水也抽干了，就好好再搜一遍，兴许会有收获。说着拿起铁锹向水池入口走去。张红星讨好地过来抢郑为民手中的铁锹，争着去干脏活累活。张红星用力猛拉铁锹说着，你歇一会儿让我来。用力一拉，郑为民禁不住拉就松开了手，张红星用力过猛没有站稳，一屁股坐在污水池里，溅了一身黑泥，小白脸上污迹斑斑。他不由自主地用手擦了擦脸，本来白脸居多，这次成了黑白相间的大花脸。众人笑得前仰后合，张红星冲着正在惊讶的郑为民笑道，为民，你真坏，松手也不说一声。郑为民反应过来赶紧上前拉住张红星的手，把张红星拉了起来，双手也沾满了黑泥，温柔地问道，摔疼了吧？张红星满不在乎地说，只要有你在身边，疼也是快乐的。你歇一会儿，我来打捞，你看从哪里下手？郑为民道，先从水流入口清理吧，那里有铁丝网，也许火杵会被挡在那里无法下行。张红星用铁锹在入水口划来钩去，感觉铁锹被绊住了，怎么也拉不动。郑为民道，我们合力把它拉过来。说着过来帮忙。嘿！怎么拉也拉不动呀！张红星换了个方向拉了几下就松动了，说道，我们再一起拉吧！上边的人也着急地喊道，一起，一、二、三。在啦啦队的助威中，两个人用力把铁锹拉了出来，铁锹带钩的那头拉着锈迹斑斑的泥棍子。张红星道，这是什么东西呀？郑为民道，有可能就是火杵，清理一下就知道了。用水洗干净，看到一头是铁环把手，从铁环处由粗逐渐到细的“大铁针”一样的火杵呈现在眼前，有一米左右长，看着就让人兴奋，罪证找到了。

郑为民和张红星从污水池上来，郑为民道，把嫌疑人带过来辨认火杵，拍照固定提取的凶器和地点。

瘸子王看到火杵道，从长度粗细看应该是，但是火杵是黑色有摩擦亮光的铁棍，这火杵成了铁锈的颜色，我要仔细辨认才能确定。瘸子王认真地检查了火杵铁环处的记号说，这是我杀死王丹用的火杵，我买火杵时为了好拿一些，专门选择重量轻点的火杵，特意选择铁环粗细适合我用的火杵，铁环较正常的细一些，这个是我的火杵，绝对没错。

郑为民向张红星和工人们说，大家都回去吧！任务完成了，感谢大家的辛勤付出。张红星道，这里的恢复工作由谁来完成？王永盛道，当然由你来完成了，好人做到底。张红星道，我有一个条件只要答应了，没问题，包给我了。郑为民回眸一笑道，又有什么鬼点子快说吧！瘸子王这坏蛋还得往看守所送呢！回头再感谢你怎么样？张红星道，还是郑警官好！我的要求是你们完成了任务，我请你们几个吃饭怎么样？王永盛道，吃大餐，当然好了。告别了张红星，郑为民和王永盛连夜将瘸子王送到看守所。

民警们经历了许多坎坷，办理着瘸子王案件，从中也挖出了孙哲和齐飞抢劫学生钱财打伤学生的案件。经过深挖细查，两名少年主动交代了发案时间、地点和被打伤的人员，郑为民掌握了案件来龙去脉，按照坦白从宽抗拒从严的原则，依据《中华人民共和国未成年人保护法》从轻处理。经过教育想让他们重回家中，可惜家里没有人愿意抚养他们，经办理相关手续，将二人送往收养所进行教育学习。

过了几天办完案件，郑为民一行人赶到约定的饭店包间，张红星正在焦急等待着尊贵的客人。看到郑为民一行人进了包间，张红星伸出手做了一个请的姿势说，为民警官请上座，饿了吧？现在已经是二十二点了吧，误点了哈！王永盛笑道，能来就不错了，我们沾为民姐的光了，当个陪客。说着大家也跟着咯咯咯地笑了起来。张红星道，哈哈！王警官口才一流，值得表扬！转头看着身边的申高杰，申高杰笑道，那当然，永盛不仅长得养眼，内涵也很丰富啊！郑为民笑道，饿不？我们开始吧！张红星转动转盘，把清蒸鲇鱼转过来，正好把鱼头对准郑为民说，这鱼是本饭店招牌菜，味道鲜美！鱼头一对大富大贵！请您剪彩。郑为民道，我这是受宠若惊啊，一起来吧！说着夹了一块鱼肉放在张红星盘子里说，这是鱼身上最香的地方，你劳苦功高，谢谢帮忙和款待。又回头给王永盛盘子里夹了一块鱼肉！正好给你一块瘦肉减减肥！大家你一言我一语，谈笑风生享受着美味大餐。申高杰道，这鲇鱼清蒸的味道独特好吃！从哪里抓来的鲇鱼？张红星道，本地的鱼呀，新鲜着呢！是我和郑警官一起从水池里抓的。王永盛听了用手捂着嘴干呕起来，嘴里嘟囔道，什么？什么？这鱼可是吃过人肉的，你怎么让我们吃这鱼呀！说着跑到门口吐了起来。张红星、郑为民赶紧跟了过去，张红星递过餐巾纸安慰着，没事吧！王永盛极不领情地回击着，你怎么这么坏！张红星辩解道，我专门选了一条最大的鲇鱼，多鲜嫩的美食，看把你恶心成这样，不是美女的风范。郑为民娇嗔道，少贫嘴！这鱼儿确实让人心里不爽呀！张红星道，您还不知道吧！瘸子王厨房下水道通向山坡北面，不流向抓鱼的水池。这个下水道井口距瘸子王羊肉汤馆有一公里呢！当时瘸子王害怕作案工具被发现，就跑了这么远把火杵扔进窨井里让水冲走。申高杰道，你怎么知道得这么清楚？张红星道，我要在那里开发房产，当然要了解当地的地下排水工程，所以了如指掌。王永盛听了感觉舒服多了，说，这还差不多！随口补充着警告道，仅此一次，下不为例！否则小心我在为民姐面前说你坏话。

郑为民道，我有个难题需要尽快解决，这个案件进展很顺利，可是这些孩子怎么办呢？

王永盛道，有几个是我们失踪案件中的当事人，通知其家人接回去就可以了。郑为民道，郭小娟已经联系到家人了，这几天就可以和家人团聚了。周古莉身份也查了出来，把她送回家吧！我们明天把她送到救助站就可以了，救助站的同志会把她送回家中。

王永盛道，易成龙、刘晓蜀、郭小娟、马君红的去向成了问题，没有查到准确的信息。暂时在我们宿舍住着，这也不是一个长久的办法。

张红星道，需要帮忙吗？郑为民道，易成龙可以住我家里。刘晓蜀暂住在所里民警宿舍，马君红、孙云霞还得你安排住宿问题。我们那里实在没地方住了。张红星道，交给我了。

第二天郑为民和王永盛开车把周古莉送往救助站，途中周古莉要求买东西，她下了汽车向道路对面商店走去。她非常不愿意回那个名存实亡的家，趁郑为民不注意拐了弯顺着土路向前走去，这时，一辆无牌面包车疾驰而来，突然停在周古莉面前，左后车门呼啦一下打开了，从车上跳下来两个人把周古莉拉上车，迅速开车走了。干旱已久的土路上顿时荡起一团尘土在地面上弥漫着，当尘土散尽，周古莉已经不知去向，面包车也消失得无影无踪。郑为民和王永盛急得不知如何是好。

第二章　乐不思蜀

周古莉的失踪，使专案组再次陷入迷茫之中。王永盛叹息道，古莉这孩子，不知现在怎么样了，在哪里受罪呢。真是一个苦命的孩子呀。说着，王永盛眼圈有点红红的，自责道，都怨我没有看好她，让她自己去买什么东西呢！

郑为民安慰道，是我没有安排好，这不是你的责任，现在不是追究责任的时候，专案组虽然把两个嫌疑人送进了看守所，但是后续要做的工作还有许多，一边查周古莉的下落，一边还要完善瘸子王案件的证据。

王永盛道，这么多的事情让人连喘息的机会也没有。还有易成龙、刘晓蜀、郭小娟、马君红的去向问题，只是解决了他们暂时的困难，我们没有更长远的帮助能力，他们终究还得回归家庭、回归社会。

郑为民道，当然啦，社会问题还得社会来解决，家庭问题就让家庭来消化，他们应该从哪里来回到哪里去。过上正常的家庭生活，才是这个年龄应该享受的幸福。

王永盛道，我认真了解了郭小娟的情况，她不愿意回家的原因是爸妈感情破裂，他们经常相互打骂，自己在家也没有人管，就连上学吃饭最基本的生活也成了问题，经常受气挨打。

郑为民打着哈欠道，我知道了，这些天大家累坏了，早点儿休息吧！明天我们还要去解决郭小娟他们的问题。说着，郑为民又打了个哈欠，连日来的辛苦奔波使她疲惫不堪。她们两个慢慢地进入了梦乡之中。

第二天清晨，查清了郭小娟的家庭住址就在本市郊县，郑为民、王永盛开着警车送郭小娟回家。警车刚到小区门口就有人在喊，别打啦，警察来啦！郑为民按着喇叭把车开进小区，看热闹的人群向一边散开让出一条通道，两女一男打在一起，听到民警的制止声停止了殴斗。一个女子上衣被撕掉了，就连胸罩也被扔在地上，胸前美丽的音符在阳光照射下泛着白光，吸引着看客们的眼球。倒在地上的女子裙子也被撕掉了，红色内裤和白色大腿让人忘记了这里是打架的现场。小娟见此情景，还没有等郑为民和王永盛下车，就打开车门冲了下去，推开正在骂人的男子，扑过去抱住地上的女人哭着向男子央求道，不要打妈妈啦！赶快给那个狐狸精穿上衣服吧！郭中骂道，和你妈一个货色。他用手摸了一下脸上的伤口，走到光背女子身边，捡起地上的衣服递过去道，姗姗别哭，把衣服穿上吧！李姗姗一手捂着胸前一手接过上衣，痛苦的脸上流着泪水，看着都让人同情，再想想她此时的身份，又觉得是多么可恶，她是一个第三者，要不然这对夫妻怎么能走到今天的地步？郑为民见此情景把车座上的罩布取下来，走过去帮小娟妈妈围起一条白色的小裙子，并将其扶着坐起来问道，你伤得怎么样？需要去医院吗？小娟妈拍打着身上的尘土道，只是皮肉伤，不用去了。郑为民回头问郭中和李姗姗，你们两个需要去医院吗？让 120 医生过来给你看伤怎么样？郭中道，都是家务事不用麻烦你们啦。王永盛道，你真不知道害臊，我们送小娟回家刚好看到你演的好戏，一会儿有专职民警处理你们打架的事情。小娟哭道，爸！你们以后别打架啦，我从记事起就三天一小打五天一大打，家如果散了让我怎么上学，怎么活呀？说着，捂着脸呜呜地哭了起来。

有人起哄道，看着小三儿还没有原配好看呢。这男人怎么搞的？美丑不分吗！既然找了也要找个漂亮的玩玩，打架也值得呀。大家心里清楚，这些起哄的人也真是火上浇油。看上去那个小三儿比原配年轻多了，脸蛋和身材也靓丽风光。起哄的人也是想臭臭小三儿罢了，为小娟妈伸张正义才这样做的。

郭中叹气道，小娟过来，爸爸跟你说几句话好吗？小娟道，你如果不和妈妈好，整天和狐狸精在一起，我一辈子也不理你了。就知道打人骂人，想把家人都烦死吗？郭中无奈地听小娟哭诉着。

王永盛对郭中说，你是小娟的爸爸吗？你看小娟离家出走这么长时间，失去了大人的保护多受罪呀。吃了多少苦，经历了多少危险，这些你知道吗？你是一个不称职的爸爸。小娟爸妈无语地站在那里。小娟听了王永盛的训斥，抱着妈妈委屈地哭了起来。母女俩以泪洗面。小娟妈哭着说，这个家从今天起就彻底结束了。

一个厚重的男中音打断了哭声问道，谁叫刘大杰？谁报的警？小娟妈看着马警官摆手道，我是刘大杰，我在这里呢，是我报的警。你看这对狗男女把我打成这样了。马警官走过来，打开工作日志登记了刘大杰、郭中、李姗姗的身份信息和联系电话。回过头来和郑为民、王永盛交谈起来，你们是哪个单位的？来出现场吗？郑为民道，我们是来这里送人的，刚好撞见这帮人打架。王永盛道，你是老马吧？在学校听过你的报告。市级先进社区民警，好让人羡慕。大家都叫你“糊涂老马”。马仗义笑道，有这个事。可是我不认识你啊。郑为民风趣地说，我说有点眼熟，一时想不起来在哪里见过你。这下对上号啦，你在讲台上作报告，我们在台下听你讲话，没少鼓掌啊，当然是我们认识你，你不认识我们啦。马仗义笑了，是这个理儿，我们从来没有当面交流过，所以就不认识你们啦。郑为民介绍道，我叫郑为民，她叫王永盛，我们是中原派出所的民警，今天送小娟回家就遇到了难题，真为小娟担心。马仗义道，你们两个的事迹我早有耳闻，听老同学申高杰说过，刚刚破了连环杀人案。女中豪杰，了不起呀。郑为民道，豪杰不敢当，徒有虚名，哪敢和你相比呀。我也不客套了，请教你个问题，这三个人准备怎么处理呀？马仗义道，先带回派出所，问明情况再做处理吧。如果有违法行为，把他们三个全部依法处理。也可以对他们进行批评教育，就他家的问题已经出过 N 次警了，也调解过多次，都是和了打、打了和，双方都不知悔改。

郑为民道，我说小娟怎么会离家出走呢，学龄儿童不上学，原来已经失去了家庭的温暖和教育。我提个建议，能不能再给他们一个调解处理的机会？否则小娟怎么办？马仗义自嘲道，我已经有一个“糊涂老马”的外号啦，不能一直糊涂下去啊。再次调解，双方都在气头上积怨太深，这个稀泥不好和呀。王永盛笑道，你是不想调解吧！想给他们一个教训对吗？关键是这个孩子没有人照看。马仗义道，郭中因盗窃被取保候审已经半年了，夫妻双方感情早已破裂了，经常打骂刘大杰，想调解成功要有硬功夫才行。郑为民道，为了小娟的前途，我们试试看吧！马仗义勉强同意了，笑道，那我就再糊涂一次吧。

在派出所里，三方协商了很长时间也没有结果。马仗义对郑为民道，李姗姗受伤了，需要到医院治疗，医生预计需要八千元的医药费，刘大杰的头上、身上伤痕累累，伤情较重，需要三万元的医药费。郭中脸上也有抓伤，看伤也需要三千多元。他们三个人都不愿意出钱。以前给他们调解了很多次，双方都斤斤计较，今天他们不好好配合调解，我发自内心地想拘留他们。郑为民道，你先歇一会儿，让我和那个“陈世美”谈谈吧！郑为民、王永盛走进询问室，看到坐在询问椅上的郭中道，这两个女人都是你最亲近的人，李姗姗的费用你负责。不然的话，她是不会原谅你的。郭中说，看在小娟的面子上我拿钱也可以，我愿意和解。郑为民道，现在你和刘大杰还没有离婚，刘大杰的伤又是你和李姗姗造成的，你应该拿医药费对吧？郭中道，我打她了应该拿，但是她也打我们两个了，我不愿意为她拿钱看伤。郑为民有点生气地说，你们没有离婚，经济还没有分开，即使赔了这些钱，不也是从左兜掏出来放进右兜吗！郭中想了想也是啊，不过我的伤怎么办？王永盛道，你的伤还想让谁赔呀，自己负责吧！这场架都是你引起的。郭中低下头，自认倒霉了。

这次打架所有损失都由郭中负责，马仗义给他们写好了调解书，说道，你们三个还不赶快谢谢郑警官、王警官，如果不是她们两个来送小娟，你们三个人现在已经到拘留所“享清福”去了。三个人赶紧连声说，谢谢郑警官！谢谢王警官！郭中走到小娟面前蹲下来，双手扶着小娟肩膀温和地说，孩子，“六一”儿童节快到了，爸本来想回来看看你和妈妈，没承想把事情搞到这种地步。爸对不起你啊！说着话打开行李箱，把玩具汽车、变形金刚、布娃娃拿出来递给小娟道，小娟，爸爸要走了，听妈妈的话，想爸爸了，就看看这些玩具，爸爸要去很远很远的地方，明年“六一”再回来给你送玩具。郭中说着亲了亲小娟的额头，小娟幼小的心灵受到了极大刺激，知道爸爸在向她道别，忍不住悲伤地大哭起来，她哭着喊着扑进爸爸的怀里，爸爸！我要爸爸，我不让你走，我不要玩具。李姗姗看到这个场面，泪眼蒙眬地向外走去。刘大杰指着李姗姗骂道，狐狸精，是你破坏了我们的家庭，我饶不了你。李姗姗头也不回地走了，郭中缓慢地推开小娟，擦去小娟脸上的泪水说道，小娟，爸走了。郭中说着不断地推着扑过来的小娟，不顾一切地向外走去。刘大杰用力把小娟拉进怀里，两人抱头痛哭起来。小娟哭着说，妈，我不要玩具，我要爸爸，我要妈妈，我要家，我要你们在一起。刘大杰哽咽道，爸爸不要我们了，你还想着他？小娟哭喊着，我要爸爸，我要爸爸……

全屋的人都哑然了，沉浸在痛苦的分离中。王永盛胳膊上起满了鸡皮疙瘩，伤心得泪流满面。无论马仗义怎么劝说，也无法止住母女的哭声。郑为民无奈地蹲了下来，拉着小娟的手温和地说，小娟，你相信阿姨吗？如果相信阿姨，你就先不要哭了。听我给你讲讲好吗？小娟看着郑为民慈爱的面孔，感到了一丝安慰，立即停止了大声哭泣，不时地发出呜咽的声音。郑为民道，小娟，大人的事小孩子是无法掌控的。做好自己的事不让大人操心，就是好孩子啦，你说是吗？小娟点点头哭着道，我知道了。郑为民继续说，你今年七岁了，再有三个七年，你就会像妈妈现在的年龄一样大了。爸爸就会像姥爷一样的年龄了。你要好好学习听老师家长的话。学会很多的知识，将来做一个对社会有用的人才，用你的爱来孝敬爸爸、妈妈，回报社会，你看怎么样？小娟止住了哭声，瞪大了眼睛看着郑为民哽咽道，阿姨，我知道了，我一定好好学习，争取当个好孩子。

刘大杰道，马警官，各位警官，我谢过你们啦！谢谢你们照顾小娟。她失踪了大半年，可把我们都急坏了。不知孩子跑到哪里去了，今天总算找到了，谢谢你们把小娟送回来！刘大杰说着跪在地上向民警磕头。郑为民赶紧拉住刘大杰道，大姐千万别这样，这是我们应该做的。用心照看好小娟吧！她是个听话的孩子啊。刘大杰欣慰地说，你们放心吧！我会尽心尽力看好小娟，晚上先让她去姥爷家住，我还得回趟家把东西收拾收拾，明天再去姥爷家接她。

郑为民、王永盛告别了马仗义，看着小娟母女离去的背影，心里百感交集久久不能平静，对小娟的安危有一百个不放心。

刘大杰回到家门口拿出钥匙打开房门，屋里充满了食物的香味，郭中在整理东西，桌子上已经摆好六盘下酒菜，他对刘大杰一反常态地说，大杰，都是我不好，让你受委屈了，我们和好行吗？为了孩子的前途，我们还是别离婚了。刘大杰生气地说，你既然有一个狐狸精了，还要我们娘儿俩干什么？郭中从柜子里拿出一条红色纱巾，触景生情地说，这是我们谈恋爱时，你送给我的纱巾，这么多年了，我一直珍藏着像新的一样。刘大杰接过纱巾看了看放在床头柜上说，嗯，时过境迁今非昔比了！姑娘时的那些美好早已烟消云散了，现如今凭空就出现了那么多不如意和缺点来。我的唠叨竟能让你到外面拈花惹草，嗨！算我瞎了眼了嫁给你这样的无情人，竟然被小三儿打败了。郭中叹气道，晚上该吃饭了，我已准备好了一桌子酒菜，不管以后怎么样，我们也好说好商量解决问题，一起吃个散伙饭吧，我们还坐老地方。刘大杰也饿了，心想：难得郭中做一次饭，这也是自己的家，在一起吃个饭也无所谓，正好趁机谈谈财产的分割问题。她应道，吃饭可以，不准喝酒，你把酒拿下去，你经常喝酒后控制不住自己的行为，打人骂人，今天晚上，酒就免了吧！不然的话我就不吃了。郭中苦笑道，你也就再管我这一回啦，还是少喝点吧！我保证不多喝，让我们说说知心话。刘大杰只好默许了，郭中自己倒了一杯酒喝了一口道，你就不能原谅我吗？以前所有的吵架打架都是我向你低头认错，现在我依然可以向你承认错误，请求你的原谅，我们不离婚好吗？刘大杰只顾吃饭不予回答。郭中知道感情走到了尽头，和平分手也是一种解决途径。以前两个人生气时总是冷战，双方互不说话，没有语言交流。都是郭中主动和刘大杰亲热，用肢体语言使两个人和好如初。俗话说得好，天上下雨地下流，夫妻打架不记仇。床头打架床尾和也是常有的事。他还想用这种办法来解决矛盾。夜深了，两个人还在整理东西。郭中猛然抱住刘大杰道，杰，原谅我吧！为了小娟我们和好吧。刘大杰怒目而视，用力把郭中推倒在地，生气地说，你和狐狸精在一起多少次了？我有洁癖嫌你脏。郭中站起来并不懊恼，脑海中不断出现和刘大杰如胶似漆的场面，以前打架后也出现过这样的状况。每次刚开始都是刘大杰不愿意，在郭中的软磨硬泡中，最后也就半推半就了。第二天就和好如初了。今天郭中又故技重演厚着脸皮纠缠，被刘大杰强烈阻止。看着自己的老婆变成了这样，郭中酒劲涌了上来惋惜地说，我们还没有离婚，你身上的每个零部件都是我的，不让我用让哪个小子用啊？我今天非要行使老公的权利。你不愿意又能怎么样？说着兽性大发冲了过去，用一百八十多斤的身体压住刘大杰瘦弱的身躯。刘大杰用手乱抓反抗郭中的恶行。郭中顺手抓起纱巾把刘大杰双手捆了起来，又从地上捡起一条崭新的围巾，用围巾把她的双腿和手捆在一起。边捆边说，这围巾是我给你的定情物，你一点儿也不珍惜，今天我要和你行告别礼。说着话，强行和刘大杰过起夫妻生活。刘大杰流着泪像木偶一般任郭中摆布，心里想着没有了爱的生活，自己也就是他的泄欲工具而已，以前也受过这种委屈，为了把孩子养大家丑不可外扬，只好忍着不发出任何声音。郭中办完事把刘大杰解开，满口酒气地说，我现在已经向你低头认错了，好好地过日子怎么样？刘大杰伤心地流着泪无言以对。这种粗鲁野蛮的爱，让她真的不知道如何应对才好。去派出所告他强奸吧，这是妻子应尽的义务。不去告他吧，他却强行和自己发生了关系。这种没有爱的关系让人难以理解。无法承受这种屈辱，她想了好久也无法摆脱困扰，看着身边打呼噜的郭中，真是爱恨交加。她起身穿好衣服，悄悄地离开了这个曾经温馨的家，向着生她养她的娘家去了。

郑为民回到单位，盘算着其他几个小孩儿的回家问题。张红星打来电话，郑为民兴奋地接通电话说，红星，我刚想给你打电话你就打过来了，真是心有灵犀一点通啊。张红星道，你这不是关心我吧，是不是想问你的宝贝们怎么样啦？郑为民道，可不是吗！他们怎么样了？张红星说，这个孙云霞看上去一点儿也不傻，听说话真有点傻，其实是装迷糊呢！口音像是本地郊区人。你看怎么办比较好？郑为民道，这事好办，今天我们先休息一下，明天去处理这件事。

第二天上午，郑为民和王永盛驾车到红星宾馆，王永盛见到了孙云霞就问，你多大了？上几年级了？孙云霞傻傻地说，我上学啦，不知道几年级，今年七岁了。王永盛听着有点杂乱的回答继续问，你家在哪里？爸爸妈妈叫什么名字？孙云霞道，我不知道家在哪里，我知道爸妈的名字。王永盛道，说吧，别掖着藏着。孙云霞道，爸爸的名字叫……爸爸。王永盛听了差点笑岔了气，又问道，那你妈妈叫什么？孙云霞道，妈妈的名字叫……妈妈。说着，一脸无辜的样子看着两个警官傻笑着。郑为民观察着孙云霞的言行，心想，这孩子一点儿也不傻，有可能有其他原因不愿意回家才故意装傻呢。郑为民蹲下来递给孙云霞几块糖块说，我们认识好几天了，我能问一个问题吗？一加一等于几？孙云霞有点生气地说，你想考验我的智力吗？告诉你，我一点儿也不傻。家里实在是无法回去了，连吃饭都成了问题。说话间眼里盈满了泪水。郑为民为孙云霞能和自己说真话而感动，诚心地说，谢谢你能告诉我实话，减少了许多麻烦，红星宾馆只能暂时住着，你应该回到爸妈身边，享受他们的呵护才对，免得他们担心呀！你也到该上学的年龄了，怎么能在外面担惊受怕呢！孙云霞听到爸妈的称呼，哇的一声哭了出来，郑阿姨，我叫孙云霞，是郊区人，我娘得了癌症，爹到处借钱给娘看病，家里已经没有办法了。我也想出来要点钱给娘看病。没想到被瘸子王抓住了，我仅有的几百元钱也被他们收走了，我回去又有什么用呢？

郑为民听了，心里像刀割一样难受，天底下还有这么穷的人家。她说，我和永盛阿姨送你回去吧？孙云霞道，我也想回家看看娘了，好吧！我给你们带路。

郑为民的汽车停在中原市郊区一个偏僻的小村子里，孙云霞指着村口那个破败的小院说，这就是我的家。一行人进入小院。一个黑瘦的中年男人从屋里走出来。看到孙云霞和民警一起回来，他放下手中的水桶迎过去，把手上的水在衣服上擦了擦，冲过去抱起孙云霞激动地说，霞！这么长时间你去哪了？把爹急死了，娘一直在问云霞去哪了，她在昏迷中无数次在呼唤着你的名字。民警同志谢谢你们啦！这孩子乱跑给你们添麻烦了，赶快进屋歇一会儿，我给你们烧点水喝。郑为民一行人走进堂屋，里边传来一个微弱的女声，是云霞回来了吗？云霞听到娘的声音不顾一切地冲进屋内，娘……哭得撕心裂肺，你怎么成这样了？肚子鼓得这么大，为什么出院了呢？

云霞娘缓缓地伸出手来摸着云霞的脸说，孩子！娘快不行了，医生说我只能活三个月，如今我已经撑了五个月了。但娘知道临死前也要见见你，否则死不瞑目啊！孩子别哭！娘要去很远的地方再也不会回来了。云霞哭得天昏地暗。

郑为民和王永盛将提着的水果牛奶放在里屋，坐在床边拉着云霞娘的手说，大嫂不用这么悲观，现在的医疗条件和科学水平一定能医好你的病。你还这么年轻，坚强些吧！云霞娘勉强挤出了一丝微笑道，辛苦你们把云霞送回来，谢谢你们来看我。说着话想坐起来，但是身子已经不听使唤了。水肿的肚子使她难以坐起来，腹水已经到了最严重的时候。

云霞爸孙勇说，云霞娘病了好多年了，怎么治也没有效果，我已经把家里值钱的东西全卖了，向周围的亲戚朋友借了许多钱，还是没有治好云霞娘的病。这些年可把家给压垮了，云霞是个坚强的孩子。她娘肝癌晚期，常年在医院治疗，爷爷奶奶去世得早，只有她一个人在家里住，我每周给她买一箱方便面，有时肚子饿了就去邻居家要饭吃。真是可怜啊！晚上自己在家蒙着头睡觉才觉得安全。还没等郑为民说话，云霞娘发出啊啊的痛苦声音。一群人赶紧围过去。云霞娘突然瞪大了眼睛，虚弱地说，云霞过来，娘有话要说。云霞听到娘在叫自己就止住了哭声，坐在床边拉住娘的手。娘眼里充满了泪水说，云霞，听爸爸的话，让他再给你找个后妈吧！把这个家顶起来，不然这个家就败落了。声音越来越小，娘用力死死地抓住云霞的手挣扎着闭上了眼睛。云霞似乎明白了这一切，哇地大哭起来，娘……你怎么啦？用力摇晃着娘的身子。娘啊！快醒醒啊娘……

王永盛推了推郑为民，我们送她去医院吧？孙勇摇头道，不行啦！从医院出来前已经多次下发病危通知书。孙勇伤心欲绝捶胸顿足哭道，她娘你不能走啊！让我和云霞怎么活呀！郑为民强忍悲伤拿出手机拨打了 120 急救电话。

医生到了里屋发现云霞娘已经没有了生命体征。郑为民的心被一个无形的手牢牢地揪住了，痛得她无所适从。久经死人现场的她，终于无法忍受痛苦的折磨眼泪夺眶而出，转过头扶着墙痛哭流涕。王永盛强忍着伤感把郑为民扶上车，两个人在车上抱头痛哭起来。

郑为民其实不认识这位死去的云霞娘，或许是为了孙云霞悲惨的家境而哭泣。郑为民止住哭声道，我们不能坐视不管，否则云霞就永远也站不起来了，成为精神上的弱者、物质上的俘虏。我们要自发地捐款捐物，帮助这个可怜的家庭渡过难关。还要向县扶贫办申请帮扶资金，让他们永远脱离贫困，过上体面的生活，使孙云霞早日从失去亲人的阴影中走出来。

郑为民离开那个让人悲伤的家，积极组织捐款捐物，汇集了三万元现金和生活用品。郑为民和王永盛再次来到孙云霞家中，孙勇说什么也不肯收下这些钱。郑为民无奈之下说，大哥，为了云霞的将来就算是借大伙的钱吧，你一定要收下，扶贫办的三万元救助款也快要到了，这是政府专门为救助贫困家庭而设置的大病保险金，你尽管使用吧！孙勇感激得热泪盈眶，说，感谢你和派出所民警的帮助，感谢县政府的关心爱护，救了我们这个败落的家，我一定要好好干活挣钱，偿还这份恩情，回报你们的大恩大德。郑为民道，我知道这些钱还远远不够，我们再想办法。孙勇道，我想干老本行轻车熟路的，不用重新学习，想去红星公司当一名钢筋工人，这样家里的经济很快就会恢复，就不麻烦你们了。

孙勇把孙云霞托付给堂弟照看，放心地去红星公司打工了。

起初完全按照安全规定施工，随着熟练程度的提高，孙勇挣钱心切，就忽视了安全规定，安全员提醒时就戴上安全带，换个地方就违反了操作规程。他为了更快地把钢筋绑好，脚踩在架子板上时不小心从空中滑落，顺着架子板从十八楼摔了下来。人在架子上摔了几个来回坠落在地上，胳膊和腿上的骨头也从皮肤中摔了出来，地上流了一摊血迹。

平时孙勇家中有难时，亲戚朋友经常帮助种地借钱借物，随着云霞娘病情加重孙勇负债累累，大家对孙勇家中的情况熟视无睹，孙勇到处借钱吓得亲戚朋友都躲着走。时间长了，一些债主按照孙勇承诺的时间上门来讨债，孙勇一时间拿不出钱来偿还债务，要债的人只好空手而归。这样一来，孙勇在亲朋好友中也逐渐失去了信誉。孙勇的福报在爱人长期住院治疗中消耗殆尽。也就是人们常说的，救急不救贫。孙勇的家就此败落了。这次大家听说孙勇出事了，赶紧向孙勇家中聚集。每个人抱着不同目的而来。有的是为了再看上孙勇一眼，有的是为了孙勇欠下的债务。不管是出于什么心态，其实还是人们心中的那份善良占据着主导地位，当时孙勇爱人生病急需钱救命，亲朋好友把手中仅有的钱拿出来让其看病。现在孙勇死了，这个债务会不会就此消失了呢？听说是从工地的楼上摔下来的，也算是工伤吧，好歹也能赔些钱把孙勇欠的债务还清了。众人搞明白了事情的来龙去脉，就在孙勇堂弟的带领下到红星建筑公司讨说法。张红星正在为这件事着急上火，民警、办事处人员、施工方和孙勇家属协商赔偿事宜。堂弟提出孙云霞刚满八岁，需要抚养到十八岁，孙勇没有父母妻子，孙勇是孙云霞的唯一亲人。现在孙勇死了，孙云霞就失去了生活来源。赔偿金的多少成了双方争论的焦点，堂弟开口向红星公司索要一百八十万元的赔偿款，红星公司认为有点过多了，只好请律师帮忙，向办事处和派出所寻求解决办法。协商两天依然没有结果，办事处对红星公司下达停业三个月的处罚决定。这下红星公司着急了，这么大的工地停工了，会出现许多连锁反应，每天要损失多少钱呢！张红星就找到郑为民、王永盛请求出面协调，尽快解决赔偿的问题，使工地早日开工减少损失。郑为民道，鉴于咱们的关系我应该回避才对，不能参与调解纠纷，否则有倾向你的嫌疑。回避也是避嫌的好办法。张红星道，该你出场的时候却退避三舍，这不够意思吧！孙云霞此时欲哭无泪。从此成为真正的孤儿了，她想想周围这些人，哪些是为爹的事着想的人？大都是想尽快拿到钱离去，想来想去还是想到了郑为民阿姨，就让民警请郑为民和王永盛到调解现场。郑为民看到孙云霞堂叔在场，孙云霞也不会吃亏，就说，云霞的遭遇实在让人难以接受，不过现实是无法改变了，关于你请求赔偿的事，其实不是派出所管的事情，只是这么多人聚集到一起，有扰乱社会秩序的嫌疑，我们也只好参与了。这样吧，让你的代理律师根据国家赔偿标准计算一下需要赔偿多少钱，律师经过计算，需五十万元左右的赔偿金。经过协商，孙云霞堂叔同意赔偿金额，就当场签订赔偿协议拿到了赔偿金，这件事就算过去了。

张红星叫住郑为民、王永盛、孙云霞道，请到我的办公室坐坐喝点水，我有事向你们交代。张红星从桌子里拿出一个袋子，递给郑为民道，谢谢你们帮忙，这里有十万元钱。王永盛抢过话题道，这可不能要，是违法的。张红星道，你听我说完，想得美，这不是给你们的，是给孙云霞的上学基金。孙勇死了，这是谁也不愿意看到的事情，但是已经成为事实，以前公司也出现过类似的事情，赔偿了六十万元现金，当场兑付现金，债主也拿到了钱高高兴兴地回去了，最后死者孩子上学的费用也没有留下，挺难为人的。这次不能因为孙云霞年龄小就少拿十万元钱，公司已经审批过了，特意给孙云霞留有余地，我和孙云霞也沟通过了，她也想要这个钱，她又觉得对不起爹娘的教导，不能白要人家的钱。郑为民道，收下吧，这是应该给你的钱，只是一种特殊的经费，保证你上学的专用资金，不能当着大家的面发给你，担心被人给瓜分了。孙云霞感激地说，要不先把钱存在你这里吧！

郑为民认为也比较妥当，就说，她还是个孩子，不便保存这么大数量的资金，先把钱存在这里，用的时候再来取吧。张红星道，这样也好，把这些钱放到公司里算作投资，等她上大学时也有一个保障。王永盛表示赞同，两个人给孙云霞做了见证人，并签订投资十万元的协议。孙云霞家的人拿到钱，把孙勇欠的债务还清了，留下少部分供孙云霞上学，平时跟着堂叔生活。郑为民把孙云霞的事安排妥当，她还想着易成龙他们几个人的归宿。

易成龙平时住在郑为民家中，白天去所里与刘晓蜀打得火热，几个月过去了，他俩和民警混得像一家人似的，上班时两个人就给民警们倒开水，在办公室打扫卫生，把桌子上的物品摆放整齐。打扫卫生的阿姨风趣地说，这两个小机灵鬼想让阿姨下岗啊！这不是抢生意吗！民警们对他俩就像家人一样关心，衣服磨烂了就领着去商店买新衣服，缺少用的就给他们买生活用品，想吃零食了女民警就争先恐后地给他们买，那些女民警们对他俩关怀备至。两个人索性把这里当成了家，开饭时也拿着碗像民警一样排队打饭打菜，简直就是两个小民警。易成龙最为得意，好歹也是民警和群众心目中的小英雄，因为他为破获瘸子王案件立了头功。

易成龙的父亲易军从报纸上看到中原派出所破获一起杀人案，看到王东北被害的消息，担心起了易成龙的安全。他已经到派出所报过案了，查了半年也没有易成龙的消息，为当时简单粗暴的行为后悔莫及。因孩子学习不好当着老师的面，对易成龙拳打脚踢，当时解恨了，没承想这孩子脾气那么古怪，连招呼也不打就离家出走了。如今知道了王东北的消息，想必易成龙也许会在那个地方，就来派出所找瘸子王案件的办案民警。郑为民得知易军的来意，高兴得合不拢嘴，像见到亲人似的说，老哥啊！可把你们盼来了。郑为民对着楼上喊道，成龙快下来，你爸妈来找你来了。易成龙正在打扫卫生，闻声走了过来。易军抱起易成龙道，孩子呀！爸就你这么一个独生子，出了问题家就毁了。你一走了之心里痛快了，从此爸妈没有睡过一个囫囵觉，没吃过一顿安稳饭呢！你看你妈都瘦成啥样了。易成龙妈妈走过来说，让妈好好看看小英雄长高了多少。易成龙扑进妈妈的怀里，笑嘻嘻地说，我一点儿苦也没吃，你看我的上衣裤子多干净啊，都是郑阿姨买的，鞋子是王阿姨买的，我还有好几套衣服、三双鞋呢。阿姨叔叔们对我好着呢，老表扬我，不像你们经常批评、打我骂我，还说我不好。你们考不上大学，非要我好好学习，完成你们未实现的愿望。我把学习当成了负担，就一步跟不上步步跟不上，学习成绩越落越远，慢慢就掉队了。在派出所里叔叔阿姨教我怎么洗脸刷牙整理卫生，让我锻炼独立生活能力，让我学到了好多东西。

成龙妈说，孩子，爸妈是来接你回家呢！把东西带上一起回家吧。易成龙推开爸妈走到郑为民身后道，郑阿姨！我不想和他们一起回家，我想留在派出所和刘晓蜀一起打扫卫生，爸妈会打我的。郑为民道，让他们向你保证以后再也不打你了。然后对易军道，易成龙是有点活泼甚至淘气，但是他是我们的小侦查员，也是大家心目中的英雄。作为父母让孩子如此惧怕实在是教育失败，你们向他保证不再打他好吗？易军夫妇向易成龙保证不再打人了。易成龙这才同意和爸妈一起回家，恋恋不舍地告别了郑为民、刘晓蜀、郑华华和其他民警。他上车时回过头来深情地看着送行的人们，哭着说，郑阿姨、王阿姨，能不能让我叫你们一声妈妈？郑为民、王永盛轻轻点头道，好孩子，可以的！成龙，保重。易成龙大声地哭喊道，郑妈妈、王妈妈再见！华华再见！我会回来看你们的。刘晓蜀躲在一边不敢站出来，看着身边小伙伴都回家了，他心里有一种难以言表的想法，怎么自己就永远失去了家的概念呢？不知道自己父母是谁，不知道自己从哪里来，又会到哪里去。他只听说小时候被瘸子王捡到收养，就一直跟着他，不知道自己的身世，是个名副其实的“黑人”，没有户口没有家没有父母，是个野孩子。

郑为民也察觉到了刘晓蜀的反常表现。看着郑华华为升入三年级准备的书包和学习用具，刘晓蜀心里难过极了，但他还是跑过去高兴地说，华华哥的新书包多好看呀！还有这铅笔盒上的小花熊图案真漂亮。他不由分说拿起铅笔就在纸上画了一个圈。华华夺过铅笔放在盒里道，你又不是学生看这干什么？把我的作业画脏了怎么办？刘晓蜀更加自卑了，真想找个地缝钻进去。他从小就缺少关心爱护，从外表上看有点傻乎乎的，现在自己也有了想上学的念头。郑为民下班回到家里，郑华华听到开门声扑过来抱住郑为民说，妈妈，你可回来了！刘晓蜀把我的作业本弄脏了，明天怎么给老师交作业呢！刘晓蜀难为情地站在那里不知道说什么好了。郑为民走过去把洗好的苹果递给刘晓蜀说，尝尝苹果，可甜了。刘晓蜀接过苹果咬了一口道，真好吃。又递给郑华华一个苹果，郑华华接过苹果边吃边说，刘晓蜀这是我的家，你在这里算怎么回事？想想你的爸妈在哪里，回家多好啊。郑为民笑了，华华不能这样说刘晓蜀，要客气点明白吧！郑华华没好气地说，他到咱家老和我争玩具，我不喜欢他。郑为民问道，刘晓蜀多大啦？喜欢书包吗？刘晓蜀笑了，当然喜欢啦，最喜欢像华华一样的书包。上面有玩具熊和变形金刚的图案。郑为民道，喜欢就好，不过你还没有告诉我你多大了。刘晓蜀想了想摇摇头道，不知道具体几岁了，听胖子刘说我七岁了。瘸子王也没有告诉我，我也不知道自己的具体生日。郑为民说，从你的身高和智力看，你有七岁小孩儿的水平。你喜欢学习吗？我想法子让你上学怎么样？刘晓蜀高兴得跳了起来，笑着说，我喜欢上学，这样就可以和哥哥一起听课啦。郑为民在孩子面前夸下了海口，具体去哪上学真是一件难事呀！

如今经济高速发展，外来人口不断涌向省会城市，正常孩子上学都成了问题。这个孩子连户口也没有，出生年月日也不清楚，刘晓蜀的名字也是别人经常叫的，究竟是谁给起的也搞不明白，怎么去报名上学呢？郑为民冥思苦想也没有想出个所以然来，叹道，唉！生活让人难题多多呀！要不只能……这样就解决了。

郑为民拿出华华一年级的数学和语文教科书，教刘晓蜀学习认字和数学基础知识。她想通过学习弥补其没有上幼儿园的缺陷，针对小学招生要求，拿出各种颜色图案进行入学面试训练。刘晓蜀也很用心学习，掌握了一些少儿应知应会的知识，等待招生。

郑为民在辖区选定了一所公立学校。她曾经多次给这个学校讲过法制课。闻校长对郑为民也是非常友好，郑华华上学时闻校长爽快地答应了。郑为民到目前也没有提供郑华华的身份信息，只有名字，没有身份证号码、家庭住址、父母等身份信息。现在郑为民又遇到了同样的难题。回想起郑华华的来历，心里依然难过万分。

入警体检那天下午，她体检完毕准备回家，天已经昏暗下来。外面白雪皑皑天气寒冷，她隐约听到婴儿沙哑的哭声，四周没有见到一个人。她就寻着婴儿的哭声找过去，绕过一个墙角发现声音是从医院外墙和电缆箱中间发出来的，走近夹缝处看到包裹里有一个男婴。她赶紧抱起来，喊道，有人吗？有人吗？谁家的孩子啊！没有人应声，有人路过这里对她说，姑娘报警吧，民警会管的。民警来到现场把小男婴接到派出所，民警对她进行了询问，并将小男婴留下。她对民警说，我很喜欢小孩儿，今天晚上就让我看着他吧，也不会影响你们的工作。民警看到她这么热心，就先让她照看了一个晚上。她把男婴抱回家中，并购买了奶粉奶瓶等婴儿用品。郑妈也非常喜欢男婴，微笑着给男婴喂奶。第二天民警接走了男婴，按规定把男婴送进了孤儿院。经过查找也没有男婴家人的信息。郑为民魂不守舍，老想着那个男婴，可爱的小脸不时出现在脑海里，就和民警一起去给男婴送奶粉。当看到男婴尿湿了裤子哇哇大哭时，再次激发了领养的念头。她弯下腰抱起男婴道，同志，这个娃娃让我带回去吧！这么小就没有爸妈的照顾，太可怜了，在孤儿院也太难过了吧！郑妈问道，你有什么想法？郑为民同情道，妈，我想领养这个小孩儿。你看他哭得厉害，只要我抱着他就不哭了，我喜欢他，他看到我就安生了许多，这是缘分呀！工作人员狄秋云道，领养孩子需要很多条件的，你符合要求吗？郑为民道，我看了《中华人民共和国收养法》第八条的规定："收养人只能收养一名子女。收养孤儿、残疾儿童或者福利机构抚养的查找不到生父母的弃婴和儿童，可以不受收养人无子女和收养一名的限制。"我今年二十多岁了，符合收养条件，再说我妈妈也能照顾好小孩儿的。这份真诚打动了工作人员。狄秋云道，好吧！既然你这么执着，从心里喜欢这个孩子，也是他的福分。嗨！天底下就有这样狠心的父母，抛弃自己的亲生骨肉，真可恨。同时又有像你们这样的爱心人士，善良得让我只想掉泪。郑为民拿出自己的身份证和户口本，狄秋云办理了领养手续。郑为民配合民警给男婴取了血样，希望能尽快找到男婴的父母，让他重新回归家庭。谁知几年过去了，华华的父母依然一点儿消息也没有。

郑为民想着华华的过去，也想着刘晓蜀的现在。她想走华华的路，去民政局开个领养证明，可是民政局认为刘晓蜀的情况不同，不能开这样的领养证明。郑为民一时间也没有别的办法，只好请闻校长帮忙。讲明了刘晓蜀到了上学的年龄，并递上刘晓蜀的基本情况。闻校长客气地问，身份证号码为什么没有写？郑为民说，他爸是军人没有户口，妈妈也不在了，所以就没有入户口。闻校长看了一眼郑为民不自然的红脸庞说，爸爸为什么没有来啊？郑为民难为情地说，他是军人不好请假呀。闻校长道，没有户口怎么登记呢？还是等等再说吧。看在你的面子上先去面试，如果合格了，再提交校委会研究决定。郑为民连声道谢退出校长办公室，带着刘晓蜀到面试室。门口的面试老师说，请家长先出去吧。然后问刘晓蜀，你叫什么名字？我叫刘晓蜀。你爸妈叫什么？刘晓蜀低头沉默了良久，面试老师连续问了三遍，刘晓蜀泪流满面依然没有回答。面试老师喊道，刘晓蜀的家长请进来！郑为民应声从外面走进面试室。刘晓蜀拉住郑为民的衣角哭了起来。面试老师问，你是他的家长吗？他连爸妈叫什么都不知道，不合格呀，怎么上学？把他领回去吧！郑为民话到嘴边又咽了回去，默默地拉着刘晓蜀走出了面试室，安慰着刘晓蜀，让我再想想办法，今年我们一定要上学。郑为民想了想，反正已经到了这种地步了，索性和闻校长摊牌吧！死马就当活马医，也许还有上学的机会嘛。重新排队等候闻校长召唤，终于进到校长办公室。闻校长问，面试结果怎么样？郑为民道，孩子不爱说话，面试老师认为孩子智力有问题，不符合入学要求。闻校长笑了，面试老师来电话汇报了刘晓蜀的情况，他连自己爸妈的名字也不知道，说明智力确实存在问题，到学校上学就很困难了，正常的孩子还招收不完呢！郑为民赔笑道，对不起闻校长，我也是心急才撒谎的，他根本就不知道自己的爸妈是谁，更不知道叫什么名字了，他的智商没问题。这个孩子，是我办理一个案件时留下的，无人照看，把他送进孤儿院，他哭着不愿意待在那里，非要跟我回家，我看着可怜就把他留下来了。该上学啦，求您帮个忙吧！闻校长道，你做慈善事业呀！做好事不是你一个人的事，为什么不早说呢？郑为民道，担心给您带来麻烦才说了谎话，真不好意思，还得请您原谅。闻校长道，你也是办好事的人，为国家分忧解难可以理解，这个事我一定帮忙，不过孩子要有监护人才可以上学，这一栏怎么写呀？郑为民道，那就写我吧！至于关系嘛，你就写妈妈吧！闻校长笑道，不会是你的私生子吧！郑为民含羞道，您也开玩笑。这时老蒋进来凶巴巴地嘲笑道，郑警官又见面了，原来你也有私生子啊！郑为民愤怒道，少贫嘴，关你什么事？老蒋道，哦！哼哼！少来这个，犯个小法就把我拘留了，我饶不了你。郑为民道，小心点，再犯到我手里照样收拾你。老蒋没趣地愣在那里，等待校长的通知。

郑为民办好入学手续感到轻松多了。刘晓蜀拿着书包翻看着新书，在沙发上跳来跳去，看到郑为民坐下来，顺势躺在腿上撒娇道，郑阿姨真好，你要是我的妈妈那该多好啊！郑为民慈爱地微笑道，叫阿姨不是挺好的吗？刘晓蜀撒娇道，我就想叫妈妈。郑为民沉默了好久没有回答，心想自己年纪轻轻就收养了两个孩子，都叫妈妈，以后该怎么办呢？张红星要是误解了就会得不偿失。刘晓蜀腻味地叫道，郑阿姨！郑为民答应道，哎！刘晓蜀又叫道，郑妈妈！郑为民不假思索地应道，哎！刘晓蜀得寸进尺地喊道，妈妈！郑为民还没有反应过来就答应了，哎！刘晓蜀幸福地抱住郑为民的脖子喊道，妈妈！妈妈！妈妈！郑为民抱着刘晓蜀道，好孩子，我暂时当你的妈妈吧！我已经把你的 DNA 传到了公安局数据库里了，全国警察叔叔阿姨都在给你找妈妈呢！刘晓蜀仍然腻味着说，我不要找妈妈了，你就是我的妈妈。刘晓蜀一张笑脸上挂满了泪珠，“妈妈、妈妈、妈妈”不停地叫着。郑为民无奈，只好一句接着一句地答应着。孩子放心吧，我会像关爱华华一样来关心你，照顾你的学习和生活。说着擦掉刘晓蜀脸上幸福的泪珠，起身去厨房做饭了。郑为民炒了两个小菜，蒸了一锅大米饭。一家人坐在餐桌旁美美地吃过饭，郑华华和刘晓蜀没有困意就商量着在院中踢足球，并叫来马侄子、马乐乐、小蔡、蒋甲、小新、晓东、李大肉在院内的空地上踢足球，一不小心把足球踢到了一层窗户的护栏上。司马金兰正在准备学习用具，被这突如其来的响声吓了一跳，顺窗户向外看到几个小孩儿在踢足球，就对屋内喊道，爸爸你看！中午了，他们也不休息，还在外面踢足球，把球踢到咱家的窗户上，让我怎么休息？要不告诉他们的妈妈吧！不让他们踢球了。司马永庆笑道，金兰不要着急，老爸有办法让他们心甘情愿地离开这里。

司马永庆打开窗户道，小朋友你们辛苦了！你们怎么知道我喜欢看足球，还表演足球让我看，太谢谢你们了！郑华华他们只顾踢球，对司马永庆的喊话不以为然。司马永庆用袋子装了几瓶矿泉水，走到郑华华跟前道，累了吧，来，每人一瓶矿泉水，喝了水会更有精神踢球。说着给每人分了一瓶矿泉水。郑华华几个人踢球热得满身是汗，口渴得直冒烟，正好有人送水过来，就接过水喝了起来。蒋甲纳闷道，我们在这踢球还有水喝，挺好的。司马永庆再次感谢道，感谢你们为我表演球赛，以后在这儿踢球每天都有水喝，并且给每人发点报酬，你们看行吗？今天每人十元酬劳。踢球的小朋友受宠若惊地欢呼道，太好了！马侄子半信半疑地说，在这里踢球还能挣钱？我们一定给你把球踢好！每人领了十元钱喝足了水，踢起球来就更加卖力了。第二天郑华华早早地就来踢足球，并且使出踢足球的看家本领，想让司马永庆更满意，可是司马永庆除了照样送水以外，不但没有理会他们球踢得好坏，而且这次每人只发了九元钱，足球队员们也没有介意。第三天每人发了八元钱，第四天每人发了七元钱……一直到第十天每人发了一元钱，第十一天不仅不给他们发钱了，就连水也不送了。司马永庆只是站在窗户里看他们踢球，还不时地评头论足，嘻嘻哈哈高兴地喝彩着。马侄子向司马永庆的窗户努努嘴道，嘿嘿！你们看他高兴得只看我们踢球了，不发钱就算了，竟然还忘了送水，咱们不给他踢球了，他也太不够意思了。小队友们聚到一起商量对策，决定再也不给这个不讲信用的人踢足球了，不给我们发钱，就去别的地方踢球，再也不来了。几个人嘴里嘟囔着，就是呀，义务踢球咱才不给他踢呢。几个人埋怨着，连声招呼也不打就走了。

司马永庆望着空荡荡的院落，享受着片刻的宁静，笑着对金兰说，你看他们都自愿地走了。司马金兰抱着爸爸亲了一口道，爸爸真棒！您的智慧一定要传给我！

转眼间开学的时间到了，刘晓蜀和郑华华高高兴兴地上学去了。刘晓蜀第一天上学人生地不熟的，郑为民交代华华照顾好弟弟，华华答应道，好的。他们说笑着蹦跳着向学校走去。语文老师讲到爸爸、妈妈汉字时，要求学生画一幅“我和爸爸妈妈”

的图画。同学们相继交了作业，老师检查到刘晓蜀的作业时满脸惊讶地问，为什么画了一个女警察拉着一个小孩儿，爸爸哪去了？刘晓蜀尴尬地站了起来无言以对。同学蒋甲嘲笑道，他根本就没有爸爸，听说他是个私生子，是个野孩子，哪来的爸爸呀！学生们哄堂大笑。刘晓蜀低着头，满脸的委屈。语文老师批评道，不许攻击同学闹不团结，刘晓蜀画得非常有新意，请坐下吧。

放学的铃声响起来，同学们蜂拥而出，蒋甲和李大肉一起骂，刘晓蜀是野孩子。刘晓蜀还嘴道，你才是野孩子呢！我妈是警察，爸爸是解放军。蒋甲冲过去给刘晓蜀身上踹了一脚道，小瘪三、野孩子。刘晓蜀看到蒋甲身边站着几个人，也不敢还手，就径直向华华班级门口走去。他认为两个人一起回家比较安全。

申高杰找郑为民了解案情，却与王永盛撞了个正着。申高杰问，郑为民在哪里？我有案情向她汇报。王永盛道，和我沟通效果更佳。申高杰道，其实我想送给她一个同心结，银子做的，相当不错呀！王永盛醋意盎然道，为民已经有对象了，这个月就要订婚了。现在送定情物为时已晚了，凑什么热闹呢？申高杰不好意思地掩饰道，俺真不知道她名花有主了，这也是同志间的友谊，不是你认为的那个意思。王永盛笑道，你呀，思维敏捷，方向转得很快嘛。她打开盖子欣赏一下，银光闪闪的同心结在阳光反射下耀眼放光。王永盛道，堪称精美绝伦，这个发夹好喜人，舍得让我试试吗？当然可以啦，你如果喜欢就送给你吧。王永盛道，既然这样，你就给我戴上怎么样啊？申高杰取出发夹戴在王永盛头上。郑为民经过这里从过道走过来，看到这亲密的一幕喊道，嘿！高杰在干什么呀！想吃美女的豆腐吗？申高杰失望道：

此物含情送织女，牛郎却缝相思衣。
青丝顶冠银生辉，月下秀发清风吹。

汝生不穿粗布衣，相携永盛得春闺。

王永盛羞怒道，去你的，就你坏，穿警服戴发夹也不搭呀！顺手把发夹取下来塞到申高杰手中，还是你收着吧，免得后悔终生。看你怎么爬到月亮上？申高杰追过去把发夹放在王永盛手中道，真心送你的，谎称来找郑为民是逗你玩呢！你这也信，赶快收下吧！王永盛接过发夹转身走了。郑为民哈哈大笑地对申高杰道，情有所归物有所属。正式邀请你参加我和红星的订婚宴会。申高杰大方地答应道，一定参加宴会，为你们祝福。

张红星和张妈筹划着隆重的订婚仪式。张红星充分征求了郑为民的意见，两人商量了地点、时间、内容、礼仪公司等相关事宜。张红星对郑为民给予了极大的尊重，使她的幸福感油然而生，对张家良好的家庭环境充满了向往。张红星每天都要去单位接郑为民下班，商量订婚宴会上动作和语言如何配合。

这天中午到了放学时间，张红星比往常晚来了一会儿，他在中原派出所门口没有看到郑为民的身影。从民警那里得知郑为民去学校接孩子了。张红星感到奇怪，大姑娘哪里来的孩子呀！就开车去了学校门口，看到穿着便装的郑为民正向马路对面喊话，别打了，别打了。张红星正想下车劝架，对面打架的几个小孩儿看到大人过来，就猛地把郑华华推倒在地撒腿跑了。郑华华起身摸着磕破的额头，向郑为民的方向跑过来喊道，妈妈！委屈地扑在郑为民怀里伤心掉泪地说，他们打我，还说我是野孩子，没有爸爸妈妈。说着又呜呜呜地哭了起来。张红星心里咯噔一下，难受极了。看着不像啊，她二十几岁孩子就这么大了？难以想象，隐藏得还蛮深嘛。怎么看这孩子都像郑为民，我差点就和她订婚了，如此弥天大谎让我无法接受。有心想去问个明白，思来想去还是觉得不可莽撞，人家有自己的生活，何必去打扰他们母子呢？心里想着小帆一直在追求自己，总是看不上她那种嫌贫爱富的品行，为金钱和地位而来的爱永远不会长久。张家的家训“德行天下”要铭记在心，一女影响三代人呀！对待婚姻要慎重再慎重。不过订婚仪式已经通知了亲朋好友，大家得知房产大佬张董事长的儿子张红星订婚都兴奋不已，平时想拉关系也没有门路，如今可是大好机会，也是结交房产界名流的机会。张红星想着怎么和妈妈挑明这件事，有点为难起来。

张妈为张红星特意订制了一套白色西装礼服，小帆拿去让张红星试穿，张红星阴沉着脸对礼服说三道四，以前满脸堆笑的张红星难过起来，顺手把礼服扔在沙发上又闷不作声，愁眉苦脸的样子被小帆发现了端倪。小帆调侃道，张总抱得美人归还愁眉苦脸啊，是不是站在这山看着那山高，要不就是吃着碗里看着锅里，你们男人都是这个德性。张红星被数落得无言反击，只好任凭她嘲笑戏弄，听着小帆幸灾乐祸的咯咯笑声，觉得有些不满隐藏在笑声里。

订婚仪式一天天临近，郑为民为此而忙碌着，准备物品并通知同事们参加宴请。仪式明天就要开始啦，突然间却传来张红星取消订婚仪式的消息。郑为民好像掉到云里雾里不知所以然，真有点难为情了。消息虽然还没有向外部通知，但也被这突如其来的消息弄得一头雾水，她要去见张红星问个明白，好端端的仪式怎么说取消就取消了，让人一点儿准备也没有。张红星难过地真想把头往墙上撞，骑虎难下的感觉越来越强烈。郑为民温柔地说，红星，突然改变主意也不和我商量，以前是我们共同决定订婚仪式的，你单方面想取消就取消了，究竟发生了什么事？我想听听你的解释。张红星被逼得没有办法了，就说，哎呀！你有家有口的，连孩子都上小学了，还跟我玩什么？装纯真有意思吗？郑为民实在忍不下去了，笑道，看你小心眼那没出息样儿。张红星道，我是说过只要不把前男友带过来都乐意，可是你把儿子都带来了，让我怎么接受？人家还是黄花大处男呢！说着委屈地转过脸去。郑为民哈哈大笑道，你看到的不一定都是真的，向我叫妈妈的人不一定就是我的儿子呀！我和你一样都是热血青年，你呀不信算了，我们两个有缘无分，如果你不听解释就分道扬镳吧！说着转身向汽车走去。张红星听后气呼呼地说，花新价钱买旧物件，谁稀罕。又觉得明天新婚仪式没法向大家交代，没承想这妮子竟然隐藏得这么深，撒下弥天大谎，心情郁闷，独自来到海鲜大排档，要了虾尾和泥鳅钻豆腐，打开白酒自斟自饮起来。邻桌老蒋正和兄弟划拳行令喝得正欢，议论着街头花边新闻。黑大个儿满脸酒气地说，蒋哥，听说明天红星公司张总和一个女民警举行订婚仪式。老蒋问道，谁家的女孩儿好有福气呀！黑大个儿道，说起来也巧，就是上次泡妞抓咱们的那个郑民警。老蒋笑道，奇怪了，我前些天在学校见她给儿子报名呢，怎么才订婚？这不是天大的笑话吗？据说大的孩子已经上学。张红星听完心里更乱了，怎么着？她还有一个孩子，心里更加烦躁不安。黑大个儿举杯道，蒋哥走一个，那个张总是个人精呀，怎么会穿一双破鞋呢？我看这个成不了。老蒋道，管他呢，来弟兄们干了这杯酒。

张红星听得怒火中烧，把酒杯重重地摔在桌子上大声喝道，你们胡说什么呢？老蒋哪受过这种窝囊气，几个人唰地站了起来。黑大个儿骂道，小子关你屁事！眼看大战一触即发，关键时刻小帆和几个员工急匆匆地跑进来喊道，张总！可找到你了，大妈急坏了。说着把张红星劝出大排档，小帆把张红星送回家中。张妈听儿子的诉说，知道了儿子的苦衷，说道，男人最怕娶个二手货，就好比别人藏着你家后门钥匙，随时可以触摸你最柔软的东西。红星别怕，有妈呢！如果像你听到的那样，妈给你撑腰，什么样的好姑娘咱找不到！但是也别错过这个机会，将来后悔。你说的小学校长姓闻，是我的老同学，我让她把这件事情调查清楚。张红星烦闷得一夜未眠。

第二天早上，闻校长应邀见到张红星说，郑华华和刘晓蜀是郑为民救助的孤儿。她把入学登记表拿过来，两个孩子的信息都没有登记完整。张红星将信将疑地问，监护人妈妈一栏填的是郑为民，这是怎么回事？闻校长笑道，学校要求必须有家长监护，为了孩子不受歧视，郑为民就暂时做了他们的妈妈，我顺手写在登记表上了。张妈道，红星呀，这下明白了吧！张红星好像突然明白了说，事已至此那该怎么办？小帆看看手表嬉皮笑脸地说，场地已经布置完毕，再有三个小时仪式就开始了，还不赶快负荆请罪。

张红星驱车见到郑为民赔礼道，原来他们是你捡到的孤儿呀！我怎么没想到。郑为民噘起小嘴娇嗔道，哼！算你聪明，还能想到这一点。说着生气地转过身去。张红星如梦初醒，知道自己冤枉了郑为民，诚恳地说道，我给你磕头谢罪还不行吗？郑为民羞红着脸不肯接受说道，这怎么可以？让人看到了又会产生误解。张红星赶紧转到郑为民面前伸出手掌，把右手的两个手指伸展放在左手掌上，然后弯曲再伸直，弯曲再伸直，再弯曲再伸直，并不停地赔礼说，我错了，向你磕头谢罪，一个、两个、三个……如果不原谅我的话，就一直磕下去。请郑警官原谅我好吗？郑妈本来正为张红星的出尔反尔生气上火，想当面质问张红星，走到门口听到张红星正在给郑为民磕头，气也消了，心想红星也是的，话是他说的，事是他定的，做错了还磕头，现在的年轻人真让人想不明白。她轻声地自言自语道，孩子们的事，就让他们自己处理吧。扭头走了。郑为民被张红星滑稽幽默的动作逗笑了。张红星道，你当真没有骗我吧？郑为民又噘起嘴来说，互不信任的夫妻就是一个失败的家庭。既然如此不信任，何必走下去呢？你呀真是身在福中不知福啊！张红星觉得浑身是嘴也解释不清了，为了表达自己的爱慕之情，看四下无人上前把郑为民搂在怀中，紧紧地抱着不放松，任凭郑为民挣扎，把滚烫的热唇紧紧贴在郑为民的嘴上，郑为民闭上眼睛被动地接受张红星热烈的亲吻。

张红星有生以来第一次和女孩子这么亲近，让他难舍难分。此时电话铃声突然响起，打断了他的幸福时刻，使他懊恼起来，心想，谁这么不知趣，在这个时候打电话过来？他接通电话听到张妈的声音，红星！你可是仪式的主角啊，一定要养足精神把事办好，不能出任何差错。张红星连连点头道，好的，好的，我一定把事办好。他挂了电话依依不舍地离开了郑为民。

张红星要订婚的消息不胫而走，滚地龙得知消息，也从高原牧场工地提前返回中原市，准备参加张红星的订婚仪式。他想借此机会结交中原社会名流，以壮大自己的企业，扩大生意场上的影响。蒋甲的父亲老蒋接待了滚地龙，为他去参加张红星的订婚仪式准备了礼物，并向滚地龙汇报，发现的刘晓蜀可能是他要找的孩子。滚地龙道，从瘸子王出事到现在，也没有发现异常反应，这孩子未必知道瘸子王的其他情况，即便是查找毒品来源，中间经过好几个人倒卖，警察未必能查出来，他只是跟着瘸子王干过，不必太在意。老蒋道，他好像是多年前丢失的孩子，左耳后边有一块胎记，我在学校报名时见过他。滚地龙道，如果必须动他，要小心呀！这场合不易掌控。老蒋随即安排两个手下，趁举办订婚仪式的机会，人们注意力不在刘晓蜀身上时，把他抓走验证一下，就知道是不是他们要找的人了。

上午十时，订婚仪式在音乐声中开始了，张红星和郑为民庄重大方地走在红地毯上，各大媒体记者和摄像师拍照留念，主持人讲解诙谐幽默，逗得宾朋们欢笑声不绝于耳，欢乐的气氛充满了礼堂的每个角落。一对新人正在喝交杯酒时，刘晓蜀从外面慌慌张张地跑了进来，向郑为民冲了过去喊道，妈妈有人打我。一个七岁的孩子在众目睽睽之下，面对亲人朋友、社会名流和各大媒体记者，不顾一切地向正在订婚的大姑娘叫妈妈，顿时现场气氛紧张起来，尴尬之余鸦雀无声，大家都惊呆了。郑为民把酒杯放下，拉着刘晓蜀说，孩子别害怕来妈这儿。众人回过味来发出“咦……咦……”的惊叹声，大姑娘带着孩子订婚真是稀罕事。张红星不慌不忙地把杯中酒一饮而尽放下杯子，接过主持人的话筒道，这孩子是郑为民的。大家一片惊嘘声。他停顿了一下接着说，也是我的。大家惊嘘声更大了，有些起哄的人甚至发出奇怪的口哨声。张红星又停顿了一下接着说，今天大家做证，从今以后刘晓蜀就是我的儿子。我们要像爸爸妈妈一样爱护他，让他快乐健康成长。记者走过来问道，张总年轻帅气才华横溢，又是知名企业家的公子，怎么会和一个带着孩子的警察订婚呢？张红星含笑回答记者的提问，刘晓蜀是一个孤儿无处安身，郑为民就暂时收养了他。这样善良的姑娘多么可爱、多么美丽。我能遇到郑为民这样的好姑娘，这也是上天的安排。只有“德行天下”的姑娘才有资格嫁到我们张家来！请大家共同举杯，祝贺我们吧！大厅里一片欢呼的祝贺声。订婚仪式在欢乐祥和的气氛中圆满结束，备受新闻媒体的关注和热炒。

一夜之间全省的报纸、网络、电视发出了一条奇葩新闻——美女民警携子与富豪帅哥订婚。奇葩新闻很快传遍了街头巷尾，张红星和郑为民、刘晓蜀的名字以及合影照片家喻户晓了，红星房地产也一夜成名。

那两个追赶刘晓蜀的地痞被学校门口巡防队员抓获，移交给派出所处理。老蒋这回失算了，找到滚地龙道，您可要帮帮我呀，我的两个兄弟被抓了怎么办？滚地龙慢悠悠地喝了一口茶放下杯子说，慌什么？得罪谁不行非要去得罪警察呢？这回可摊上事了吧！不过也不是什么大事。靠自己想办法去救他们两个出来吧！不想死得快就离他们远点，否则暴露了我们的真实意图就更难办了。滚地龙说完，想着自己的心事，如果自己女儿没有送人的话，现在也该像订婚的民警一样大了。他陷入了对女儿的思念和深深的内疚之中。

滚地龙回到家中对妻子说，我今天参加了一个订婚仪式，看到那个女孩儿甜蜜的微笑，就想起我们的女儿，不知她现在可好，拖了那么多人去寻找，也没有一点儿消息。妻子伤感道，都怨你，走了也不带上我，孩子没了，让人终生不得安宁。

刘永富看到电视上儿子的模样，兴奋得一夜合不拢眼睛。第二天清晨，和老婆一起坐上了赶往省城的火车。刚见到刘晓蜀，就把刘晓蜀的户口本拿了出来。民警证实了刘晓蜀的父母身份，要求刘晓蜀和他们一起回家。刘晓蜀生气地说，你们不是我的爸爸妈妈。你们不是已经离婚了吗？不是经常打架吵架吗？害得我从小就无家可归，我连你们的模样和名字都记不起来了。我坚决不回家，不想生活在一个不正常的家庭中。郑妈妈才是我真正的妈妈，张叔叔才是我真正的爸爸，派出所才是我真正的家……

第三章　残缺的爱

滚地龙是中原市有名的房地产商人，他以食品加工冷藏、贩卖起家，逐步成为当地知名企业家。他对员工关心备至，甚至把他在发达之前的兄弟也记在心上，在闹市区给每人分了一套价值不菲的房子，这样一来他的威信就更高了。为他出生入死的老蒋从监狱刑满释放后，滚地龙为了报恩就在新区划了三十亩的商业用地给老蒋，滚地龙为老蒋的义气顶罪给予了极大的回报。老蒋不认识几个大字，但是出了名的义气也使他好事连连，他为滚地龙顶罪成了企业内部的一段“佳话”，使滚地龙的铁血资本积累到目前还没有暴露，深藏在人海之中不为人知。

老蒋是怎样和滚地龙结下“友谊”的呢？说起来也是一段传奇。滚地龙原始积累是从贩卖人口开始的，通过贩卖人口取得非法利益。在民警多次打击中，他看到周围的同行纷纷被判重刑，这使他感到这样挣钱风险太大，就改行贩卖地沟油从中牟利。他为了把这些黑钱洗白，就收购了一家食品加工厂，开始经营加工食品。本来想借机把黑钱洗干净，把暗地里获得的不义之财堂而皇之地摆到桌面上，再转行经营正规生意，没想到老蒋把生意当成了事业来做，把食品加工厂经营得红红火火，使滚地龙产生了经营下去的想法。随着食品行业竞争的加大，地龙食品公司效益也日益下降，甚至出现严重的亏损，企业一度经营不下去了。滚地龙要求老蒋使用地沟油降低成本，老蒋坚决反对降低产品质量这种杀鸡取卵的避险方式，认为质量是企业的生命线，失去了产品质量，企业只会暂时盈利，从长远看会砸了企业的招牌，表示如果使用地沟油就不当厂长了，坚决不做亏心事。滚地龙就背着老蒋把好油换成地沟油生产冷冻食品，时间长了投诉日益增多，安监部门发现不合格产品中含有地沟油，吓得滚地龙东躲西藏不敢露面。老蒋每天指挥工人加工食品，但对地沟油的事却蒙在鼓里。他发现问题后不慌不忙接待检查人员，全部承担了地沟油带来的法律后果，不仅没有揭发滚地龙的恶行，反而承担了所有的责任，替滚地龙扛了一次罪责。老蒋讲义气真的不容易，在监狱里一蹲就是八年。滚地龙在这次事件中毫发无损，老蒋出狱后官复原职仍然管理食品加工厂。滚地龙懂得感恩重赏老蒋，在新区无偿给老蒋三十亩的商业用地，使老蒋更加死心塌地为滚地龙卖命，成了滚地龙的铁杆兄弟。老蒋的义气得到了高额回报，突然间从犯罪分子成了三十亩地的主人，成了十足的暴发户。老蒋有了钱就更加溺爱儿子蒋甲了，为了弥补八年来对蒋甲的亏欠，不仅让他吃好的穿好的，身边还有两个保姆伺候着，享受着皇宫中王子般的生活。衣食无忧的生活使他游手好闲起来，认为学习没什么用，有钱就能买来一切想要的东西，在学校经常惹是生非。

蒋甲有四个关系好的同学，经常跟随着混吃混喝，对蒋甲言听计从，但是同学刘晓蜀不仅不给蒋甲留面子，而且还经常和蒋甲对着干。鉴于刘晓蜀彪悍的体魄和强硬的性格，蒋甲不敢对他轻易下手，就想方设法赶走他身边的人，以此来孤立刘晓蜀。

刘晓蜀的女同桌冯珠珠活泼大方，长得漂亮，经常和刘晓蜀同路上学。蒋甲指使同学李大肉趁课间做操时，把毛毛虫偷偷地放在冯珠珠的文具盒里，并警告说，如果再和刘晓蜀形影不离小心挨揍。上课铃声响了，语文老师站在讲台上说，同学们请打开语文课本，今天讲第三课。话音刚落只听“妈呀”一声，冯珠珠手里的文具盒掉在地上，大家用惊讶的目光看着冯珠珠。怎么了冯珠珠？语文老师问。冯珠珠惊恐未定地说，吓死我了，文具盒里有毛毛虫。蒋甲坐在冯珠珠后排的位置上，他弯下腰捡起文具盒道，这虫多可爱，有什么可怕的？说着把文具盒还给冯珠珠，拿起毛毛虫向大家晃了晃摔在地上用脚踩死。语文老师道，不就是一条虫子吗！看把你吓得要哭了，至于大惊小怪吗？其他人也不要恶作剧吓唬女同学，女同学在家都是小宝贝，我们要爱护帮助才对，好了我们开始上课。

放学了，冯珠珠和刘晓蜀走在回家的路上，冯珠珠告诉刘晓蜀虫子的来历，并把李大肉说的话和盘托出。刘晓蜀气不打一处来，这个蒋甲直接对我来就可以了，何必欺负女孩子，真是岂有此理，实在太过分了。他打伤过的几个同学都是家长出面调解的，还把我打伤了一次，今天又要欺负你，实在让人难以忍受。这时蒋甲走了过来顽皮地说，珠珠！你个破珠珠！还敢和他一起走。冯珠珠不敢正眼看蒋甲丑恶的嘴脸。刘晓蜀道，休要无理，你这样做会毁了你的名誉。我们都是同学，何必这样呢？如果再这样我就告诉老师。蒋甲道，去呀！去呀！看你那个熊样！以前被打了是熊样，现在还是一个熊样。刘晓蜀显然被激怒了，你“牛逼”再打一次。蒋甲也不示弱挥动拳头道，你以为不敢打你，不就是赔点钱吗！说着拳头打在刘晓蜀的脸上。刘晓蜀捂着脸，顿时觉得脸上火辣辣的，疼痛难忍。他把嘴里的血吐出来去打蒋甲，被李大肉拦住了去路，嘿！小子想干啥？蒋甲趁机一溜烟儿地跑了。刘晓蜀回到家里用水漱了漱口，刘永富和妻子正在生闷气，刘晓蜀对妈妈说，今天有个同学把我的嘴打流血了。说着刘晓蜀委屈地哭了，刘母听了道，不专心学习就知道和人家打架，你要手干什么呢？说着回到屋里只顾自己生气去了。刘晓蜀看到妈妈不理他也没有人做饭，就去问爸爸，咱们晚上吃什么饭？刘永富生气地说，吃……吃……你就知道吃，没看你妈那个母老虎又生气了，饭不做了，衣服不洗了，地也不拖了，这家怎么过呀！家里够难的了，你还是让大人省点心吧！刘晓蜀无奈打开火烧了一锅开水，冲了三碗鸡蛋茶，给刘母端去一碗，给刘永富端了一碗。他多么想让爸妈和和气气地过日子，自己把硬馍切碎放在碗里泡开，美美地吃了一顿泡馍，但是心里特别难过，自己在外边受人欺负，回到家里爸妈还在生气互不理睬，自己的委屈连诉说的人都没有。他又找刘永富说，有同学打了我一顿。刘永富没好气地说，为了你在城里上学，我和你妈专门租房子打工养活你，咱在这里人生地不熟的，既没有和人争高低的实力，也没有经济能力，一切都要靠自己解决。他打你为什么不还手，你手里端着豆腐呢！自己的事自己解决。刘晓蜀听了这话心里更憋屈了。

第二天上学，刘晓蜀在书包里放了一块三尖子石头，心想今天蒋甲敢再动手，我决不饶他。放学的铃声响了起来，刘晓蜀和冯珠珠同行回家。蒋甲突然从墙角跳出来，刘晓蜀见状赶紧改变方向拉着冯珠珠向另一边走，前边又出现两个小男孩儿，他俩转身向后走，后边有两个小男孩儿挡住了去路，刘晓蜀和冯珠珠无路可退。蒋甲嬉皮笑脸地说，好小子你敢打我，看我怎么收拾你。说着上前就是一脚，踢得刘晓蜀一个趔趄差点摔倒。刘晓蜀站稳了脚跟，顺手用书包向蒋甲甩了过去，并说，珠珠快跑。边甩边向外跑，几个围过来的小孩儿见状赶紧闪开，刘晓蜀趁机跑了，冯珠珠被他们拦住打了一顿。蒋甲说，以后跟着我就没人敢欺负你了，否则还打你。冯珠珠无奈只好顺从蒋甲的意愿，以后再也不敢跟刘晓蜀同行了。冯珠珠为了自己不挨揍，经常和蒋甲一起玩耍，蒋甲像对待其他哥们儿一样，经常给冯珠珠吃的用的，收买人心。慢慢地，冯珠珠就成了蒋甲的小跟班，刘晓蜀为此心里深深埋下了仇恨的种子。刘晓蜀告诉了语文老师并报了警，郑为民、王永盛给予了调解处理，老蒋媳妇出面赔偿了医药费，这事就暂时过去了。这边的矛盾解决了，同龄的郭小娟日子也不好过。

郭小娟放学回家，在卧室看到妈妈留下的一封信：小娟！不要怪妈妈狠心，这个家没有妈妈的容身之地了，你跟着爸爸过日子吧！不开心了就去找奶奶。郭小娟流着泪把妈妈留下的信藏了起来。郭中回来看到小娟在哭，安慰道，小娟别哭了，你看爸爸姓郭，你也姓郭，咱们才是一家人呢！法院把这个房子和你都判给我了，我抚养你到十八岁才行呢！安心上学吧！我把你后妈接过来一起住，慢慢就习惯了。小娟无助地点点头。

郭中是个以杀狗卖肉为生的屠夫，小娟七岁时，他就逼着年幼的小娟去杀狗。见了血淋淋的杀狗现场，吓得小娟浑身发抖害怕地躲了起来。郭中把小娟揪出来打了一巴掌说，咱家靠杀狗卖肉为生，你不学会杀狗怎么挣钱！如果不杀狗就别想吃饭了！小娟颤抖着双手不敢去拿刀，郭中生气了就把小娟关在楼梯间的小黑屋里。小娟饿得肚子咕咕叫，想着妈妈不知去哪了，也不来给我送点吃的，心里难过极了。第二天郭中问小娟饿了吗，小娟哀求说，我快饿死了，爸爸给我点吃的吧！我杀狗还不行吗？小娟吃饱了饭拿起刀子向绑好的狗走去，她两手用力也不能把刀子捅进狗的胸膛里，狗疼得直哼哼。郭中握住小娟双手把刀尖对准狗的胸部猛力一推，锋利的刀子捅进了狗的心脏，狗汪汪叫两声就不动了，把刀子拔出来，新鲜的血液流进了盆子里。郭中说，去拿点盐撒进去，晚上吃狗血火锅，好吃着呢！小娟把盐撒进盆子里，学着郭中的样子用刀在血中搅了搅，心里产生了极大的怨恨和恐惧，觉得狗肉挺好吃，可是杀狗太吓人了，这不是小女孩儿干的活！她对郭中产生了一丝杀意。

现在妈妈走了，小娟和后妈生活在一起。后妈只顾自己穿衣打扮，对小娟不冷不热。只有奶奶关心溺爱着小娟，平时奶奶对小娟关怀备至，在奶奶的督促下后妈也开始对小娟疼爱有加了，但随着后妈生了一个同父异母的小弟弟孬蛋，小娟的好日子也走到了尽头。经常因为照看小弟弟挨打受气，学习成绩也因此下降了许多，奶奶也无法制止后妈的行为，只好任凭后妈将小娟关在黑屋里接受惩罚，名义是让小娟好好学习，提高小娟的学习成绩。小娟觉得在这个家里已经没法待下去了，没有谁会真心地爱护自己，在学校也跟不上学习的进度，经常逃课玩游戏打架吸烟。为此老师多次请家长管教，也没有任何改变，只好按照学校的规定开除小娟的学籍。奶奶生气地哭了。奶奶经过努力给小娟安排在另一所学校上学，正好和刘晓蜀同班并且是同桌。郭小娟坐在了以前冯珠珠的座位上，因为这个座位是留给插班生坐的，学习有进步了就会调到前面的位置。

郭小娟从小就经受了人间的许多疾苦，经历了家庭的变故，后妈总以爱的名义惩罚她，为了学习把她关进小黑屋里，她不仅没有提高学习成绩，反而增添了对后妈和爸爸的怨恨。在这种新组建的家庭中，郭小娟是真正的二等公民，承受着一个少女不该承受的压力，经历了其他孩子未曾经历的艰难，岁月的沧桑使她的心伤痕累累，她变得不愿意与人交流，性格变得越来越内向。

光阴似箭，时光如梭，一晃几年的时间悄然过去。她已经长成十四岁的大姑娘了，唯一的想法就是去找亲生妈妈。她虽然经历了许多风霜雨打，内心受到了许多创伤，但是父母遗传给她的姣好面容并未改变，她出落成了美人坯子，成了班里的小靓女。蒋甲对刘晓蜀真是羡慕嫉妒恨，心里五味杂陈，他想刘晓蜀这几年总是那么好运气，经常和美女坐在一起，何不用同样的方法把小娟请过来，像冯珠珠一样顺从自己，再用钱来满足她？我就不信小娟不喜欢钱。想到这里蒋甲又动起了歪心思，计划怎样把小娟抢过来。

蒋甲这次先礼后兵，找到刘晓蜀大言不惭地说，我们同学好几年了，从小学到初中没少打交道，实话告诉你，我不仅喜欢冯珠珠还喜欢郭小娟，希望你离她远一点儿。刘晓蜀知道蒋甲的德行，就说，这和我有什么关系？去年你把我打成轻伤赔了几万块钱，这么快就忘了，还不吸取教训吗？蒋甲探明了刘晓蜀的态度，便直接找小娟谈情说爱了。小娟的童年因家庭变故使她缺少关爱，一时间和蒋甲暧昧起来，但是从以前的交往中，她从内心还是喜欢刘晓蜀那种稳重、温和、深沉、友善的性格。在蒋甲的影响下小娟和冯珠珠成了好朋友，成了蒋甲的小跟班，经常乘坐蒋甲的奔驰轿车，威风一时。

期末考试如期而至，冯珠珠和刘晓蜀座位分配在一起，两个人又暂时成为邻桌。刘晓蜀说，珠珠还好吧！珠珠笑了，我也没办法摆脱受人欺负的困境，只好和强势的人在一起免受委屈，你也保护不了我。我如果不这样做，他会经常让我不得安宁，他扬言如果不和他好，就把我和你打成残废，我也是为了你才这样做的。说着拿出手机说，如果你不介意就加微信沟通吧！我把事情详细说一遍。刘晓蜀道，好呀！我正好有两张电影票，如果方便，考完试了我们一起看电影，然后参加我妈妈的生日宴会，享受喜庆美食的味道，你看行吗？

放学了两个人在微信里聊得很开心，冯珠珠问，我以什么身份出现？坐在什么位置？刘晓蜀道，当然以同学的名义出现了。冯珠珠回答道，你妈肯定会认为我是你对象呢！刘晓蜀回道，是对象有什么不妥吗？冯珠珠聊兴正浓，蒋甲看到冯珠珠高兴地聊天，就抢过手机道，嗨嗨！你们藕断丝连呢！你还脚踩两条船呢！说着给冯珠珠头上象征性地打了一下，冯珠珠笑了笑道，聊着玩的，别当真。蒋甲顺手回道："笑脸！大淫魔！"刘晓蜀不知其中有诈，就乐呵呵地回了一个相对称的名词："OK！小淫妇！"并为自己对应"大淫魔"的回复暗暗发笑，等着冯珠珠的回信。蒋甲看到微信恼羞成怒地回道："我是蒋甲，好小子竟敢调戏我女朋友，小心收拾你，你要有种明天上午在学校门口等着。”刘晓蜀正在兴奋中，突然看到冯珠珠截然不同的微信回复，心想，这可怎么办？蒋甲怎么知道了呢？也只好硬着头皮应对了。郭小娟看到刘晓蜀的情绪变化，就问怎么回事，刘晓蜀递过手机让郭小娟看个明白。郭小娟看了就生气地说，这个蒋甲作恶多端太欺负人了，我已经受够了。小娟讲述了蒋甲欺负她的经过，很气愤地告诉了曾经被蒋甲殴打过的五个同学，希望他们能够一起对付蒋甲的欺凌。这几个同学都害怕蒋甲报复而不敢出面，不想和蒋甲发生冲突。小娟只好说，晓蜀，他们不敢帮你，我帮你！说着从书包里拿出一把尖刀道，拿上这把刀，这是我经常杀狗用的刀，如果蒋甲敢对你动粗，你就把它拿出来吓唬吓唬他们，让他们不敢动手打你，趁机跑了不就完事了。刘晓蜀没有接刀子，认为蒋甲已经打伤过这么多同学，还不悔改吗？他父母为此也赔了不少钱，因为蒋甲年龄不够法律制裁，最终免予追究，每次都是蒋甲父母出面赔偿。就是因为蒋甲打架不好好学习，曾经两次延期升级。刘晓蜀觉得蒋甲受到教育，还敢放肆吗？小娟道，不怕一万就怕万一，我觉得拿上刀子会好一些，以少胜多需要这个。刘晓蜀说，也是呀！就接过尖刀，把刀从刀鞘抽出来用手试试刀刃的锋利程度，又把刀放入刀鞘装进裤子口袋里。眼看就到约定时间了，刘晓蜀独自一个人向校外的小胡同走去。小娟说，你等一会儿，我叫几个同学给你助威，人多了可能他就不敢打你了。刘晓蜀像没有听见似的向前走去。

刘晓蜀走到胡同口，蒋甲笑道，好小子！胆子不小，还真的敢来，我让你有来无回。说着举起拳头就打。刘晓蜀躲闪不及，头上重重地挨了一拳。李大肉冲了过来搂住刘晓蜀的脖子道，你敢泡蒋哥的妞，找打呢！一个抱摔把刘晓蜀摔倒在地，十几个人围过来对刘晓蜀轮番地拳打脚踢。刘晓蜀痛得捂着头在地上打滚，他们就用脚乱踢，刘晓蜀觉得肚子疼痛难忍，就赶紧把头放开捂着肚子。当刘晓蜀手碰到裤兜里的刀子时，那把尖刀硬邦邦的，就在手边。刘晓蜀此时已无还手之力，干脆就躺在地上装死任凭他们殴打。大多数人打累了停下手脚，只有李大肉还在刘晓蜀身边骂着踢着，好像向蒋甲邀功，他妈的好好教训你，看你以后还敢和蒋哥作对吗。刘晓蜀忍无可忍一骨碌从地上爬起来，拔出尖刀对准李大肉的胸膛就是一刀，李大肉一边说着你敢用刀捅我，一边手捂着伤口倒在血泊之中。蒋甲和其他人冲上来夺刀子，刘晓蜀用刀子对着人群胡乱比画了起来，见人就捅。这些人看见刘晓蜀拼命的样子，发现已经有三个人倒在血泊之中了，害怕地赶紧撤到一边，纷纷后退不敢上前。珠珠哭道，刘晓蜀别打了，你看他们已经死了。刘晓蜀打红了眼把刀子往地上一甩，刀尖扎在地面上立了起来，上面的鲜血向下流着。他喘着大气吼道，不服气的上来，人多吗？来……来……有人上来吗？放马过来，来一个干掉一个。

此时小娟带着同学们跑了过来，看到几个人躺在血泊之中害怕道，刘晓蜀为什么不等一会儿再见他们，有我们在就不会这样了，你看他们流了这么多血，赶快拨打 120 急救电话。刘晓蜀这才正眼看了看躺在地上的李大肉，他手捂着胸口已经奄奄一息了，刘晓蜀心里有些害怕起来。蒋甲捂着伤口喊着疼呀！快叫我爸救我！还有两个人捂着伤口在路边坐着，小娟打了 120、110 电话，珠珠通知了老蒋。没过多久 120 医生赶到现场，抢救受伤人员。郑为民和民警拉起了警戒线，王永盛关心道，为民小心点，看你大着肚子多不方便，要保护好自己呀！体力活让我们干，你做点文职的工作吧！说着话王永盛开始拍照取证，郑为民笑道，谢谢关心！我怀孕了没有那么娇气。然后问小娟道，怎么回事？小娟说，蒋甲找人殴打刘晓蜀，刘晓蜀就用刀把他们捅伤了。郑为民听着小娟的回答问道，刘晓蜀在哪里？小娟向前指了指道，他在胡同口那棵大树下。郑为民赶过去急切地问，是你把人打伤了？刘晓蜀扑通一声跪在郑为民面前，哭着说，郑妈妈！是他们先打我的，我实在没办法脱身才用刀子乱捅，没想到他们会这么脆弱，我没想杀人，他们十几个人打我。我刚开始用刀子吓唬他们，警告他们不要打我，否则就用刀子捅人，他们认为我不敢用刀子，不但不退，反而仗着人多势众向前冲，我没办法就把他们捅伤了，没想到他们会死了，我会不会被枪毙呀？郑妈妈救我呀！郑为民叹气道，唉！你不该这样呀！王永盛过来道，小娟看着他，别让他再做傻事了。郑为民安慰道，我知道了，一定会查清楚的，你和民警一起回派出所接受询问。

王永盛和民警带着刘晓蜀回到派出所。郑为民把现场情况报给了张伟局长。此时刘晓蜀的父母闻讯也赶到了派出所，看到已经变了模样的派出所，感慨万千，以前来领刘晓蜀时的派出所已经旧貌换新颜了，这里的民警也换了好几茬，唯独郑为民和王永盛还坚守在这里。郑为民已经提升为副所长了，主管刑侦工作。刘母跪倒在地说，求求郑所长救救晓蜀吧！他可是我们家的独苗，他要是有个三长两短，我就不活了。郑为民把刘母扶起来道，法律面前人人平等，法不容情呀！你看到死者家人了吗？多痛苦呀！我理解你的心情，等待处理吧！他们强烈要求从重处理刘晓蜀，杀人偿命呢！不过把心放在肚子里，我知道刘晓蜀不满十五岁，杀人罪死不了，但是后果严重，造成一死一重伤两个轻微伤的严重后果，被刑拘判刑是免不了的。刘晓蜀的父母听了也无可奈何。因为刘晓蜀是未成年人，在讯问时，按照法律规定监护人全程在场，刘永富只好按照民警的要求参加对刘晓蜀的讯问。

王永盛和民警对刘晓蜀进行审问，刘晓蜀诉说着满肚子的委屈，一五一十地把发案的经过和原因和盘托出，对双方约架造成重大伤亡的事实供认不讳。刘晓蜀在笔录上签字画押，刘永富也在笔录上签了自己全程在场的字迹，签完字在名字和日期上按上鲜红的指印。刘永富语重心长地说，孩子，你怎么可以动刀子杀人呢？刘晓蜀懊恼道，我受欺负了向你和语文老师寻求安慰帮助，可是语文老师也管不了蒋甲他们，你总是没好气地训斥我，也不管我有理没理，都要骂我甚至打我，说我为什么不还手，手里端着豆腐呢？这次好了，我实在受不了了，终于还手了，没想到成了这样的结果。说着话刘晓蜀呜呜地哭了起来……

刘晓蜀被送进看守所执行拘留，郑为民和王永盛正在积极办理这个案件，使案件尽快进入下一个程序。

案件双方当事人都在悲痛之中，死者家属为了孩子死亡而伤心难过。刘晓蜀父母为缺少对孩子必要的法制教育，使孩子走上犯罪道路而懊恼，为孩子漫长的监狱生活而难过。

除了案件双方当事人家属的难过以外，郭小娟心里极为复杂，难过到了顶点。她除了对奶奶还有所留恋之外，对现在家里的其他亲人已经失去了亲情，对爸和后妈恨之入骨，早有杀了他们的心思，多次想找妈妈也没有结果，姥姥也去世了，如今最亲近的好友刘晓蜀也进了监狱，她心灰意冷，更没心思学习了。家长本来对小娟不爱学习就有看法，这次打击使她的成绩一落千丈，回到家里郭中和李姗姗看到她成绩严重下滑，那种恨铁不成钢的心情使郭中夫妇无法控制自己，轮流责骂小娟不重视学习，愧对父母的期望。小娟多年来的委屈一直憋在心里，今天终于爆发了，顶嘴道，你们教过我一道题吗？就知道批评惩罚。姗姗生气了就把她关在楼梯间里，小娟如今已经十五岁了，在她的记忆里从小就经常被虐待，也习以为常了，对这个小屋再熟悉不过了，也没有人会心疼她，有时候奶奶知道了会阻止爸妈的行为，把小娟接走住几天，等爸妈消气了再把小娟送回来，奶奶成了小娟最亲的人。至于爸爸和后妈就别提了，小娟早在七八岁时就有杀死他们的心思，如今也想明白了，如果杀了他们，就再也不用为学习受折磨了，他们总是以爱的名义来惩罚小娟，使小娟生不如死，干脆让他们消失吧！小娟想通了，一改往日的叛逆，对爸和后妈百依百顺。爸和后妈看到小娟的变化，态度也变得温和了许多，经常让她做这做那，洗衣做饭上街买菜小娟全包了。小娟有一次外出买菜，看到一个骑自行车的老人用喇叭喊着，粘老鼠、粘老鼠，粘住老鼠跑不了。小娟问，大爷有老鼠药吗？我家的老鼠半夜乱窜快把人烦死了，我想买点老鼠药把它们药死。大爷看到眉目清秀的姑娘就说，孩子你这么小能行吗？如果用不好会药死人的。小娟道，大爷放心吧！我知道怎么用药！把药放得高一点儿不让小孩子够着就行了。大爷相信了小娟的话，就卖给了小娟两包老鼠药。小娟既高兴又害怕，毕竟是谋害人命呀，而且是抚养自己长大的亲人！她把老鼠药放在裤子口袋里，提着菜回到家里。小娟想，爸爸以杀狗为生，后妈也身高体壮，假如用刀去杀他们，成功的可能性几乎没有，如果被发现了反受其害。想到这觉得这种选择是正确的，用对待老鼠的方法最安全，可是老鼠药有味道容易被发现，她想着做什么样的菜才能掩盖老鼠药的味道。

她先做了一个芹菜炒肉，犹豫了好长时间也没有把药放进去，这种清淡的菜最容易被识破。她就把精心准备的萝卜洗干净切成小块，再把生姜片和小块狗肉放入锅中炒出香味来，又在锅中加上清水放入麻椒和辣椒，把煤火进风口关小了一点儿慢慢地炖狗肉，狗肉炖得差不多了放进萝卜块。打开锅盖满屋子的清香让人垂涎欲滴，她看了看挂在墙上的石英钟快晚上八点了，心想，爸妈该回来了。小娟把炖菜盛在盆子里，走到客厅听听外面没有动静，然后回到厨房把老鼠药拿出来快速地放进炖菜里，用筷子搅匀了，把案板上切碎的香菜撒在炖菜上面，把菜端到餐桌上，然后像往常一样把烧饼、芹菜、吃饭用的碗筷整齐地放在餐桌上，把做好的杂粮稀饭连锅端过来放在垫子上，就坐在沙发上看电视，忐忑不安地等待爸爸和后妈回来吃饭。过了一会儿郭中和李姗姗卖肉回来了，郭中刚进客厅就闻到了熟悉的狗肉香味，夸赞道，小娟长大了，炖菜做得这么好，闻起来就有食欲。郭中和李姗姗累了也饿了，坐在餐桌前大口大口地吃了起来，郭中觉得狗肉有点不同寻常，就问，小娟你吃饭了吗？小娟道，我看你们回来得晚，我就先吃饭了。小娟心里有些紧张，害怕被看出破绽，就回屋倒了点开水喝了起来。李姗姗道，今天的狗肉辣椒放得多吃起来更带劲，不过味道有点怪怪的。郭中道，孩子小做饭还欠火候，可能是佐料放得多了，不用介意吃吧！累了一天了，吃过饭早点儿休息。说着话两个人吃得津津有味。郭中和李姗姗吃过饭觉得肚子不舒服就去睡觉了，一会儿就呕吐了起来。郭中喊道，小娟快给我打点水来。小娟害怕地把水端进了卧室，郭中说快快打120！回头看着奄奄一息的李姗姗，小娟拿起电话拨了号码120，但转念一想，如果120的医护人员来了，老鼠药中毒的事就会被发现。她来到客厅关上卧室的门，过了一会儿卧室里就没有声音了，郭中和李姗姗这次睡着就再也没有醒来。

小娟有点害怕就把家门锁好去奶奶家了。小娟见了奶奶仍然有点惶恐不安，奶奶看着小娟说，明天还要上学呢，这里离学校那么远，我还是送你回去住吧，以免影响明天上学。小娟只好和奶奶又返回居住的小区，小娟害怕事情败露不敢进屋，就谎称在门口玩一会儿再回去。奶奶回家看到儿子房门关着，叫了几声没人答应，想着儿子没有在家，奶奶就把剩菜热了热想吃口饭。小娟迟迟不肯回来，奶奶吃了剩饭感觉不舒服，就躺在地上痛苦地呻吟起来。小娟闻声跑进屋里见奶奶中毒的样子，赶紧拨打了120急救电话。医生把奶奶送到医院，经抢救无效死亡。奶奶的死对小娟来说是无情的打击，小娟身边连一个亲人也没有了。

申高杰接到报警赶到医院，检查了小娟奶奶的尸体，确定是中毒死亡，就到小娟家中走访，发现小娟爸爸和后妈已经死亡，传唤小娟到派出所询问。小娟对用老鼠药害死爸爸和后妈的事实供认不讳，小娟被刑事拘留了。申高杰了解到郭中和李姗姗做生意比较忙，小娟同父异母的弟弟孬蛋寄养在舅舅李村长家，此时申高杰不得不把这个不幸的消息告诉李村长，李村长干脆就把孬蛋领养了，当成自己的孩子抚养。

郑为民协助申高杰调查小娟奶奶生前的情况，办完小娟杀人案回到单位，接到王永盛的电话称，蒋甲重伤鉴定出来了，生活暂时不能自理。这次身边的保姆真正起到了作用，再也没有人说保姆清闲得只拿工资不干活了，整日忙碌着照顾蒋甲的生活起居，老蒋急得四处求医为蒋甲治疗。经过治疗，蒋甲的病情有所好转。

老蒋依旧寻欢作乐，年轻时因贫困没有找到合适的媳妇，就和邵寡妇结了婚。邵寡妇不仅给他带来了生活上的照顾，还给他生了一男一女两个孩子，儿子叫蒋甲，女儿叫蒋娇，从此生活有了盼头，但是他感到生活压力更大了。后来跟着滚地龙做生意，凭着自己的义气当了厂长，为滚地龙的企业发展立下了汗马功劳，在关键时刻还为滚地龙扛了罪责蹲了几年监狱，这种义气的行为使滚地龙更加信任老蒋。老蒋从监狱里出来，滚地龙就把新区三十亩商业用地无偿送给老蒋作为回报，让其开发商品房，利润归老蒋所有。在这个项目中老蒋得到了一亿五千万元人民币的净利润，老蒋短期内成了富翁，就开始学着享受生活。滚地龙也不是完全为了报答老蒋，他想利用老蒋的义气赚更多的钱。滚地龙在新区征收了三百多亩商品用地，其中包括一个村子，这里的村民认为赔偿款过低，不愿意搬迁。经过协商大部分村民已经搬走了，还有几家像钉子一样岿然不动，滚地龙想了很多办法也不能让村民搬迁，公司又不想给村民赔偿更多的钱，害怕引起其他村民反悔，使拆迁陷入被动。他想到了忠诚可靠的老蒋，对老蒋说，老蒋出马一个顶俩，工程进度就看你的了。

老蒋果真不负众望出谋划策，首先针对村口临时门面房顽固不化的房东使用计谋。老蒋对亲信说，虽然现在这里是一片废墟，但是村口路边的门面房还有很大商机，你何不把房子租过来做生意。亲信找到房东签订了开办烟酒商店的合同，对房东说，我联系装修公司制作门牌广告，你就不用担心房子的安全了。房东感谢道，那就拜托你照看了。房东乐呵呵地收了房租，很快就把东西搬走了。老蒋见时机成熟，对亲信说，去调挖掘机过来把房子拆掉。亲信拿出电话通知司机拆房。天慢慢地黑了下来，在隆隆的机器声中，临时门面房成了废墟。老蒋喊道，快点装车把垃圾全部运走，把这里整理干净。不到三个小时，这里的门面房就成了平坦的地面。第二天，这户村民看到房子没了，去找租房人算账，租房人早已逃之夭夭，村民才知租房是个圈套，但已经为时已晚无可奈何。

第二家是村里的老住户，周围的房子已变成废墟，这家因赔偿面积出入较大发生分歧，老蒋就让工人停电停水，指挥挖掘机在房子周围挖成沟壕，机器轰鸣声不时刺激着人们的耳膜。这户村民忍无可忍出来阻止，看到地沟里有死人的骨头，就打 110 请民警处理。郑为民、王永盛得到消息赶来勘查，发现是一座古墓，和王丹案件无关。郑为民叹道，瘸子王虽然死有应得，可是给我们留下疑案无法查清。王丹家人询问王丹下落，我们没有答案，真是让人拿得起放不下。王永盛道，只要我们留心，早晚会找到王丹的下落。文物保护部门闻讯，进行了挖掘勘探。

老蒋看到政府部门完成工作，就在沟壕里放上水，房子里经常潮湿得无法居住，这户村民感到大势已去无力抗争，又看到门口挖出那么多遗骨，心里害怕，只好降低要求答应搬迁。

另外两户村民坚决不同意离去，老蒋对其中一户房东老王头说，同意你的赔偿要求，我们可以签订协议。老王头信以为真地说，蒋总说话可要算数呀！不过为了以防万一，叫两个村民当证人，我才能放心和你签订协议书。老蒋说，当然可以了，这样双方都有好处。老王头把证人请到老蒋的办公室，老蒋道，我先按照正常标准给你赔偿金，公司目前资金短缺，剩余部分过些天再结清，到时候打一张收条就可以了。老王头叫两个证人在协议上签字按手印，打了收条抱着钱高高兴兴地回家了。老王头按要求搬迁完毕，房子也如期拆除了，可老王头还是没有拿到剩下的赔偿款，这下老王头急了，问，蒋总剩下的钱什么时候付清？老蒋笑了，钱一会儿就到了，你把协议书拿过来，我看看再给你付钱。老王头看到会计拿了那么多的钱过来，就放心地把协议书递给老蒋，老蒋看了看道，就是这份协议书，你去会计处领钱吧！老王头起身去领钱，老蒋顺手把协议书扔进火盆中烧了。老王头找会计领钱，会计说，没有接到蒋总的通知，这些钱是给工人的工资。老王头只好回去找老蒋，老蒋已经离开了办公室，老王头急得四处寻找也没有结果。一个月过后，老王头终于把老蒋堵在办公室里。老王头索要协议和现金，老蒋翻脸不认人道，什么协议？大家赔偿都是一样的，你与众不同吗？胡说八道，你为什么会多拿赔偿金？老王头恼了，你不认账了吗？我去告你！

老王头把老蒋告上了法庭，老蒋才不怕呢！公司就有律师团队。他为了不让证人出庭做证，对证人软硬兼施，每人家里送了一千元的慰问品，告知证人如果敢出庭做证，让他全家消失。证人想既然合同都不在了，出庭做证又有何用处，况且人家还给了好处，不出庭做证又没有什么惩罚，干脆昧着良心做回违心的事吧！法律对出庭做证既没有奖励也没有处罚，何必去得罪这个大公司，弄不好还会受到打击报复，保全自己要紧。有一个证人坚决要去做证，就不相信没有王法了。老蒋说，那好办！出庭那天上午，证人已经到了法院门口，老蒋对证人说，兄弟，你儿子放学就被人接走了，别乱说话，否则你会知道后果有多严重。开庭时老蒋找了两个平时和老王头有过节的村民，证明村里的赔偿款都是一样的，没有特殊的村民，更没有特殊的赔偿。老王头的证人出庭了，面对老蒋当场质证，他没敢说一句话，害怕麻烦到自己的头上。开庭前老蒋已经向法官打了招呼，法官就睁一只眼闭一只眼采信了老蒋的证据，把其他的证据排除在外，认为证据不足，不予采信，后果由原告承担。老王头真是气不打一处来，明知道老蒋事先串通了法官，才会有这样的结果，法律的天平在最后一公里出现了偏差，但又有什么办法呢？老王头生气地走了，心想，好小子既然玩阴的，我也不是吃素的绵羊，老子陪你玩到底。

老蒋打赢了官司，高兴地请有功人员吃饭，发放奖金，那两个做伪证的村民拿了报酬高兴地走了。老蒋回到家，正好是女儿蒋娇的生日。他为蒋娇准备了丰盛的生日喜宴，蒋娇撒娇道，爸爸，我最崇拜你了！你是怎么赚到这么多钱的？老蒋自豪地说，义气、舍得。爸爸，义气我知道，“舍得”是什么意思？长大了自己就会明白。蒋娇扭捏道，嗯……嗯……摇晃着身子不愿意，缠着老蒋回答“舍得”的意思。老蒋笑道，孩子，“舍得”实际上就是商品交换啊！舍去小的利益换来大的收获，也就是用很少的付出赚很多的钱，小钱换大钱，钱就会越聚越多，几个亿的现金也是从一元一元的积累开始攒起来的，你说是吧！蒋娇抱住老蒋亲了一口道，爸爸是最棒的人！我长大了也要做商人赚很多钱，你说可以吗？老蒋道，当然可以了，只要你喜欢，爸爸支持你，谁让你是爸爸的心肝宝贝呢！邵寡妇听了父女的对话，脸上乐开了花，拿起手机给父女俩拍了几张甜蜜的照片，心想，难得老蒋回家吃个团圆饭，以前穷的时候吧，盼着富起来，那个时候虽然贫穷，但每天挺快乐的，现在富起来了老蒋经常不回家，总是和那些小姑娘眉来眼去的，邵寡妇也不敢说出去，怕老蒋生气把自己休了，实际上也就成了老蒋名义上的妻子，只是个“妻子”的符号而已。老蒋有了钱从心里嫌弃原配妻子是个寡妇，他心里的处女情结越来越浓，看着周围主动献身的女孩子，没有一个是他心中想要的人。

老蒋有钱了，生活极不检点，找了小三小四，过夫妻生活也不注意影响，见了小三激动得门也忘记关严实了。蒋娇听到了叫床的声音，觉得奇怪，顺着声音走到爸爸房间门口，声音仿佛是小妈发出来的，她听了心里一阵狂跳。不知为什么这种声音对她产生了极大的吸引力，以至于每次小妈来时她都用心去偷听那奇怪的声音，从门缝里看到爸爸和小妈光着身子在床上扭动着，叫唤着，她面对这奇怪场面的诱惑简直不能自已了。

老蒋不仅给蒋娇找了两个小妈，还经常和他的朋友孟达到外面寻花问柳。

老蒋能有今天的产业和滚地龙的照顾是分不开的。此时滚地龙已经拥有了多个企业，他不仅有一家规模宏大的房地产开发公司，还有一家相当规模的食品加工企业，拥有一家历史悠久的酒厂，暗地里还经营几家KTV、酒吧从事卖淫活动，组织小姐出台从中牟取暴利，真是人心不足蛇吞象。虽然老蒋和滚地龙公司发展壮大了，但是他们的公司也存在很多问题，对待清洁工人的待遇有很多不尽如人意之处，刘大杰切身感受了这天差地别的待遇，经历了难熬的日日夜夜。

当年刘大杰离家出走，经过千辛万苦也没有找到理想的工作，最后却阴差阳错地被家政公司录用，负责给地龙公司办公楼打扫卫生。地龙公司看起来非常庞大，对本部员工待遇相当优厚，但是对其他公司员工就不管不问了。刘大杰三十九岁了，容貌水嫩依然风韵犹存，但是没有其他生活技能，只有这个家政公司收留了她，让她负责地龙公司总部的卫生。她初来乍到，宿舍里的小动物到处乱跑，夏天的晚上热得难以入睡，经常与蟑螂蚊子老鼠为伴，让人心惊胆战，这环境比起原来的生活真是天差地别。可是想起家里可怕的一幕，无论再苦再累也不愿退缩，她坚定了在这里干下去的信心，决心一定要把自己负责的区域卫生打造成亮点，她把地龙公司的厕所打扫得比办公室还干净。她偶然间发现一个阿姨在男厕所里睡觉，觉得奇怪就问，大姐怎么在男厕所里睡觉？大姐说，哎！晚上公司的人都走了，男厕所的地板打扫得能照出人影，又没有人进来方便，在厕所小间里铺上硬纸壳，把小门一关就可以享受空调的凉爽，又没有蟑螂蚊子老鼠的骚扰多美呀！五星级的厕所干净没有臭味。刘大杰想厕所比起宿舍好多了，只是说起来难听一些，不过又有谁会知道呢！于是她也住进厕所里，可是一下班公司就把玻璃大门锁上了，刘大杰问，怎么出去呢？大姐道，简单呀！下班了我们不出去就是了，想出去呢，大门是指纹锁，只要轻轻地用手在两个门的中间一拨，就会出现一条缝隙，身体用力一挤就出去了，回来也方便，不信跟我去一趟试试就知道了。刘大杰信以为真，果不其然，地龙公司大门形同虚设。刘大杰找到了舒适的地方睡觉，再也不用害怕小动物骚扰了。晚上刘大杰睡得正香，突然听到厕所的门响了，她惊醒了也不敢吭声。滚地龙喝多了酒和司机一起上厕所，滚地龙小便的声音哗哗作响，边尿边说，小王，以前干的行业我不想再做了，你看咱们的企业做到这么大，万一哪天被公安抓住了，可就什么也没有了。司机说，小点声，别让人听见了。滚地龙道，嘿嘿！你小子也学精了，这是咱的地盘，不可能有人听到。

刘大杰听得清清楚楚，但是不知他俩说的是什么事情，心想，这么大公司也有犯罪行为，太可笑了，谁叫你们为富不仁，不管清洁工的死活，让清洁工和老鼠蟑螂蚊子睡觉，太不像话了。她越想越生气，越想探个究竟。

滚地龙的办公室就在厕所左边第三个房间，刘大杰打扫卫生时才能进去，她非常留意滚地龙的言行和生活习惯，清理废纸和物品时，看到有两张关于西藏四川分公司的财务报表，虽然看不清楚上面的详细内容，但是她怀疑这是滚地龙贩卖人口的分赃账单，就产生了把它搞清楚的想法。她知道滚地龙有个习惯，打开办公室就把钥匙放在桌子上，随时把玩上面的玉石葫芦，下班锁门才把钥匙拿走，平时也没有人轻易走进他的办公室。刘大杰在打扫卫生时趁滚地龙不在办公室的空隙，悄悄地把滚地龙办公室的钥匙印了下来，到外面配了一把备用钥匙，在滚地龙外出时打开办公室，搜集滚地龙的犯罪证据。滚地龙去工地的路上，接到生意伙伴签订合同的电话，他迅速返回办公室取文件。刘大杰正在翻阅资料，听到开门的声音来不及逃走，吓得赶紧藏在柜子后边。滚地龙匆匆打开保险柜拿着合同离开办公室，刘大杰吓得浑身直打哆嗦，悄悄地离开了办公室，但是她对这件事依然耿耿于怀。

周五下午人们早早地下班了，刘大杰在查看垃圾桶的废纸时，被滚地龙撞个正着。他怀疑道，你在这里干什么？刘大杰随机应变道，我看垃圾有点多，想加班把它清理了，这里有丢弃的废纸，我想拿去做一些纸兔子玩，我做的可好了，也送您一个吧！他们都叫我“兔子阿姨”。滚地龙将信将疑地说，好吧，别忘了送我一个“兔子”。次日，刘大杰选了最完美的“兔子”送过去，滚地龙看到刘大杰精美的工艺品，觉得她有点与众不同，就说，你很聪明能干，现在的工作赚不到几个钱，跟着我干吧！让你去 KTV 当经理，月工资一万元，是现在工资的五倍，你愿意吗？刘大杰高兴道，好呀！我愿意！刘大杰交接完手中的工作，就走马上任了。这个 KTV 大部分时间是对内部员工消费的，只有特殊需要才对外来人员开放。

老蒋是公司的红人，经常要求刘大杰给他和孟达找一些小姑娘。刘大杰知道那是违法的事情，不愿意挣不干净的钱，就让他去找吴磊。这个吴磊什么都敢干，从拘留所出来就改行做“皮条”生意了。老蒋就喜欢这样的人，每次老蒋都是用一万元的高价成交。

吴磊多聪明呀！一万元找“雏儿”是多么难的事呀！他想了一个好方法，在现有的小姑娘中找比较年轻的却经常出卖灵魂的人员。他发明了一种造假的方法，就是把新鲜黄鳝血和海绵条放入冰箱备用，培训使用方法，在出台前偷偷地把蘸了黄鳝血的海绵条放进去，让客人误认为遇到了“雏儿”，从而获得较高的利润。吴磊用这样的方法成功骗取了老蒋多次，也挣了别人好多钱，其实每次收入的一万元钱，分给小姑娘的只有一千元，给介绍人一千元，交公司五千元，自己留三千元。这生意容易成功来钱也快，吴磊尝到了甜头，真希望这个老蒋经常来送钱，他可是拥有两亿资产的财神爷。

这次老蒋来了，吴磊故意吊他的胃口，蒋总，真的没有了，哪有那么多的“雏儿”供你享用。老蒋喝多了酒拍着吴磊的肩膀道，小兄弟！一万元嫌少不是吗？三万元怎么样？吴磊看他说酒话摇了摇头道，你出五万元也没有呀！多难找呀！老蒋顺手从包里掏出五万元往桌子上一放笑道，老弟五万元就五万元，如果用假货骗老子小心你的狗头。吴磊本以为开玩笑，看到老蒋来真的，就把钱放了起来道，三天时间我尽力去办，满足你的要求。吴磊想来想去想到了近期才认识的朋友老王头，能否请他帮忙物色一个“雏儿”呢？

老王头一直生老蒋的气，总想找机会让老蒋难看。他发现老蒋喜欢往 KTV 跑，就留心观察起来，找机会和吴磊混熟了，打听老蒋来这儿干什么。两人各怀心事和对方交往着。这天上午，吴磊边想着心事边向老王头家走去，见到老王头心事重重地说，我有个事求你帮忙，不知你是否能帮得到。老王头给吴磊递上一根烟点着道，看你愁眉苦脸的样子，有烦心事呀？吴磊道，老蒋这家伙真是烦人，有钱没地方花了，天天嚷着要小妞，哪有那么多小妞呀！老王头褒奖道，你怎么回事？老蒋那叫宝刀不老，送钱给你还不高兴吗？吴磊满不在乎地说出了原委。老王头笑了，我帮你找找吧！吴磊也笑了，一言为定，办成了不会亏待你。

老王头走了，他计划着怎样让蒋娇成为吴磊的“雏儿”，再让吴磊把“雏儿”推荐给老蒋使用，还不能让老蒋看穿了。他冥思苦想着两全之策。老王头寻思着，还得感谢老蒋呢，是他逼着自己变得聪明了，竟然让一个老农用脑子和他对决，就连自己也感到自豪起来。走着走着他猛然拍了一下脑门自言自语道，嗨！有了！老王头终于想出了一个高招。他回到家中对王婆说，老婆子，为报房子被拆的一箭之仇，我想……你敢这么做吗？王婆听了笑道，反正咱们也老了，这仇此时不报何时才能报呀！王婆立即行动起来，在十字路口等着蒋娇从这里经过。放学时分蒋娇一蹦一跳地走了过来，王婆手中的小提包无意间掉在地上，蒋娇走过去把包捡起来，喊道，老奶奶您的包掉了！跑过去把包递给王婆，王婆接过包连声道，好孩子！谢谢你！你叫什么名字？蒋娇微笑道，我叫蒋娇。王婆脸上笑开了花道，我会看相呀！一看就知道你是富贵相，不仅现在有钱花，以后也是富贵命。我有一个生财之道，看在你帮了我的分儿上……王婆停顿了一下看蒋娇没有反感就继续说，要不然不告诉你了。王婆故意一副欲言又止的样子。蒋娇道，奶奶！什么生财之道！我也不缺钱花。王婆道，现在不缺钱不等于以后有钱花，这个事决定着你后半生是否幸福。奶奶快说吧！我等不及了。王婆道，近几天有一个天上的神仙要下凡，如果你运气好，不仅会得到很多钱，还会因此得到神人真传，不过这事不能向任何人说，否则就失灵了，你还会受到伤害。蒋娇将信将疑道，那我该怎么做？到时候吃一粒暂时不会说话的药就可以了，从开始到结尾都不能说一句话，否则一切都白费了。蒋娇想了想问，什么事呀，这么神秘？王婆道，“玉皇大帝”到人间寻找玉女呢！你只要……只要这么做就会既挣钱又能得道成仙，多好的事。蒋娇笑弯了腰道，什么年月了还得道成仙，不可能的事，不过我对挣钱的事挺感兴趣。王婆道，可以呀！去之前我先给你一万元预付金，完成之后再给你一万元，你看怎么样？蒋娇高兴得合不拢嘴，认为符合爸爸的处世哲学，典型的商品交换思维。她伸出手道，成交，什么时候去？王婆拉住蒋娇的手道，明天下午放学后咱们一起去吃饭，然后再去怎么样？蒋娇道，一言为定，不许骗人。

王婆把吴磊转交的一万元给了蒋娇，蒋娇对钱并不稀罕，她只想证明自己也能赚钱，接过钱放进书包里，按照王婆的吩咐准备迎接“玉皇大帝”的到来。她精心梳妆打扮，穿着 KTV 提供的性感睡衣，把头发扎了起来，戴上假面具，喝下准备好的药物，她暂时地失声了，心想为了两万元钱这样做也值得了。

老蒋临时有事，就让孟达过去“享用”。孟达按照吴磊的要求戴上假面具，喝下了失声的药物，从包间侧门进来，看到穿粉红色睡衣的小女孩儿戴着面具坐在床边。暗红色的灯光下，他看不清楚对方的形象，况且有面具挡着视线。孟达走过去想取掉女孩儿的面具，被女孩儿阻止了。孟达看着戴了面具的美女，想起吴磊不允许看对方面容的约定，否则就违反了游戏规则。孟达顺手从桌子上拿起伸缩手电，拧到最佳亮度发出橘红色柔和的光束……

孟达一觉醒来已经是中午了。此时警察包围了KTV，把所有人全部带走，随后吴磊、刘大杰等人被刑事拘留，孟达等人因嫖娼被治安拘留，蒋娇因未满十六岁免于行政拘留，但是关于这件事的消息不胫而走。邵寡妇伤心欲绝地对蒋娇道，这是为什么呢？咱家不缺钱用呀！要多少给多少，用你去挣这样不干不净的钱？蒋娇生气地说，爸爸教我要用商业的眼光看待一切，以小换大，舍弃小的东西得到大的利益，我有错吗？再说了爸爸找了三个女人，把你扔在一边，我为什么不可以这样做？只是没有想到会是他，太可笑了。说着傻笑着跑了出去，她觉得爸爸的光辉一下子破灭了，家里的温暖彻底消失了，就连平时最爱自己的妈妈也开始辱骂唠叨了，更没有脸面去学校读书了。她悔恨交加，决定离家出走到外面过自己的生活，拿着平时自己攒下的几万元现金不辞而别。她来到附近一家服装公司应聘售货员的工作，经理看她高挑的身材和俊俏的容貌，交谈了几句，听到蒋娇大方礼貌的回答，就聘用蒋娇做大厅售货员。

几个月过去了，邵寡妇为女儿失踪心急如焚，到处寻找蒋娇。她经过多方打听找到了蒋娇打工的这家服装公司。此时蒋娇正在给顾客试穿衣服，听到一个员工喊道，蒋娇你妈来了。蒋娇顺着声音望去，看到妈妈和一群人向她走来，心里的希望完全破灭了，心想，妈妈何必这么着急呢，连给一个自我疗伤的机会都不舍得，人活着实在没有意义，还不如结束这可笑的生命，回避这可笑的人们，告别这可笑的社会。她不顾一切地绕开顾客向电梯冲了过去，妈妈感到不妙，看到蒋娇又要逃离自己的视线，就紧跟着追了过来。蒋娇上了电梯直奔楼顶。邵寡妇晚到了一步，看着电梯门关闭，自己被隔在电梯之外，只有等待另一部电梯的到来。邵寡妇上到楼顶看到几个清洁工在议论什么，就问，看到一个小姑娘跑到哪了吗？清洁工惋惜地说，唉！你问的是不是刚上来的小姑娘，穿着黄色连衣裙。邵寡妇道，就是她。清洁工道，太可惜了！我还没有反应过来她就跳楼了。邵寡妇听了一下子瘫软在地上。这时楼下聚集了一群看热闹的人，有人报了警。经理急忙赶过来劝道，大妈节哀顺变，蒋娇抑郁好长时间了，一直在吃药治疗，谁承想会出现这样的结果。

郑为民生了孩子后，上班第一天就接到这个案件。郑为民和“糊涂老马”分别赶到现场，看到那具女尸已经摔得不成人形，郑为民确认是失踪人员蒋娇。现场就由当地的警官处理，“糊涂老马”赶紧通知刑侦队人员勘查现场。刑侦民警立即开展工作，走访了解情况。

邵寡妇欲哭无泪，伤心欲绝。这是怎么了？一年多的时间，儿子受了重伤，女儿跳楼自杀，厄运怎么来得这么突然，剩下的日子该怎么过呀？仰天长叹，老天呀！这是谁造的孽呀？

郑为民问过邵寡妇的笔录，忙了一天回到家中，看到郑华华正在写作业。此时，郑华华已经升入初中三年级，教务处老师要求每个学生都要购买校信通手机，便于交流作业完成情况。郑为民正在给张二华喂奶，华华说出了教务处老师的要求。张红星问道，华华，喜欢什么样的手机爸爸给你买，保证你满意。郑华华说，我要苹果手机。郑为民道，华华，我们只是用手机接收信息完成作业，何必铺张浪费呢？华华道，用就用好的，免得经常维修，耽误事不说还得花钱，不如一次到位。张红星笑道，华华蛮有主见啊！好吧，包在我身上。郑华华拉住张红星的手道，爸爸一言为定！不许反悔。说着伸出小拇指和张红星的小拇指钩在一起，来回地摇晃着道，拉钩上吊一百年不许变。张红星看着可爱的华华问道，要什么颜色的手机？方便的话我们一起去买手机怎么样？华华道，那敢情好！爸爸真好！上前亲了张红星一口，张红星有点飘飘然了，问道，为民，难得周日聚在一起，我们去逛商场吧！郑为民笑道，让华华领路，我抱着二华，你带着钱就够了。张红星幽默道，把最艰巨的任务交给我。华华一蹦三跳地说，妈妈真好！我长大了给你们买飞机好吧！我们一家人想去哪就去哪！郑为民道，好孩子，妈知道你的孝心，俗话说得好，“书中自有黄金屋”，好好学习考上理想的大学，掌握一门先进的科学知识，才能够成为国家的栋梁之材，才能够挣很多的钱，才能实现目标，你说是吧？华华甜甜地笑了，我一定好好学习，让你表扬我，让大家肯定我。华华拉着张红星的手一家四口人向商场走去。刚到十字路口红灯亮了，横向的汽车一辆紧接着一辆地通过，横向的黄灯亮了，身边的行人按捺不住急切的心情，迫不及待地从人行道向对面走过去。华华拉着张红星的手，爸爸妈妈快走吧！你看人家都过去了，我们为什么不走呀！张红星道，不要认为大家都过去了就是合法的，就是对的，你看看现在两边都是红灯多不安全，按照交通规则不能通行，老师教过你们吗？华华笑了，老师教我们要遵守交通规则，如果老师在的时候，我们必须遵守交通规则，可是现在老师没有在这里呀！张红星笑了，你不懂遵守规则的重要性，老师把道理教给学生，不能靠监管来落实，重要的是靠自觉遵守，维护交通秩序人人有责，你说是吗？正说着对面一辆三轮车冲了过来，三轮车为了避让汽车急转弯偏离行驶方向，向人行道的小孩儿撞过来。张红星看到小孩儿处在危险之中，条件反射似的冲过去把小孩儿推到一边，小孩儿安全了，三轮车也转过去了，后面的汽车却来不及刹车正好撞在张红星身上，张红星倒在血泊之中。郑为民见状大声喊道，停车！停车！不顾一切地冲进快车道，挡住汽车通过，拨打 120 和 110 电话，进行抢救。小孩儿得救了，张红星却因此昏迷不醒住进了医院。这下急坏了郑为民，她既要照顾两个孩子还要照顾张红星，工作又忙得不可开交，这可怎么办？她只好请假到医院照顾张红星。郑华华看到爸爸昏迷了三天也没有醒过来，摇晃着刚从重症监护室推出来的张红星哭道，爸爸！你说过的要给我买苹果手机，我们拉过钩的，不能不算数呀！您快醒醒吧！要不教务处老师要说我了。张红星身体微微地动了动，脸上一点儿表情也没有。郑为民难过地擦了擦华华的眼泪道，孩子坚强些，医生说爸爸很快就会醒过来的。这样吧，我把钱给你，你在咱门口商店里买一部手机先用着怎么样？郑华华没有理睬却看着张红星哭道，爸爸说话不算数，呜呜地哭了起来。郑为民拿出两千元给华华道，华华，我认识门口商店的阿姨，你选好手机把钱给她就可以了。华华接过钱放在书包里道，妈妈再见，我放学了再来看爸爸。华华伤心极了，要不是爸爸受伤了，要什么样的手机爸爸都舍得花钱购买，这下可惨了，自己也不知道什么样的手机合适。华华走进商店，阿姨笑着迎了过来，华华今天怎么自己来了，妈妈呢？华华说，妈妈在医院照看爸爸呢！阿姨道，爸爸怎么了？华华道，爸爸被汽车撞伤了，在医院养伤呢！让我自己来买手机。阿姨道，华华长大了自己做主，看看吧，选哪种款式的手机都可以。华华道，我是用来接收信息用的，就是教务处老师要求的校信通，还想打个游戏，我看这款一千九百元的平板不错。阿姨道，这款是游戏机，合适吗？你妈妈和老师都不会愿意。华华道，我家是典型的民主家庭，爸妈从来不强迫我做任何事情，我们都是平等对待家庭成员，遇事要协商解决，“协商”你明白吧！我想要哪一款就要哪一款，哈哈！至于老师嘛，只要能接到信息完成作业，老师才不管呢！阿姨笑了，好吧。说着收了钱，简单地讲解了使用方法，华华把平板游戏机放进袋子里上学去了。

郑华华放学来到医院，郑为民去买饭了。华华凭着良好的学习基础，很快就把作业完成了。护士道，小同学作业完成得又快又整洁，怎么做到的？华华道，阿姨不知道吧！我是全市奥数第一名，幼儿园时珠心算全市第二名，写作业简直就是小意思。护士道，你学习怎么这么好呢？讲讲学习方法，是不是报班了？华华道，我妈从来不给我报学习班，课本上的知识就那么多，只要课前做好预习，上课认真听讲，课后复习牢记概念和公式，数学就不成问题了，简单呀！其他课程怎么学？阿姨，举一反三吗！这您也不懂吗？太谦虚了吧！护士更虚心请教道，你怎么预习的？华华得意地笑了，我在电脑上看讲课预习，自己学习，个别不懂的问题爸妈会教我的，说着拿出游戏机对张红星说，爸爸这是俺妈给我买的游戏机，你快醒醒吧！我要苹果手机。郑华华也不顾护士的反对，打开游戏机玩起了“星球大战”，声音开得很大。护士劝道，华华小声点，这样会影响爸爸休息，不利于身体康复。华华道，也许爸爸听到刺耳的声音会更快清醒过来呢！他说过给我买苹果手机呢！故意作对似的把声音又开大了一些。郑为民提着饭菜从外面进来，张妈抱着二华笑着说，华华饿了吧！爸爸怎么样了？郑为民放下饭菜，用毛巾给张红星擦脸，嘿！张红星微微地睁开了眼睛。郑为民温柔地说，红星，可醒过来了！好点了吗？快把我急死了！回头兴奋地说，妈！红星醒了！说着眼泪像断了线的珍珠流了下来，多日来的担心，操劳，工作，照顾红星、孩子和家庭，使郑为民身心疲惫。她高兴地哭了，红星终于醒了，她有盼头了。

郑为民看到华华没有买手机，而是买了一部平板游戏机，虽然有校信通的功能，但是也给孩子打游戏创造了有利条件，为此心里急得慌，就批评道，华华！妈妈怎么交代你的！你私自决定买了游戏机，我不允许你这样没有信誉，去把游戏机退掉换成手机，你现在就去吧！我给阿姨打电话，钱我来付。华华正玩得高兴，没有理会郑为民。平时郑为民工作忙对华华照顾得较少，本来他就经常跟着张妈和红星，此时华华产生了强烈的逆反心理，不耐烦地说，我决定一次不行吗？我不想退游戏机，太好玩了，我长大了要把航空母舰搬到太空中，建立我们的航天母舰生活圈，我们都到太空生活，把这些可恶的外星入侵者全部消灭干净，我要当保卫地球的英雄，把太阳系变成太阳村。郑为民正在气头上，不假思索地说，就你能！话刚出口就觉得后悔了，心想，不能扼杀了孩子的想象力和创新力，强忍着恼怒说，华华这样吧，你想把航空母舰搬到天上去，是不是需要科学技术，需要从头学习前人已经掌握的知识，站在前人的肩膀上才能实现，才能顺利发明新的科技成果？靠打游戏只是说说而已，简直就是白日做梦，活在虚拟空间里与现实脱节，这种务虚不务实的行为，就不要有实现理想的妄想了。这样吧！你和爸爸商量个好办法怎么样？华华把目光移到张红星的脸上，张红星微微动了动身子虚弱地说，你俩意见有分歧了，还得我来协调对吧！谁要是亲我一下我就向着谁！华华抢先亲了一下张红星的脸道，爸爸最好！郑为民抱过二华道，去亲亲爸爸让爸爸早点儿好起来。二华爬过去亲了又亲，张红星也亲亲二华，开心地笑着说，妈妈是关心你的成长，把游戏机退掉换成手机，这是信誉明白吗？换成苹果手机你觉得怎么样？华华笑了欢呼道，当然可以了，还是爸爸好！张妈道，就知道爸爸好！还有奶奶和妈妈呢！听爸爸说完，还有好事等着你呢！张红星道，我和你妈商量了，就你这天赋已经超过爸妈了，想送你到最喜欢的航天科研班，学习软件编程，想成为天军打败外星人必须从这里开始，这可是上大学才学习的课程，牺牲业余时间你愿意吗？华华两腿并拢鼓着肚子敬了个少先队礼道，我认为感兴趣的学习就是玩耍，喜欢就是动力，这和打游戏一样具有吸引力。郑为民道，嘿，你简直就是个小大人呀！谁教你的！说话还一套一套的，我告诉你，目前就有一个市里举办的机器人比赛活动，看你有没有能力被选中了。

郑华华退了游戏机，从虚幻的世界里走了出来。郑为民和张红星培养他的其他爱好，参加游泳、登山、象棋、围棋、真实版CS枪战等文体活动，使他逐步脱离虚幻的游戏世界，走向真实，走向他的飞天梦想。他在爸妈的正确引导下，克服了打游戏的坏习惯，到了科技馆参加计算机软件编程训练。在比赛中华华运用掌握的数学知识，顺利入选取得了全市第二名的好成绩。老师发给他一台机器人，下达的任务是根据题目要求，自己编软件计算数据，把数据输送到机器人电脑中，让机器人自动进入四个房间，把里边的蜡烛火焰吹灭。华华看了内容，用最快的速度计算出了数据，迅速地传送给机器人，把机器人送到轨道中。机器人按照事先设计的数据在轨道上运动，分别进入四个房间把蜡烛火焰吹灭，在规定时间内干净利索地完成了任务。这次比赛依然是第二名。可是华华却高兴坏了，领略到高科技带来的喜悦，分享着成功后受人尊重的感受。张红星、郑华华受到了闻校长的接见，闻校长道，民主家庭才是孩子健康成长的最佳环境。

转眼间华华在机器人比赛、无人机比赛、舰船比赛、无人驾驶汽车比赛中取得优异成绩，这孩子真是一发不可收拾。辛勤的汗水没有白费，华华正向着自己的目标迈进。随着年龄的增长，华华迈进了青春期，开始减少和父母的交流，一种莫名的烦恼在心头萦绕。郑为民、张红星看在眼里急在心里，发现郑华华经常不在书房使用电脑，而是偷偷跑到网吧里上网打游戏，张红星有点着急了，不知如何是好。他向闻校长请教了教育方法，取经后，张红星把华华小时候的照片和有趣的事情整理归类，把取得的成绩用文字和图片表达出来，做成了一百多页的图书，图文并茂形象逼真，从有华华照片开始到现在的人生历程都记载下来，简直就是华华的功德本。华华看到爸妈结婚时他和小朋友抢糖果的照片，不仅心里产生了许多疑虑，而且为自己的身世担忧起来。不过郑华华还是高兴地眉飞色舞，自己以前这么好，怎么能学坏呢！还是自律些吧！他改掉了外出上网的毛病。

时间飞快地过去，华华要考高中了。明天就要考试了，他却怎么也平静不下来，对考试产生了恐惧心理，怎么也睡不着觉，觉得尽管准备比较充分，但是对考进全省一流的高中信心不足，非常害怕发挥失常有损以前的荣耀，夜深了还没有睡觉。郑为民夜班回家发现华华房间的灯还亮着，推门进去，华华疲惫不堪地站了起来说，妈妈，我压力好大睡不着觉，真的害怕辜负了你的期望。郑为民道，孩子，放心吧！考好了我们上重点高中，考不好大不了去公司当保安，不过就是一个考试嘛，有什么了不起的，再说了连你都考不好，那些不如你的同学就更不用提了。你想想以前来派出所的马君红，从小就没有好的学习环境，你和他相比强太多了。无论考得好坏，你都是最优秀的孩子！我支持你，好好睡吧！

郑华华听到妈妈宽容鼓励的话语，想着马君红的遭遇，放心地酣然入睡了。他考试正常发挥取得了优异成绩，令同学们非常羡慕。

马君红一家从爷爷辈就是兄弟一个，到现在已经三代单传了。一家人把他当成了宝贝，真是拿在手里怕掉了，含在嘴里怕化了。马家祖祖辈辈在乡下务农，随着经济的发展，马君红父母农闲时分就到市里打工挣点辛苦钱。看到城市里学校的优越条件，马君红父母明知家里的经济状况较差，可还是决定勒紧裤腰带也要让孩子受到良好的教育，就把马君红带到了市里的学校上学。马君红没有把父母好好学习的嘱托记在心上，而是对市里同学的穿戴特别羡慕。以穿名牌衣服、使用名牌学习用具、出入有名车接送为荣，就连说话也洋里洋气，全是普通话，这些都让马君红自叹不如。如果只从说话上把自己变成城里人，那样还会被认为是乡巴佬，仍然被人瞧不起。要想尽快缩小和其他同学的差距，最有效的办法就是改变外观，那么除了学习普通话以外，还要学习城里人的生活习惯和穿衣戴帽。不想成为异类的话，实现这些目标需要经济来支撑，这样同学们就不会瞧不起自己了。

他从小就在姐妹中受到优待，家里有好吃的都给他享用，好用的文具、玩具都先给他使用，家里有钱了都是先给他买需要的东西，简直就是家里的王子，享受着不该享受的待遇。这样的溺爱助长了他的虚荣心，使他在歧途上越走越远。随着年龄增长，他踏入城市的学校，自己没有经历过任何挫折，看上去白白净净穿戴整齐，从外观上看像个真正的城里人，可是家庭条件依然很差，父母也是尽了最大努力满足他的物质需求。

秋天的学校，女同学的衣服五颜六色款式多样，让人看上去赏心悦目。男同学的衣着从款式上虽然稍有逊色，但是价格也不一般。马君红的同学买了价值一千五百元的上衣，他心生羡慕，就向爸爸要钱买同样的衣服，马父农忙之余在学校附近的小区里当保安，每月一千五百元工资要用于全家人的生活，基本上没有多余的钱给马君红使用，让他等月底开工资了再买衣服。马君红心里非常不平衡，但是为了不让同学瞧不起自己，他无奈地接受了父母的建议。时间在嘀嗒地前行着，马父终于开了工资，给马君红买了一件同样的衣服，他穿上新衣觉得自己潇洒得是个城里人。

学校开放日到了，家长们纷纷来学校看望孩子。马父马母穿着工装来学校给他送生活用品，同学告诉马君红道，你父母来看你了，在宿舍门口等你呢。他心里清楚，父母连一件像样的衣服也没有，就很生气地对同学说，他们是村里的邻居，不是我的父母。同学感到莫名其妙，连面都没见怎么就知道是邻居带东西来了？他因害怕父母的穿着丢了自己的面子，不敢以父母的身份相认，还没好气地把父母赶走。他不仅在学校是这样，而且从小就养成了好吃懒做的坏习惯，回家从来不干家务活，甚至在学校的脏衣服也要拿回家让父母洗干净了再拿回学校，虽然年龄增长了，但自理能力没有提高。看上去是个中学生，实际上是一个“巨婴”而已，有其表而无其里。

手机时代的来临，让马君红措手不及，周围许多同学买了苹果手机，价钱贵得让人难以承受。享受惯了的马君红对母亲说，我想买苹果。还没有等马君红说完，马母就笑着说，周末了，知道你回来，提前买了一袋子你最爱吃的苹果，已经洗好了。说着递过来一个苹果，给你吃吧！马君红接过苹果咬了一口道，妈，不是这个苹果，是苹果手机，五千多元一部呢！好贵呀！马母吓了一跳说，孩子，我每月才两千八百元，你爸每月一千五百元，我们日常开销加上你的学费，我和你爸已经压得喘不过气来了，实在是难以凑够买手机的钱，不如再等等，让我们想想办法好吗？

爸妈把家里的农产品卖掉凑了四千元，他们东挪西借给马君红买了一部苹果手机，满足了他的心愿。马君红高兴极了，错误地认为只要自己想要的东西，父母就会竭尽全力帮自己实现心愿。不过他也看出来了，父母的经济能力太有限了。这些年只想着和城里人比穿戴，学习成绩一落千丈，慢慢地辍学了，十三岁就在社会上混日子。他在学校经常因为被人瞧不起和人打架，在学校也混得小有名气，被学校开除了也不想离开这熟悉的地方，他知道向家里要钱是难以长期维持高消费的，父母已经尽到最大的努力了，不想给父母增添更多的负担。家里已经不能满足他的需求，但是他的生活水准已经上升到一定的高度，想降下来也不是一件容易的事。在人前仍然要显现他的高傲，在没有经济来源的情况下，为了维持高消费，他也只好铤而走险了，就经常拦截低年级学生抢他们的钱，这些学生害怕挨打，就把钱交给马君红求得保护。随着时间的推移，抢劫次数越来越多，马君红被民警抓获询问，因为是未成年人最终被释放，只是批评教育责令家长严格看管，可是马君红认为公安局拿他没办法，不仅没有吸取教训，而且变本加厉地继续抢劫同学，并告诉同学谁再报案就打烂谁的头。他的坏名声被一个混混大哥小新知道了，请他到饭店吃饭，给他一个挣钱的机会——让他看守“鸡店”，每月开六千元工资。他心花怒放，真是想啥来啥时来运转。他在小新的帮助下，看守“鸡店”、地下赌场等违法场子，每月能拿到八千元的报酬。有了高消费的经济来源，他风光地到处炫耀，喝最贵的啤酒，吸名烟，穿名牌衣服，把哥们儿召集过来享受高消费带来的精神快乐。

马君红的秉性依然不改，他甚至到学校的教室里，站在讲台上对学生说，从今天起每人交二十元保护费，不然的话小心挨揍。有几个同学当时就交了钱祈求保护，他对没交保护费的同学大打出手，在放学时拦截学生抢钱，并扬言，如果报警或者告诉老师家长，小心天天挨打。马君红对小弟说，我不是为了钱，而是为了秀一下存在感，城里人瞧不起我，我要让他们知道我的厉害。

有一个男同学看不惯马君红恃强凌弱的恶劣行径，在马君红抢劫时见义勇为，被马君红把脸打肿了。男同学打了 110 报警，民警很快赶到了学校，把马君红抓获归案。这时候马君红已经十五岁了，符合法律制裁的标准，依法被刑事拘留，等待他的将是法律的惩处。

郑为民看到近期学校发生多起校园欺凌案件，就到学校讲安全课，提高学生的防范能力。马君红被判刑的消息传到了易成龙耳朵里，易成龙仍然没有引起警觉，更没有从马君红的案件中吸取教训。易成龙犯错成了早晚的事，他的父母没有一点儿法律意识。

易成龙父母喜欢占小便宜，与兄弟姐妹来往也总是以占便宜为荣，对易成龙的“英雄情结”一点儿也没放在眼里，整天为做生意打工赚钱起早贪黑，对易成龙的学习不管不问，在教育方面没有一点儿帮助。他们本身就没有文化，也不能教育易成龙学习认字，自己做生意也没少赚钱，认为学习没有用处，还不如早点儿做生意有口饭吃就行了，对易成龙的学习和生活漠不关心，甚至连生活费也很难当面给易成龙。他们下班回来时易成龙已经睡觉了，凌晨上班时易成龙还在睡梦中。因为生活时差较大，见面交流的机会相对较少，父母给易成龙的生活费就经常放在门口的抽屉里，任由易成龙自己取用。易成龙刚开始按照父母规定的标准用钱，后来发现用得多了，抽屉里的钱也会增多，父母放的钱也多，有时候钱不够用就去父母的钱柜里拿钱。时间长了父母也知道易成龙拿钱用，为了图省事就默许了易成龙的行为，这样易成龙想用钱就更随便了。易成龙父母发现他用钱过多的问题后，就教育他不要过分用钱，但是他依然我行我素。

易成龙在学校发现同学的自行车大方美观，借来骑了几次觉得非常顺手方便，就要求父亲易军也买一辆自行车，可是易军觉得孩子还小，骑自行车不安全就没有答应。易成龙的请求被拒绝了，就以借车的名义把同学的自行车骑走了。他把自行车骑到维修点配了一把钥匙，把自行车还给了同学。第二天放学易成龙早走了一会儿，用配好的钥匙把同学的自行车骑走了。这天刚好市场停电维修，父母在家休息，易成龙对易军说，看看这车子好看吧！骑着也舒服。易军问，哪来的车子？易成龙说了车子的来历。易军批评道，怎么可以这样做呢！这叫偷车明白吗！赶快把车子送回去。易母说，你这样把车子还回去，就是明着告诉人家车子是你偷的，看你以后怎么在学校上学，还不如改头换面让我骑吧！我再给你买一辆新的自行车！易成龙想了想也是呀，爱面子的人不能丢了面子，如果主动还回去，不就承认自己是小偷吗？人家知道了怎么办呢？干脆就这样吧！

易成龙骑着新买的自行车来到学校，那个丢车的同学伤心极了，自行车丢了再也没有找回来。这件事使易成龙形成了深刻的印象，尽管违法了，但别人不知道就相当于没有发生，可以尽情享受建立在别人痛苦之上的快乐。慢慢地，他开始偷别人的手机、衣服等物品，拿到收购点换成钱花。后来被同学发现报了警，民警调查清楚易成龙盗窃的经过，追回了自行车和其他财物，但因易成龙年龄较小免于处罚，这样的处理使易成龙更加胆大妄为。一次他用螺丝刀撬开了一辆电动车，把电动车骑到维修点换了车锁改装了外观，骑了几天就把电动车卖给了修车人。他没想到这辆电动车里有定位器，失主很快就找到了电动车的具体位置，民警顺藤摸瓜破获此案，人赃俱获。经突审，收车人交代了电动车的来历。民警迅速出击将易成龙抓获归案，民警把他近期盗窃其他物品的事实也查得一清二楚。易成龙无话可说，对盗窃事实供认不讳，而这次他已到了法律的惩罚年龄，法律无情，民警把他和收车人一起刑事拘留了，等待着法律的制裁。

郑为民讲完法制课，对重点的学生进行了解，闻校长引见了孙云霞，向郑为民讲述了孙云霞的不幸遭遇。孙云霞父母双亡，跟着叔叔过日子，在家里是个好孩子，洗衣做饭打扫卫生照顾弟妹，家务活样样精通，也是学校的好学生，不仅学习成绩优良，而且还是一个美少女，十四岁的孙云霞已经出落成大姑娘了，看上去女人味十足，虽然穿着朴素，但是也掩盖不住姑娘那种大方的美。郑为民笑道，我认识孙云霞，我还去过她家呢。孙云霞感激地说，郑阿姨好，感谢你和王阿姨的帮助，感谢闻校长的救助，特意把我安排在中原区中学上学，你们都是我的恩人……

在郊区还没有完成改造的时候，学校的厕所是旱厕，一个大的通便池，男女厕所中间隔着年久失修的土墙，隔墙长期被风吹雨淋形成一条小缝隙。二黑到学校找同学玩耍，看到了孙云霞飘然从眼前经过，觉得这个女生漂亮又有气质，可他又不认识孙云霞，只好偷偷地跟着她，发现孙云霞上厕所就赶紧到男厕所从缝隙偷窥。放学时分，学生们大多都已经离校了，他趴在缝隙处向女厕所偷看，从缝隙里可以看到女厕所的部分地方，看到孙云霞蹲下解手，一会儿就提裤子走人了。他只看到白色的大腿，为没有达到目的而感到遗憾，可是心却跳得异常厉害。他想了个方法，用小镜子绑在棍子上照过去可能会看得更清楚些。他又等到了孙云霞上厕所的机会，在男厕所听到有人走进厕所的声音，从缝隙里看到孙云霞在墙那边准备解手，有一双美腿映在污水池中清晰可见。他把准备好的镜子放了下去，从镜子中看到了孙云霞上厕所的情景。他激动得屏住呼吸差点晕厥过去，竟然高兴地笑出了声，这时孙云霞发现了镜子的存在，大声喊道，谁呀？这么龌龊！赶紧提起裤子向外跑去。二黑听到声音赶快逃跑了，并把这段经历告诉了齐飞。

齐飞辍学在家整天无所事事，在网络上观看黄色录像，打黄色游戏不能自拔，在网吧和其他的女孩子保持暧昧关系。这次他在二黑的帮助下看上了孙云霞，但不敢接近，他想了一个强硬的办法让孙云霞就范。齐飞和二黑商量好计策，计划在孙云霞回家的必经之路上截住她。

秋天的公园树高林密。孙云霞住在城乡接合部，经常在天刚黑的时候从这里经过，从来没有想到会有人算计她。她像往常一样经过这里，突然从黑暗处蹿出两个人勒住她的脖子，把她拉到茂密的树林里。齐飞不由分说在二黑的帮助下将孙云霞强奸了。孙云霞伤心得痛不欲生，回到家中告诉了叔叔事情的经过。在叔叔的带领下到派出所报了警。

民警进行了勘验，刑侦队王永盛副队长主管这个案件，计划抓捕嫌疑人员。她乔装改扮成孙云霞的模样，把手枪藏在大腿内侧，在同样的时间和同样的地点，穿着孙云霞的衣服经过那个案发地点。一天、两天、三天，嫌疑人没有出现，周围抓捕的同事们也着急了。第四天也就是周五的晚上，王永盛再次经过那里，被一个男子从后边勒住脖子捂着嘴向树林深处拖去，她不动声色没有做出任何的反抗，她知道主要嫌疑人在树林深处不敢出来，强忍着屈辱任凭嫌疑人将她拖走。齐飞看到猎物已经到手，兴奋地扑上去用手摸到王永盛的手枪时，发现情况不妙，吓得拔腿就跑。王永盛拔出手枪对天鸣枪道，警察，站住！抱头蹲下，否则就开枪了，小心你的狗头！民警们听到枪声冲了过来……

第四章　糊涂老马

老马大名叫马仗义，出生时爸妈就希望他长大了仗义行事，做一个公道正派之人。他去学校给孩子交学费时，遇见辖区五保户老谭，看到老谭正为孩子的学费向别人借钱，强烈的同情心，使他改变了主意，把给孩子交学费的钱记在了老谭的名下。老谭的孩子高高兴兴地领到了课本，而老马的儿子却因没有按时交纳学费，受到了语文老师的批评。当语文老师了解真实情况后，表扬了老马的孩子，并对老马说，你真糊涂呀！看把儿子委屈成啥样了？跟我说一声问题不就解决了。马夫人为此与老马吵架，说他工作家庭分不清，儿子和救助的对象分不清楚，真是糊涂到家了。老婆戏称老马为“糊涂老马”，老马也因此而得名，久而久之大家也认可了“糊涂老马”的称呼。

老马办完蒋娇后事已经是周六晚上了，他吃着马夫人做的饭菜连声称赞，嗯！好吃！好吃！马夫人夹了一块排骨放进老马碗里道，真会夸人，你两顿并成一顿吃，饿了啥都好吃！还是老味道。老马说，这些年亏待你和孩子了，没有好好地陪你们，难得吃个团圆饭，明天我们给孩子买点衣服吧。马夫人脸上露出了久违的笑容，好吧，但愿你这次不失约。老马道，我很愿意给你们当挑夫，想买啥我拿着，去大商场吧。马夫人高兴得合不拢嘴。

第二天，老马一家三口去商场购物，走到商场门口被一个老大爷拦住了去路，你不是社区民警马警官吗？可见到你了。老马拉着大爷的手笑道，大爷有事吗？大爷着急地说，唉！我被骗了，买了五万元的股指期货，都打水漂了。老马道，在哪买的？你来这里干什么？大爷回道，我在网上买的。老马回头摸着孩子的头满脸愧疚道，乐乐，你和妈妈去买衣服吧，自己决定想买啥都行，我还有点事。乐乐噘着嘴道，爸爸又骗人，总是说话不算数。马夫人安慰道，你爸爸呀！接到案件就高兴，妈领你去逛商场，外加一顿肯德基，怎么样？乐乐听了肯德基乐得直蹦高，爸爸再见！看着母子两个人离去的背影，大爷不好意思地说，打扰了马警官！老马道，没事的，您不要急，把事情经过说清楚，我也好帮您解决问题。大爷气愤地讲述了被骗经过：

半年前，我退休在家没事干，就在网上浏览商业信息。在创业网站上看到购买股指赚钱的广告，就联系了上面的电话，加了微信。那是一个女孩子的头像，她给我发了许多购买股指赚钱的截图。刚开始我也觉得哪有天上掉馅饼的好事，但是看得多了就会信以为真，按照她提供的平台账号，购买了五万元的股指期货，说是能挣很多钱。可是不到半年，我的钱几乎赔完了，我觉得被骗了，就用广州的手机号码加了女子的微信。她又用同样办法让我购买股指期货，我提出了许多问题，她都给出了合理解答。我问她们的公司在哪里，她说在大商场附近的写字楼里，谢绝透露公司具体位置和真实名字，我想她说的地址可能是真的，她认为我看到了繁华的大商场，就会购买股指期货。后来她知道我是被骗的老顾客，就终止了联系。我想找找她的公司，撞撞运气，嘿！没想到在这里碰到你，吉兆呀！

老马道，我能看看你用的网站吗？大爷道，一起去我家吧，电脑上能看到信息，我的老年机没有这个功能。两个人来到大爷家中，大爷打开网页，上边显示着诱人的广告信息，有许多赚钱成功事例，吸引着人的眼球，小投入大回报，让人眼花缭乱，如果不是警察的话，看多了也会被那些成功的事例打动，自己也会上当受骗跌入陷阱，否则大爷干了一辈子革命工作，怎么会在退休后轻易上当受骗。老马想到这里，认为从正面查找信息很难成功，想着如何从侧面找到诈骗分子老窝的办法。他想，这些现行的违法犯罪分子，在网络上进行诈骗活动，与受害者不见面就能诈骗到大量现金，首先要有一个领导机构，有一定电脑知识的人统一指挥。其次要有一个相当规模的诈骗队伍，也就是必须有一个操作虚拟网络的团队，才能够实现诈骗。从网络上找线索，基层派出所没有相应的设备，向上级申请技术支援吧！这样没有头绪的案件，无从下手，于是想到了从诈骗公司内部入手，他们的员工应该是应聘来的，从这里寻找突破口。老马说，大爷放心吧，有信息再通知您。老马回到家里打开电脑网页，以马侄子的名义在人才网上刊登了一则应聘消息："马刚，精通电脑操作，有意应聘一份室内工作，月薪三千左右，有意者请联系电话……"信息发出不到三天时间，就有几家公司应聘老马，老马把这些公司分门别类地过滤，去掉较远的公司，把就近的公司认真地审了一遍，没有发现类似的诈骗公司。老马想，诈骗公司都藏到哪里去了呢？把这些公司重新分析了一遍，发现一家公司只有人事招聘部门的工作人员，其他的工作人员和场地深藏不露，老马决定让马侄子深入公司侦查。人事部门在确定马侄子的电脑水平后，看到了他加入公司的诚心，把他领到了楼上真正的办公地点。马侄子上班了，摸清了该公司的人员构架、网络平台、经济收入渠道等情况，只是真正的幕后老板一直没有出现。老马知道情况也不急于收网，拿着一张男子照片看了很久对侄子说，等他出现了再收网。马侄子道，听说这个人只是到公司巡查经营情况，从不停留，根本就没有抓捕他的时间。他经常神出鬼没的，我关注他的消息，如果有消息就立即通知你跟踪他，他好像就在附近居住，就看运气了。时间一天一天过去了，这个老板还没有消息。

公司一年一度的评奖活动开始了，使这些热血青年在金钱的诱惑下，开动脑筋想尽一切办法，诱骗受害者投资股指平台，公司业绩在短时间内有了明显提高，马侄子因没有业绩备受同事的白眼。老马在公司外守候，想用跟踪的办法寻找老板的住处。突然接到侄子的电话，老板马上要离开公司，请注意发现。老马答道，明白！我就在公司门口守候呢！放心。老板走出公司大门就被老马死死地盯上了，老板好像发现有人跟踪，走过步行街突然停了下来，在地摊上买了一瓶纯净水，打开盖子边走边喝。不远处老马赶紧停下来，转身在路边摊位上拿了一瓶绿茶，正要付钱，一只手拍在他的肩膀上，老马回头看到了郑为民的笑脸。郑为民向他挤挤眉眼道，我有零钱要两瓶。老马边喝水边向目标走着，问郑为民道，什么风把你吹来了，难得和你见面呀！郑为民笑道，你说巧不，咱俩跟踪的是同一人。老马这回真有点糊涂了，开玩笑吧！怎么会这么巧？你们有什么案子在他身上？郑为民笑道，近期辖区被骗的群众越来越多，经过技术侦查发现这个人有重大嫌疑，他去过辖区的嫌疑公司。为了将其一网打尽，放长线钓大鱼，就想通过跟踪找到他的窝点，抓捕公司人员的同时将其抓捕归案，一举将其全歼。老马笑了，嘿！真是巧了，我们辖区也有这样的公司，情况基本相似，看起来这两起案件要合并处理了，我们一起追踪吧！摸清全部情况再动手，一起行动，否则后动手的就会前功尽弃，嫌疑人逃之夭夭人去楼空。郑为民伸出两个大拇指向前挺了挺说道，高见！好个老马，合作愉快！

老板买水时余光看到一男一女跟在其后，怎么也甩不掉。他想尽快摆脱尾巴的跟踪，他走到正在排队待客的电动车车主面前，给车主递了一根烟点着，顺便坐在电动车上和车主套近乎。

车主吸着烟坐在马路边闭目养神，老板趁其不注意转动电动车钥匙接通电源，骑上车就跑了。车主在后面边追边喊，这是我的车，站住！站住！电动车越跑越快，把车主远远地甩在后边。老马和郑为民闻声跑了过来，和另外两名电动车车主一起追赶老板。老板加速冲过大广路口的红绿灯，此时红灯亮起，南北方向的汽车川流不息，把追赶的队伍隔在路西边。车主说，我的电动车上有定位器，说着打开手机跟踪器一路追去。看到定位点在大广路东侧向北移动，众人紧追不舍，加速追赶，突然看到定位点停止不动了，待了一会儿，又看到定位点加速向北移动。老马道，这速度相当于汽车的速度了，如果我们就这样追赶，距离会越拉越远。其他人留下，老马、郑为民和车主拦了一辆出租车，加速追赶移动点一百多公里，在加油站里发现一辆大货车和手机定位点合二为一。老马上前敲打大货车司机的车门道，师傅您好！等着加油呢？司机摇下车玻璃道，有事吗？郑为民拿着警官证道，这是我的警官证，请您配合检查车辆。司机笑嘻嘻地走下车来，我是合法公民不怕你们检查，说着熄了火拔掉车钥匙，任凭他们检查。老马爬上车厢在货物中查找，用手机搜寻，没有发现电动车的踪影，对郑为民喊道，这么怪，没有呀！手机显示的位置就在车上，这不是耍我们吗？这句话提醒了郑为民，接过手机看了看心想，没错呀！让我上去看看，搞不好就是有人耍我们，分散我们的注意力。她翻身上了车厢，认真搜查每个角落。嘿！这是什么？与手机定位点完全重合。她拿起定位器让大家看个明白。司机说，这不是我的东西，可能是谁扔上来的，这车厢是敞开的，不要栽赃我！电动车主抢过话头说，我认得，这是电动车里的定位器，安装的时候我在场看着呢！老马忍不住了道，司机！你把车藏哪了？还不老实交代清楚！司机脸都气红了说，你怎么可以随便冤枉好人呢？我把车藏哪了？拉个定位器到处乱跑，到最后停车，还不是让你们给抓住了，我难道糊涂了吗？你这个警官难道也糊涂了吗？老马听到说他糊涂了，大声地说，怎么回事？不听话了，这到底是怎么回事？郑为民看到大战一触即发的状态，赶紧圆场道，我认为司机说的是真话，经过也许是这样的：老板跑到一个地方想回住处，又害怕我们找到他，就把定位器取下来，扔在过路的汽车货厢内，把电动车藏了起来，自己大摇大摆地回家了。我们看到定位器在移动就会追踪而来，其实手机定位点停顿的地方，也许就是老板拆卸定位器的地方，我们返回找找那个地点，也许能够找回电动车。司机拿过定位器说，你们看这定位器上有通往电瓶的连接线，坏人会顺着电瓶找到定位器，把定位器拆除就易如反掌了。幸好这种定位装置有蓄电功能，你们才能追踪到这里。以前车友也遇到类似的情况。郑为民道，就是呀，我们要采取措施，防止类似现象的发生。老马道，现在这些定位器基本上都是出厂后安装到电动车里的，也叫“植入型定位器”，如果电动车出厂前就把定位器随机装在车的重要位置，并且能保证定位器自动蓄电，依靠光能、动能、风能等不断供电，或者有足够的电能保证正常工作，这样既不易被发现又能起到定位的作用。现在作案的人聪明透顶，在定位器安装点看上几次就会记下定位器的安装位置，为盗窃电动车做好准备。如果是原装的定位器，非破坏不能拆卸就相对安全多了。郑为民道，好主意，回去就把这样的想法告诉厂家，如果能够实现，那么他们生产的电动车会更受欢迎。不过防范和盗窃本身就是一对矛盾，想做一劳永逸的防范措施是很难的。防范在升级改造，盗窃的手段也在改变进步，就像病毒一样，研制的新药消灭了旧病毒，可是随之而来更凶猛的变异病毒依然存在。这就是自然规律。老马道，是这个道理，我们还是去找电动车吧，边走边讨论。然后对货车司机微笑着敬礼道，师傅，谢谢您的配合！再见！大货车司机也笑道，这还差不多，终于洗清嫌疑了。出租车司机拉着三个人返回，根据手机的指引在电动车停车的可疑地点展开搜索。电动车车主在一条小道的拐弯处，发现了被拆解零散的电动车。郑为民笑道，他跑不了多远，或许就在附近居住。我们迅速展开搜查，或许就能找到他的藏身之处。经过走访群众了解到，老板消失在地龙房产公司附近。天已黄昏，郑为民三个人回到市区，拉开大网等待猎物的出现。

老马回到家中，马夫人躺在床上正在生闷气呢！老马饿得前心贴后背问道，饭做好了没有？我饿坏了。马夫人没好气地说，你有狐狸精陪着还用回家吃饭？老马回过味来道，夫人看到什么了？吃醋了吧！马夫人道，你今天都和谁在一起了？在大街上和人家那么亲热，还给人家买水喝。老马笑道，那是我的一个女同事，我们一起办案呢！马夫人横着脸发怒道，办案也要眉来眼去吗？你当我是傻子呀？我在二楼吃海底捞，坐在落地玻璃的位置，想看看街上的风景，刚好看到你们两个眉目传情，这事放在谁身上会不生气？老马回敬道，看你想到哪去了！此时老马的电话响了，传来郑为民清脆的声音，老马吃饭了没有？要不一起来如意饭店吃饭吧，红星也在这里呢。马夫人更生气了，你敢去就再也别回来了。老马笑呵呵地说，夫人呀！你不做饭，又不让我出去吃饭，这不是饿死人的节奏吗？不行就是不行，这么晚了你和女人吃饭会有什么好事？我不信。老马道，夫人呀！人家老公也在呢！你见到人就知道怎么回事了，就我这模样，咱家这财力，人家会看上我？那太阳会从西边出来，你见了人家的状态就会自卑起来，还敢想美事吗？要不跟我去一趟填饱肚子。马夫人道，这还差不多，我也没吃饭呢。公司忙得很，我也刚到家，想着你和人家在一起我就生气，哪还有做饭的心情，气都让你气饱了。老马道，走吧，给个面子。马夫人道，好吧，看在你诚恳的态度上去就去，不过，还是咱请你同事吃饭吧，顺便让我看看你同事是何方神圣。老马骑上电动车带着马夫人去饭店见郑为民。

郑为民夫妇先上了两个菜吃着，老马夫妇进来，服务员照单上了饭菜。马夫人看到郑为民和张红星有点不好意思起来，自言自语道，就是呀，人家才叫郎才女貌，天生的一对。郑为民早就知道马夫人是个醋坛子，又听了马夫人的调侃，觉得好笑，对红星说了几句悄悄话，就笑嘻嘻地离开座位，一会儿拿着两瓶老陈醋过来道，嫂夫人，今天老马兄给我买了一瓶绿茶，我还你一瓶老陈醋，赚大发了吧！马夫人的脸瞬间红到了脖子根，更加难为情了。老马笑道，好事成双，要送就送两瓶多好！郑为民道，那可不行！这瓶是我送给俺家这口子的，你说是吧红星！红星接过醋瓶打开盖子，往烩面里倒了点醋尝尝道，好酸！嗯！好醋呀！拿起瓶盖惊喜道，呀！再来一瓶，这公司想酸死我呀！为民去再领一瓶来，回家让华华也尝尝鲜。为民接过盖子信以为真，站起身来，红星赶紧拉住手道，你也不看看逗你玩呢！这又不是红茶绿茶，哪有再来一瓶老陈醋的道理。

马夫人听了笑得前仰后合道，嘿！还是老侦查员呢，也上当，今天扯平了，你们演得也太像了，让我难过了好半天。郑为民、张红星笑而不答。误会解开了，老马和夫人也和好了，“糊涂老马”又糊涂了一次。

滚马仔发现被人跟踪，心里难免慌张，但是他充分利用学过的电动车维修技术，知道定位器经常安装的地方，急中生智，把可能安装的地方全部打开，也没有找到定位器的位置，就顺着电瓶的线路找下去，取下定位器顺手扔在过路的大货车厢里，侥幸逃脱了警方的追捕。他绕了好几个弯，确定后边没人跟踪，才回到公司，向滚公子汇报了今天的遭遇。

滚公子也经历过大风大浪，现在做事收敛了许多。听到警方已经盯上了两个公司地点，心里难免有点担心害怕。他稳定了情绪道，不要慌张，虽然被警方发现了一些问题，但是他们还没有完全掌握我们的内部情况，告诉大家一定要加强防范，停止招收新员工，对老员工也要注意观察，避免内部出现问题，被警察抓捕。外出更要小心行事。滚马仔笑道，好吧，我们采取措施就会万事大吉，这么大的网络帝国，产生了巨大的经济效益，一时间想退还退不出来，舍不得呀！只有硬着头皮撑下去了。

郑为民和老马再次来到诈骗公司门口，发现除了上次两道门难进以外，公司外面还加装了摄像探头，里边的人在办公室看着电脑屏幕，门外的情况就会一览无余，在室内就可以监视门外的一切活动，看起来公司人员对警方的侦查有所防范。两人回所商议对策，并把此情况向张伟汇报。为了避免犯罪嫌疑人毁灭证据，决定提前行动，立即制订抓捕方案，给他们来个开肠破肚。最终决定第二日上午九时，两处同时开展抓捕行动。郑为民和老马根据大商场的情况制订了方案。大商公司有两道指纹门禁系统，非本公司员工无法进入内部。郑为民道，我们提前埋伏四名侦查员，控制公司出来的办事人员，另外两名侦查员备用以防万一。第二天上午八时，第一抓捕小组全体人员准备完毕，民警全部着便装在车上待命。郑为民组长手持电台向局长汇报，一组全部人员、车辆进入预定地域等候命令。局长回话道，九点准时开始，现在对表。郑为民对好表喊道，表已校对等候命令，二组汇报完毕。局长道，明白！明白！郑为民焦急等待老马的回音，老马来电报告，已经抓获一名嫌疑人仝吉林，他的指纹可以打开大门，随时可以进入公司。郑为民紧皱的眉头终于舒展开了，笑道，好样的老马！一点儿也不糊涂呀！成败看你的了。老马道，都什么时候了还开玩笑。电台里突然听到局长的声音，一组二组听到回答。一组听到，二组听到。局长喊道，还有两分钟准备开始，预备……开始！早已按捺不住的民警辅警听到命令，一窝蜂似的冲下汽车涌向电梯口。前置的民警向群众解释着民警执行公务，请让民警先行，等电梯的群众自动让开，民警顺利到达涉嫌诈骗的大商公司楼道内。郑为民看到老马使了个眼色，脸向右一转，老马心领神会，带着三个民警和仝吉林向大商公司走去。仝吉林用指纹打开第一道门锁，留下一名民警把守大门，防止大门自动关闭，又打开第二道门，老马向后做了一个前进的手势，民警有序地进入大商公司预定位置。此时公司内一片繁忙景象，员工们正对着电脑和客户聊天，或者整理资料。门口员工看到突如其来的陌生人惊讶道，你们是干什么的？郑为民拿出警官证严肃地说，看清楚了，我们是警察。又对大厅里的人喊道，我们是派出所的民警，请你们立即离开电脑，双手抱头蹲在地上，等待民警的检查。这时民警纷纷拿出警官证亮明身份，这些嫌疑人大多是十七八岁的青年男女，没有见过这样的阵势，积极配合民警调查取证。此时，从经理室走出一个眉目清秀的大眼姑娘，打眼一看就知道是少数民族的长相。她用一口流利的普通话问，你们是干什么的？到公司捣乱，我告你们去。

老马冲过来严厉地喊道，我们是警察，你的公司涉嫌诈骗，请接受检查！女经理哪肯就范，上手去抢老马手里的警官证，老马晃了一下就把警官证装进口袋。女经理恼羞成怒道，你们都给我出去，这是扰民，影响我们经营，你负得起责任吗？不配合又能怎样？老马急了大声喝道，蹲下，不配合也得配合，由不得你！女经理强烈地反抗着。郑为民将其按蹲在地上，女经理不停地发表着言论，鼓动大家反对民警检查。老马见状也不做解释，拿出黑帽子戴在女经理的头上道，老实点，否则就是典型的妨碍公务。郑为民道，大家按照分工固定证据，把他们公司的员工名单、工资发放表、业绩表拿过来，逐一对照嫌疑人、查找受害人的信息，做好下一步处理工作。

郑为民接过员工名单，看到经理叫周古莉，看着眼前戴着黑帽子的女经理，勾起了一段往事。这么巧，这个女经理正好和走失的周古莉同名同姓，不过这么多年过去了，那个小女孩儿也该长大了。虽然也看过周古莉的照片，但是和女经理比较相差得太远了，这个女经理是一个标准的蒙古族美女。郑为民有点伤感起来，想起走失的周古莉，愧疚在心头久久萦绕。

周古莉在黑头套里透过缝隙，斜着眼珠偷看郑为民，想着如何摆脱目前的困境，心想，真倒霉！替公子巡查公司经营状况，前脚进来后脚就被警察抓获了，该如何应对警察的询问呢？她也从郑为民善良的脸上看到了几分熟悉，眼前浮现着难以忘怀的往事，努力回想着过去的点点滴滴，寻找着似曾相识的面孔，总觉得这个民警很熟悉，好像在哪里见过！可一时又想不起来。一会儿又阴着脸想着自己的心事，想着自己从小就没有见过爹娘，被民警抓住后，又被滚地龙抢走。她被滚地龙送到藏区世界最高的县城培训，在无人区进行技能训练，把她培养成了杀人机器。不过从她出道以来还没有执行过一次刺杀任务，好像被滚地龙遗忘了一样。今天被民警抓住了，心里非常恐惧，生怕民警发现自己的秘密，想着应对的办法，决定顺从民警管理，不做无谓的抵抗，民警也许查不到违法证据就会放人。

老马清理物品，按照名单和通讯录核对，发现真正的经理不是周古莉，而是另有其人。发现经理的电话号码后，立即向张伟报告，局长迅速安排技术侦查，不一会儿，局长通知，发现经理的活动轨迹，就在楼下广场上活动，并把经理的照片发了过来。一个戴着眼镜的男子出现在广场上，他们立即组织人员抓捕。老马独自发现了嫌疑人，看到他和两个马仔正要离去，其他战友在不远处排查可疑人员。老马着便装立即冲了上去，礼貌地敬了个礼道，您好，我是派出所的民警，这是我的警官证，请您出示身份证。滚马仔惊讶道，你是警察？我才不相信呢！一定是假警察，凭什么查我的身份证！另外两个马仔围了过来。老马一看要吃亏，向后退了两步道，人民警察证件已经让你看了，请你立即出示身份证件接受检查，否则使用警械。说着拿出辣椒喷雾剂比画着准备使用，两个马仔迅速退了回去。老马心里一阵紧张，大喊道，常赞快过来帮我！常赞应声带着两个民警冲了过来，见此情景一人对着一个马仔，准备抓捕。马仔见状撒腿就跑，滚马仔被当场抓获。

老马对着电台喊道，局长、为民，我们已经抓获经理滚马仔，可以收队了吗？局长喊道，取证结束可以收队，按计划进一步处理。郑为民对着电台喊道，我们可以收队了，正在向车里带人。这次全面出击，郑为民抓获二十多人。另一支抓捕队伍喜讯传来，抓获十人，大获全胜。因为没有找到周古莉犯罪证据当场释放，滚马仔在电子证据面前无话可说，只好投降招供，对这个公司的犯罪行为大包大揽，拒不供认后台老板情况和资金的流向。

郑为民翻阅了全部资料，发现全吉林的材料最为真实，重新提审全吉林，了解了老板的基本情况。他清楚地记得后台老板是滚公子，至此滚地龙的公子浮出了水面。在全吉林的帮助下，从经理电脑垃圾箱中恢复所有文件，找到了滚公子的相关信息和犯罪证据。

在全吉林的带领下，郑为民六人小组赶到了滚地龙公司附近，先派老马化装成商人进入地龙公司，确认滚公子的藏身之处。全吉林对着滚公子办公室点了点头小声道，就是这里。老马走出公司，向大家描述了滚公子办公室的详细地点，全吉林把里边的情况陈述了一遍。六人小组分两拨进入公司，在滚公子办公室门口集合。老马轻轻地用手一推，办公室的门“吱呀”一声就开了，大家冲了进来，有个马仔正在整理东西，看着这么多生人冲进来，警惕地把手机藏了起来。他想，这是滚公子的手机，一定要藏好。警察冲着他大喊，蹲下。他双手抱头蹲在地上，眼睛不停地向一个壁柜瞄着，想找准机会冲过去。老马站在门口负责警戒，他看在眼里记在心上，已经做好了随时截击马仔的应急准备。说时迟那时快，马仔一把推开郑为民，飞身向壁柜扑去。其他民警正在检查室内物品，还没反应过来。老马一个箭步飞扑过去把马仔摁倒在地，骂道，好小子，你敢偷袭！找死呢？说着麻利地给马仔打上了背铐，对后边的民警说，看好他。然后找到工具把壁柜撬开，里边有两把左轮手枪，一百多发子弹，手枪已经上膛并且压满了子弹，随时可以击发。老马道，好悬啊！这小子看着挺老实的，实际上已经做好了鱼死网破的准备。

郑为民问道，老实点，滚公子在哪里？马仔道，我不知道他去哪了。郑为民电话响了起来，传来技术侦查员小蔡的声音，郑所长你们辛苦了，技术部门已经查清，滚公子的手机定位和你所处的位置一致，注意搜查他的手机并搜集新的证据。经过搜查，在办公桌的夹层里找到了滚公子的手机。用马仔的指纹解开了手机密码，手机的最后来电是个陌生号码，没有注明姓名，引起了郑为民的注意。这个手机是滚公子的，现在马仔使用了并且保管着手机，为什么会有一个陌生的电话号码？会是谁打来的呢？郑为民一时间也陷入了迷茫之中，她迅速把这一新的情况向局长汇报，请求做出技术分析。不一会儿，局长打来电话说，这个新手机与滚地龙的手机联系过一次，与某市区的滚庄村的座机联系过，有可能是滚公子使用的新手机号码。这个村庄正是滚地龙的老家，新手机号的移动轨迹正向着滚庄村移动，尽快组织民警前往抓捕。郑为民正在发愁，计划着怎么完成这次抓捕任务。张红星打来电话说，华华放暑假了，刚刚参加全国无人机比赛回来，正在为自己获得第二名的好成绩沾沾自喜呢！吵吵着让你给买奖品呢！郑为民道，你有什么想法？张红星道，正是农忙季节，别的工地人手紧缺，我们的工人用不完，真棒，孙云霞的乡亲们就满足了工地需要，工程按期完成了，销售当然也快了，我准备把盈利的大部分资金投资矿泉水厂，这些天计划到外地寻找风水宝地，建个红星矿泉水分厂。郑为民道，好呀！我们要去的滚庄村，正好面对常年流动的大河，背靠丘陵，上游伏牛山脉水源充足，而且质地上乘，据说当地人直接饮用地下水，甜丝丝的，好喝又富含矿物质，还有自然的温泉喷涌而出。说着她诡秘地笑了起来。红星道，你好像在做广告。郑为民邀请道，要不，一起去一趟，实地考察就明白了。红星道，好吧，我把红星水厂的手续带上，让华华带着无人飞机，随时可以操练一把，向你汇报表演。郑为民笑了，好吧，我们到滚庄村见。

民警兵分两路，一路由局长亲自指挥，消化处理已到案的嫌疑人，另一路由郑为民带人抓捕滚公子。出发前郑为民得知这个村庄是一个古老的村寨，旧社会时，这里并不太平，经常发生枪战，人们为了抗击土匪的侵扰，就在河流东岸建起一座土城，在村子周围用土筑起牢固的城墙，把村子围了起来，留了南北两个城门，进出村子必须经过这两个城门。郑为民细心地察看地图，发现滚庄村的乡村公路居然写着“地龙路”的名字，为此深感不安，是巧合，还是地龙公司为扩大影响修建了公路，以公司名字命名？郑为民制订了详细的抓捕方案，带着众多的疑惑向滚庄村进发。

郑为民在村口不远处停下来，拿出望远镜观察村口的情况，发现残缺不全的城墙上有棵大树，一个男子在树下走来走去。郑为民笑道，估计是望风的，滚公子在老家混得还不错嘛。旁边的河道里有一群小孩儿在游泳嬉戏。老马喊道，小朋友注意安全呀！小男孩儿嬉笑着在河水里来回地穿梭着，潜入水中一会儿又浮出水面，好像野鸭忽隐忽现。小男孩儿道，你们是哪来的？我们是矿泉水生产厂家的业务员，来这里考察水厂用地。不用看了，你看那边。顺着男孩儿手指的方向看去，一座建筑映入眼帘，那是地龙温泉，温泉常年自然流淌，并且水温不变，好水呀！郑为民道，我说的是供人喝的矿泉水，听说这里有许多百岁老人，也许就是水好环境好的原因。

张红星打电话道，我们位置共享了，我就在你车后不远的地方。郑为民回头一看兴奋地说，真棒！这么快就过来了。红星走过来小声道，我告诉你不可强攻，房产局的人反映滚地龙在家乡可是个大善人，他修路、架桥、建学校，村民视他为恩人，想从这里抓人，估计阻力很大，只可智取。然后侧过脸对华华说，想表现吗？露一手给妈妈看看。华华来了精神，取出无人机，打开电源，把地图打开，让无人机探头识别滚庄村的地形外貌，输入相关数据，启动遥控器设置自动飞行模式，喊道，飞了宝贝！无人机发出细微的嗡嗡声，向滚庄村飞去。操纵器显示屏上清晰可见村庄每个角落的景象，无人机掠过城墙，从家家户户飞跃而过，转动按钮人物景象可大可小，村里的情况尽收眼底。

郑为民正在称赞华华取得良好成绩的时候，张伟来电话通报最新消息，确定新手机号码在滚庄村有活动轨迹，抓紧行动，防止逃窜。郑为民道，是，张局长，我们正在准备抓捕。老马道，郑所长根据华华的飞行侦查和地图标注电话轨迹，确定滚公子应该在村南头的第二户人家，不过院子里有几个年轻人在活动，抓捕有困难，搞不好连我们也会被困在这里，想办法把他引出院子再抓捕，这么热的天大街上人少不易被发现。郑为民道，谁有好办法引他出来？红星笑了，我用办矿泉水厂当诱饵钓他出来，他是生意人，应该会上钩。张红星附耳郑为民悄悄说，这样……然后笑道，你觉得主意还行吧？郑为民在红星的脸上摸了一下，小样的，看把你美的，成功了奖励给你一个……说着做了一个飞吻的动作。张红星走了两步回头道，完不成我给你一个……说着伸出左掌，把右手中指和食指伸直放在左手掌上再弯曲，做了一个磕头的动作。郑为民笑了，一摆手，去吧先锋，祝你成功，我们随后就到。

张红星顺利通过寨门口，郑为民、老马经过寨门时，一个村民警觉地问，你们不是本村人吧！找谁呀？这个村的人都互相认识，郑为民赔笑道，老乡好！我们是来考察矿泉水的，想建一个分厂。那群洗澡的小孩儿经过这里喊道，二叔，他们是来考察矿泉水的，让人家进去吧！二叔点头道，请进吧，我是顺便问问。回头对小孩儿道，又偷着下河洗澡了，看我让你爹揍你屁股，小孩儿听了咯咯地笑着求饶道，二叔千万别、千万别！说着话就跑远了。

张红星走到第二家门口，看到大门开着，就抬脚进了大院，对院子里的男子道，老兄好！我想喝点水，行个方便吧，给钱也可以。男子看着窑洞门口安乐椅上的男子说，滚经理他……滚公子眯着眼睛摇晃着椅子道，喝水管够，给他打点来。张红星喝过水连口称赞道，这个村庄不仅人心地善良，而且水也好喝，解渴不说，回味甘甜，这水从哪里来的？男子道，是从井里打上来的水，原汁原味，自然又纯净。谢谢了兄弟，我路过这里本来想在县里建一座矿泉水分厂，没有找到合适地点，看这里的水质不错，不过还没有和村干部见面，谈投资的问题。说着张红星就向外面走去，心里数着一、二、三……等待着滚公子的喊声。快到门口了男子道，兄弟你想怎么开分厂？张红星道，我有技术、资金和销售渠道，需要水源和场地，合作分成，有钱大家赚嘛！滚公子听说有生意可做，眼睛立马睁大了放出光芒，站了起来看着张红星道，嘿！你真是幸运，我说昨晚做了一个梦，梦见发大财了，原来你就是财神爷呀！如果这事做成了，老爸就不会说我没用了，咱们合作怎么样？张红星喜出望外，太好了，看你也爽快，我们先尝尝井里的水，再确定如何合作办厂。滚公子道，你已经尝过了，还尝井里的干吗？顿时产生了一些怀疑，警觉起来，这个外来人员好像是中原省会人，和自己的口音差不多，该不会是来抓自己的吧！他上下打量着张红星，看上去这个人笑眯眯的，也不像警察呀，又打消了这个念头。再说了，我刚到这里没两天，警察怎么会这么快就追过来了，于是就放下戒心道，可以，让他去井里打点水来尝尝。张红星道，我们还是一起去取水吧！滚公子这几天担惊受怕的，就没敢出门走走，想着借机到门外活动一下筋骨，也是一种乐趣，就愉快地答应了。

郑为民等人已经埋伏在水井周围，等待猎物出现。果不其然，张红星和滚公子从院子出来，一前一后地向水井走来。滚公子特意向马仔要过水桶道，让我来吧，你教教我，怎么把铁环扣在水桶上，让我也搅搅辘轳，感觉一下田园生活的乐趣。马仔遵从了滚公子的意思，和张红星跟在后边。到了井边，马仔熟练地把铁环扣在桶上，又解下来给滚公子示范指教，滚公子照葫芦画瓢，还得靠马仔帮助才能扣上铁桶，站在井边用手把住辘轳肚子光滑的地方，右手松开辘轳把手，辘轳在铁桶重量的带动下，呼噜噜地旋转起来，绳子从辘轳的身上转了下来。随着绳子的伸长，水桶撞击到水面，传来“扑通”的撞击声，井底水花四溅，形成一道道涟漪四处散开。惯性使辘轳又空转了两圈，把绳子反缠在辘轳上。滚公子道，这个辘轳让人怪没面子的！他把辘轳上的绳子恢复到原位，开始在马仔的指导下，摆动着绳子让水桶倾斜沉在水中道，我非得把水打上来，体会一下家乡人的辛苦。他双手扶着辘轳把手，用力转着辘轳向上打水，水桶在绳子的拉力下浮出水面。眼看水桶就要升出地面了，他一只手扶着辘轳扶手，另一只手去拉水桶。就在此时，郑为民等人从不同方向冲了过来，两个人控制了马仔。老马一把拉过滚公子，把他摔倒在地打上背铐。民警用棉花把他俩的嘴堵上，再把蛇皮袋子分别套在他俩身上，把整个人装进袋子里。老马和张红星把袋子扛在肩上向村外跑去。那个装满水的水桶失去向上的拉力，在重力作用下开始向井下掉去，辘轳上的绳子向相反方向旋转，迅速从辘轳上转了下来，绳子的拉力使辘轳更加猛烈地旋转起来，“呼噜噜”的声音一波接着一波地响着。他们走出不到十米远，就听到井里传来水桶撞击水面发出巨大的声响。这次没有人欣赏击起的美丽水花和荡漾的涟漪。张红星若有所思地回头看了一眼水井自言自语道，要不是这事在中间插了一杠子，在这里建个矿泉水厂，绝对是一个理想的地方，不仅水源好，而且交通又方便。可惜了，滚公子坏了我的好事呀！

这一幕，正好被经过这里的光背男孩儿发现了，他中午不睡觉，正向路边小树林的同伴走去。同伴们在摆龙门阵，十几个小孩儿守阵，三个小孩儿拿着红黄蓝令旗，排头的穿着龙头的衣服，中间的穿着龙腹的标志，后边的戴着龙尾，有七个小孩儿分割包围他们，如果把某个部位围了起来就算胜利，如果七个人被围了起来就算失败。小伙伴们正玩得高兴，光背男孩儿惊呼道，三叔和大善人被抢走了，快叫大人来救他们吧！大善人被抓走了，一时间宁静的村庄乱作一团。郑为民对电话里喊道，车在哪里？怎么还没有过来？说话间两辆汽车开到了眼前，民警把他俩分别按进车里，加大油门一溜烟儿似的向村外驶去。一些不明真相的村民冲出来追赶汽车，村口的二叔听到喊声，赶紧去关寨门，却已经来不及了，汽车风驰电掣般地从眼前经过，吓得他退回脚步，眼睁睁地看着汽车飞驰而过，喊道，快开车去追。郑为民深感不安，这么多不明真相的群众追赶我们，把我们当成了坏人！她拿出手机拨打了 110 报警台，请求支援。汽车很快行驶到了宽阔大道，加速前进，后边五辆汽车紧追不舍，突然前面被等红灯的车辆挡住了去路，汽车无法动弹。那五辆汽车上的人手持棍棒向郑为民冲了过来，他们二话不说，棍棒像雨点一样落了下来，把汽车玻璃砸碎了。郑为民的头上脸上身上都是玻璃渣子，身体多处受伤。正在危险时刻，110 支援的民警赶到现场，拉着报警器逆车流而上。郑为民大声喝道，我们是警察，住手，否则追究你们的法律责任。110 民警到了跟前制止无效，对天鸣枪，众人听到枪响，被吓得服从民警命令，抱头蹲在地上不敢动弹，参加打砸的村民被 110 民警控制。郑为民道，把嫌疑人押到另一辆车上，留下两名民警处理车辆被砸事件，其余人员返回单位处理案件。

他们回到派出所，案件已接近尾声，抓紧时间给滚公子制作讯问笔录。无论他承认与否，都不影响对他刑事拘留，因为事先已经把他的犯罪证据固定好了。滚公子也跟上了大部队的进程，一起向看守所进发。

郑为民检查完刑拘材料喊道，老马，我们准备去医院给嫌疑人检查身体，问问嫌疑人有什么要说的吗。小迪举起腕上的手铐满脸愁容地说，手铐太紧了，能否松一些。我有五岁的妹妹和三岁的弟弟无人照看，父母因闹离婚离家出走至今未归，平时奶奶照看我们三个。老马将小迪的手铐松了一些道，我看了小迪的笔录，知道小迪为了生存，早早地就辍学在家，打工挣钱养家糊口。小迪虽然学习不好，但是电脑操作水平还是蛮高的，公司把他留了下来，他的业绩也名列前茅，也就是骗取的金额比较大。

老马又说，我联系小迪奶奶吧！让她尽快回家照看孩子。小迪道，奶奶让我照看弟弟妹妹呢！她没有电话。老马着急了，这可怎么办？

郑为民道，我有社区谢书记的电话，正好有一个老人没人照顾，一起交给他们吧！郑为民打通电话与谢书记沟通。谢书记说，立即安排人员去照顾他们的生活，见到人后给您回信息，决不会因为这样的事影响你们办案。

郑为民把嫌疑人送到看守所，收到了谢书记的回复信息，心里放松了许多。郑为民等三十多个民警押着嫌疑人去看守所，走过第一道门，民警围成一个圈，嫌疑人走下车按名单排队，民警给他们打开手铐，让他们脱去外衣换上制式服装。就在这时，滚公子趁看守人员发衣服的空隙，拔腿就跑，三个应急民警立即追了过去。老马喊道，站住！否则就开枪了。话音刚落，就向天上开了一枪，门卫听到枪声，看到穿着囚服的人向门口冲来，拦在门口伸出脚来，滚公子没来得及躲闪绊在腿上，摔了个嘴啃泥，追兵一到打上背铐。老马骂道，好小子敢跑，子弹可没有长眼，你他妈不想活了？说着把滚公子的手提起，故意高高地悬着，疼得他直叫唤。四个人把滚公子抬回来扔在人群中，命令道，小牛看好他，熟鸭子还想飞，一定要向看守所民警讲清楚他逃跑的经过，严加管教。

民警奋战了两天两夜送拘完毕，累得头也不想抬了。郑为民和老马放心不下两个小孩儿和病重的老人，在路边商店购买了营养品和老人用品，开车先去小迪家里。谢书记听到敲门声打开门把他们迎了进来，义工周阿姨正在给两个小孩儿做饭。老马拿出食品放在桌子上道，见到人就放心了。说着打开食品给小孩儿吃，问道，小朋友你是男孩儿还是女孩儿？小孩儿不好意思地笑了，叔叔我是女孩儿。郑为民道，这话问得有点幼稚了吧！又糊涂了吗？听说话就知道是女生。老马追问道，为什么不留头发？小女孩儿没有回答问题，眼泪汪汪地向屋里走去。谢书记道，这房子装修后没有等到晾干就搬进来了，孩子抵抗能力差，得了白血病，后来经检查室内甲醛严重超标，与孩子生病有直接关系。母亲为了省点房租着急搬进来，真是因小失大呀！小孩需要化疗，结果头发也掉完了。老马道，怎么会呢？这也太奇怪了，三岁的孩子好端端的，五岁的孩子却出了问题。谢书记道，小的当时在奶奶家，没有住进来，逃过了一劫，现在这房子符合居住标准了，是安全的。孩子看病花完了家里的积蓄，又没有新的经济来源，他母亲一生气就跟人跑了，再也没有回来。可苦了奶奶和两个孩子，我正在给他们申请大病补助呢！还没有结果，估计还要捐一部分款，才能够实现痊愈的心愿。

老马困得眼也不想睁了，急忙道，今天先这样吧！改天再来看他们。郑为民打着哈欠起身问道，那个有病的大娘怎么样了？谢书记道，我们害怕她受刺激，专门说他儿子外出有事，委托我们来照顾老人几天，没想到这么快就收到了刑事拘留通知书，她知道儿子被刑拘了，一下子就晕了过去，被 120 接到医院抢救了！我已经安排人去医院守着了！

阵阵热风袭来，一脸疲惫的老马咳嗽起来，捂着胸口大气也不敢喘了，胸部突然的疼痛使他蹲在地上。郑为民见状赶紧说，这附近就有医院，抓紧看病。

到了医院门口，两个人从车上下来，突然看到一个人手里拿着菜刀架在女子的脖子上，一手揪住头发向后抖了几下恶狠狠地说，把欠我的钱拿出来，否则就割了你的头。旁边的疤瘌脸也帮腔说，我们给医院干了这么长时间的活儿，一分钱工资也没有发给我们，你们还是人吗？说话间菜刀已经割破女子的皮肤，顿时鲜血顺着脖子流淌。女子求饶道，别，别动手。老马见此情景，不顾一切地冲过去绕到男子后方，抓住男子拿刀的手腕向反方向旋转，菜刀“咣当”一声掉在地上，同时老马左臂卡住男子脖子向后扯甩，男子失去重心双手乱抓，老马后撤一步，弯腰别臂向下一压，转身将男子压在身下。郑为民看到另一男子挥拳向老马打来，冲上去控制男子，男子改用肩膀向老马顶过去，郑为民立刻挡了上去，男子用了极大的力量，全部顶在了郑为民的胸部，郑为民被撞出一米多远。此时接到报警的武装巡逻民警小牛和小蔡及时赶来，将两个男子制服，戴上手铐带回派出所处理。小牛道，幸好全市增加了武装巡逻密度，否则郑为民他们就危险了。小蔡道，不幸中的万幸呀！幸好在医院门口发生，放心吧，及时抢救不会有生命危险。

老马和郑为民住进了医院，这次他们两个成了医院的病号。张伟闻讯赶到医院看望，看到老马疼得满头大汗，医生已经把他的胸部打开了五角钱大小的敞口，把导气管线穿进了肺部，正在把因肺部穿孔形成的积液抽出来。老马伤情稳定了许多，对大夫说，我还有一个案件没有办完，我得回所里继续处理。医生说，你不要命了？肺部都穿孔了，如果不及时住院就没命了知道吗？张伟走了进来道，安心养病吧！老马请求道，局长！我还有案件没有处理完呢，不能住院呀！可是自己的身体怎么也不听使唤。张伟心疼极了，说，老马放心吧！你和为民处理的案件已经交给常赞、王永盛来完成了。医生感动的泪珠子在眼里直转悠道，这才是真正的民警！他用手机录下了这感人至深的瞬间，发到微信群里。在互联网的年代里，各界媒体记者云集医院采访，记者问张伟，民警为什么会不顾生命危险保护群众？为什么会不顾病情恶化，甚至危及生命也要继续办理案件？张伟道，我们有条规定叫“首问负责制”，也就是第一个接警的民警要把案件办结，老马的案件按规定应该他们两个来完成，民警高度的责任心和使命感使他们不能放弃，那些嫌疑人还在看守所关押着呢！案卷还要进一步整理，报捕起诉材料还要补充，还有很多的工作等着完成呢！特别是涉及人员众多的案件，更要努力工作，不过这个案件已经交给常赞、王永盛他们去做了，老马和郑为民需要疗养，就让大家来完成吧。

郑为民被重重的一击后，瘫在地上不能动弹，经过检查发现三根肋骨骨折，双肩严重受限，不能自由活动。张红星看着受伤的妻子，小心地把郑为民露在外面的手放进毛毯中。郑为民睁开眼睛问道，红星，我睡了多长时间？快扶我起来。张红星心疼地说，医生嘱托不让你乱动，看看身上的石膏，三根肋骨骨折了呀！郑为民道，我们的案件快到期了，必须到看守所延长办案期限，否则就会超期办案了。她挣扎着想坐起来，可是没能如愿，只好哀求红星接通张伟的电话道，张局！诈骗案件办理得怎样了？张伟安慰道，放心吧！已经让常赞、王永盛他们接手处理了，现在全局民警都参战了，延长一个月的办案时间，不用担心了，安心养病吧！张红星接过电话道，局长！他们为什么这么狠，把为民的肋骨都撞骨折了，不就是欠了点钱吗？张伟道，我就不瞒你了，为民抓住的可不是讨薪工人，他们是杀人逃犯，到了这里钱用完了，正好看到这个女子来看病，身上带了不少钱，顿生歹意，又不敢明目张胆地抢钱，怕逃不掉被抓获，就想出了这么个下三滥的办法，以讨薪为名抢钱，真是没想到正巧被为民他们撞上了。他们两个，一个女的、一个病号，还连续办案到第三天了，仍然这么勇敢执着，有勇气制服犯罪分子，幸好巡警及时赶到，否则这两个穷凶极恶的家伙决不会手软，我们会吃亏的。听得张红星胆战心惊，自己心爱的女人每天都处在危险之中，处在过劳状态之中，处在亚健康状态之中，这样怎么才能实现长命百岁的愿望呢！心里想着如何改变这样的困境。

半年过去了，常赞传来消息，这个案件圆满收官，不仅是案件的嫌疑人员被批捕，相关人员被判刑，而且提供给各地的诈骗线索也得到了落实查证，在全国各地的分公司被当地公安机关一网打尽。

这起诈骗案件涉及全国多个省份。得知打掉了这么大的诈骗团伙，受害群众拍手称快。这些案件在取证过程中，也遇到了许多困难。常赞说，我和李俊锋去青岛取证时，受害人蔡大姐坚决不相信我们是警察，东躲西藏不愿意见我们，坚决不配合我们调取笔录和证据。经过我们耐心说服，她才相信眼前的一切是真的。她说，我真的是被骗怕了，就连真正的警察站在面前，也不敢相信了，很抱歉呀！她拿到被骗资金热泪盈眶地说，感谢民警辛苦付出。

常赞捂着肚子难受得无言以对，他平时就肚子不好，这个关键时刻又要上厕所了，这些天为了寻找蔡大姐吃了几顿凉饭，老毛病又犯了得了痢疾，在问笔录时上了好几趟厕所。蔡大姐看到常赞难受的样子，就趁他们整理材料时走进厨房，打了几个鸡蛋和了一疙瘩白面，做了两碗热气腾腾的鸡蛋面条，把事先准备好的蒜蓉浇在面条里端过去道，警官我不知道该怎么感谢你们，这是我妈教我制作的特殊面条，专门用食物治疗痢疾的土办法，我试过可灵了，每人吃一碗，有病治病，没病充饥。常赞和李俊锋接过碗筷，心里热乎乎的，有一种回家的感觉，心想，这岂是一碗面条呀，这是蔡大姐对我们工作的认可，这是老百姓对我们的信任。这种从不被理解到感恩的过程，让常赞和李俊锋感到自己这份职业无比自豪和光荣。李俊锋感激地说，只要有像蔡大姐一样的人民群众的大力支持，无论再狡猾的犯罪分子也无处遁形。

第二天早上，他们登上蔡大姐家门口的浮山瞭望渤海，看到大海上冉冉升起的太阳，心潮澎湃，感慨万千。为此常赞写了一首小诗，发到微信朋友圈中以示庆贺：

暖 冰

三月被骗金做蛹，胎死腹中化成冰。
一朝蛇咬怕井绳，真假李逵分不清。
民警细语融坚冰，化敌为友送亲情。
顽石为开语成金，归心似箭亦从容。
渤海暖阳半遮面，寒露升腾雾朦胧。
健步浮山登顶望，平安青岛万家宁。

后来张红星见到常赞时说起这首诗，鼓掌道，外面下雨了，好湿！好湿！他愤然道，这些诈骗分子是怎么得逞的？我辛苦了一年也挣不了多少钱，他们张张嘴，动动键盘，就骗了几个亿，好身手呀！说说骗人的技巧，让我也见见世面，只了解好的，不知道防范坏的，也不是一个称职的企业家，你说是吗？常赞道，好吧，我把重点的讲给你听听，这个案件已经结束了，也不算泄密。

他们先购买了股指软件平台，用事先准备好的诈骗话术培训员工，利用网络平台、微信、QQ、微博、陌生的人、漂流瓶、摇一摇、手机短信、打电话等方式进行宣传发动，让受骗者看到购买网络平台股指期货的巨大利润，并且发给他们许多赚钱的截图，甚至利用异性的图像声音等，以恋爱的名义让受害者上当受骗，致使成千上万的财迷抱着发财的梦想，把大笔的资金投进股指平台，但是！……可但是！常赞故意卖起了关子，顿了一下说，等被骗者明白过来时，已经血本无归了。

实话告诉你吧，骗子承诺和国际接轨的股指平台根本就不存在，而是自己制作的网络平台，进入平台的资金被老板占有了，投资人直接进行分赃，再用一些假账号采取虚拟的数值和你在平台上博弈，老板在后台上炒作股指涨跌，既当运动员，又当裁判员，你的钱会越来越少，到最后全军覆没。你想呀！他们掌管着输赢大权，你会赚钱吗？那简直就是做梦。

张红星道，既然赔钱，为什么还会有那么多人前赴后继往里投钱？

常赞拿起材料在手中晃晃道，这些人有共同的特点，就是被虚假的宣传所蒙蔽。那些赚钱的人，大多是“枪手”，一人在后台炒作多个账号，上边显示的都是假信息，操作的只是一个数值而已，受害者赔钱就成了必然。

张红星如梦方醒，为什么为民他们不怕辛苦，夜以继日地奔波劳累，原来是为了减少更多的人上当受骗呀！他对郑为民的敬佩感油然而生，说道，你们辛苦了！一定要注意身体啊！

张红星道，我问你们个问题，养好身体再去工作和带病坚持工作哪个对国家的贡献大。

老马道，这不好说。张红星道，计算一下就明白了，你看呀，如果带病坚持工作，也许当时会取得好多成绩，逞一时之快，可是给身体带来了严重的损害，错过了治疗的最佳时机，减少寿命和工作时间，少则几年多则十年，那么一年至十年能干多少工作，口算就能得出结论，眼前干的那点活就显得微不足道了。当然还是有病了及时就医，这不仅是对个人负责，是对家庭负责，也是对单位负责，更是对国家负责。想过没有，国家培养警察是需要成本的，你们都是国家的财富，每个人都要好自为之，照顾好自己的身体，劳逸结合，团结合作，有了好的身体才能干好工作，做更多的贡献，你认为呢?

郑为民笑道，我也是这么想的，也知道这其中的道理，但是遇到具体的事情就身不由已了。必须完成的紧急任务，根本就没有商量的余地，无论什么事情都要如期完成，否则损失将是巨大的，甚至会给国家和人民带来灾难，宁可牺牲自己也在所不辞。当然了，要正确判断事情的轻重缓急，面对轻缓的事情，根据情况可以缓办的，当然要以保重身体为主。但愿每个人都有个好身体，有个好心情。这个案件仍然还有线索要继续追踪深挖……

第五章　大智若愚

滚公子进入看守所，被送进过渡号时，易成龙已经是号长了。民警司马永庆得知滚公子逃跑被抓回来的经过，更加严格看管，防止再次出现逃跑现象，要求易成龙和值班的民警加强观察，以便及时发现安全隐患。滚公子逃跑失败，心情极为沮丧，竟然用绝食来对抗管理。他白天眯着眼盘腿坐在大通炕上，心里寻思着如何逃出去。天已近中午，可是牢房中依然是暗淡无光，天阴沉沉的，压抑着人的心情。劳动号的犯人推着平板车来到监室门前，打开保温桶喊道，开饭了！民警打开牢门，易成龙接过保温桶点头哈腰道，谢啦！刚转身牢门就咣当一声关上了，值班人员开始打饭。

滚公子不仅不过来打饭，而且连眼皮也不抬一下，他想着如何从这个牢房逃出去，因为他知道父亲很为他担心，害怕他泄露滚氏家族的重大秘密。易成龙把饭端到滚公子的眼前道，嘿！白面馒头和猪肉粉条炖白菜，饭菜香甜可口。滚公子已经三顿饭没吃了，肚子叽里咕噜直响。易成龙笑着劝道，人是铁饭是钢，一顿不吃饿得慌。滚公子用舌头舔了舔嘴唇，咽下嘴里的口水，小声而又恶狠狠地说，滚边待着去。易成龙看他没有兴趣吃饭，侧身拍着滚马仔的肩膀把饭递过去，滚马仔吓得浑身哆嗦，看到易成龙递过来的饭菜才放下心来，恐惧地看着四周环境，把目光落在滚公子身上，然后闭目养神起来，昔日凶狠的眼光已经消耗殆尽了。滚公子无心进食，重新闭上眼睛思考着逃离的方法。他想着进门时的经过，寻找着逃跑的机会，考虑着逃跑的策略，对这一系列的变故仍然心有余悸，因为他清楚地听到枪声就在身后响起，还有警察们“抓住他”的呼喊声。他跑到门口经过安检门时，被伸过来的一只脚绊倒了，身上多处受伤，额头磕了一个大口子，伤口流了不少血，身上也有两处肿胀疼痛。接着就是和大家返回监区经过安检门，每个人逐一检查搜身，把身上的东西全部掏出来交给民警保管，进入看守所大门，监控已经将他的外貌特征全部记录下来。民警们也忙个不停，记录着他们的个人信息，履行着刑拘手续，开始对他们进行询问，记录、检查身体，然后就到了过渡监室里。这个监室的四周墙壁粉刷着白漆，宽大高耸的南墙上有一个极不对称的小窗口，下方有一个放风用的小铁门，晴天时透过窗口一缕阳光在监室里有规律地移动着，像夜里的探照灯明亮温暖，北面过道处有一个双层的大铁门，中间有一个传递东西的小窗口，时而还能看到外面民警来回走动的身影。他睁开眼睛环视了四周，又闭目养神起来。

“0817 号”出来一下，司马永庆在外面喊道。滚公子还没有意识到在喊自己。易成龙道，滚公子，干部喊你呢！快起来出去。司马永庆发出的呼叫没有得到应答，这也在他的意料之中，因为他已经掌握了过渡号中的情况，又来了个用绝食方式对抗管教的人。刚入看守所的人还没有适应新的环境，对自己的编号也不熟悉，更重要的是这个滚公子在外面威风八面，身边随从多人，进到这里心生恐惧，难免会有应急反应。司马永庆走进监室，来到滚公子面前道，滚公子还好吧！我想和你谈谈……

司马永庆看到滚公子没有反应，就拉住滚公子冰凉的手，轻轻地拍了拍。滚公子在阴暗的监室里，再加上三顿没有吃饭了，哪还有多余的热量，细皮嫩肉的手此刻冰凉得像冬天里的番茄，一股暖流从手掌直达心田。他没有反感司马永庆握他的手，任凭这股暖流自由地顺着手掌不间断地流向全身，他好像觉得是父亲拉着他的手，正在蹒跚学步，牙牙学语，他冰封了两天的心开始融化了，闭着眼睛聆听司马永庆的谈话。司马永庆看到他接纳了握手的举动，觉得公子还有沟通的余地，接着说，《中华人民共和国刑法》四百多条犯罪标准，你违反了一条就到我这儿来了，这说明你在其他方面都表现得很好，遵守法律是个好人呢！诈骗不会有重罪，放心吧！用不了多长时间就会出去了。

滚公子仍然没有睁开眼睛，心里直犯嘀咕，听说看守所里经常打人骂人，让人痛不欲生，倍加欺凌，这位干部倒不像传说中的那么凶恶，是不是有求于我，害怕我绝食饿死了承担责任。心理活动反映在脸上，眼皮像十月孕妇的肚子不停地在跳动。司马永庆立刻洞察了这个反应，滚公子的心理活动怎么也逃不过这个国家二级心理师的眼睛，他曾多次攻克其他战友无法完成的管教难题，曾经多次荣立二等功、三等功，曾经被授予国家劳动模范称号，在管教方面有着独特的见解和经验。他察言观色，知道自己的语言已经起到了作用，进一步说，滚公子！其实我是来帮助你的，你们诈骗团伙在法律处罚中是轻罪，配合警察完成逮捕、起诉，没有什么大不了的事情。滚公子此时心动了，想着，他们只是掌握了诈骗问题，我就不用害怕了。司马永庆松开手，把手握成称赞的样子，大拇指高高地竖了起来说，也就几年吧！然后用商量的语气说，这里人多说话不方便，要不咱们到办公室单独聊聊，你看怎么样？公子惊恐的心彻底放松了，他想，因为逃跑民警对他鸣枪示警，幸好摔倒了，否则现在可能就没命了，小时候经常听人说，子弹长眼睛专门打坏人。想到这他的心门打开了，等待司马永庆的进一步要求。他身子主动向前倾了倾，从炕上爬了下来，穿上拖鞋跟着司马永庆出来，一路低着头来到询问室，坐在司马永庆侧面的凳子上道，干部我听您的！对我这么客气，您讲吧！我该怎么做？

司马永庆笑了，这就对了嘛！没有事不要找事，有了事不要怕事，更不能回避现实，你要像其他的人一样接受入监教育，我得给你补上这一课，这样对你尽快出去有好处，节省时间。从某种意义上来讲，我是来帮助你走出人生低谷，保护你的合法权益，更是保护你人身安全的。其实你好了，我的工作就有成就了，也会得到领导的肯定，你说是吧？公子点了点头，观察着眼前小个子管教干部的言行，一副认真听讲的样子。

司马永庆道，其实我们是一根绳上的蚂蚱，一荣俱荣一损俱损，你的态度很好。然后他便开始和滚公子侃侃而谈，今天我们在这里相遇，是我们的缘分，只不过我的身份是管教，你的身份是嫌疑人而已。我给你讲讲“管”字的含义和“教”字的意思。管是强制性的，没有商量的余地，用父母之心、兄长之情去尽管教之职、教师之责。你要明白自己是嫌疑人的身份，来这里是干什么的，是来改造的，要遵守一日生活制度和在押人员行为规范，我要监督你的执行情况。“管”是上级和法律赋予的权利和义务。用法律管理你的语言和行为，繁体字的“法”字，你知道吗？滚公子说，我不知道，我只学过三点水的“法”字。那我给你讲讲繁体“法”的含义。“灋律”的“灋”左偏旁“水”表示法律公平如水，右上角的“廌”是传说中的一种神兽，它能明辨曲直是非，右下角的“去”代表着惩罚。惩罚是为实现戒除坏的习惯，规范人的行为举止。

“教”是“孝”和“攵”的组合，“孝”就是校正你的行为偏差，“攵”是以法律为戒尺，合起来就是以法律为戒尺来教育你弃恶从善，明白吗？这些内容也是我从书上学到的知识，这也是文化进化的过程，现在被我用来教你如何做人做事，让你获得追求幸福的权利，其实法律就是游戏规则，教给你一个前进的方向。滚公子道，我明白了，心里非常害怕在这里一直住下去，我的人生就完了，这可怎么办呢？

司马永庆道，现在你来到这里，既来之则安之，想的再多也不能改变现实。你的身份是犯罪嫌疑人，有罪无罪是法院审理的结果。我们在这里相遇，在你人生最痛苦的时候，我愿意成为你的同路人，做你前进路上的明灯，指引你走向光明的未来，你要改变纨绔子弟的作风，我们不是敌对的敌人，而是用心换心的朋友，同时我又是来保护你的，保护你的人格不受侮辱，身心不受伤害，心灵不受侵扰，帮你唤醒亲情、爱情、友情，早日回归社会，与家人团聚，重新获得追求幸福的权利，享受生活的快乐！

滚公子脸上有了点笑容道，干部！我真的没有想到，你会对我这样好。我听了太多的传言，这里边打人骂人是家常便饭，你为什么对我这么好？

司马永庆道，这是我的责任所在，无论你是怎样的人，首先你具有人的属性，既然是人就要受到尊重，你也一样应当受到尊重，尽管犯了罪，包括你的人格也要受到我们的尊重。

滚公子眼角出现了晶莹的泪花，越聚越多闪动着。他强忍着没有让它掉下来，用试探的口气问道，我可以走了吗？司马永庆道，你现在感觉到饿了吗？滚公子舔着嘴唇道，我饿坏了。这就好办了，你先回监室，听指挥和大家一样生活明白吗？滚公子点点头道，我记下了，谢谢干部的关心。抬手捂了捂头上的伤口，司马永庆把他送到监室里，松了一口气，向易成龙挤挤眼交代道，多照顾他，有事及时报告。还没等易成龙回答，就快步离开了监室，有一个更重要的任务等着他去完成。他的徒弟付新在看守所已经工作两年了，遇到一个大困难，所里的人员没有人敢接这个活儿。所领导想到了司马永庆，就用电台通知他马上到办公室领受任务。一个重刑犯从入所那天起，已经十天了，竟然不吃不喝，想用绝食结束自己的生命。

司马永庆来到付新的监室，付新满脸愁容地迎了过来道，死马当活马医吧！这些天他绝食只能用鼻饲（就是往鼻子里插管子喂食绝食者），师父快想个法子吧！否则他会死的。

司马永庆微微地点点头，坐在炕沿上看着虚弱的常老汉，闻着被窝里散发出的尿骚味，心里疼得慌。他用双手相互搓搓，感到手有了一定的热度，把右手放在老汉的额头上，常老汉微微地扭动了一下头部，感到一股久违了的暖流从额头向全身散发，他感觉到另一个人的体温时，心里暖暖的，愿意接纳这个温暖的手掌。司马永庆感觉到了常老汉的细微变化，觉得心理机能相通了，说道，我听说你的身体不好，不吃饭不喝水已经十天了，看到你这种情况，很担心你的身体健康，时间久了身体会受不了的，你是有信仰的人，不管信仰什么，身体是父母给的，对身体不好，就是对父母的不孝，我愿意做你的朋友，陪伴你度过心情最低落的时候。我们多交流看法，我知道你没有力气和我说话，楼下潮湿，对你的康复不利，你是否愿意和我一起到楼上见见阳光？常老汉吃力地点了点头。司马永庆在付新的帮助下，小心翼翼地背上常老汉，慢慢地走到二楼准备好的监室里，把常老汉放在床上。这里有一个较大的窗户，床上的被褥都是新买的，北面是面向走廊的房门，南面还有一个通向大阳台的小铁门，外面是放风散步的地方。专门派了两个同监室表现好的人陪同居住，让付新专门记录他的点滴变化，看到常老汉身上很脏就说，来到这里的人都很干净，你指甲这么长，我帮你修剪整齐怎么样？说着从包里拿出指甲刀，把常老汉的手指甲和脚趾甲剪了一遍，认真地把每个指甲磨成半圆形，用布轻轻地把指甲上抹掉的碎粉抖掉。常老汉心里仍然戒备着，担心受到伤害，心想这个干部对我好，那是黄鼠狼给鸡拜年，没安好心呢！想让我认罪服法，从我这里掏出什么来，就别想了，人已至此死了算了，活着也是受罪，没有任何意义。司马永庆想着怎样才能让他放下戒备心理，让他放下保护自己的本能，感到安全，让他快些打开心门接纳外界的信息，那么眼前能做的只能是关心他了。司马永庆拿出酒精轻轻地擦拭着常老汉感染的伤口，又取出新的棉签蘸了点凉开水，耐心地湿润着常老汉干裂的嘴唇。常老汉感到干裂伤口的疼痛和嘴唇的舒服感，开始不断地用舌头舔嘴唇。司马永庆借机用勺子给常老汉嘴里喂水，常老汉把水吐了出来，口腔里剩余的水顺着食道向下流去，湿润着喉咙和肠道。常老汉浑身感到一种久违了的满足，好像干涸的田野干裂的缝隙里灌满了雨水，发出欢快的笑声。司马永庆放下勺子，打来洗脚水用手在水里试探着温度道，嗯！这水温正好不热不凉，老常呀，我给你洗洗脚，顺便给你的身上也擦洗干净。经过无微不至的关心照顾，常老汉放下了戒备心理，开始接受司马永庆喂的凉开水，此时常老汉坚持绝食已经十余天，用鼻饲喂饭带来严重的后果，他的食道逐步萎缩肿胀变细，用鼻饲喂食已经成了问题。司马永庆用勺子给常老汉喂水，他虽然接受，但是他已经用绝食向干部宣战，他很爱面子，大家都知道他不吃饭，一旦吃饭，也无法在这个监室里待下去。司马永庆从他的行为上读懂他的心思，既想吃饭又想要面子。司马永庆不愧是个老管教，他把牛奶和面包悄悄地放进常老汉的被窝里，常老汉半夜饿了就悄悄地喝牛奶，小心地打开面包细嚼慢咽，生怕别人听到丢了面子。司马永庆终于把心放下来，给了常老汉充分的尊重，他才偷偷地吃东西，否则他宁可去死也不投降，身体也慢慢好了起来。付新从饭堂打来饭菜，到监室里陪他吃饭，不让别人知道。

司马永庆很高兴，对付新和常老汉很满意，向领导请示给常老汉换了监室，重新找两个人陪着，这样就没有人知道他绝食的事了，常老汉就再也不用偷偷地吃饭，这样保护了常老汉的面子，也就保护了常老汉的性命不受伤害。付新高兴地说，师父真棒！哈哈！您挽救了一条生命呀！伟大！说着伸出大拇指点赞。司马永庆道，这还不够，我已经打电话请他爱人来做工作，他营养严重缺乏已经不能走路，帮他练习走路吧！让他身体恢复得快些！常老汉被感化了，表示要在法庭上悔罪，坚决与某非法组织决裂，他彻底被司马永庆的人格魅力感化。

司马永庆回想着成功案例，针对滚公子和马仔以绝食的方式对抗管教的事情，想着对策。突然付新道，师父，办案单位来人提审滚公子。司马永庆站起来带着滚公子向二楼提讯室走去。

郑为民和常赞严肃地坐在铁栅栏对面的椅子上，办公桌上询问笔录和文件打开着，等待着滚公子的到来。郑为民道，滚公子适应这里的环境吗？三天没见就瘦成这样了，要适应新环境，你懂得什么叫适者生存吗？常赞看到滚公子没有反应，就递过去法律文书道，今天我们来是给你宣布延期一个月的办案期限，请你在文书上签字吧！

滚公子张口结舌地说，我……这……延长……郑为民笑呵呵地说，有点吃惊是吧！不用担心，延长一天就折抵刑期一天，你不吃亏，越合作出去得就越快。滚公子迟疑地向身后看了看，他期待着那个既陌生又熟悉的面孔出现，多么想听到他关切的话语，可是司马永庆板着脸没有吱声，他知道这个时候不是他说话的时候。滚公子无助地说，不会骗我吧？说着无奈地在延长通知书上签字按手印。郑为民和常赞把所有嫌疑人的延期办完已经是下午五点，他们查到新的线索，有人知道滚地龙私藏炸药、网购枪支零部件组装枪支的信息，还掌握多次武装贩毒的证据，他们正在追查此事。

“糊涂老马”在偶然的机会里发现有人跟踪郑为民，报告给张伟，当郑为民得到消息时为之一惊，怎么回事？抓蛇反被蛇咬，玩鹰的被鹰追着跑，这不是笑话吗？张伟要求对郑为民进行保护，并对案件继续追查。当他们找到重要嫌疑人的住址时，民警破门而入，看到嫌疑人的头部已经中弹，死在客厅的沙发角落里，手里拿着一支左轮手枪，两眼圆睁。经过技术部门鉴定，死亡时间已经超过二十四小时，屋内没有发现打斗的痕迹，不排除自杀的可能性。经查实该人叫王老六，是一个贩毒前科累累的吸毒人员，他的死使公安机关失去了一个重大线索。郑为民为之惋惜，同时想到幕后杀手的凶狠与狡诈，究竟会是谁下的毒手？也许是杀人灭口，阻止我们的追查，也许和这次的贩毒线索有关系，不可放过现场的任何蛛丝马迹。

从现场的痕迹看，这儿已经被打扫得干干净净，不过在桌子上的水杯外侧提取了两枚残缺的指纹，纹路清晰可见。经过在数据库里比对，比中了一个叫田鼠的老贼惯犯。案件好像有了明晰的侦查方向，但是现场疑点多多，枪支上只有死者的指纹，而从头上的弹孔分析，按照左轮手枪子弹的杀伤力计算，子弹近距离击中人头部的物理运动，与穿过头颅造成的伤口有很大出入。由于子弹在枪膛中除了火药赋予的向前推进力外，还受到膛线的旋转作用力，因此子弹离开枪口时不仅具有一定的初速度，而且还具有一定的旋转动能，子弹在人体内受到不同的阻力会改变方向。根据子弹出口的创伤直径分析，子弹发射的距离应在五米以外，而不是自己持手枪自杀造成的。如果自杀，枪口近距离射出的子弹会造成喇叭状的出口，伤口直径要比死者头部的伤口大得多。从这点上看应该是他杀而不是自杀。

郑为民分析着现场的证据，脑子里一片混乱，诈骗案、杀人案，还有那么多的未成年人在看守所里，有的已经宣判，刑期超过三个月的已经送到未成年犯管教所执行，她真是很羡慕《西游记》里的孙悟空，能有分身法该多好，这样就可以一个人干很多事情，不用担心自己应付不过来的案件。尽管这么多的案件需要办理，但还要尽力使自己平静下来。她面对滔滔不绝的黄河水，喝下手中最后一口矿泉水，蹲下来享受片刻的安静，顺手把瓶子按进水里，顷刻间瓶子咕嘟嘟灌满了黄澄澄的河水。她把瓶子放在地上，洗了脸，把手上的水用力地甩甩，听着河水冲击河岸发出的哗哗声音，看着翻滚着的浪花，心里五味杂陈。她入警以来，还从来没有遇到过这样复杂的案件。查着查着追击的目标死了，线索断了，好像一切都在瞬间消失了一样，暗地里有人在和自己斗争，但不知道对手是谁，自己反被人跟踪过，这到底是怎么回事？她百思不得其解。

郑为民正在艰难地思索时，电话响了起来，她接通电话传来所长的声音，为民呀！王丹的母亲又来逼问进展情况，强烈要求尽快破案，活要见人死要见尸。你要积极应对呀！争取早日有个交代。郑为民本已沉重的心情又增加几分忧愁。挂了电话愁容满面地喊道，谁可以给我一个满意的答案？常赞看她急火攻心嘴角长出了燎泡，叹道，为民你看这瓶中的黄河水，刚才还混浊不堪，现在怎么就这么清澈透明。郑为民小心地从地上拿起瓶子，认真地看着，透过瓶子向黄河对岸看去，对岸的麦子依然清晰可见，说道，伟大的母亲河呀！贵就贵在她流动着带来了上游的泥沙，冲刷着黄河流域，源源不断送来富饶的土壤，她欢腾着奔流不息，带着芬芳的泥土气息滋养着中华大地，她平静了就像母亲的乳汁甘甜养人。尽管水和泥沙层次分明，你看混浊的泥土沉淀下来，就那么一点点，可是就这一点点的泥土就把整个瓶子的水搅黄了。郑为民把瓶子递给常赞，两手做成喇叭状放在嘴前，放松地大喊道，喂——黄——河！这就是大千世界，无奇不有呀！她喊着叫着。常赞摇了摇瓶子，瓶底的泥沙瞬间充满了每个角落，看到郑为民愁眉苦脸的样子，真的害怕把她压垮。他用力把瓶子扔进黄河中，任其随波逐流，突然充满感情地大声喊道，啊——！黄——河——！他停顿了下来，扑通跪在沙地上，深情地张开双臂，眼睛从黄河水平面慢慢望向天空。郑为民、老马等人把目光投过来，等着他精美绝伦的赞诗，只听常赞接着喊道，你他妈全是黄水呀！哪来的泥沙？遮挡了多少人的眼睛。大家哈哈大笑起来，郑为民笑得前仰后合道，你还文人呢！想着有什么大作呢！怎么就骂起母亲河来了，有什么委屈？常赞站起来笑得眼泪差点流了出来，我看大家为了破案压抑得太久，取笑罢了，庸俗了别见怪！要不怎么能把您这个大美人逗笑了，自嘲一下，哈哈！郑为民收住笑脸道，又贫嘴，然后一拍脑门“啊”了一声道，我明白了，那沉淀的泥沙是个障眼法，那杯子的指纹就是这泥沙，幕后另有其人，深夜的黑衣人，跟踪我的黑影，贩毒购买枪支零部件，这些线索联系到一起，你猜目标都指向了谁？诈骗案件的主谋——地龙公司。

此时滚地龙真成了热锅上的蚂蚁，坐立不安。他从起家开始，无论遇到什么事都沉稳得让人窒息，那么多大风大浪，他都凭着聪明智慧化险为夷，今天他却真的坐不住了，因为他知道，滚公子不仅是他大老婆的唯一儿子，也是他的独苗，更重要的是他掌握着地龙公司的许多秘密，如果被公安突破了，把不住口说出不合适的话，地龙公司将会全军覆没，人仰马翻，况且救不出儿子，他妈哭得死去活来，如果矛盾激化了，他妈要是趁机乱说一气，透露了犯罪的消息，那么辛苦经营了一辈子的心血就会化为乌有。深深的恐惧和不安袭上心头，放不下挥不去，使他彻夜难眠。

他觉得营救儿子是当前最要紧的事，想着各种办法，文救还是武救？他寻思着可信赖的朋友，想着公安、检察院、法院、司法部门曾经给过好处的人，想到看守所工作的民警楚欣磊曾经是过命的交情。当年他刚入中原看守所的时候，妻子因为生孩子留下病根，每当月经时腹部就疼痛难忍，下身血流不止，有一次差点丢了性命。老中医告诉他，如果没有真正的野生雪莲花做药引子，也许你妻子的病就难以痊愈。于是他东奔西跑但也没有买到合适的雪莲花，最后实在没办法，万般无奈时，从不愿意求人的楚欣磊找到了老乡滚地龙，因为在他看来，家乡的这些人中，只有滚地龙财大气粗，手眼通天，只要找到他就没有办不成的事。滚地龙原来是出来闯社会的，现在可今非昔比，是一个成功人士了，不仅在外功成名就，在家乡也是远近闻名，从外表看上去也是成就显著。楚欣磊抱着试试看的态度，找到了滚地龙，说明了来意，滚地龙那种义气办事的风格没有变，满口答应帮忙，心想无论难易程度如何，也要把眼前小伙子的心抓住。他说，自己会想办法的，叫来滚秘书电话通知远在西藏牧场的周古莉，不惜一切代价也要尽快搞到真正的野生雪莲花，以最快的速度送往中原市，救命要紧。当楚欣磊看到来自高原雪域身着少数民族服饰的周古莉时，又是专程赶来送雪莲花的，他不能控制自己的感情，彻底被滚地龙设身处地为他着想的行为，感动得热泪盈眶，说道，滚叔！我很钦佩您的恩惠大气，人世间感人的事无非就是人帮人，今天我亲身感受，您如同再生父母一样让我敬重，请您受我一拜。说着，按照家乡晚辈拜见长辈的礼节，当场跪下给滚地龙磕了一个响头。滚地龙赶紧把他拉了起来，这都什么年月了还兴这个，再说了都是乡里乡亲的，谁家没有个难事急事呢？以后用着老叔的时候只管过来。楚欣磊拿出钱放在桌子上道，请滚叔笑纳吧！不够的话回头再取。滚地龙拿起钱装在楚欣磊的裤兜里，微笑着说，咱都是一个村的，不提钱的事好吧！就这样楚欣磊拿走了雪莲花，在医生的精心治疗下，妻子的病情好转，不久就痊愈出院了。楚欣磊欠了滚地龙一个大大的人情，至今没有还上，他这种不爱说话的内向型性格，不知让他怎样去报答滚地龙的恩德。

滚地龙想到这，给楚欣磊打了一个电话，说明想见他的愿望，请他帮个忙。楚欣磊求之不得，听了滚地龙想救儿子的想法后，头摇得像拨浪鼓似的说，难呀！现在是侦查阶段，看守所要求非常严格，想找人托关系从看守所里放人，这种办法简直是不可能，找找办案单位的民警是否有用？滚地龙道，已经找过了，目前卷宗已经到了检察院，案件侦查期限已经延长了一个月的时间，谁也不敢帮忙呀！我也找到了检察院的人出面协调，有人想帮忙但是案件太大了，虽然有交情，但是不愿意冒这个险，目前案件还没有到法院阶段，那里的关系暂时用不着了，我也是有病乱投医，才找到你这里来的，帮我想想办法吧！

楚欣磊感激地说，叔！从我记事起，您就帮助我上学，长大了帮我找工作，又帮我治好了妻子的病，真是不知道怎样报答您才好，今天一定帮忙，不过这可不是闹着玩的，弄不好是要犯罪的，甚至掉脑袋呀！如果短期请假，过后还得回来继续服刑，没多大意义；如果想长期出去，除非……他压低了声音道，越狱！滚地龙吓了一跳，他从来没有想过用越狱的办法摆脱危险，不过从目前的情况看，靠关系是难以成功了，不得已走这步棋，虽说风险极大，但也是可行的方案，因为儿子如果顶不住压力被突破了，那样的话地龙公司只能坐以待毙，整个滚氏家族将会遭遇灭顶之灾。想到这儿他说道，谈谈你的看法！如果成功了，我在新区刚买了一百五十亩土地，一个亿的启动资金已经投入了，各种证照已经办理齐全，就等工人入场开始施工，盖一个高档小区，给你百分之十的股份，你看怎么样？

楚欣磊听后吓了一跳，赶紧说，叔！我还你个人情就可以了，何必这样，哪敢要你那么多的钱呢！滚地龙道，对我来说这算不了什么大事，走，咱们去工地转转，走着说着。滚地龙亲自驾车向工地驶去，两个人有了私密空间说话更肆无忌惮了。滚地龙边开车边说，这个工程需要三年开发完成，现在售楼部已经投入使用了，房子还没有开始盖呢。只是做了一些宣传，就有那么多的客户围着楼盘模型买房子，预计不过两个月就会收到一个亿的资金。楚欣磊原本只是出个主意而已，现在真的有点心动了，心想如果成了，我也就成了千万富翁了，那该多好！可是如果失败了，就什么也没有了，甚至丢了性命。他笑着没有回答滚地龙的问话，滚地龙又添了一把火说，人生就是赌博，我赌了几次都赢了，才有现在的成就，否则也就是一个穷光蛋而已。靠老老实实做人做事，大的好处永远也不会得到，只会赚几个辛苦钱。楚欣磊此时思绪万千，他虽然不是先进模范，但他可是看守所的警察呀，对着警徽宣誓过的民警。在这巨大利益的诱惑下，他有了赌一把的冲动，于是说道，好吧！接着补充道，我想看守所里是不可能实现的，那里曾经发生过几次越狱，只有一次成功了，犯人在武警交接班时从墙角用手脚作支撑爬上高墙，翻墙逃走的，后来在大山深处的一个溶洞里被抓获了。其他的几次都因为走漏了风声没有成功，因此犯人获了重刑，如果想成功就这么办……不过需要“老鸟”的配合。滚地龙说，老鸟？什么老鸟？劳动号罪行轻微的犯人叫老鸟，他们走动相对自由，这些人是流动的血液，有很多的自由空间，他们能够完成许多事情。滚地龙笑了，这个很容易找到，地龙公司这么大，人员众多，每年都有兄弟从看守所里进进出出，经常犯事的人很多，前些天有一个部下从看守所打听到了公子的消息，这个人姓白，哈！叫他“白老鸟”吧！他负责给监室送饭，我会让其他的内部人员和外部人员配合你的行动，这样成功的概率会更高一些。楚欣磊点头道，还是滚叔想得周到。滚地龙打开早已拟好的合同书，指着转让百分之十股份的内容，递给楚欣磊让其签字。楚欣磊看后双手颤抖起来，心想如果迈出这一步就再也回不来了，就成了滚地龙战船上的一个勇士，上了贼船就没有回头的余地了。在关键时刻他犹豫不决起来。滚地龙见状说，你算过没有？这个工程下来，你能净赚五千万元的利润。两辈子也赚不到这么多的钱呀！还是合作了最划算。楚欣磊听到这句话，心想从小就缺衣少食，没钱花，这么多的钱摆在身边为啥不要呢！于是横下一条心，拿起笔飞快地在合同书上签了自己的名字，按上鲜红的手印。

楚欣磊回到看守所上班，心里像做贼似的，难过了好一阵子，他甚至想，那可不是五千万元，那是卖身契呀！弄不好就成了一张夺命符。真是有点害怕起来。不过他又仿佛坐在五千万元现金的旁边，一张张鲜红的钞票向他微笑，享受地盘算着如何花这些钱，怎样享受生活。

他找到了白老鸟说，滚老板让我找你帮个忙。白老鸟说，干部！您说吧！楚欣磊悄声道，一个“小鸟”叫滚公子，明白吗？

明白！明白！白老鸟点头哈腰道。楚欣磊道，这些天从过渡号转到普通监室了，你要照顾好他。你这么……这么……好的干部！我明白。白老鸟再次点头哈腰回答着。滚公子到了普通监室，接到了白老鸟传过来的纸条，上边写了两个字“日合”。他握在掌心看了一眼赶紧装进口袋里，心想这是什么意思呢。利用打饭的机会白老鸟对滚公子附耳道，里应外合帮你逃出去。滚公子听了心里欣喜着呢，主动配合干部工作，开始大口大口地吃饭喝汤，胃口大开，时常还觉得饭不够吃，半夜醒来觉着有点饿得慌。

付新管着这个监室，这是曾经发生过火灾隐患的地方，假如夜里值班犯人发现不及时，就会酿成一场重大火灾事故。有人偷偷地在被窝里吸烟，不小心把被褥引燃了，幸好监室里有水灭火，没有形成火灾，从那以后，监室里禁止吸烟。滚公子是有烟瘾的，他很想吸烟，没烟没火怎么办？他只好求助白老鸟，利用送饭时在碗底部带支香烟来。火的问题很难解决，因为火灾隐患的教训，领导开展火灾隐患大排查，制订应急预案和规章制度，干部看管得更加严格。他听老鸟说，有一种含磷的洗衣粉可以摩擦起火，他就告诉白老鸟在补充物品时，夹带这样的洗衣粉过来。夜间滚公子把被子里的棉花掏出来一小块，裹了一些洗衣粉，在炕沿上来回快速地摩擦着。临铺的二黑被惊醒道，你妈的！不老实睡觉又“撸管”呢？滚公子没有理睬，继续动作，过了一会儿棉花冒烟了，他轻轻地一吹，出现一个火头，他小心地把烟点着，赶快灭掉火蒙着头，悄悄地在被窝里吸烟。

这些天，司马永庆除了管好自己的监室外，付新也是他的兵，不放心那个绝食的滚公子，就经常来关心滚公子的生活，看到他积极配合吃饭了，以为自己的工作效果明显，高兴得合不拢嘴，说道，这就对了。他经常来这里巡视，隔着门窗向滚公子微笑，以示对吃饭的鼓励，来唤醒他的亲情、友情，让他迷途知返。

二黑是一个涉嫌强奸的嫌疑人，使受害人身心受到了严重的创伤，本来想让他监督滚公子的言行。到了看守所他却不听从管理，干部就给他戴上手铐和脚镣。他看着手上包扎伤口的纱布，冥思苦想逃出去的方法。他突然发现炕头上有一块脱落的油漆，木头里露出一个螺丝钉。他把纱布扯下来套进缝隙中，正方向旋转，把纱布转成了绳子似的扭捏在一起，可怎么也不能转动螺丝钉。他不停地给纱布上吐口水，纱布湿润了起来，显得更有拉力，拧得更紧了。嘿！螺丝钉跟着转动了。他把螺丝钉取了出来，小心地压在铺下，用小布条把钉孔塞上。他窃喜，有钉子就好办了，等天一亮，我把钉子吃了，干部就必须把我送到医院治疗，再找机会逃跑，回去好给老妈治病，可是脚镣手铐怎么打开呢？他把布条含在嘴里，让布条充分湿润，将布条一边生硬地拉进脚镣缝隙中，小心地转动着纱布条，脚镣不时发出轻微的响声。值班人员困得不行，看着站得笔直，却闭着眼睛梦周公呢，活像一个充了气的皮娃娃立在那里，就剩一副躯壳站在过道上没有一点儿生机。二黑胆更大了，用力猛转。嘿！螺丝真的转动了。他想，不能把它弄掉，否则天亮被检查的民警发现就麻烦了。他趁小便时把纱布藏在鞋子里，躺下呼呼地大睡到天亮。一个粗壮有力的声音喊道，起床了，洗漱，整理卫生。二黑一骨碌爬了起来，弄得脚镣哗啦作响。整理卫生后开始早读，大家盘腿整齐地坐在炕沿上，一人领读监规，大家跟读，一会儿又背诵昨天学的法律条文。突然二黑捂着肚子叫唤道，哎哟！疼死我了！易成龙赶紧走过来道，装，再给我装像点！二黑抬起头看着易成龙，额头的汗珠晶莹剔透，由小到大凝聚得越来越多，顺着脸庞滑落下来。易成龙关切道，刚才还好好的，这是怎么了？二黑强忍着疼痛道，我刚才捡到一个螺丝钉，想尝尝啥味道，不小心就吃下去了，没想到肚子会这么疼，哎哟！好疼呀！易成龙不再怀疑二黑，按下墙上的按钮，接通干部的对话机道，报告干部有人自残了，快来抢救吧！

付新跑了过来，打开监室叫来医护人员。经检查，二黑体内有个一寸多长的螺丝钉。向师父报告了医生的建议，要到协作医院才能把钉子取出来。付新开始办理出所治疗的相关手续。司马永庆刚刚下夜班，本想休息一下，这回可好，有事干了，接到付新的报告，他主管的监室怎能不管呢！真害怕出点什么事，就赶紧跑过来说，我和你一起去吧！付新满不在乎地说，放心吧师父，我已经去过好几次了，安全无事故，您老人家休息吧！都熬了一整夜，告诉我怎么做，您就可以回去。司马永庆哪里能放下心来，自从滚公子高高兴兴吃饭开始，他就觉得有点蹊跷，转变得也太快了，总觉得有问题，但是又没有发现异常。他询问一些情况，二黑和滚公子的床铺是挨着的，顿时生疑，心想这里边肯定有问题。他不动声色，看着付新检查了安全设施，坐上专用救护车到医院监区病房，准备治疗。

医生准备着医疗器具，二黑可是没有闲着，眼神不时地看着脚镣，不知道什么时候，他已经把螺丝钉拧开，做好了逃跑的准备。付新还在和医生说着吃了什么东西，询问注意事项，把安全问题已经忘到一边，注意力放在取出钉子的问题上。司马永庆在旁边守护着二黑，眼睛警惕地向四周不停地搜寻着，和二黑的眼神相遇，发现二黑的眼里有点慌乱，二黑的眼神赶紧从脚镣上移开。司马永庆觉得问题就在脚镣上，他走过去先看看手铐，没有发现问题。二黑的脚直往一起抽，想躲避检查。司马永庆拿起脚镣认真检查着，惊讶道，付新快过来，怎么搞的，脚镣螺丝松成这样，你都没有检查出来？付新吓坏了，上车时还没有任何松动的迹象，师父谢谢您呀！否则一起逃跑事故就不可避免了。

司马永庆道，马上拿备用脚镣换上，严格看管，再不可大意了。然后对二黑说，小老弟！你有什么难事吗？我帮你，为什么要跑？二黑看到自己的意图被识破了，只好硬着头皮说，母亲有老胃病没人照顾，需要我去给老人家看病，不得已而为之。说着声泪俱下。司马永庆拍了拍二黑的肩膀说，好好在这待着，有难处我去帮你解决，今天就找你母亲帮她看病，放心吧！我会把你母亲当成自己的母亲看待。二黑半信半疑，可是不信又有什么办法呢？就想当场给司马永庆磕头感谢，可是他被固定在病床上不能动弹。

一个星期过去了，司马永庆把二黑娘送到医院吃药打针，病情有所好转。经过领导特批带着二黑娘来监狱探视，二黑哭得不成样子，对娘说，司马永庆就是再生爹娘，以后再也不敢冲动了，一定好好配合民警办理案件，争取早日出狱。二黑娘道，孩子不用担心，娘的胃病是老毛病了，这次多亏司马警官帮忙，已基本好了……

二黑依依不舍地告别娘回到监室，再也不想逃跑的事了，他浮躁的心安静了下来，开始重新审视这个世界，审视着看似森严的监室，心里升腾了新的愿望。他认罪服法，决心要光明正大地走出去，重新做人，报答娘的养育之恩，感谢司马永庆的关爱之情。

老蒋被人揭发，在非法占地时动用黑恶势力，欺压百姓，被关进了看守所，等待法院的判决。滚地龙决定舍车保帅，做好越狱的准备。他把高原牧场训练有素的两个杀手调回内地，听从周古莉的调遣，准备在不测的时候，强行营救滚公子。由于滚地龙发现了郑为民正在侦查他的违法线索，就派周古莉暗地刺杀郑为民。周古莉接到任务后，多次寻找机会下手，发现郑为民身后跟着两个男子，她没有下手的机会。

这次她跟踪到了郑为民的家，趁着黑夜提前潜入家中，等待郑为民下班回来。郑为民走到门口习惯地向后点了一下头，常赞和老马会意地往回走去。老马没走几步听到郑为民家中有陌生人的声音，职业的敏感性使他回头望去，从窗户的灯光看到有人用枪指着郑为民。他们迅速返回却无法进门，在门外急得寻找工具准备破门而入。

郑为民回到家中关闭房门，打开电灯换上拖鞋坐在沙发上休息。突然从沙发后边站起一个黑衣人，用枪指着郑为民的后脑勺命令道，别动！动了就打死你，把双手放在头上慢慢地转过来。郑为民惊得不知所措，举起双手小心地转过来，看到是她曾经抓过的周古莉，她竟敢用枪对着郑为民的头。郑为民说，周古莉别胡来！为什么用枪对着我？周古莉说，闭嘴！我问你几句话，要如实回答，否则我的枪可不是吃素的。郑为民和气地说，你问吧！

周古莉道，桌子上的照片是你的吗？左边的是易成龙吧！郑为民道，你怎么知道易成龙，难道你是我寻找了多年的周古莉吗？我觉着有点眼熟，我在报纸上登过你的寻人启事，这么多年来，你小时候的照片一直在我的钱包里夹着，不信你看。说着将手伸向上衣兜。周古莉紧张道，别动！再动就开枪了，我是滚地龙培养的死士，今天是他派我来杀你的，你追查的案件使他感到十分危险，别动！把手放在头上。周古莉再次命令道，闭上眼睛。看到郑为民服从命令，她一手持枪慢慢地绕到郑为民的一侧，伸手去取上衣兜里的钱包。郑为民眯着眼睛寻找机会，看到手已经伸了过来，她左手猛然侧击周古莉拿枪的右手，把枪击落在地，两人对打起来，郑为民找准机会，抓住周古莉的右手，一个大背，把她摔倒在地上。周古莉喊道，郑阿姨轻点，我就是你要找的周古莉呀！郑为民单腿跪在她的身上，把周古莉的手腕折到最大限度道，既然救过你，不相认就算了，还用枪对着我，要杀我，这不是恩将仇报吗？周古莉自我解围道，你把枪拿起来看看，里边就没有子弹，子弹都在我的身上怎么杀人？郑为民押着周古莉把枪捡了起来，对着周古莉打开枪机，手枪里果然没有子弹。郑为民虚惊一场道，周古莉这是怎么回事？把我也搞糊涂了，讲给我听听。说着打开门让常赞和老马进屋，周古莉讲了她被滚地龙抢走后去高原牧场秘密仓库培训手枪射击的经过，又说明了让她回来枪杀郑为民的原因。滚地龙感到了郑为民追查贩毒案件关系人的危险性，如果再查下去，就可能追查到自己了，他派人杀死了关系人，伪造了现场，但郑为民还是追着这个案件不放，于是他就对她起了杀心。

郑为民道，我看到了你的真诚，心里也为你难过，不过也要感谢你，给我们提供了重要情报。说着郑为民从收藏柜里拿出发黄的《中原日报》，打开寻人启事版面，上面有周古莉小时候的照片。她又拿出钱包让周古莉看了登报的原版照片，照片由于经常带在身上已经出现了皱褶。周古莉看着看着泪水模糊了双眼，突然抱着郑为民大哭起来，郑阿姨！我对不起您！我……呜呜……像个孩子似的泣不成声。

常赞在门口警戒，防止有同伙出现，更不想让更多的人知道周古莉和郑为民的关系。老马说，向上级汇报吧！把周古莉交给他们处理，我们就省心了，组织人员抓捕滚地龙。

郑为民道，且慢，我想让周古莉回去复命，将计就计，将他们一网打尽。老马道，你这是私放犯人，是要受到刑事追究的。郑为民笑了，我会向局长解释清楚的，让她赶快离开这里，否则滚地龙会怀疑她行为异常，那就坏了大事。郑为民和周古莉说了一阵子悄悄话，把枪和子弹递给周古莉道，赶快回去复命，注意保护自己。

此时，楚欣磊如同热锅上的蚂蚁，看着司马永庆的每个动作都切中了要害，他害怕了起来。他刚入所时也跟着司马永庆学习过，面对这样的对手，他难以成功，早晚会露出马脚的。

第二天，一封匿名信放到了监管所纪委辛书记的办公桌上，状告司马永庆监室里打架成风，看管不力，脚镣松弛，收受贿赂，对重刑犯网开一面，每天增加营养食品，等等，众多的问题迎面而来。辛书记看到这么多问题，立即组织人员到监区调查研究处理办法。看到司马永庆的监室里有人吸烟，辛书记认为监管不严，对司马永庆禁闭七日隔离审查，其间由付新等人代管司马永庆的监室。

楚欣磊看到匿名信奏效了，认为机会难得，就通知滚地龙，一切准备就绪，准备实施“日合”计划。滚地龙考虑再三，最后决定亲自出马。

次日晚上十时许，老蒋的监室突然着火了，浓烟一股一股地从监室向外冒着。看守所顷刻间响起了救火的警报声，民警按照紧急预案展开救火，走廊里乱作一团，监室里也开始自救了。滚公子看到民警慌忙地从监室门口经过，知道以起火为号，自己也开始行动吧！拿起牙膏皮制作的刀片，把手腕割开一个大血口子，鲜血汩汩地从血管里向外流出。易成龙见状赶紧从衣服上撕下布条，用力绑在滚公子伤口的上方阻止流血，并向民警报告。值班民警慌忙地跑过来，对着正在救火的付新说，你的监室有人自杀。付新心里明白应了一声，就跑回监室组织抢救自杀人员。

人们登上囚用救护车，拉响警报驶出监区向市区奔去，当走到地下隧道时，救护车进入备用车库，库内相同外观和牌号的救护车停在那里，无缝隙地打开警报器，驶出车库向隧道前方开去。滚地龙接到楚欣磊的营救信号，早已在隧道不远处埋伏等待时机，截击救护车抢出滚公子。救护车警灯闪烁，警报不断地响着，搅动着宁静的夜空。突然一辆中型客车闪着车灯，看到救护车过来，直接冲了上去。两车相撞客车司机跳车逃走，救护车受到撞击改变方向，差点翻车，摇摇晃晃地停在路旁，司机身受重伤卡在驾驶室里不能动弹，副驾驶打开车门想下车看个究竟，一声枪响后倒在车下。埋伏在车厢里的民警一探头，被两枪击中滚落在车旁，三个黑衣人持枪冲了过来，此时后边赶上来的民警迅速向这里合围。黑衣人急于救滚公子，打开车门举枪射击时，车厢内吐出一道火舌，只听微型冲锋枪的声音响起，两个黑衣人应枪声倒在血泊之中，另一个黑衣人见状转身就跑，并回头向车内射击。民警从侧面冲了过来，对着黑衣人连开几枪，黑衣人中弹倒地。民警跳下车顺着车顶的探照灯四处搜寻。

郑为民跳下车，向一旁并未参与枪战的周古莉走去。周古莉显得轻松愉快，放下了紧张的神经，边走边脱掉黑衣外套，露出红色的上衣和黑色的紧身皮裤，黑色的长发在身后飘逸，远处探照灯反射在脸上，圆嘟嘟雪白的脸蛋光彩照人，与苗条的身材合二为一，宛如一条美人鱼在黑夜里游动。突然，她听到一个声音在左前方响起，停下脚步警惕辨别着前方的危险。看到眼镜反光冲着郑为民的方向，她感到不妙飞身向郑为民扑过去。此时听到一声枪响，郑为民在周古莉巨大的撞击下倒地，子弹击中了周古莉的胸膛，鲜血喷涌而出。子弹不停地向这里射过来，郑为民被这突然的撞击和枪声弄蒙了，趴在地上调整射击角度，对准发火地点连续点射。她清楚地看到黑影没有了动静，这才小心翼翼地和大家一起包剿过去。

参战的武警、民警正在打扫战场，清查受伤人员，隧道内的救护车呼啸而来，把伤员全部送到医院治疗，周古莉被送到重症监护室紧急抢救。

打扫完战场，司马永庆去掉防弹头盔，和付新相视而笑，看着被击毙的滚地龙道，差点把老子害死，多亏这防弹头盔。

付新道，师父！这一仗，好一个将计就计，一网下去，地龙公司就彻底被清算了。司马永庆道，你不知道吧，看上去是一仗定乾坤，实际后边的情报工作投入了大量的人力物力。你知道这两个字“日合”的特殊含义吗？付新摇摇头道，不知道。多亏了二黑呀！他发现这张纸条，趁着娘来看他的时候向我透露了信息，我开始也不明白是什么意思，后来“兔子阿姨”传递过来的消息，得到了验证，让我茅塞顿开呀！也就是一个人逃出去的意思，外边有人接应里边有人支持，“日”嘛！就是以火为号。滚地龙真能想得出来，还有那个周古莉苦大仇深，从小就跟着滚地龙的马仔混日子，好不容易被郑为民救了，却又被抢走了，这次也多亏她偶然和郑为民相认，道出了实情，否则我们两个和车上的同志们也许就光荣了。

在“兔子阿姨”的指证下，查清了地龙公司的许多犯罪事实。其实滚公子根本就没有走出监狱，那天专门把协作医生提前请到看守所，因为易成龙发现了滚公子用牙膏皮在水泥地上摩擦的痕迹，二黑看到了用牙膏皮制作的刀片，这一切就在掌控之中。老蒋的行为就不用提了。付新道，师父真是神了，你不是在禁闭室里吗？消息这么灵通，还来参加战斗。司马永庆拍了拍付新的肩膀道，这不是我的主意，这是跟着毛主席学的。付新道，扯远了吧！司马永庆语重心长地说，你学过历史吧！“三湾改编”你总知道吧！最重要的一点你懂吗？付新道，我知道就是“党指挥枪”、“支部建在连上”是吧！不过这和我们看守所有什么关系？怎么能够破案呢？司马永庆笑了，学以致用，把支部建在连上，我们效仿伟人的做法，把眼睛和耳朵放在阵地的最前沿，这下你明白了吧！付新竖起大拇指道，师父高见呀！您这优点真是与众不同。看守所协作医院的外科医生，那天请假离开岗位，也是你故意安排的吧？值得我学习的东西还多着呢！司马永庆微笑着点点头表示认可。

在“兔子阿姨”和马仔的指证下，滚公子看到大势已去，老爹为了救自己也死了，没有了回天之力，就彻底交代了犯罪行为。他把地龙公司多年来的积蓄也交了出来，除了小妈带到国外的部分财产外，其余的全部上交。这些年他们的非法收入，这些黑心钱，也不敢明目张胆地使用，全部分批分时间在全国各地的黄金市场，以多人的名义购买成黄金存放在高原牧场的地下仓库里，以备急需使用，据说金子的重量用吨来计算。玉石的存量也有上亿的价值。

周古莉经过抢救脱离了生命危险，在郑为民和民警的精心照顾下恢复了健康。被枪击的两个民警身着防弹衣、头戴防弹头盔，虽然倒地受伤，但是没有致命的伤害，很快就康复上班。

诈骗案件的大部分人罪行轻微，可能会在监外执行，进行社区矫正。三个月以下刑期的在看守所执行，有三个人和二黑、易成龙一起被送到了中原未成年犯管教所执行，在那里学习改造，开始新的生活和磨炼。

第六章　情法交融

转眼间一个月过去了，滚公子诈骗案件的审理工作已经接近尾声。郑为民收集了大家提供的证据材料，王永盛按照顺序把材料排列完毕，又打印了起诉意见书，把所有的材料装订成案卷，开着警车去法制室上报起诉手续。申高杰和马仗义已经通知被取保的十几个嫌疑人，到法制室门口等候处理。履行完分局的起诉手续，郑为民和民警分别驾驶汽车带着仝吉林等人向检察院进发。

郑为民把材料交给了谷检察官道，证据材料已经按照要求补充完毕，请您审核，取保的嫌疑人已经到案，您估计这些人能有什么样的判决呢？谷检察官紧锁着眉头道，作为诈骗团伙的骨干分子，滚公子可能要重判，其他的青少年，我建议法院依法轻判，不判实刑的可能性极大，给孩子们一个改过自新的机会，你觉着怎么样？郑为民道，我很赞成您的说法，他们还年轻，依照法律有从轻判决的依据，不过其中有些人对社会的危害程度较大，能否达到教育感化的目的，还是未知数。谷检察官说，放心吧！对于这样的公诉案件，我们也有专门的律师团队，为他们免费辩护，对他们有利无利的证据都要在法庭上辩论，在保证公正公平的同时，还要显示法律宽严相济的教育原则，符合重判的不会轻判。

在中原法院的法庭上，金律师作为诈骗团伙的辩护律师，针对仝吉林等十几名涉嫌诈骗的未成年人进行辩护，对案件客观原因进行了透彻的分析，根据《中华人民共和国刑法》第十七条规定，已满十六周岁的人犯罪，应当负刑事责任，已满十四周岁不满十八周岁的人犯罪，应当从轻或者减轻处罚。因此决定对仝吉林等人从轻处理，根据犯罪不同程度分别判处三个月到三年不等的有期徒刑，针对符合监外执行条件的人员，法官在法庭上当众宣布，这些人年龄不足十八周岁，初次违犯《中华人民共和国刑法》，涉嫌金额较小，鉴于他们对社会危害性不大，监外缓期执行以观后效。对于滚公子等骨干分子从严处理，判处有期徒刑十年，立即执行，送往中原未成年管教所执行劳动改造。

宣判结果出来，仝吉林等孩子的家长简直不敢相信自己的眼睛，他们没有想到这些素不相识的民警、检察官、法官会帮助他们，让他们走出看守所，给他们一个改过自新的机会，并履行着交接手续，让他们回到各自的户籍地寻找基层组织报到，接受监督和改造。

法院开庭审理了越狱的组织者和参与者。周古莉因犯有私藏枪支弹药罪，判处有期徒刑五年，但因举报有功，执行有期徒刑两年，准备和滚公子一起送往中原未管所劳动改造。

看守所里，付新将已判刑的刘晓蜀送进监室，向监室的人交代道，看好他，他听到可能宣判的结果后，就不知怎么回事再也听不到说话了。付新让那些罪行轻微的人员围成两个半圆，每个半圆都面对着墙，第一个半圆的墙下坐着滚公子，另一个半圆围着刘晓蜀。付新生怕在送往未管所前的时刻出现问题，他赶紧向司马永庆汇报，师父呀！刘晓蜀可能认为判刑较重，突然听不到声音了。司马永庆问道，判了多少年？付新答道，十三年，您想呀，杀死一人，重伤一人，轻微伤两人，唉！不判死刑已经不错了，他幸好才十六岁，否则的话也许就是死刑了。这已经是法外开恩了，还装着听不到声音，真是岂有此理。司马永庆站了起来道，走！咱们去监室看看究竟是怎么回事！

那边犯人们正在开导滚公子，滚公子微闭着眼睛不予理睬。这边的人小声和刘晓蜀说着话，刘晓蜀好像没有听到似的，无论别人怎么大声说话，他都没有任何反应。司马永庆见状喊道，二黑！二黑回答，到。刘晓蜀！司马永庆看到刘晓蜀没有一点儿反应就说，这孩子应该是听不到声音了，我也没有遇到过这样的事情，走，我们先回去。司马永庆回到办公室，给协作医院耳科的赵医生打电话，询问这是怎么回事。赵医生道，这叫应急性失聪，也就是耳朵聋了，明白吧！司马永庆道，那该怎么治疗呢？赵医生道，我也没有更好的办法和药物，只有靠他慢慢地恢复了。司马永庆有点急于求成，心想自我恢复要等到何年何月才能痊愈，于是他打开电脑，搜索专门治疗耳聋的医院，了解治疗的办法，寻求治疗的药物。在他的精心照顾和对症治疗下，刘晓蜀失聪症状慢慢有所好转。不久他们的庭审判决手续送到看守所。民警按照规定办理好移送中原未管所的相关手续，准备移交的人员、车辆和物品，开始移送相关人员。

刘晓蜀也在移交之列，次日上午民警组织他们踏上囚车，向着中原未管所进发。司马永庆很担心刘晓蜀的病情，害怕他出现意外，又无法用语言交流，就在纸上写道，晓蜀不要怕，未管所就是一所学校，那里的民警会像老师一样关心你们的生活，你们就像学生一样学习劳动，尽管放心地去吧！改造好自己，只要心里把监狱当成学校，监狱就真的会像学校一样美丽。刘晓蜀看了文字也没有过多的表示，只是礼貌地点头应付着。

汽车奔波了几个小时，驶出公路转进森林公园，绕过一条小河，一座面积约一百多亩地的高墙建筑映入眼帘。从外边看就像一座工厂，外部有树木花草，有小溪流水，这里也是市民休闲娱乐的好去处，不时还有人在河边垂钓，烧烤着野鱼，空气中散发着花草的清香和烧烤的味道，游人把吊床绑在两棵树之间，来回地摇晃着，休闲自得，这里简直就是一个旅游胜地，怎么也不会让人把这里和监狱联系在一起。

汽车到未管所门口停了下来，金桥南大队长飞快地从门卫室走到汽车跟前，和刚下车的司马永庆握手寒暄了几句，开始履行交接手续。他们来到门卫室，金桥南向郑文革副所长汇报交接情况，并把相关档案放在办公桌上。司马永庆办完交接手续，检查移交的人数，并将汽车开进监区，把二十多个少年犯交给了金桥南，向金桥南交代着每个人的思想动态、身体状况和家庭情况。随后司马永庆向民警告别，并向刘晓蜀挥手致意，看到刘晓蜀脸上没有一点儿反应。无奈地驾车离开未管所，顺利完成了交接任务，他心里的一块石头终于落地了，但是对刘晓蜀的安危依然放心不下。

金桥南按照刑期长短和综合情况，把人分配到不同的监室。刘晓蜀和滚公子分到了三大队一中队，二黑也在一中队服刑，易成龙分在三中队，中队长们领着新人回到监室安排食宿。周古莉分到女子监狱。此时马君红已经在一中队服刑半年多了，思想上有了一定的好转，但是感觉前途渺茫。管教民警何彦森看着少年犯们的不良行为，考虑着众多问题的解决方法。有些人认为服刑将要结束了，很快就会走出监狱，虽然人身获得了自由，但是无一技之长，到社会上找不到工作也就失业了，真是喜忧参半呢！还有些重刑犯人，有杀人的、放火的、强奸的、抢劫的，他们深知罪孽深重，刑期又特别长，就是从现在算起，再过十几年出狱，也都三十多岁了，所有的一切都和未来的社会脱节，学不到生存技能，到社会上该怎么生活？连活下去的资本也没有了，思想行为发生了重大的变化，有些人产生了较为严重的人格障碍，更不用提改造进步了。

刘晓蜀因为失聪，管教民警对他特别照顾，吩咐同监室的狱友卫立中照看他的生活，替他领取了被褥、枕头、脸盆、牙刷、毛巾、拖鞋、囚服等生活用品。管教民警还特意交代了刘晓蜀的身体情况，并为监室的每个人分发了《中华人民共和国刑法》《中华人民共和国治安管理处罚法》等法律书籍。卫立中整整齐齐地把书摆放在床头，以备学习之用。监室内务卫生标准参照部队的管理模式，要求被子叠成四方块，物品摆放要有序美观，让人感觉好像走进了部队营房，那么整齐划一。

卫立中帮了刘晓蜀许多忙，不仅照顾他的生活还关心他的身体健康。在民警和狱友的关心照顾下，刘晓蜀的耳朵逐渐恢复了听觉，可以轻松自如地和人交流，能听到正常的声音了。

卫立中说，刘晓蜀！你终于能听到声音了，我给你介绍一下这里的情况。大家说这里是监狱，其实和学校差不多，两者有很多相似之处，区别就是我们不自由，整天有人监管着我们，其他的和学生没有什么两样。每天都学习国学文化和法律知识，还有半天的劳动课，培养动手能力，促使我们养成良好的劳动习惯，让我们自食其力，改掉好逸恶劳的恶习。他走到窗户前指着不远处的高墙电网道，那墙有五层楼那么高，看到了吧！和我们现在的五楼基本持平，上面还有六米多高的电网和圆筒形的铁蒺藜，无论怎么也无法逃出去。那边是操场，还有篮球架子和训练场，每周武警战士还给我们上队列训练课，让我们学习队列动作，立正稍息、齐步走、跑步走、正步走，还教我们整理内务卫生，脸盆毛巾牙刷衣服鞋子怎么摆放，都是有规矩的。外面看不到的地方很多，我慢慢地给你介绍，这里还有厨房、水房、卫生间，还有制作灯泡的劳动车间，慢慢你就会全部了解清楚。

刘晓蜀像听天书一样，基本没有听进去，因为他想到自己刑期太长，这样下去人生真的完了，一不小心成了杀人犯，想着自己是未成年人死不了，可是判了十三年有期徒刑，如果刑满回家，人生最好的年华在监狱里度过，这可不是自己想要的生活，简直就是生不如死呀！活着真的没有一点儿意思，还不如死了痛快，从头再来。

他们吃过早饭，坐在床上读书，学习《中华人民共和国刑法》，背诵学过的内容。刘晓蜀不动声色，想如何从楼上跳下去。坚固的窗户无从下手，无法打开钢筋护栏，这种方法是行不通的。他想着房间里一切可利用的东西，除了高低床是铁制的外，其他物件大部分是木头和塑料制品，想自杀不是那么容易的事情。他看到了高低床，上铺到下铺有一米五左右的高度，如果有足够的意志力，还是可以把自己吊死在床上的，不过在监狱里从哪找到绳子呢？他左思右想也没有想到可行的办法，除了出操上大课集体活动以外，没有单独走出监室的机会。他坐在床上手摸着书本，看着四方块被子和白色的床单，让他灵机一动。啊！有了！这不是现成的工具吗？他耐心地等到天黑，晚上大家都进入了梦乡。他是下铺，上铺暂时还没有人住，他小心翼翼地用手撕扯床单，可怎么也撕扯不开，然后用牙齿咬床单也没有成功，还害怕弄出声音被狱友发现，于是又用牙齿摩擦床单想打开一个口子。一点点地磨擦着，终于磨开了一个小口子，他轻轻地一撕床单就开了个大口子，他害怕惊动同室的人，就没有把床单撕下来，用牙继续磨擦第二个口子，第三个口子……他把床单分成了五块长布条，小心翼翼地撕扯床单，发出轻微的“刺刺”声音。卫立中睡得正香被惊醒了，他翻了个身喃喃自语道，夜猫子！都几点了还在干吗？睡吧！然后又昏昏沉沉地睡去了。刘晓蜀把床单撕成了五条，分别把布头绑在一起，形成一个圆形的布绳，再把绳子绑在高低床上沿的架子上，用力缓缓地拉了几下，感觉很结实，能够承受住自己一百三十多斤的重量，又试试高度，认为跪下去还是可以把自己吊死的。卫立中听到声音闭着眼睛道，怎么回事还不睡觉？刘晓蜀赶紧取下绳子道，没事的！我去上个厕所。卫立中这些天既要学习劳动，还要照顾刘晓蜀的生活，大半夜困得眼也不想睁了，就没有再问下去。刘晓蜀小心地拿着绳子走出监室，在厕所门前停下来，用力把厕所门推开，发现门很结实牢固。他想了一个好办法，把绳子的一端挂在门把手上，将绳子另一端从门上抡过去，试试长短，站着的高度正好可以达到目的。他小心地关上门，把绳子夹在门框上，两手扒着门框的边沿把脖子伸进套子里，后脑勺紧贴着门，脸对着厕所里边的方向，双手松开门框。绳子在身体重力作用下拉紧了，勒得他喘不过气来，他感觉脖子好难受，大有生不如死的感觉，想尽快解脱痛苦的人生。疼痛和缺氧使他开始昏迷，慢慢地失去了知觉。

卫立中听到刘晓蜀要上厕所，他也有了尿意，就想去厕所方便。起来后看到刘晓蜀还没有回来，自语道，这小子拉线屎呢！这么长时间还不回来。他打开走廊的电灯走到厕所门口，朦胧地看到门把手上缠绕着白色的东西，还纳闷呢，谁搞什么鬼！把白布弄在把手上干什么？他用力推门没有推动，感觉这门死沉死沉的，他用肩膀猛撞才把厕所的门撞开，厕所里的声控灯亮了起来。卫立中看到挂在门上的刘晓蜀，惊恐之余，大声喊道，快来救人啊！刘晓蜀上吊了！值班人员迅速跑过来，同卫立中一起把刘晓蜀取了下来，抬回监室放在床上。

金桥南带着唐医生快速赶了过来，唐医生给刘晓蜀检查身体，听心跳量血压，然后说，金桥南！万幸呀！发现及时没有大碍，如果再晚五分钟小命就没有了。金桥南道，辛苦您了！麻烦给他看看伤情开点药，让他好得快一点儿，减少伤痛。唐医生道，我能治愈他身体的伤痛，但是看他萎靡不振的精神状态，如果不加强防范，还有可能会再次自杀，为何不把他的家人请过来做他的思想工作呢？金桥南道，我们去他的户籍地找了，邻居说，不知道他父母去哪里打工了，到现在也没有消息。不过经常听刘晓蜀提起民警郑为民和王永盛，不知道他们是什么关系，要不把她们请过来，看看能不能有所帮助。狄银龙道，为了防止刘晓蜀再次发生意外，我去公安局把她们两个请过来。

不到半天的工夫，狄银龙带着郑为民和王永盛来到刘晓蜀面前，郑为民看到刘晓蜀无精打采的样子，知道他心里极端痛苦，心疼地说，晓蜀！想开点，我们正在联系你的父母，大家都在想办法帮你走出困境，闯过难关，你可要挺住。刘晓蜀哭着扑到郑为民的怀里，郑妈妈！您怎么来了！我真的不想活了。郑为民摸着刘晓蜀的头关切地说，孩子！你要树立创造美好生活的信心，对生活抱着满怀的希望，改过自新，学业有成，从这里走出去，做一个堂堂正正的男子汉，成家立业。到时候我去给你当结婚主持人，你看行吗？刘晓蜀哭道，郑妈妈我还能结婚吗？有人会嫁给我这样的杀人犯吗？郑为民道，孩子！人的一生中有什么困难和坎坷都是有定数的，你经历了这么大的磨难，给对方造成了难以弥补的痛苦和死亡，你的磨难已经过去了，你不想承担法律责任和弥补欠下的感情吗？刘晓蜀道，如果我出去了，一定去补偿他们，我要给死去的同学父母当孩子，为他们养老送终。郑为民道，好孩子！你的想法很好！好好改造吧！争取早日实现你的愿望，我们改天再来看你。王永盛拉着刘晓蜀的手说，晓蜀！一定要光明正大地走出去，相信自己能够成为生活的强者，我们一起走下去，你一定能行。刘晓蜀道，受到两位妈妈的关心爱护，我再也不会做傻事了，一定学好知识改造自己，争取尽快出狱，向你们报到，创业自强报效社会。金桥南看到了郑为民和王永盛对刘晓蜀的影响力，心里涌起了暖洋洋的喜悦。郑为民和王永盛告别了刘晓蜀去看望易成龙，并想顺便去女子监狱看看周古莉的改造情况。

金桥南安排了会见易成龙的事情。回头看着紧张的狄银龙道，你要照顾好刘晓蜀，增加营养，加强管理。你的工作太大意了，失职失察才造成这样的严重后果，尽快查找原因，从硬件设施和人员思想上查起，采取措施，防止类似现象的发生。狄银龙立正道，是，队长！查明原因及时向您报告。金桥南立即向郑文革做了汇报和自我批评，随后写出了整改建议和检讨书，请求领导的处理。

金桥南认为，整改首先是从硬件设施开始，举一反三，把监室的上下铺进行整理修改，把一米以上高度能穿绳子的地方全部封存起来，消除隐患，对窗户进行加固整修，把厕所、洗漱间房门全部拆除，走廊内设置长明灯，增设双人流动岗哨，增加监控探头数量，采取双向互相照射的方法，形成无死角的监控网络。民警二十四小时不间断地监控值守，加强民警责任心和巡视制度的落实，缩短巡视间隔时间，严格落实监室各班组值班换班轮岗制度，防止类似事件的发生。其次是软件，就是人的思想教育，分析选择自杀的原因。俗话说，好死不如赖活着。人如果不是到了无可奈何的地步，是不会选择自寻短见的。狄银龙道，一个正常人从有了犯罪念头开始，心理就会发生巨大的变化，有的抱着侥幸心理，有的抱着九死一生的信念去实施犯罪，犯罪后被警察抓获并判重刑，现在那一份活下来的信念也破灭了，自己认为罪责如此之重，思想难以开脱，小小年纪就背起了沉重的包袱，本来应该享受人生的快乐，在学校读书呢！无奈与人打架杀人行凶，成了笼中鸟缸中鱼，即便是以后出狱了，他认为已经被社会和家庭抛弃了。在监狱里服刑，看管得这么严格，人生失去了希望，生活没有了意义，唯有死才是最好的选择，于是就产生了轻生的念头和行动。我这样分析是否符合逻辑？金桥南点头道，听起来是那么回事！可是还有更深刻的东西没有说出来，我认为判刑较重是外因，内因是缺少家人的关心和照顾，才会造成自杀的结果。凡事都有因果关系，我们没有掌握他目前的迫切需要，没有为他寻找减刑的法律依据，如果能够对受害人进行民事赔偿，在经济上满足受害人的需要，从而得到受害人的谅解，在法律上有减刑的可能性。关键是要找到他的家人，让其父母配合工作，与受害人家属联系协商，只有民事赔偿到位了，才有可能达到依法减刑的目的，你看怎么样？狄银龙道，高见！这种方法具有很强的操作性。

金桥南继续道，社会存在着普遍的问题，这些孩子在家庭中缺少关怀，才出来寻找温暖，最终走向犯罪道路，家庭是有很大责任的。如果让其父母到监狱和我们一起来做转化工作，唤醒他们的亲情、爱情和友情，挖掘他们善良的一面，他们就会放弃抵抗，好好服刑，配合改造，积极进取，学习有用的生产知识，为出狱做好技术准备，但是现在还没有找到合法合理的有效方法，来实现这个愿望。

最后就是少年犯正处在人生学习的旺盛期，因为犯罪被关进监狱，夭折了腾飞的翅膀。就好比大鹏鸟的雏鸟，马上就要出窝飞翔了，却被困在笼子里，可以想象鸟儿有翅难飞的心情，鸟儿也会出现抑郁致死的现象，这么想刘晓蜀的事情就不难理解了。我们如何解决这样的问题，让全社会来拯救这些孩子们，为他们疗伤，帮助他们重新长出理想的翅膀，放飞梦想，与社会对接，学习有用的生活技能，让亲人认可，让社会重新接纳他们，让他们名正言顺地回归社会，让他们从社会的包袱转变成为有用之材？这就要求我们从一个管理型民警，转变成教育型的全能民警。既要管好这些人的语言行为，掌握思想动态，还要教会他们怎样做人做事。只有培养他们端正的德行，才能更好地做成事，成为社会的有用之材，才能被社会认可，回归社会就会成为现实，成就浪子回头金不换的佳话，让人另眼看待。狄银龙笑了，这是美好的愿望，我们正在努力争取，不过没有足够的政策制度支持，一个人的力量是改变不了世界的。金桥南道，我们有两个选择，一是墨守成规，视而不见，完成任务下班回家，当一个看守型的老民警，不发生事故就万事大吉了。二是积极进取，努力探索，改变监狱的管理方法，把它变成真正意义上的学校，既改变人的思想，又培养人的生活技能。要重塑人格，使人获得新生，为国家排忧解难。

金桥南接着说，我们要么适应现状，要么改革创新，废除原来不符合现在发展的陈规陋习，创建新的改造模式，更好地培养有用人才。如果监管人都从我做起，就会改变中国的监管历史，改变所有人的陈旧思想，让孩子们轻松愉快地接受新观念，把美好的愿望转变成主动改造的动力，那么我们就成功了。

狄银龙道，这个事说起来容易做起来难啊！让犯罪分子主动改造就更加困难了。金桥南道，你知道让猫主动吃辣椒的故事吗？狄银龙道，很想听您的教诲。金桥南道，如何让猫吃辣椒？有人说，那还不容易，抓住猫，把辣椒塞进猫嘴里，然后用筷子捅下去。还有人说，首先让猫饿三天，然后把辣椒裹在一片肉里，如果猫非常饿的话，它会囫囵吞枣般地全部吞下去。其实有个好办法，就是把辣椒抹在猫的屁股上，当它感到火辣辣的时候，就会自己舔掉辣椒，并能为这样做感到兴奋不已。这是管理者的智慧和策略，我们的新思想就是改革的催化剂！也是为少年犯服务的有效方法。

狄银龙问道，我们的出路在哪里？如何才能让人主动改造呢？金桥南道，这是我们研究的课题，有想法才会有结果，你拭目以待吧！

易成龙听到他们的谈话非常高兴，从警官的话语中感到了温暖。他没有想到能够和二黑合作，揭露滚公子的逃跑事件，并成功地向司马永庆提供了线索。民警在这次斗争中取得了重大胜利，他们两个功不可没，虽然是犯罪嫌疑人的身份，但是得到了司马永庆的充分肯定。在庭审中，给予了极大的褒奖，因为有重大立功表现，所以从轻宣判，判处易成龙有期徒刑三年六个月，二黑有期徒刑四年。二人高兴之余在未管所里积极劳动，配合管教民警工作，努力学习生活技能，让生活充满着欢乐和希望。他们两个成了很阳光的少年犯，易成龙和二黑的表现得到了金桥南和狄银龙的称赞。

郑为民和王永盛在接见室见到易成龙，易成龙兴高采烈地喊道，郑妈妈、王妈妈！在这见到你们我感到很惭愧。郑为民道，成龙不要懊恼，人都会犯错误的，知错就改还是好人，况且你还是英雄呢！我们等待着你尽快走出监狱，过上正常人的生活。王永盛笑道，成龙！好样的！正因为你及时地传递信息，才避免无谓的牺牲！我们发自内心地感谢你，衷心祝愿你早日回归社会。易成龙憨笑道，感谢两位妈妈的称赞，我一定不辜负你们的期望。

郑为民离开会见室，去女子监狱见周古莉。周古莉面容憔悴，如今已成为标准的大姑娘，美丽动人。她与郑为民、王永盛侃侃而谈，憧憬着美好的未来。对郑警官和王警官专程看望感谢万分。

滚公子这次彻底掉入无底深渊。他刚被送到看守所时，走进黑暗的世界，但心里还是有希望的，他知道父亲很有势力，会想尽办法营救自己，并且身边就有自己的人，比如楚欣磊、白老鸟、老蒋等人，看守所外边有父亲和公司几百号人的支持，会想方设法营救自己，他们会用各种方法来报答父亲多年来的养育之恩。如果他们来个突然袭击，成功的把握非常大。再加上高原牧区藏着的黄金和宝石，这些是滚氏家族的底气，如果营救成功，悄悄潜出国外，就万事大吉了，然后去找小妈和妹妹重新生活，这个希望使他坚定了在看守所忍受痛苦的信念，再苦也动摇不了他逃出去的决心，因为出去就别有洞天，过另外一种生活，所以他总是笑对每一天。可是现在却今非昔比，父亲被打死，队员有的战死，有的下落不明。滚氏企业面临倒闭关门和员工被清退的危险，财产缩水变成负债企业，到了财尽人散的地步。滚氏家族违法犯罪的案件众多，案件开始井喷式爆发，大部分公司骨干被清算，自己现在成了孤家寡人。小妈在国外还不一定知道现在的状况，自己的亲生母亲肯定不能忍受这种打击，生活在痛苦之中。也许在挖空心思营救自己，可是根据中国现行的法律，无论她有多大的本事，也无法挽回败局，把自己从监狱中拯救出去。只能忍受无边无际的痛苦，难道就这样在监狱里生活吗？一阵阵痛苦向滚公子的心头袭来，使他难以忍受，翻来覆去睡不着觉。他虽然没有很高的文化水平，但是经过这样天翻地覆的变化和打击，也成熟了很多，心里感到特别疼，于是他喃喃自语道：

心好痛！好痛！
不知何时，
最亲爱的东西丢了，
再也没有回来。
好像鱼儿困在炙热的沙漠，
迷失了前进的方向，
苍穹亦无奈。
留在心里的花蕾，
从此不再从容绽开。
所有的过去，
成为被遗忘的情怀。

心好痛！好痛！
努力寻找混沌的未来，
仰望天空，
奢望以前能回来，
让美好过去成为记载。
无垠的星河里，
记起从前展望未来。
怎奈无形的星辰，
阻碍远眺的心灵。
目光短浅起来，
缅怀过去自由自在。
如今思绪难耐，
天各一方不再回来，

所有的恩怨别放胸怀。

心好痛！好痛！
放下吧！我的爱，
不要让伤痛再来。
回归吧！
顺其自然才是真爱，
从前不会再来。

心好痛！好痛！
如果一切能够从来，
我会把所有的爱拥抱入怀。
用满腔的善良播撒大爱，
让心痛不会再来，
谁也别想剥夺自由的爱。

滚公子喃喃地说完，已是泪水横流湿透了枕巾，后悔当初奢侈糜烂的生活，提前享受了人生的美好，让痛苦来得如此迅速，时间却又这么长久，以至于在黑暗中失去了前进的方向，看不清整个世界的面容。

他想着以前和现在的区别，脑子里像过电影似的。自己从亿万富翁的儿子瞬间变成了阶下囚，从衣来伸手饭来张口到自己动手丰衣足食，从前呼后拥到现在的孤家寡人，受人管理处处受到限制，天地之别，差距之大，心里明白只有适应才是生存之道。外边的人不能把自己救出去，这里又似铜墙铁壁般的坚固，各种防范简直就是牢不可破！扪心自问生活的希望在哪里，也许只有他消失了，这个世界才会太平，要么过着生不如死的生活，他想着想着进入了梦乡。

滚公子做了一个奇怪的梦，梦见父亲浑身是血对他说，孩子！我为了救你，把一生的心血全部赔进去了，我不后悔，你一定要好好活着，想办法走出去为我报仇呀！一阵凉风从窗户刮进来，滚公子吓出了一身的冷汗，他惊醒了，是呀！警察不仅抓了我，还杀了父亲，把整个滚氏家族企业也毁了，我要杀了他们报仇雪恨。滚公子从此产生了杀死管教民警的想法。

接下来的日子里，滚公子时而与管教民警配合，时而又蛮横无理，经常违反监规狱纪，情绪反复无常。针对管教民警严厉的批评，他生气地说，我活着也没什么意思，早晚有一天把你们也全部带走。他扬言要杀害管教民警，出现了生存无望的极端言行。

此时将要出狱的犯人矛盾较为突出。他们将要服刑期满，结束监狱生活，按常理应该高兴才对，可是该减刑的已经减刑了，该立功的也已经立功了，在即将出狱的时刻，他们却认为出狱后的生活没有着落，在监狱里学习制作灯泡的技术和社会严重脱节，难以就业无法生存。以前的社会关系基本丧失殆尽，从监狱里出去就相当于失业了，有的人甚至连个吃饭的地方也没有。有的人还可以回家种地陪伴父母，生活还可维持。只有生活在最底层的人，生活难免艰辛，因此发生了许多想不到的困难和风险，要求上级亟待解决。

于是，调研组进驻未管所，进行为期一个月的创新调查研究，分别询问问题少年，记录他们的成长过程和犯罪经历，了解在监狱中有什么需要解决的问题、有什么兴趣爱好等，征求对监管工作的意见和建议，并派人到外地未管所学习先进经验，总结教训，请外地兄弟单位的先进代表到所授课，传授先进的管理方法，提炼管理经验。一时间，这些先进的管理经验在中原未管所掀起了一阵波澜，老传统的思想和先进的培养教育改造发生了碰撞，催生了未管所新管理模式的诞生。历史总是如此巧合，一个新生命的诞生，肯定会给守旧者以沉重的打击，那么新旧两种思潮的尖锐矛盾就会更加凸显出来，开始了新旧思想的斗争。在新旧管理理念的交替过程中，未管所民警的思想在斗争中得到改观和升华，在相互磨合中适应创新理念。从一些问题的处理效果上，大家看到了新思想更适合现在的管理需要，更适合社会的发展需要。

随着时间的推移，老所长已经到了退休的年龄。他极力推行的改革大业还没有铺开，就已经被时光无情地推到了老人的行列，他就要光荣退休了，退休前他向上级推荐了致力推行改革的副所长郑文革接班，希望完成他的夙愿。

郑文革和老所长办理完交接手续，组织召开告别会议。郑文革在发言中对老所长的工作进行了实事求是的总结，并给予了高度的评价……郑文革发言完毕道，下面欢迎老所长讲话。老所长听着雷鸣般的掌声触景生情，看到昔日的战友，深情地说，同志们！感谢大家多年来对我工作的支持，未管所才取得了全国优秀所的荣誉称号，摘取了全国文明单位的桂冠，并多次取得荣立集体一等功的好成绩。希望同志们继续努力，再接再厉干好工作，像支持我一样支持郑文革所长，荣立新功，再创佳绩。说着向大家敬礼致意，台下的掌声经久不息，许多民警哭出了声音。老所长讲完话与民警一一握手告别，老所长已是老泪纵横，不能控制自己离别时的悲伤情绪，他依依不舍地离开了为之奋斗多年的工作岗位。

郑文革告别了老所长，走进办公室，强烈的责任感使他心头涌上了一种沉甸甸的感觉，这是他当副职时从来没有过的压力。老所长在位时，所有的责任都是正职承担，如今自己登上了正所长的位置，终于可以把郑副所长的“副”字去掉了，随之而来的是一种伟大的责任在肩上。他仿佛感受到了改革担子的沉重。老所长是全国未管所的先进模范，改革一直都没有实行，他现在开始改革创新，会遇到多少阻力和困难呢？还是一个未知数。

他回想着父亲给他的教导，敢于第一个吃螃蟹的人，是改革的先行者，也是创造历史的先驱。孩子！我们是这个世界的主宰，而不是附庸，我们要把握世界的发展方向，创造人们的未来，而不是等待未来的降临。郑文革回想着父亲对他的教导，给他起名字的深刻含义，就是让他长大了要改革创新，为社会做贡献。他是“文化大革命”时期出生的孩子，那时候物质极度匮乏，父亲到山上捡拾松子，用石磨碾碎掺上野菜充饥。在饥荒的年代里，父亲把省下来的粮食送给兄弟姐妹和邻居们食用，着实救了许多乡邻的性命，那些善事至今还在他的脑海里闪现。他知道一个山村的孩子能走到今天，成为省会未管所的所长，是多么的荣幸，也是众多乡邻帮助的结果。他决心要把这份善良撒向这些孩子们，撒向社会，让党和政府的大爱像甘露一样撒向大地。他在屋里来回地踱着步，想了很久，坐在办公桌前看了许多调查资料，也曾向老所长请教过相关问题的解决方法，老所长退休前也没有给出明确的答案，因为每一个方案都有许多瑕疵，难以克服。他冥思苦想，突然醒悟道，哈哈！有了！为何不用社会和家庭一起来做未成年人的工作呢？为什么不让他们像学校的学生一样，学业有成回归社会，为社会做出应有的贡献呢？

如果让社会爱心人士、犯罪人家庭和未管所共同来做少年犯的工作，那就好办了，实际上就是打响了改造未成年人犯罪的人民战争。全方位立体的改造模式，使他们从亲情、爱情、友情、法律、伦理、道德等方面改造自己，重新做人，重新树立人生的目标，为之奋斗终生。这就点燃了少年犯的希望，他们会把劳动变成享受，把思想改造变成汲取营养，像婴儿汲取母乳一样，那么渴望，那么自然，这样一切的思想问题都会迎刃而解，变被动改造为主动学习。

不过这样的做法在全国还没有先例，如果把社会的爱心人士请进监狱，他们的行为一旦出现问题，那么自己将会承担很大的责任，也许会给仕途带来灾难。如果把家长请进监狱和孩子们见面，会不会出现逃跑打架、私自夹带物品、传递消息等问题，如果出现了问题，那么后果极为严重。如果监狱不做好相应的准备，搞好防范预案和演练，关键的细节如果有一个环节出现漏洞，就会授守旧者以攻击改革的把柄，也许会因此造成改革前功尽弃的不良后果，那么自己将会成为历史的罪人，而不是改革的斗士，更不是什么改革派中的英雄人物。

他想着如果墨守成规，当然也没有什么不妥，只不过没有什么政绩罢了，也不会有什么风险！但是自己不是一个墨守成规的人。更不能看着这些孩子在花一样的年纪里，白白浪费自己人生的大好时光。一定让他们重生，把他们培养成才，为家庭为社会做出贡献，不能让他们成为社会的包袱，重新犯罪再进监狱。改革创新就是为了国家和社会的利益，为了两千多名孩子的前途命运，为了孩子们的家庭幸福，我郑文革宁可牺牲自己的前程，也要把改革的方案呈上去，争取上级的批准和支持，让孩子们享受特殊的爱，让他们不幸的人生重放光芒。每个人犯罪都不是偶然的，都有一定的社会背景和家庭原因，让他们为遇到这个未管所而庆幸吧！也让他们记住塞翁失马焉知祸福的含义，让“一失足成千古恨”经过努力变成“一失足成千古爱”，把失足变成美谈和生命中的阅历，变为成长中的资本。我不冒风险怎么会换来孩子们的新生呢？当然了，这样做不是鼓励犯罪，而是让已经犯罪的人重新点燃生活的希望。郑文革下定决心，无论前边是雷区还是平坦大道，他都会义无反顾地冲锋陷阵，为了孩子们的前途命运，宁可牺牲自己的生命也在所不惜。

郑文革此时就像收养了一群野狼崽的猎人一样，爱恨交加呀！考虑着如何让他们重新回到原始生态中，自我生存，让狼群重新自然接纳他们。他为此翻阅了大量的资料，废寝忘食，完成了改革方案，上报省司法厅领导等待审批，期待着司法厅的结果，解决眼前乱成一团的问题。

不久，盖着司法厅大红印章的批件下来了，厅长亲自在上面批示：“慎行！细化行动方案，预祝开创未管所管理新模式成功!”

郑文革看着批文激动不已，他的方案得到了领导的认可，接下来的实际工作，将是规模宏大的任务。首先是与社会爱心人士的联系。从思想上让孩子们改变陈旧观念，就要学习中国的国学文化、孔孟之道、以德服人、以孝为先，目前要学习的有《大学》《中庸》《国学》《千字文》《千家诗》《唐诗》《宋词》《朱子家训》《弟子规》，还有《堂堂正正一辈子》手语操读本、音乐、美术等十几本书，把这套图书发放到每个监室，大家想看哪本书可以自由选择。

另外，邀请一些国家级的知名讲师为他们授课，不过正常渠道会产生一些费用，这些费用从哪里支出呢？厅里只是批准了行动方案，没有涉及相应的教育经费。为了解决这个难题，他想到了另一个教学途径，那就是社会救助力量的义务授课。他通过组织找到了国学大师谢教授，这些年他为社会各阶层宣讲国学，经常免费为一些学校、社会团体讲课，目的就是让国学发扬光大，宣传正能量。他也认识了许多同仁，建立了一个微信群，他们是当今社会思想进步、道德品质高尚的义务帮教群体，虽然经济并不富裕，过着一般人的生活，但是却义务劳动免费教育别人，传递中华民族国学文化，他们以免费宣讲为荣。此外，他还配备了一些免费宣讲的场地、教学用具和提供食宿的宾馆，还有一群义务帮教的志愿者，形成了一个完整的义务帮教体系。郑文革想着想着就笑了，他想到了一个笑话，这才叫“姥姥生男孩儿——这帮孩子有（救）舅了”。他不是一个人在战斗，而是整个社会、整个民族、整个国家在挽救未成年人。他要把这些一心向善的正能量群体，用一种方法组合起来，发挥他们最大的能量，改变孩子们的落后思想，使这些孩子们终身受益。让谁来落实这些内容呢？他叫来了政工科的杜干事，交代道，杜干事，交给你一个任务，统计辖区爱心组织和红十字会负责人的联络方式，分别和他们取得联系，给你半个月的时间够用吗？杜干事问道，是全省吗？郑文革慢条斯理地说，嗯！是的。杜干事立正保证道，请领导放心！我一定完成任务！杜干事说完，拿着工作方案走了。

半个月的时间很快就到了，杜干事不仅把全省有名的爱心组织名称、联系方式、爱心帮助项目以及方法都形成了材料，还上报了多个爱心人士的个人请求。他们希望能与未管所合作，对未成年犯罪人员进行帮教，实现社会、家庭和监狱共同救助未成年犯的新型管理模式。这就打响了“三加一教育”管理模式的第一枪。郑文革心花怒放，这下孩子们真的有救了，我为孩子们祝福，他们终于有机会学好本领回归社会了，赎回自己的罪责，感恩社会。这些爱心人士有的人曾经被少年犯伤害过，也不计前嫌，用真情感化少年犯，希望他们有所收获。在郑文革和大家的共同努力下，第一堂国学课试讲终于在未管所大礼堂开课了。

石教授大步流星地走上讲台，向少年犯和特约家长深深地鞠躬道，教育孩子要从家庭开始，父母是孩子的第一任老师。父母只有做好自己，才能把孩子引领到正确的人生轨道上来。人常说，百善孝为先。我们从小享受着父母的关爱，却很少想到回报父母，甚至把父母的这种关爱当作理所当然。如果一个人养成了懒惰的习惯，更多的伤痛就会接踵而至。家庭生活中需要相互体谅而不是指责，胸怀孝心，身体勤快，宽恕别人，把孝心、勤快、宽恕记在心里，这样家就会好起来。一个家庭的好运势是家庭成员共同修来的，是父亲的稳重如山、虚怀若谷，是母亲的柔情似水、善解人意，是父母良好的夫妻关系、和睦美满的家庭氛围。

有的孩子说，我的家庭早就名存实亡了。确实人不能选择家庭父母，这是命里注定的，但是我们可以锻造自己的生存能力，可以调节情绪、改变命运的先天不足，勤劳致富、自食其力。经历过许多痛苦的事情，这是自己成长中的阶梯，比如自己想要的东西经过努力也得不到，别人却可以轻松得到，因此我们要用后天的奋斗来弥补先天的不足。用奋斗提升我们的才华，来满足自己的任性；用奋斗来追赶父母老去的脚步，用真心去孝敬他们；用奋斗积累充足的财富，实现“世界这么大，我要去看看”的美好愿望。其实我们已经走进了一种悲哀之中，就是我们长大了以后，才知道一生最美好的时光，竟然被自己轻易地挥霍了。我们要从现在开始追赶时光，弥补流逝的岁月，奋发图强，赶上时代前进的步伐。不要让遗憾出现在明天的阳光下，我们要活在当下，从现在做起，不晚！有信心就会有一切。只要共同努力改造进取，所有人都会成功！大家有没有信心？

少年犯们大声喊道，有信心！孩子们铿锵有力的声音回荡在大礼堂中。

第七章　重造人格

尽管已经开课学习，但是未管所里也不平静。郑文革展开了深入细致的调查研究，特别是重刑犯和思想波动较大的人员，他们的思想很难在短时间内扭转过来，因为这两类人员对生活失去了希望。

重刑犯认为死刑缓期两年执行、无期徒刑时间太长，人生在高墙中度过青春，就好比鸟儿被关在笼子里，难以施展才华，与其窝囊地活着还不如死了痛快，省得每天在屈辱里挣扎，丧失了生活的信心，这种错位的思想成了未管所管理的难点和重点。有的人对民警严格管理产生逆反心理，甚至扬言要杀害民警，语言和行为极端异常，思想难以回归常态，与未管所的生活不相适应。

对于思想波动较大的人，他们都有着不同的原因。有的认为被判刑较重又不符合减刑条件；有的罪行轻微，但是家中没有可以依靠的人，感觉生活没有了希望，就破罐子破摔，不想拥有更好的未来。

针对以上种种原因造成的思想问题，以及过激的言行，归根结底是这些人失去了生活的希望，没有看到未来美好的生活，没有体会到亲人和社会的关爱，更没有看到未管所的支持和帮助。因此郑文革决定，从现在做起帮助他们，不仅让他们学习国学，还要学习生活知识和生产技能，适应高速发展的社会现状。那么怎样才能达到这个目的呢？

郑文革对金桥南说，首先要使管教民警认识到管教的新概念、新职能。面对新形势下的少年犯，必须创新工作方法，打破陈规，也就是要从原来的管教型民警向学习型民警转变，向全能型民警转化，不能以管理为主轻视教育改造。让其服刑结束回归社会，就要注意思想改造和技术培养，避免缺少一技之长而失去生存之道。金桥南说，如果不这样，那么他们迟早还会违法犯罪，还要回到监狱重新服刑，重演人生悲剧，给他们的家庭和社会带来新的危害。郑文革说，管教民警重新认识自己的职责，不仅要管理好他们的言行，还要从思想上得到进步，跟上社会的发展形势，从行动上也要适应社会的进程。金桥南说，让民警成为他们的良师益友，帮他们学习新的生产技能，培养勤劳致富的荣誉感，放弃好吃懒做的不良习惯，从思想行为上和社会衔接起来。

郑文革说，我觉得要把社会上的爱心人士组织起来，大家一道去感化他们，帮助他们走上人生的正确轨道。因为他们是社会人，不是未管所能够独立完成的事情，只有与社会力量联合起来才能达到预期的目标。金桥南笑道，如果社会力量发挥作用达到良好效果，将会产生和社会阴暗面明显的对比效果，使他们从内心发生变化。郑文革说，社会的爱心组织和义工，都是为了别人的幸福，志愿参加义务劳动，给社会捐献物品，不求取得任何报酬。金桥南说，这些行为和犯罪行为相比截然不同，他们会在思想上有所感悟，用社会的爱心来感化他们冰冻的心灵。

郑文革接着说，我们还要动员父母家人，一起对其进行教育帮助，唤醒他们的亲情。用中国传统文化教育使他们放下思想包袱，愿意和家人团聚交流感情。金桥南说，我想他们会在亲人的感召下，放下敌对心理，配合改造，把被动配合变成自觉行动，使他们真正严于律己，努力学习生产知识，积极参加劳动改造，增加幸福指数。

郑文革拍了拍桌子上的材料说，这就是“三加一教育”模式，即“社会加家庭加监狱，联合帮教改造未成年犯罪人员”。相信这种立体帮教模式，对社会能够产生良好的效果。

金桥南道，您的想法很好，全国也没有先例呀！都是管理型的监狱，我们率先开放监狱，请家长和爱心人士进来，出了问题责任可就大了。郑文革道，改革都是从前没有做过的事情，当然成绩和风险都是并存的。我们既然要改革就要做好防范工作，防止出现问题，要想成功不仅要控制宏观的大方向，而且还要把握每个细节，细节既决定着事物发展的方向和速度，也是目标成败的关键因素。金桥南说，既定的目标是否能够顺利实现，就看方法是否正确。然而现在用老办法解决新问题，不能对症下药，有点瞎子点灯白费蜡的感觉，做得再好也没有效果。

郑文革安排道，这样吧！金桥南负责爱心人士和爱心组织的联络，以及对他们的工作安排。狄银龙负责家长的召集。杜干事负责监狱的组织工作，安排时间地点和参加人员，制作具体的工作计划，报给党委会研究决定。我和姚经理负责协调经费和人员，如果能够得到政策上的大力支持，那就好办了。郑文革回过头来道，姚经理分管的企业生产打头阵，率先使用新的管理模式。姚经理面带难色道，好是好，第一个吃螃蟹的人，风险极大。我认为，习惯了老模式，管理起来顺风顺水，何必给自己找那么多麻烦。郑文革皱了皱眉头道，老模式的弊端大家有目共睹，不改革风险更大。姚经理提高了嗓门道，请进来走出去，出了问题算谁的？郑文革有点激动地说，我是一把手算我的，跟你没关系行吧。姚经理有点生气地说，说得好听，我分管生产经营，你来承担责任，那我成什么了！我坚决反对激进的改革方案。两人争论得面红耳赤。

金桥南讨好道，我们因守旧出现那么多难题，只有改革才能解决。姚经理道，你一个队长多什么嘴，老所长工作那么多年，没有改革是有原因的，希望慎重考虑。

郑文革遇到前所未有的阻力，他想，是因为姚经理没有当上所长而恼怒，还是改革方案过于激进？于是拨通老所长的电话，老所长意味深长地说，文革呀！我支持改革，你不用说了，晚上我请你和姚经理到家里做客。

晚上，老所长亲自做了几道下酒菜，郑文革和姚经理应邀而至，两个人还是别别扭扭互不相让。几杯酒下肚，老所长言归正传说，改革是我的梦想，我面临退休，方案又不太成熟，担心半途而废，所以没有实行改革。你们年轻力壮，有精力完成这项任务，就像战国末期廉颇和蔺相如一样，必须团结，才能把改革进行到底。姚经理的稳步改革方案较为稳妥，两种方案融合起来更便于改革。姚经理道，我们都是您一手栽培的，平时对我们那么好，听您的安排。老所长说，我对你们好，是想让你们同我一样对待别人，而不是觉得高人一等，误入歧途。郑文革自责道，我有点操之过急，没有和姚经理深入探讨，请姚经理谅解。

老所长倒满酒笑着说，来！我们喝个团结酒，放下分歧共同改革。三个人举杯一饮而尽。老所长拉起姚经理的手喊道，来文革，为了孩子们！我们一起加油！郑文革把手压在老所长的手上，三个人一起喊道，加油！

经过老所长的调和，郑文革和姚经理统一思想，向上级党委提出详细方案，并得到党委的研究通过。郑文革说，这一仗，我们只许胜不许败，大家要统一思想，努力工作，把“三加一教育”模式创造成功，使少年犯像学生一样，学业有成走出监狱，顺利回归社会，成为有用之材。辛苦你们几个了，把所有人员都动员起来，大家一起来完成这项任务。

金桥南、狄银龙、杜干事不约而同地答道，是，所长！坚决完成任务。金桥南拿起统计表看到，红星公司每年向中原红十字会捐献一千万元的教育基金，作为第一中学和实验中学的奖励基金。世纪星公司向红十字会捐款五百万元，救助失学儿童。还有道义和学校提供免费食宿，对问题家庭进行优秀传统文化教育。博爱路民间爱心组织免费粥屋常年施粥。这些信息要形成战斗力，还需要进一步沟通相关帮教事宜。

他打开第二页，爱心企业有中原皮革中心、中原康洁中心、中原面包厂、中原科技有限公司……第三页是政府各部门的红十字会和义务工作人员名单，其中包括中原义务律师团队、义工服务中心、中原市工会爱心委员会……中院检察院爱心组织。

金桥南把负责人电话输入手机中，调出张红星的电话号码，想立即打通电话说明情况，然而他停下手来心想，未管所开创全国首例“三加一教育”模式，一两句话根本无法说清楚，再说了还没有见过面，也许人家未必信任自己，最好还是亲自登门拜访。于是他开着警车到了红星公司楼下，他停好车进入大楼，大厅的值班保安询问道，同志您找谁？金桥南笑道，我找张红星经理。保安面对眼前的民警不知所措，心里咯噔了一下道，您有预约吗？张总很忙，我先打电话汇报一下。一会儿副总小帆从楼上走了下来，问道，警官，您找张总有什么事吗？金桥南简单地说明了来意，小帆才领着金桥南来到张红星办公室。一进门，张红星和蔼可亲地走了过来迎接道，您好警官！您是为民的同事吗？金桥南道，啊！不是，我是中原未管所的金桥南，您看这是我的警官证，是来找您帮忙的。小帆上下打量着笑道，您这个人，来找我们帮忙穿这衣服，把人家都吓跑了。金桥南看她调侃自己就顺口说，如果我不穿衣服，不就把你也吓跑了吗？张红星和小帆都哈哈地大笑了起来，把那仅有的陌生感全部笑走了。张红星道，你有何贵干呢？金桥南直言不讳地说，郑所长为了挽救失足的未成年人，在全国首创了“三加一教育”模式，听说你为基金会捐献了一千万元的奖学金，让人佩服呀！我想……

张红星笑道，您说的郑所长是叫郑文革吧？金桥南道，是呀！您怎么知道？张红星笑道，我爱人郑为民是他的侄女，这件事我一定支持，不过今年的钱已经捐出去了，现在企业资金周转较慢，您也知道，一时半会儿钱也不能到账，况且用钱也要经过董事会研究决定才能使用。金桥南道，您量力而行，我决不勉强，根据企业的情况定吧！张红星问道，需要多少钱？金桥南说，目前也没有确切的数字，也不会太多，大约一百多万元就够了，不过社会上的爱心企业很多，社会的事大家来承担，不能让您一个人把好事都做了是吧！这样压力也太大了。张红星道，给我点时间，召开董事会研究决定。金桥南道，好的，我有您的联系电话。说着递过一张警民联系卡，这是我的电话号码请您留存，等您的好消息。张红星存着电话号码道，好的！我会尽快上报。麻烦您带我向郑伯伯问好！我经常听为民提到他，自从结婚后就很少见到郑伯伯了，他也太忙了，联系得较少。金桥南道，很高兴认识您，我一定把话带到。金桥南告别了张红星心想，这哪是私人企业呀！一看就像国有企业，院墙上写着一行红色大字“听党话、跟党走”，呵呵！不过这里确实是私人企业，也许张红星是正式党员或者有人大代表之类的头衔吧！难得他有这么高的觉悟，也许这件事会成功！

他驾车来到世纪星酒店总经理办公室，彭辉经理正在门口迎接他的到来。尽管第一次见面，但他那身警服特别耀眼，让人感到亲切，两人一见如故。金桥南上前与彭辉握手寒暄，分宾主落座，彭辉泡上一杯红茶递过去说，金队长来得正好，这是刚从南方弄来的红茶，闻闻多香，不仅好喝而且还帮助消化，有提神的功效，一会儿带回点尝尝。金桥南说，尝一次就行了，我平时不怎么喝茶，谢谢呀！彭辉道，不用客气！来者都是客，有什么事尽管说，我会尽力帮助您。金桥南把“三加一教育”模式需要爱心人士联手帮教的事情向彭辉说了一遍。彭辉轻松地笑道，我知道要召开家长教育座谈会，食宿问题我来解决，您提前说，我把一楼多功能厅腾出来就可以了，可以容纳一二百人吃饭。还有其他的需要，我们再商量，我可以安排家长免费食宿，不过就几天的时间嘛，我还是能够承受的。金桥南道，确切地说是三天时间，不过以后每年都会分批次召开这样的会议，我们会把压力分散到爱心人士身上，不能让您有太大的压力。彭辉道，我的企业一路走来，能有今天的成就，多亏了前辈们的爱心帮助，否则我也没有今天的辉煌，也许我的酒店早就不存在了。说着话，他好像想起了往事，收起了脸上的笑容。金桥南看着他情绪的变化，赶紧笑着说，都是爱的传递，让社会更温暖，使更多的人参与进来，让更多的人受益，感谢您的大力支持。然后心满意足地离开了彭辉办公室，去见下一位爱心人士。

金桥南走进道义和学校，来到王正宇老总的办公室，看着简陋的桌椅板凳，心想，这样的办公室，他能做那么多好事，真是了不起，是个奇人。正想着，王正宇从外边进来，慢条斯理地问道，您是哪个单位的？找我有什么事？金桥南递过一支香烟，王正宇接过烟，拿出打火机两人点着烟吸着，站在桌子边说着话。王正宇问明来意道，好呀！我终于找到知音了，我的爱心学校又有新学员了，很高兴为你们服务。说句心里话，我每接待一批学员，心里就增加一份快乐，增加一份成就感。这里能够容纳一百多人的住宿，可以安排三百人吃饭和学习，我还有一些义务讲师团队的联系方式，他们有的是大学老师、心理教授，有的是婚姻家庭的讲师，有的还是专门研究未成年人心理的专家，他们大多数是退休在家想发挥余热的爱心人士，采取义务讲学的方式为社会做贡献，大部分人不仅不要讲课费，就连来回的路费也自己承担，有的还帮助困难学员，更让人感动的是有人每月定时捐赠钱物给红十字会，或者捐钱给特定的贫困学生，支持他们学习成才。金桥南道，我在未管所干的时间长了，与社会有些脱节，冒昧地问一句，您这样的投入需要多少钱？这些资金是从哪里来的？王正宇道，我这里每个月投入五万元左右，大部分资金是门面房租金收入，也有爱心人士的捐款。金桥南道，您这样做家人愿意吗？王正宇说，刚开始你嫂子极力反对，自己的命都顾不上了还帮别人。你可能不知道为什么，我曾经得过大病，当时家里的钱几乎花光了，再也没有能力治病。一次偶然的机会，我遇到一位老中医。那时我病情严重，在家休养，闲来无事到河边钓鱼，一个小女孩儿在河边玩耍，脚下一滑掉进水里，我听到救命的喊叫声，忍着疼痛冲过去，跳进齐腰深的河水里把女孩儿救上岸。女孩儿的爷爷跑过来，看到我痛苦的样子，询问我的病情，我就把自己的症状告诉他，他很同情我的遭遇，对我的病情做了全面会诊，就免费给我治疗。在他的精心照顾下，我的身体逐步恢复健康。嘿！说着话，王正宇跳了两下道，可以吧！这叫结实！又用双手拍打着胸脯，握起拳头秀秀胳膊上的肌肉。接着说，后来我的生意也红火了起来，就开始购买门面房。随着生意的好转，我已经拥有了三千多平方米的门面房，房租也很可观。我去感谢老中医，他说，不用感谢我，应感谢你自己的爱心付出，其实你已经把医药费付了，好人有好报，给你看病对我来说只是举手之劳。我说，不能让你白白地付出劳动。老中医道，世间万事万物都是有联系的，你的前因决定了现在的善果，你应该接受帮助，不必多虑。如果想感恩就用健康的身体回报更多的人。自从那以后我和爱人商量把善事做得更大，用爱来回报社会，这也叫积德行善。如果不是老中医伸出援手，我早就不在人世了，哪能赶上这几轮房价的上涨，手中也不会有门面房和这个小楼院。也要感谢都市村庄改造，让我经济翻了身。放心！我是你们的后盾，我以为大家服务为荣。我每付出一份爱心，心里就会无比快乐和幸福，这么多年来我没有再犯过病。给予别人帮助的感觉很美好，我感到很幸福。金桥南听着话主动和王正宇握手道，您的经历让我看到了感恩的力量！预祝我们合作愉快！让爱惠及更多的人。

金桥南真的不知道说什么好了！他心里有更多的疑惑，这个世界上真是无奇不有，什么样的人都能遇到，都有渊源。监狱里有那么一群人，为了私利，不惜侵犯他人的自由和权利，甚至伤害别人，取得自己一时之快，把自己的快乐建立在别人的痛苦之上，为了自己的欲望不惜违法犯罪，最终走进监狱失去自由。而眼前的人和事让他看到善恶两个极端的反差，一个是罪大恶极，危害社会，另一个是无私奉献，与人为善。想想，还是祈祷让好人长寿吧！上天自有公论，不过也要给那些曾经迷茫的孩子们改过的机会，让他们迷途知返，让善良的人们带着他们走出犯罪的泥潭，回归社会，享受应该享受的亲情、爱情、友情，为自己造福，为社会造福，为人类造福。金桥南开始浮想联翩，他激动地称赞说，我明白了，看您的办公室、穿的衣服和开的车子都是那么俭朴，原来是省吃俭用为社会做贡献，我自愧不如，向您学习呀！今天我除了完成任务外，也向您学到了人生的真谛。中华传统文化在您这里得到了践行，为您的精神感到骄傲自豪。此时天已经黑了下来，正赶上一批学员下课了。王正宇道，金队长一起尝尝这里的饭菜吧！义工做的饭，都是一些素菜素食，别嫌弃。金桥南也正有此意道，尝尝也好！两人走过去拿起碗筷和大家一起排队盛饭。金桥南吃着手工杂面馒头，喝着小米汤，用筷子夹起一块凉拌黄瓜吃着，赞不绝口道，好吃！好吃！心里有了一种无法形容的美感，一种沁人心脾的香甜直达心窝，使他久久难以忘怀。那不是一顿晚餐，那是一片爱心。这么大的国家，这么多的人，每个家庭都可能会遇到困难，有可能会因为天灾人祸发生重大的变故而出现生存危机，关键的时候有这么一个去处，也是在政府救助之外的立身之所。感谢社会上有这么多爱心人士，有你们在，社会就会沿着正确的方向发展，使正能量永远流传。

第二天，金桥南没有去单位，而是直接去了博爱路的免费粥屋，在那里盛了一碗米粥，端起一小碟咸菜就着馒头边吃边喝，享受那份不知来自何处的爱心。这里坐满了吃饭的人，像教堂里的教徒一样虔诚，没有普通饭店打闹嬉笑的场景，他们的潜意识里接受着那份爱心，传递着那份爱意。在这个物欲横流的世界里，在这个经济腾飞的年代里，难得有这么一个清静舒雅的爱心小屋。金桥南问服务员道，我能见见经理吗？服务员道，我叫他出来。艾经理闻声来到前厅和金桥南攀谈起来。沟通了粥屋的一些情况，金桥南返回单位向郑文革汇报近期的工作状况。

金桥南草拟了一份“召开家长联谊会议”的工作报告，把组织人力、物力全面包括在内，形成一份完整的工作计划，从内部防范、人员培训到召开座谈会等一系列的计划和措施，上报郑文革等待审批。

狄银龙接到任务后，把花名册拿了回去，调取了每个少年犯的家庭情况和家人的联系方式。通过电话沟通，大队一百五十人的家属中，能来参加活动的有百分之七十五，还有部分不能来参加活动。有的人根本就没有了父母亲人，他们家庭教育严重缺失，无法完成改造任务。狄银龙向郑文革汇报工作进度，并请示其余的家属怎么办。郑文革道，个别情况区别对待，只要有家属的，就要不惜一切代价请他们到场，缺少路费的我们报销，交通不方便的我们去接，有恩怨没有解开的我们去做思想工作，有工作走不开的我们就以单位的名义发出邀请函，与单位进行协调，或者亲自登门拜访，通过各种方法解决问题。我们要替当事人保密，顾及当事人的心理需求，不能揭穿人家的伤疤，以免损坏当事人的声誉，要悄悄地与他们取得联系，保全当事人的面子，他们就会积极配合工作。

经过大家的共同努力，依然还有部分家长没有消息，监狱民警遇到了无法解决的难题。郭小娟就是一个典型的例子，父亲、后妈和奶奶都死了。刘晓蜀父母病重不能到来，易成龙爹妈下落不明，还有滚公子极不配合，这些问题监管民警是无法用一般的方法解决的。金桥南向郑文革汇报了实际情况。郑文革说道，你知道为什么叫“三加一教育”模式吗？这条道走不通，为什么不使用高墙外的力量？比如办案单位、派出所、检察院、法院、地方政府。我们发动一切可以发动的力量，让大家为“三加一教育”模式出谋划策贡献力量，让大家一起想办法教育改造少年犯，把这里当成一座学校，一所再造人生的学校。不仅是人生观和理想的再造，也是生活技能和适应社会的再造，无论哪个家长亲人都会希望孩子回归社会，自食其力。

金桥南走进监室，见到了易成龙，易成龙笑嘻嘻地坐到床边。他的刑期很短，又有立功表现，大家对他特别照顾，不过这次要求父母来未管所见面的事，易成龙难得直挠头。金桥南问道，没有找到你父母怎么办？易成龙想了想说，我还有一个妈妈。金桥南吃惊地问道，怎么可能？你还有一个妈妈？什么意思？易成龙笑道，中原派出所的郑为民就是我的妈妈，能把她请过来就好了。金桥南道，你说的可是上次来看望你的郑为民，她可是中原派出所的副所长，她也是未管所郑文革所长的侄女，不要胡说八道呀！易成龙道，我说的妈妈是这么回事，于是他把小时候得到郑为民救助的经过讲了一遍。金桥南恍然大悟道，原来如“些”啊！他故意把“些”字拉长声音并提高声调，使“些”字更加突出出来。易成龙笑道，又笑话我的无知，我记住了上次把“此”读成“些”的错误，那叫原来如此，对吧！金桥南笑了笑言归正传道，记住就好。这个郑为民还是爱心企业家张红星的爱人，这关系说起来还挺复杂的。不过凭我的能力也能请她来参加活动，因为不是一家人不进一家门，张红星就是爱心人士，相信郑为民以前救过你，现在还会帮助你渡过难关，你说是吧！易成龙笑了，我这儿不是问题，主要是刘晓蜀的思想负担比较重，因为是杀人案件，赔偿不到位，减刑的事还在悬着，他担心得晚上睡不着觉，他也曾被郑妈妈救助过。我想能不能请她来，让我们叫她一声妈妈，那该有多好呀！还有一个叫王永盛的阿姨对我们也特别好，在开展给妈妈洗脚活动时，我想给王妈妈洗洗脚，尽一点儿孝心吧！说着话，易成龙眼里含着的泪珠滚落下来。

金桥南沉默了一会儿道，好吧！既然如此，只要能让刘晓蜀思想转变过来，怎么办都可以。我去请一趟，一定尽力去办，请放心吧！

郑为民正在检查场所，发现一名男子形迹可疑，他看见民警急忙躲闪。郑为民威严地说，我是警察，请你出示身份证件。男子躲避着民警的眼神道，我忘记带身份证了。郑为民道，报身份证号码也可以落实你的身份。男子支支吾吾说不上来，郑为民打开人脸比对系统，对着男子拍了张照片，比对着每个相似的人员，然后笑道，呵呵！捞着个干货，清网行动正找你呢！说着给男子戴上手铐准备带走。此时手机响了，郑为民接通电话，金桥南道，郑为民吗？我是金桥南，想请您参加未管所的教育活动，易成龙和刘晓蜀特意提到您和王永盛警官。为了孩子的教育，我们见一面吧！郑为民道，王永盛到外地出差了，不知什么时候回来。我联系她确定见面时间好吗？

过了几天，王永盛押着命案逃犯回到单位，和郑为民一起去见金桥南。

郑为民和王永盛此时已经是指导员了，郑为民仍然在中原派出所，王永盛到中原刑侦队任指导员。这些工作其实已经和她们没有关系。金桥南把信递过去道，这是刘晓蜀和易成龙的亲笔信，两人看着信好像回到过去，好像看到可爱的小孩子，妈妈妈妈地叫着，不觉间已是两眼热泪。郑为民为难地说，我很想去，可是工作繁忙，即使答应了也不一定能准时参加活动。王永盛道，这么大的事情，到时候请个假吧！为了孩子的将来值得。

金桥南道，这两个孩子的问题先悬着吧！你们还记得一个叫郭小娟的女孩儿吗？王永盛道，有印象，我们两个办的案件，记得送她回家的时候，正赶上她爸、后妈和妈妈打架。金桥南还没等王永盛说完就接过话题道，两个妈妈！那个死去的是后妈吧！亲妈妈还活着吗？现在在哪里？郑为民道，应该还活着，听王永盛说，上次的案件她还站出来……王永盛急忙向郑为民使了个眼色，赶紧说，是的，为民姐别说了，我知道她的情况，别人都叫她“兔子阿姨”，不过在哪儿上班就不清楚了，听说在房产公司当过经理，我去找找吧，把小娟的事情告诉她。金桥南高兴道，太好了，谢谢您了。如果这两个问题都能解决，事情就好办了。

金桥南向郑文革汇报了情况，郑文革笑道，你已经找郑为民了，不早说一声。她呀！是我的侄女，打个电话就搞定了，还劳驾你亲自跑一趟。金桥南道，不敢不敢！这是我应该做的事。我还有别的收获，郭小娟有个亲妈妈。郑文革笑道，这是个好消息！说话间狄银龙和杜干事走进来，狄银龙道，太谢谢了，还是金桥南队长工作能力强，一箭双雕，厉害呀！杜干事道，我们两个寻找的爱心企业也有了很大进展，他们都愿意派工程师到监狱传授技术，也愿意接受培训的学员去单位实习，将来培训合格出狱后，还可以留在企业上班，待遇和其他的员工一样。郑文革道，行！你们两个入警时间不长，办事能力还很强嘛！值得表扬，先去休息吧！明天再做总结。

郑文革对金桥南道，我们不仅要派表现好的少年犯出去学习，还要把师傅们请进来，手把手教孩子们技术，更要让民警走出去学习先进经验，培养成多能型民警，既能管理犯罪人员，又有一技之长，能够掌握一门对社会有用的生产技术，这样才能真正实现把监狱变成学校的目的，使在押人员学习新的生存知识和生产技能，出狱了也就可以称得上“毕业”了，拿到某一方面的技师证书。金桥南右手在空中挥舞着强调说，必须是社会认可的那种技术证书，那么就业的概率就会更高。能够为社会创造价值，也就会安居乐业！就不会无事生非重新犯罪了。郑文革拍着金桥南的肩膀夸奖道，进步很快嘛！就是这个理儿。金桥南不好意思地笑道，只要大家齐心协力，就会把他们改造成为社会的有用人才。

郑文革喝了一口茶水，心里想着，郑为民真是个好闺女，关键时候能够为自己解围。他想起了郑为民十八岁生日时，弟弟郑成照说的一番话：为民呀！祝贺你从今天起长大成人了，祝愿你在人生的道路上一帆风顺，不过爸爸、妈妈、伯伯今天都在场，我不能把这个秘密一直藏在心里，那样对你太不公平了。其实，你不是爸爸妈妈的亲生女儿。郑为民听后，惊得把手中切好的蛋糕掉在地上，说，爸！你说什么呢？你们对我这么好，怎么可能会是这样？郑成照严肃地说，我是说十八年前，郑伯伯从民政局经过捡到了一个弃婴。此时妈妈拿着一个碎花小褥子，还有一封发黄的老旧信封，交给郑为民道，为民！不是妈妈狠心，我们告诉你真相，其实是对你负责和关爱，让你知道自己是从哪儿来的，将来也好找到亲生父母。郑为民“哇”的一声哭了起来，猛然间扑进妈妈的怀里，妈妈！你们骗我！这不是真的，我就是你们的亲生闺女，说着用手撕扯手中的信封。郑妈赶紧阻止道，这是我和你爸保存了十八年的信呀！关系到你的身世，孩子看看吧！以后看也可以。郑文革回忆着往事，我那天从部队探亲经过市民政局门口，听到婴儿的哭声，就跑过去把婴儿抱了起来，看看周围没有人，想送到民政局吧！可人家已经下班了。天已经黑了下来，我只好把你抱到家里。当时我还没有成家，就把你交给了现在的爸妈，他们养了你一天，害怕你的亲生父母着急，就和民警一起把你送到了孤儿院。他们千万个舍不得，过了两天去看望你，看你哭得像个泪人似的，你妈不忍心放弃你，从工作人员那里得知没有人认领，就重新把你抱了回来。不过这样也好，在民政局有了一个记录，以后入户口减少了许多麻烦。孩子！告诉你真相是为了你好，也是你的权利，告诉你真相是为了更好地爱你，让你更健康快乐地成长。

郑为民哭得泣不成声，拿着信跑到屋里把门关上。这个生日让她一下子掉进了冰窟窿中，真是透心凉，原本过生日的兴奋彻底没有了。她打开信封小心地读着信上的内容，这些工整的楷书让她终生难忘：亲爱的滚！我对不起你，我怀了你的孩子，可你跑到哪儿去了？我把孩子生了下来，不敢向家人诉说，也找不到你的人影，你只为了逃避灾难，不管我的死活，我没有工作，年龄又这么小，怎么养活孩子？也只有把可爱的孩子交给政府了！下面是孩子的出生年月日和落款日期。

郑为民回屋的时候，郑成照、郑妈和郑文革心里难过极了，这个掌上明珠如今知道了真相，如果不加以引导，孩子会无法承受现实的打击，甚至会出现心理问题，产生严重的后果，会引发一些行为障碍，也可能会离家出走，甚至会出现自杀等意想不到的严重后果。三人开始轮流对郑为民进行心理疏导，使郑为民顺利地渡过心理难关，面对现实回到了从前，回到了正常的生活。

郑文革想着想着眼角不由得滚下了几滴泪珠，叹道，嗨！这孩子真是命苦，连自己的爸妈是谁都不知道，不过命是不能自己选择的，然而运还是很好的，能让一个军官捡到，送给这么好的家庭抚养，运气真的很好！祝愿为民幸福地生活，也许有一天，她真的能见到亲生父母，那该多好，那该多么感人！

三个月的时间过去了，准备工作已经就绪，“三加一教育”活动也开始了。首先请三大队少年犯的父母，去道义和学校参加为期三天的学习。这里由社会的义工服务，全是义务劳动不收取报酬。他们有的接待家属，有的打扫卫生，有的买菜做饭，有的清洗衣物。一切都在自觉地进行，各项工作井井有条。石教授是国家一级心理咨询师，她退休后立志为教育好下一代，潜心研究婚姻家庭带来的问题，以及解决的办法。今天来自全国各地的家长云集于此，偌大的教室里座无虚席，“中原未管所手拉手预防未成年人犯罪宣讲团家长课堂”开课了。

石教授走上讲台，伸开双臂放声道，感谢大家的到来。台下顿时掌声雷动。石教授道，感谢你们的热烈掌声。孩子犯罪有多方面的原因，但主要是家庭、社会、学校教育缺失造成的，不只是孩子的错，今天我主要讲家庭教育的缺失。

请问谁愿意上台配合做个实验？有多个家长闻声举手表示愿意参加。石教授道，一个家庭的幸福，谁最重要？谁唠叨最多？下边的家长七嘴八舌道，媳妇、妈妈、婆婆、女人……石教授道，大家回答得非常正确，一个女人是否温柔可爱、善良勤劳、孝顺老人、品德高尚，不仅决定着一代人的幸福，甚至决定着三代人的命运，因此今天我只选当母亲的上台做实验，体验一下当孩子的感受。然后指着台下举手的人道，您！您！您！……你们请上台。被指到的家长走上台来，自觉地站成一排。石教授道，请问你们的孩子是否正在未管所服刑？台上的母亲们答道，是。一脸的无奈中透着想挽救孩子的执着。石教授道，为什么说孩子犯罪是家庭的责任？那是因为孩子的一言一行都是从家长这里学过来的，特别是母亲！如果想感受一下孩子成长中的痛苦，那么请你们闭上眼睛，把右手放在胸前，迅速入眠，想象自己回到三十岁、二十岁、十五岁、十岁……想着自己最痛苦的事，用心去想你最害怕的事，你痛苦吗？如果想哭就哭出来吧！十个母亲先后哭了起来，闭着眼睛，脸上流满的泪珠在白炽灯下晶莹闪烁，宛如一颗颗珍珠从脸上滑落下来，打湿了衣襟。石教授开始问身边小王的母亲，你不需要睁眼，只需要回答我的问题就可以了，你想到了什么？小王母亲道，我好害怕，我看到了爸爸把妈妈打倒在地，用脚猛踢妈妈的头部，我躲在暗处的角落里不敢出来，我想冲过去保护妈妈，可是我个头儿太小了，不敢出去，只能看着爸爸把妈妈打得满脸是血。妈妈站了起来抓爸爸的脸，然后跑进屋里收拾东西，抱起我就去外婆家了，妈妈这一走就再也没有回家，我是在外婆家长大的。石教授问，那年你多大了？小王母亲道，我四岁了。石教授接着说，记忆深刻吧！小王母亲道，嗯！一辈子也忘不了！太吓人了！石教授道，你婚后和丈夫吵架打架吗？小王母亲道，经常吵架打架，后来就离婚了，领着孩子和妈妈一起过。石教授道，你现在体会到你和丈夫吵架时孩子的感受了吗？小王母亲道，我体会到了。说着哭得不能控制自己的情绪，捂着脸蹲在地上。石教授道，请控制您的情绪，让思想回到现场来。

她逐个询问站在台上的母亲，这些母亲人多都和丈大吵过架、打过架，有七个家庭已经离婚了，有两个家庭特别溺爱孩子，还有一个家庭管理孩子过于严厉……

石教授又问道，各位家长今天有来陪同你们学习的人吗？夫妻关系好的人请举手。台下有人举手道，我、我……石教授道，你们三个男同志上来回答问题。三个男同志走上台来。石教授道，你们三个一字排开，从左至右分别为一号、二号、三号，分别列举自己妻子的好处，有几项就说几项。一号道，我的妻子好处有以下几个方面：温柔可爱、宽容大方、孝敬父母、爱护子女、团结家人、吃苦耐劳、勤劳能干、不拘小节、善良友爱、热爱学习、接受新生事物。石教授道，大家可以听出来他是多么幸福，妻子的优点，他一口气说出来十几个，尽管有重叠的部分，但是如果说出妻子五个优点的男人，就已经是幸福的家庭了。请问你的孩子现在多大了？在哪儿高就？请问你叫什么名字？一号道，我叫司马永庆，我女儿现在清华大学法学院读书，是攻读刑法的研究生。台下一片掌声过后，石教授道，您这么一个成功的家庭，今天来这里为谁开会呢？司马永庆道，有一个孤儿没有家长，我就来代替了，向您学习知识，好教育这个误入歧途的孩子。石教授道，他为什么会请你来呢？司马永庆道，他没有家长，我看他在看守所里生病挺可怜的，就对他无微不至地关心和照顾，他痊愈后非要认我为干爹，就这样我多了一个干儿子，多了一份牵挂。这次未管所开展“三加一教育”活动，他就想起让干爹来参加。为满足孩子教育改造的需要，我就来参加会议了。石教授伸出大拇指道，大爱就是大善，大善必有善果，您今天的爱心会换来孩子明天的希望，赢得孩子一生的幸福！我为您的善行鞠躬。石教授把腰弯下去，身体成九十度深深地鞠了一躬道，您是我们学习的榜样，是孩子们的指路明灯，感谢您的付出。台下响起了热烈的掌声。司马永庆敬礼道，这是我应该做的，以后看守所民警也要完成职能转化，向管理和塑造新型人格的多功能型人才转型，既要培养孩子们的健康人格，又要培养他们自食其力的生活技能。请大家共同努力把孩子们改造成才，让他们早日走出监狱，投入到火热的社会生活中，回归家庭，让你们见到一个身心健康的孩子。说着向大家敬礼，回到座位上。

家长们已经是哭声一片，司马永庆和石教授的演讲引起了大家的共鸣。石教授平和地说，请安静。立刻课堂上静得出奇，就连一根针掉在地上也会发出惊人的声音，那是多么宁静的片刻时光。另外两个家长在石教授的询问下，回答着一系列的夫妻关系和育儿的经验教训，台下响起阵阵掌声。

中午时分大家走出教室，默默地站成一排，走到一楼小院拿起碗筷，自己动手盛饭选择饭桌共进午餐。尽管都是素菜，但家长们吃起来也是香甜可口，心里有一种无法表达的甜美，从那种死灰复燃的心境中升腾起来。他们仿佛走到了孩子身边，看到孩子长出一对金色的翅膀，在阳光下扑闪着羽毛，就要展翅高飞，飞过高高的墙壁，越过严密的铁丝网，飞翔在蓝蓝的天空里，去追逐南飞的大雁，消失在蔚蓝的天空中，时而又从高高的云端俯冲而下，时而又和天上的星星玩耍……

二黑爹浮想联翩，他从内心感到当今社会以人为本的执法理念，会给孩子带来无限的好处，他庆幸赶上中原未管所开展重塑少年犯人格的大好时机，真是上天有眼。但是孩子能否借着东风从心灵上得到重塑，回归正常的思维模式，孝敬父母回报社会，同时学到自己爱好的生产技术，回家就业过着正常人的生活，还有一段很长的艰难路程要走。

夕阳余晖伴着鸟儿的歌唱，晚霞逐渐退去，天色慢慢地暗淡下来。家长们走进了世纪星酒店，住进免费干净整洁的房间。杜干事和狄银龙把明天要和孩子们上台见面的家长召集过来，询问要说的内容，反复强调不要激动，要控制情绪，并交代着众多的注意事项。此次见面对家长们来说也是难得的机会，因此他们难以抑制高兴而又紧张的心情。

二黑娘回想着，离婚后经历的三次婚姻，都以失败告终。在走投无路时回到家中，想和二黑爹复婚，但又难以开口，同在屋檐下，过着熟悉而又陌生的生活。经济独立互不相干，二黑娘手头紧张，就到附近饭店后厨做勤杂工。大厨是个孤儿，没人疼爱，二黑娘勤劳能干，经常关心照顾大厨的生活，时间久了，大厨莫名其妙地爱上了大他二十多岁的半老徐娘，好像找到了母爱。二黑娘感情再次迎来春天，不过天有不测风云，人有旦夕祸福。二黑娘不小心从楼梯上摔下来，脚骨粉碎性骨折住进医院。二黑爹闻讯到医院看望，发现大厨正在和二黑娘亲热。二黑爹气不打一处来骂道，你他娘的谁呀！敢动我媳妇，蛋子给你挤出来。大厨本来有点愧疚，听到骂声也不示弱，你们已经离婚还扯啥淡。说着二人扭打在一起。二黑爹抱住大厨的腰低头咬住大腿，疼得大厨嗷嗷直叫。二黑娘按下墙上的对讲按钮，医生护士赶来把他们拉开，看着大厨的伤口道，你也太狠了吧！二黑爹恼怒道，不把蛋子咬掉，他不知道自己是傻屌。年轻人放着小姑娘不爱，稀罕老娘们儿，咬他活该。通过这件事二黑娘看到复婚的希望，两个人开始热乎起来。经过一年多的磨合，双方都有复婚的意愿。

这次活动是个好机会，二黑娘经过两天的学习教育，从中悟出了许多道理，也深感自己多年来对丈夫的不敬，对公婆的不孝，对孩子的亏欠。她主动找到石教授道，能否通过民警向丈夫表白自己悔过的心情，想通过这个平台破镜重圆，夫妻和好如初，给孩子一个完整的家。假如不是做爸妈的太任性，孩子就不会走向犯罪道路，在未管所里服刑，我真是一个罪人呀！石教授笑道，能挽救一桩婚姻，就能挽救一个家庭，挽救一个孩子，我感到非常荣幸。

二黑娘自责道，以前总认为孩子太任性，过于胆大妄为，做出违法的事情和自己没有关系。通过石教授的授课，我明白了许多道理，孩子的观念和行为都是大人言传身教的，我悔过，只要孩子好，我们会让家庭幸福。二黑爹得知后求之不得道，家终于有了和好的机会，期待着明天与孩子见面激动时刻的到来。

当清晨的第一缕阳光普照大地时，心急如焚的家长们早已洗漱完毕，整装待发，他们多么渴望早点儿见到可爱的孩子。他们走进未管所，经过严格的安全检查，在大礼堂中对号入座，舞台上的会标引人注目：中原未管所亲子联合汇报演出。

音乐声中主持人走上讲台介绍道，今天参加观看汇演的领导有中原检察院宋检察长、道义和爱心学校王校长、财经政法大学李校长、环球时报杨记者、中原电视台牛台长、杂志社邵记者、省少年先锋学校程校长，爱心企业有皮革中心代表辛厂长、康洁中心代表康经理、中原电子代表袁经理……今天汇报演出的有……被介绍的人员和代表站起来向大家鞠躬致意。

首先请郑文革所长讲话。郑文革走上讲台，向大家敬礼。掌声过后，郑文革道，首先对各位家长、各界人士和各位同仁的到来表示热烈的欢迎。今天我们能够在这里以这种方式和孩子们见面，充分证明未管所开展“三加一教育”活动路径的正确性。通过一段时间的运行，不仅对服刑人员的教育改造效果明显，而且还免费为参加人员和家属进行教育。此次活动开放力度之大，是全国前所未有的。要想教育好孩子，首先要教育好家长，家庭才能幸福，孩子才会健康成长。家庭是社会的细胞，家庭健康了社会才会健康发展。现在家庭幸福的标准是医院里无病人、监狱里无犯人、子女教育有成、家庭和睦。我们在座的家庭是不幸的，家庭出现了问题，紧接着子女就出现了问题，在男争女斗中家教偏离了正确的方向。家长的格局小了，没有培养孩子的家国情怀，失去了对父母孝敬的心情，丢掉了爱国敬学教育，孩子的前途命运就会向着相反方向发展。以前没有做好家庭教育也不要紧，从现在做起也不晚。我对家长的要求：一是以身作则，作风比说教管用，提高自己的品位，做孩子的榜样；二是传递正能量，使孩子感恩积极向上；三是配合工作，使孩子遵守监规狱纪，创造更好的改造环境，挽救孩子。

以前的管教方法是善恶之争，如同黑白之争一样水火不容，传统的说教已经显得苍白无力。通过国学知识的学习，找到了“三加一教育”模式。用“走出去，请进来”的方法，实现孩子们心灵和行为的重造，使他们获得重生。我们共同期待孩子们的完美蜕变吧！我送孩子们几句话：“人只要心不死，照样活出精彩人生，成为一名顶天立地的男子汉。如果你认为自己错了，就给亲人磕头谢罪吧！从头再来，做一个让人称赞的成功人士。”

雷鸣般的掌声过后，主持人道，未管所民警公仆的情怀、求实的作风、奋斗的精神，培养着孩子们的道德情操。下面汇报演出正式开始，首先由三大队背诵《弟子规》，欢迎三大队上场。孩子们整齐地走上讲台，自动散开，抑扬顿挫地背诵弟子规，迎来阵阵掌声。背诵完毕，易成龙喊道，《感恩的心堂堂正正一辈子》手语操准备！音乐响起，五十个孩子手语操整齐划一，伴着音乐就像在台上翩翩起舞的道人，如果不是孩子们穿着囚服，真的不会有在监狱里观赏舞蹈的感觉。音乐骤然停止，易成龙收拢队伍跑步撤离舞台。掌声、欢呼声和家长激动的哭声交织在礼堂的上空。

二大队的孩子们走上舞台，背诵《孝经》《大学》，然后集体向大家鞠躬谢罪！他们说，我错了，对不起，你放心。向爸妈鞠躬谢罪！

六大队收押收容的未成年人，精心准备了快板书、朗诵古诗词，形式多样，丰富多彩。在特殊的环境中一群特殊的人群在观看一场特殊的表演，也是不一般的特殊情怀和特殊感受。家长们的眼泪在眼眶里来回地打转，垂泪欲滴，模糊了视线。然后孩子们集体歌唱军旅歌曲《咱当兵的人》，振奋人心，催人奋进。

主持人走出人群报道，下面请大家欣赏由郑为民领唱的歌曲《人生的路》，还有五大队孩子们自编自演的歌曲伴舞。

郑为民唱道：

人生的路哟，有坦途也有坎坷，看看昂首走过的路哟，低头拉过的车，想想弯腰爬过的山哟，卷腿蹚过的河，再难也要向前过。

人生的路哟，总是有人在犯错，越过法律的红线哟，跌入旋涡，折断理想翅膀也别难过，大爱为你疗伤，帮你翻山扶你过河。没有翻不过的山哟，也没有蹚不过的河，人生的路注定风雨坎坷，更要自强奋发拼搏，摔倒了你也不要怕哟，拍拍泥土我们接着活，重新点燃心中的梦想哟，展开翅膀拥抱明天！腾飞吧腾飞吧！伤愈的小鸟，向着阳光自由的方向！飞翔！飞翔！飞翔！

歌声停止了，哭声、掌声、默默的流泪声和复杂的心声交织在一起。孩子们蹲在地上做出起飞的动作，就像一群大鹏鸟将要起飞的雕像，静静地屹立在那里岿然不动，看上去又有强大的生命力，在不停地生长自我修复；又好比地下的竹笋正在蜿蜒曲折地储存力量，期待有朝一日破土而出直冲云霄。易成龙听了《人生的路》的歌曲的想法，心里产生了创作一首报答郑妈妈，用歌曲来表达自己的感激之情。他看到舞台上狱友们大鹏展翅的姿势，如同鸟儿将要起飞的雕像，想到歌曲的名字和内容，何不用《腾飞的翅膀》为歌名，写一首反映民警和爱心人士帮助我们的感恩歌曲。易成龙产生了创作的欲望。易成龙看着演出想着歌词，“以前是我任性放荡，没有珍惜幸福时光，亲爱的郑妈妈敬爱的好警察……”他在冥思苦想着歌词大意。

滚公子走上台来朗诵自己独创的《痛苦》，让人伤心欲绝，痛苦难耐，心好痛！好痛……

女子监狱友情演出舞蹈《千手观音》，领舞郭小娟舞姿优美，在大家的共同配合下，伴着音乐，“观音”的手臂在轮番地飞舞着，台下的少年犯们都瞪大了渴望的眼睛。

接下来是周古莉的藏族独舞，乐起舞至，优美的身姿宛如一团白云，在雪山之间飘荡，时而缓缓好似薄薄轻雾满天飞舞着，时而激流勇进如同狂风暴雨，时而风和日丽艳阳高照如同美丽的哈达洁白如雪，不时抛来一个妩媚的眼神，引来观众连续不断的赞美声，然而有人感叹道，如此风华正茂的才女沦落监狱，不幸呀！

人们最期待的时刻来了，主持人宣布，第一对家长和孩子见面。服刑人员小新穿着囚服走上台来，向着舞台中央的父母走去。母亲看到小新走过来，猛扑过去抱住小新，小新也紧紧地抱住瘦弱的母亲，旁若无人地痛哭着。父亲伸开双臂抱着母子两个人轻声道，我们不哭，一起走过这艰难的岁月。母亲停止了哭泣说，孩子！我们想把自己的问题解决好。小新道，怎么解决？你们不是争着管钱吗？从小对我不管不问，有钱能让我和你们贴心吗？害得我走到了今天，走进了监狱。父亲愧疚道，我们知道错了，我记得我们争着管钱时你说的一句话：“爸妈别争了，你们挣的钱给谁花？到最后还得传给我，争又有什么意义呢？”我们两个无言以对，寻思良久，认为你说得很对，就不吵架了。母亲哭道，小新！这一切都怨我们。母亲擦了一把泪继续道，在道义和学校听石教授和谢教授的讲课，我明白了许多道理，知道了自己的错误，我不是一个合格的母亲。我还有一个误区，就是认为把孩子送到未管所会被人欺负，没有想到孩子在这里不但没有受委屈，反而学到了很多东西。我和爸爸一定会改变自己，让小新感到家庭的温暖。小新对台下说，感谢警官，是你们让我知道什么是感恩，让我懂得了失去才知道珍惜的道理，我对父母说声，对不起，我错了。以前因为自己的任性，给家庭带来了伤害，我一定改造思想，从这里光明正大地走出去，做一个孝顺的孩子，做一个对社会有用的人。

小新失去自由后，第一次见到父母。小新跪地向父母磕头谢罪道，我再也不会有通过贩毒一夜暴富的想法了。在台上三个人抱头痛哭。父亲道，明白了就好，你无论穷富都是我们的孩子。主持人多次强调控制自己的情绪，场面感人肺腑，催人泪下。民警引导他们向后台走去。

主持人道，离婚了十四年的夫妇，经过国学教育，今天复婚了，有请他们上台，让我们见证这激动人心的时刻。

二黑父母从舞台北面走了上来。

主持人问道，你们因为什么离婚？二黑娘答道，我有病时头疼得厉害，丈夫说我太要强了，对我不管不问，激发了长期积累的矛盾，因为生活中的小事走上了离婚的道路。主持人问，什么时候产生复婚的想法？二黑娘道，听了石教授的国学教育，家长在外面挣钱，孩子缺少陪伴，离婚使孩子更加渴望温暖，我们忽视了孩子成长中的家庭教育。只有完整的家，才是孩子成长的最佳环境，我想复婚让他健康地成长。

主持人问二黑爹道，老黑！孩子妈突然提出复婚，你有什么想法？老黑激动地说，我想复婚，一直等着她回来，给孩子一个完整的家。二黑从舞台南边冲了过来和父母拥抱在一起。郑为民在台下观看这样的场面，听着撕心裂肺的哭声，被周围的哭声感染了，她再也无法控制眼中的泪水，任凭眼泪默默地流淌在脸上。主持人擦了擦眼角问二黑道，听到父母复婚的消息，你是怎么想的？二黑哽咽道，我非常激动，我终于又有家了。因为十几年了我都没有一个完整的家，在我小时候父母就分居了，自己年龄小又不听话，也不懂事，父母离婚后我跟着妈妈一起生活，妈妈为了挣钱天天劳累，没有时间管我，奶奶年龄大了也管不了我。后来是自己不争气，天天跟同学一起吃喝玩乐，无事生非和人打架，跟着社会青年学坏了，就导致了犯罪服刑。我明白最重要的东西就是“家”。接受改造期间，通过学习我知道是自己错了。我一直在教育监区改造，也出现了一些错误，通过民警教育和帮助，让我改正错误健康成长。感谢未管所举办的“三加一教育”活动，提供这个交流的平台，给我和家人面对面交流的机会，让父母重新回到家庭。我以前心里想着父母复婚的事，但一直没有勇气说出来，我认为说出来也不会有好的结果。今天未管所实现了我们一家人团圆的梦想，感谢你们！我的恩人！说着二黑跪地磕头致谢。主持人扶起二黑道，在这激动人心的时刻，我们期望二黑和众多的孩子们一样早日回归家庭，和家人团聚幸福地生活！

摄影师举起相机抓拍感人的场面，一家人在台上合影留念。主持人道，掌声送给他们，祝福他们，让我们为二黑父母见证，祝贺破镜重圆家庭幸福。说着把一束鲜花送给二黑的母亲，同时也见证了失足少年改过自新的过程，这也是中国传统文化的特殊魅力，掌声和幸福的哭声在人们耳边回荡。

此时小王和晓东的父母走上台来，专门送来两面锦旗，表达感激之情，民警接过锦旗站在台上和他们合影留念。一面锦旗上写着“可师可长堪敬堪亲”，另一面锦旗上写着“满腔热血铸警魂　大爱无疆育新生”。感人的画面，褒奖的话语，鼓励着民警更加努力地工作，为着共同的目标一起奋斗。

小王母亲感言道，是我自己亲手把孩子送进监狱的，都是我的错，没有教育好孩子。感谢郑文革所长和所有的民警，给孩子学习传统文化的机会，如果不是这样，家人会更痛苦。孩子出事的时候，我真的很想自杀，传统文化学习改变了我的想法。我不仅要活下来，还要带领孩子走出困境，建立一个幸福的家庭。你们是我最尊敬的老师，给孩子重塑美好人生的机会，比我们给孩子的恩惠更多。她跪地痛哭拜谢所有民警和爱心人士。主持人道，请您控制自己的情绪。说着把她扶起来。

小王父亲激动地说，感谢郑文革所长创造了“三加一教育”模式。我总认为孩子犯罪了，是孩子和家长对着干造成的恶果，通过学习让我明白是自己的错误，让孩子犯了错，我相信孩子在这里接受再教育，一定会造就孩子的新生。

主持人道，感谢大家对未管所工作的肯定，取得这些成绩是社会各界人士共同努力的结果。下面欢迎省少年发展中心荆主任捐送书籍。话音刚落，荆主任和老师抬着小说、杂志走上台来，向未管所捐赠一百本图书，并发表了“立德树人，榜样树人”的讲话。演讲潇洒流畅，鼓舞人心，赢得了阵阵掌声。

中原区委办公室郭主任讲话道，孩子们！我们从小学习做人，从小学习做事，一切的一切都与父母有关，父母的爱弥补孩子的心理缺陷，比社会任何单位和个人给予的爱更重要、更有作用。孩子们！感恩我们的父母吧！只有父母才会真正付出大爱，无私奉献，不图回报。未管所的民警代表着祖国、代表着母亲，就像父母一样关心爱护着我们，我们决不辜负父母的期望，努力改造，回归社会。

孩子们！我读一句大家跟读一句，跟我一起大声地把爱说出来好吗？孩子们回答道，好！郭主任喊道，努力改造，回归社会，孝敬父母，造福人民，报效祖国。孩子们雄壮有力的声音震耳欲聋。

省委机关党委李书记道，中原省有一张亮丽的名片，那就是中原未管所。它不仅是司法系统的榜样，也为改造教育树立了标杆。未管所的先进做法适应了新时代的要求，一是符合国家对当代干部的要求，主要表现在：监管民警学习、家长学习、孩子学习，大家都在学习中华传统文化；创造了“三加一教育”管理模式，打开高墙大门，民警有担当、有作为；以人民为中心，特殊家庭特殊对待，把为民的情怀融入到工作中。二是百家企业和国学大师共同用中华文化拯救孩子们，社会爱心人士亲临现场言传身教。三是家长孩子不要哭，我们跌倒了重新爬起来，拍拍身上的泥土开始新生活。今天是我参加会议掌声最多的一次，也是流泪最多的一次。掌声是送给未管所孩子们的，也是送给自己的。在座的家长不要哭，更不要气馁，让我们一起带领孩子走出阴霾，重见阳光。台下的掌声经久不息，不时打断他的讲话。

汇报演出结束了，易成龙、刘晓蜀按照顺序来到接见大厅对号入座，把脸盆倒上热水和凉水，用手感觉水的温度，不时地加一点儿热水和凉水，把水调试到适合洗脚的温度。他们心里无比高兴，因为马上就要见到盼望已久的郑为民和王永盛妈妈了，心想，水温不能有半点的马虎，既不能热了也不能凉了，这样才能对得起两位妈妈，感恩她们长久以来的关爱。他俩和所有的孩子都在期待着亲人们从大门进来。回想刚才台上的感人场面，仍是激动不已。其他的孩子还没有机会和父母团聚，现在每个人都要见到期待已久的亲人了。过了一会儿亲人们有序地从大门进来，走到自己孩子的对面坐在凳子上，大厅里立刻响起了呜呜的哭声。易成龙有些与众不同，很高兴地给王永盛妈妈洗着脚，笑得合不拢嘴，告诉着王妈妈，他不久就要出狱了，并憧憬着美好的未来。滚公子请自己的母亲坐下来，为母亲脱掉鞋袜，把母亲的脚轻轻地放在温水里，母亲心疼地把脚抽了回来道，孩子你受苦了，让妈自己洗吧！坐在一旁的郑为民脱掉鞋袜把脚放在水里。刘晓蜀哭道，郑妈妈水烫吗？郑为民笑道，正合适！孩子咱不哭！说着郑为民的眼泪忍不住掉了下来。刘晓蜀用带着水的手擦了一把眼泪道，我找不到爸妈，他们不要我了，您就是我的亲妈妈，以后就让我孝敬您，当您的孩子吧！说着扑在郑为民的身上哭了起来，妈……我对不起您！郑为民安慰道，晓蜀！我们要坚强，决不放弃，一定好好改造，从这里走出去找到父母，孝敬他们。

脚也洗得差不多了，郑为民把两只脚从水里抽出来放在盆子的边沿上，刘晓蜀将郑为民的左脚抬起用毛巾擦水，郑为民的右脚在重力作用下使盆子倾斜，盆子里的水立刻洒在地上流得到处都是。郑为民“啊”的一声惊叫着，慌乱中把右脚放在滚母的鞋子上。正在洗脚的滚母听到声音，看了邻座的郑为民一眼，正好看到郑为民踏过来的右脚。滚母好奇地问道，你的脚是六个脚趾头，比正常人多了一个脚趾，那一只脚是不是也是六个脚趾？郑为民反问道，您是怎么知道的呢？滚母惊喜过望道，孩子让我看看那只脚。郑为民有点不知所措，迅速把脚收回来放在自己的鞋上，躲避着滚母的目光。她从小就经常被人嘲笑这与众不同的六个脚趾头，至今想起来还心有余悸。滚母见状深情地说，如果我的女儿还活着的话，如今也和你差不多大了。郑为民听到这里心想，难道她和自己的身世有关系？就配合地抬起左脚道，这有什么奇怪的，我生来就是十二个脚趾头。滚母紧追不舍地问道，你今年多大了？郑为民道，我今年三十八岁了，您问这干什么？滚母激动地说，你是哪年出生的？她准确地说出郑为民的出生年月日。郑为民更加惊讶地问道，您怎么知道得这么清楚？两个人攀谈了起来。

郑为民心想，我从十八岁起，就对自己的身世耿耿于怀，看到眼前老妇人说出自己的出生年月日，真的不知怎么办好了！刘晓蜀拿起毛巾给郑为民擦了擦脚，打破了眼前的尴尬。郑为民穿上鞋袜笑着说，大妈应该是个知情人，好像对我的身世知根知底。滚母近似哭着说，三十八年前，我在民政局门口丢失了一个女儿，当时留了一封信在襁褓中。郑为民忍不住自己的泪水，“哇”的一声哭喊道，妈……您让我找得好苦呀！为什么不要我了？为什么？为什么？说着扑进妈妈的怀里哭得死去活来，本来周围的少年犯们都因见到亲人哭得不成样子，看到郑为民哭成了泪人，也不知怎么安慰她才好。刘晓蜀此时才知道郑妈妈从小被人收养，也是个孤儿，感到郑妈妈的身世比自己还复杂，精神更痛苦，心里更加难受起来。

这次会见活动结束了，大家有组织地离开了未管所。

郑为民对易成龙放心不下，就特意留下来看望易成龙。易成龙经历了这感人的场面，琢磨着歌词大意。他把歌词向郑为民说了一遍，郑为民的情绪也从悲伤中扭转了过来，感到有些歌词不太合适，词不达意的地方还需要修改。郑为民岔开话题问道，你都看过什么电影？易成龙道，以前总喜欢看美国“二战”大片，比如电影《兵临城下》里苏联王牌狙击手“瓦西里　扎伊采夫”在斯大林格勒战役中的英雄事迹。我看的电影较少，总感觉美国人很奇怪，拍个电影不歌颂自己人，却表现苏联英雄。郑为民道，这个问题很深奥，咱不去管它了。我关心的是你知道我们的英雄吗？易成龙摇摇头道，不太清楚。金桥南在一旁插话道，大家缺少这方面的知识，竟然不知道自己国家的英雄形象，这个活动结束了，晚上组织观看红色电影《英雄儿女》，近期还要安排观看《小兵张嘎》《地道战》《地雷战》……让大家知道我们的民族英雄王成、黄继光、张嘎，看看他们在艰苦的年代里是怎样生存战斗的，这些英雄们为了民族解放不惜牺牲自己的生命，一定要记住他们的英雄事迹。

狄银龙说，所里近期还要开展服刑人员“爱国爱党学法守规”主题演讲比赛，有物质奖励，你愿意参加吗？易成龙高兴地说，太好了，这也是创作歌曲的大好时机，我一定参加比赛。

晚上，易成龙观看《英雄儿女》的电影受到了很大启发，他把歌词“亲爱的郑妈妈敬爱的好警察”改为“亲爱的妈妈敬爱的党”或者“妈妈教诲滋润我心田”，来回地推敲斟酌，完成了歌曲的基本创作。

第八章　羽满毛丰

中原未成年犯管教所大规模开展教育活动，监狱的孩子们急需社会关心和爱护，一些爱心企业也蜂拥而至，全市的媒体大力宣传报道，未管所一时间名声大震，成了人们关注的焦点。

少年犯们通过“三加一教育”活动，在优秀传统文化熏陶下，潜移默化地懂得了感恩。慢慢地扭转了极端思想，从单纯想念父母亲人的狭隘思想中解放出来，感受到学习中的乐趣，变被动改造为主动攻读传统文化知识，注重学习质量和对照现实生活进行反思，以及学习国学文化对生活所起到的积极作用。那些想见家人的、欲出监狱的、想减刑的、想上进的、想自杀的、想逃跑的，甚至想和民警对着干的人员，在活动中看到了希望，唤醒了他们的亲情，重新点燃了生活的希望，深深地感到没有被社会、家庭、监狱所抛弃。大多数人开始有了新的理想，重新制订生活目标，从内心把监狱当成了学校，开始选择喜欢的专业，主动和走进来的老师们对接，希望能够在服刑期间学到一门技术，考取国家承认的专业证书，为将来走出监狱回归社会打下坚实的基础，真正成为像郑所长说的那样，刑期服满学校上完，也光荣毕业回家了，掌握一门技术为社会创造财富，回归家庭让人另眼看待，成为家里的顶梁柱。

易成龙选择了服装加工厂的孙师傅，他认为孙师傅不仅和蔼可亲没有距离感，教徒弟从来不居高临下，总是指导多批评少，而且他把传授经验当成一种乐趣。他看到易成龙认真的学习态度，还有对工作一丝不苟的精神，就从心里认可了这个孩子的人品，下决心对易成龙传授真知实学，想让他在少年犯中成为一个先进典型。

孙师傅每次安排作业题，易成龙都完成得又快又好，不仅理论分值高，而且在实践中也能按时高质量完成任务。上午理论课学习国学和服装设计，下午操作课，劳动锻炼培养操作技能，他身心愉悦甚至忘却了少年犯身份，忘却了自己是在监狱里服刑的非自由人。正是因为他诚心诚意的学习态度，使他在学习和生活中都得到了孙师傅的认可。

郑文革按照事先的安排，要求金桥南在全所选出两名表现好、思想进步、改造效果明显、技术一流的少年犯，同民警去服装厂学习先进的服装设计加工技术，交流生产经验，参观新型服装加工生产线。金桥南采取公开选拔的方法优中选优，通过在少年犯中选举和民警综合评定优秀等级的筛选，再上报领导审阅批准。这种公平公正的选优方法，引起强烈的正面反响，逐步形成了学习先进技术赶帮超的良好风气。易成龙和二黑在选拔比赛中过五关斩六将，从众多的先进典型中被选出来，分别在技术比武中取得服装设计和成衣加工的冠军，在少年犯的选举中选票最高，民警对他们近期的表现给予了高度评价。郑文革根据大量的调查研究，认为他们两个去服装厂学习不具有社会危害性，风险小，思想稳定，改造效果较好，符合国家的奖励规定，经未管所党委研究决定批准出所学习。但因第一次外派少年犯学习，郑文革特意嘱托金桥南和狄银龙要照顾好他们的生活，防止出现意外。

易成龙和二黑换上服装加工厂的工作服，金桥南开着便车和狄银龙向中原服装加工厂进发。二黑知道这家服装厂距离自己家很近，平时母亲身体好的时候，也会在服装厂门口集市上卖些蔬菜补贴家用。汽车从未管所出来，他就不停地向窗外观看，把沿途的风景尽收眼底。狄银龙投去理解的目光，在监狱里待久了的人，对外界一切事物都感觉那么新鲜，那么好奇。易成龙望着车外向后倒去的树木，心中感叹不已，自言自语地说，一不小心触犯了法律，走进高墙电网成了犯罪分子，外面的世界真大，多美好呀！我要是天上的鸟儿该有多好！想去哪里就飞到哪里。二黑道，想美事了吧！我们这次能够到服装厂实地学习，感谢两位警官的认可和郑所长的“三加一教育”活动，否则只有在监狱里服刑了！结果是从哪来回哪去，出狱后还担心吃饭问题呢。在监狱里时间长了就会和现实脱节，找不到工作只有饿肚子了，运气好出苦力混碗饭吃，运气不好也只有重新犯罪二进宫了，那该有多难受。狄银龙道，你们有幸赶上“三加一教育”活动，能有这些待遇也是你们努力争取的结果，是自己辛苦付出挣来的，要保持这种积极向上的心态，把这次学习当作进修，当作人生的加油站，让自己真的长出理想的翅膀，像鸟儿一样自由飞翔。三个人哈哈哈地大笑起来！金桥南道，快到了，你们看服装厂门口的市场多热闹，人头攒动，还是市区人多热闹呀！二黑！你家就在这附近吧！上次请家长入所接见时，我去接过你妈，老人家还好吧？二黑道，前些天来信了，说她身体很好，请您放心吧！狄银龙笑了，妈在家就在，她在渴望着你早日回家团聚呢！二黑想起妈有点激动，想起妈，眼角流出了泪水，车里开始沉默了起来。金桥南道，这次出来时间有点紧张，如果时间允许的话，我们去看望一下你们的妈妈怎么样？易成龙没有意见吧？易成龙勉强地笑道，当然可以了。他心事重重地沉默起来，看望妈妈是每个在押犯人的最大愿望，易成龙何尝不想回家看看，可是妈妈在哪里呢？他的心在空中飞着，没有着落的地方。

汽车在人流中穿梭，突然前方围了一群人，挡住了去路。狄银龙赶紧下车拨开人群问身边的大妈道，怎么回事？大妈急忙说，我和老伴出来买菜，他突然就躺在地上了。狄银龙道，他平时有什么病吗？大妈道，高血压多年了，可能是犯病了，以前也出现过这样的情况，求求你们把他送到医院吧！狄银龙以前学过些急救知识，知道拖下去的严重后果。他对金桥南道，我们的任务不是很紧急，你看怎么办？金桥南急忙回头对易成龙和二黑道，你们两个还愣着干吗？赶快下车救人。易成龙和二黑快速下车打开汽车后门，四个人小心地抬着老大爷放在汽车后座上，两个人扶着大爷的肩膀防止摔倒，狄银龙把大妈扶上车。金桥南道，关好门出发。路边的群众指挥着车辆，引导路人让开道路。金桥南开车向中原医院飞奔而去。

在医院里，医生把大爷推进急救室进行抢救。医生指着金桥南对大妈说，这是您的儿子吧？真好！让他过来签个字，这病如果再晚来一会儿可就没命了，现在来得还算及时，就这也可能会留下后遗症。大妈道，他们是经过的路人，我已经通知家人往医院赶呢，我会尽快把医药费交上。医生说，刚才有人已经交过费了。大妈感激地说，我去交费处看看是谁交的费用。

金桥南安排好大爷看病的事，马不停蹄地驾车向服装厂赶去。狄银龙坐在飞奔的汽车上担心道，金队长还是慢一些吧！无论怎么赶时间也来不及了。

他们赶到服装厂教室时，孙师傅已经开始讲课了，看到一行人从门口进来，伸出手来向大家介绍道，这几位是从省司法厅请来的贵客，大家欢迎。掌声过后，一个年轻人站了起来责问道，你们几个为什么来得这么晚？耽搁了上课二十分钟时间，你们算过没有，三十个人乘以二十分钟是多少时间！狄银龙想站起来说点什么，金桥南拉住他的衣襟对大家说，对不起同志们！路上有点堵车，我们来晚了向大家道歉！孙师傅道，远道而来的客人，可以理解，请坐！小伙子说话要三思而后行，不可随意责怪别人。对不起呀金队长！是我安排不周，下面接着讲课。孙师傅的服装设计课讲了三个小时，中间有人出去上卫生间，小伙子却一直坐在位置上认真听讲。

中午时分，小伙子同大家一起走出教室，方才想起包里装着的手机，上课时孙师傅让关闭手机，几个小时了也没有接听电话，他真的害怕这个时间有生意找上门来，急忙打开手机，里边不停传来微信、信息、未接来电的提示音，他逐条地看着手机信息，突然看到一条信息让他心跳加快：“小强，你爷爷病了，在中原医院急诊室，速来。”“你要快点来呀！你怎么不回话急人呀！”一连串的信息在手机屏幕上滚动。小强不顾一切地赶到医院病房，看到爷爷在病床上躺着像睡着了一样，医生把输液针头扎进爷爷手腕处的血管里，瓶子里的液体药物一点一滴地流动着。小强关心地问，爷爷！您怎么样了？哪里不舒服？奶奶看爷爷没有吱声就说，小强呀！你爸妈出国没有在家，我常和你说手机要开着随时接听电话，可给你打电话却无法接通，幸好有好心人把爷爷送到医院，否则后果就严重了。奶奶说着话递过来一张纸条道，这是从医院缴费处查到的联系电话，爷爷看病的医药费也是好心人垫付的，你要感谢送爷爷来医院的好心人呀！小强说，我在上课前把手机关机了，没有想到出了这档子事，好危险呀！应该谢谢那些好心人，这个事我来做，把垫付的医药费还给他们。小强按照奶奶提供的电话号码打过去。正在整理学习心得的狄银龙听到电话铃声，急忙接通电话，里边传来小强粗壮的声音，谢谢你们救了我爷爷！也感谢医院留下了您的电话号码，否则我还找不到你们呢！狄银龙笑道，嘿！顺路帮个忙，当时医生害怕找不到病人家属，非要留我的电话，我们还着急参加服装厂的培训学习，没有过多解释，留下电话就走了，没承想还是迟到了。小强一下子就明白了，说，你们是司法厅的吗？狄银龙道，你怎么知道的？小强惭愧道，我就是课堂上向你们发难的那个人，请你们原谅我吧！一会儿我去见你们。

下午，易成龙、二黑等学员同孙师傅参观了中原最先进的服装加工车间，从布匹进入车间到切割缝纫，再到成衣包装人工验收装箱出库，几乎全是机械手臂操作完成，让他们大开眼界。不过一些少量的订单和特制的衣服还需要人工制作， 时半会儿也不会把工人全部淘汰。他们又参观了手工和人机结合加工衣服的车间，易成龙感觉到市场经济已经由原来的卖方市场变成了买方市场，就连大工厂也接纳个性设计的服装了，这些服装必须由工人手工制作完成，要是大小客户都满意而归，生意当然会越做越兴隆。

小强参观过工厂对金桥南道，我不知道怎么报答你们，晚上我们一起去看看跳蚤市场衣服的样式，做生意要考虑到社会各个阶层的需求。金桥南道，我先把二黑送回家，然后在约定地点见面，你看可以吧？我请大家尝尝地摊大砂锅的味道！小强从包里取出一个信封道，把这些垫付的医药费收起来，晚上我请大家一起吃饭。说着硬把医药费塞进狄银龙的衣服兜里。狄银龙无奈只好收下医药费。

金桥南一行送二黑到家门口，二黑妈正在院中收衣服，看到二黑一行人走进来，高兴地上前拉着二黑的手道，孩子你终于回来了，妈太高兴了，快进屋给客人倒水，他们是？二黑道，这是我的管教干部，是他们给我申请的探家假期。妈！您忘了，是金队长上次来接您去未管所探视，咱们才见的面。二黑妈如梦方醒，拉着金桥南的手激动地说，感谢你们的大恩大德，感谢你们救了孩子，给了我们家庭团圆的机会，他爸去外面打工了，我打电话让他回来陪你们吃个饭。金桥南和狄银龙安慰二黑妈道，大妈不必客气，都是二黑表现好，按规定奖励的假期，今天二黑在家住一个晚上，明天我们来接他去服装厂学习衣服的缝纫技术。我们还有事情先走了。二黑急忙道，到吃饭的时候了，吃过饭再走吧！金桥南一行与小强有约，执意要走，二黑把他们送到门口，看着远去的汽车心里肃然起敬。

小强已在约定的摊位上坐下，点了砂锅面，要了几碟小菜，拿了一瓶陈酿老酒等候贵客的到来。金桥南停好车，一行三人来到小强的座位前。小强一边请三位坐下，一边打开酒盖给每个人的杯子里倒上白酒，小强举起酒杯客气地说，请恩人一定要喝了这杯感恩酒。狄银龙看了一眼金桥南笑道，只要头儿喝了酒，我这小兵就没说的了。金桥南义气地笑道，大家共同举杯一饮而尽。一杯酒下肚气氛开始活跃了起来，小强取出名片开玩笑道，这是我专门“骗”警察用的名片，看看我是广州服装总厂中原总代理商。易成龙看了名片羡慕道，小强总经理您好！说着站起来和小强握手。小强伸出手笑道，这位警官贵姓呀？易成龙尴尬地把手缩了回去，不好意思地说，嘿嘿！我不是警官！我是未管所的少年犯，今天是来学习操作技术的。说着向金桥南和狄银龙看了一眼继续说，他们才是警官，是我的管理干部。金桥南道，成龙请坐下，现在我们是平等的，大家一样尊重你的人格，来一起喝酒，祝你学业有成，早日出狱毕业回家。易成龙道，感谢干部！借您吉言，不过我出去了干什么去呀？狄银龙道，这不明摆着吗？你喜欢服装制作，出去后到服装厂工作，我们是共建单位，服装厂愿意接纳我们的学员。易成龙不自信地问道，我能行吗？金桥南笑了，人生就像登山一样，不具备登山技巧和信心的人，无论经过多少座名山，也无法登临巅峰，享受一览众山小的快乐。就凭你的聪明才智和不怕吃苦的精神，再加上钻研好学的性格，我看一定能行。你要对未来充满信心，决心学会生产技能，一步一个脚印地跨过大山登上高峰，再往下看时就有一览众山小的感觉了，就会有山顶小树伟岸挺拔的自豪感。小强听着金桥南的教诲，又给易成龙的杯子倒满了酒说道，喝了这杯酒，我可以帮你走经商的路。到服装厂工作辛苦不说，每天上班时间还比较长，工资又少得可怜，不行跟着我干，倒腾服装更挣钱，你看怎么样？易成龙转愁为笑道，当然好了，我喝！说着话把一杯酒喝了个底朝天。

次日是学习缝纫技术操作课，易成龙和二黑学得津津有味，他俩不仅要学会这门技术，而且还要回去传授给其他狱友。两天的时间一晃就过去了，他们学业有成回到监狱里，看到狱友们个个表情严肃地站在那里，一句话也不说，还以为自己做错事情让大家不高兴了。二黑问刘晓蜀道，怎么回事，这么严肃？本来大家都很高兴，我们两天没在一起都阴沉着脸干什么？刘晓蜀道，你们两个被奖励外出学习，有一个叫晓东的人不太高兴，因为他的表现也很好，差一点儿被选上。另外，他报的不是服装行业，我们学习的技术专业太少。于是他就想逃出去，趁着给汽车装卸货物时藏在车厢里，他差点就逃出监狱了，幸好被郑所长发现，这不现在按照规定准备增加刑期呢！大家担心“三加一教育”活动会受到影响被迫停止。现在干部们也害怕承担责任，如果教育活动半途而废，那么我们也就白高兴一场了，所以大家心情也差到了极点。

滚公子想通过“三加一教育”活动树立良好的形象，借此获得减刑机会，这下不知会有什么变化，心里难免忐忑不安起来，整日忧心忡忡。刘晓蜀道，我找到爸妈了，他们把经营多年的陶瓷厂卖了，又把全部积蓄拿出来给受害人家属赔偿到位，几个家长也写了谅解书，用不了多长时间我就会减刑了，法律有得到受害方谅解可以减刑的规定，我也有希望了，原来判了有期徒刑十三年，这下子就可以减刑三年，再加上我已经服刑的两年，还有八年就出去了，这是什么概念呢？感谢国家、感谢父母、感谢民警，要不然我也真没有活下去的勇气了。滚公子在一旁听了不以为然。在金桥南的大力支持下，刘晓蜀减刑成功，积极加入改造的行列之中。

郑为民回到家中，滚母的形象一次次浮现在眼前，她既高兴又难过，高兴的是滚母真有可能是自己的亲生母亲，难过的是自己如何面对这个亲生母亲，母亲既然生了自己，为什么又把自己抛弃了，难道当时她有什么难言之隐？我想念母亲这么久了，然而见到母亲却又增添了许多恨意，既然天不逢时，就不要考究为何成了这样的结局。反而应该庆幸老天有眼，让郑伯伯捡到了自己，又遇到郑妈妈好心收养，在善良的家庭中长大成人……她思绪万千，难以自拔，回想着十八岁生日时，郑伯伯讲述那封发黄信件的来历，自己好像掉进了云里雾里。郑为民从抽屉里拿出信封，取出信纸再次认真地看了起来。她想，自己的秘密除了爸妈和伯伯知道外，最多也就是民政局和派出所的相关工作人员知情，滚母知道得这么详细，不像是听来的消息。尽管自己还存有很多疑问，但是又不能找她验血核实母女关系，要不给她写一封信吧！从这封信中找答案，看她是否有文化会写字，何不让她回信来求证呢？把两封信的字迹内容进行比较，事情就会一目了然了，这样一切的谜团就会解开。

郑妈看到郑为民心神不安，就端来一碗鸡汤安慰道，为民！工作忙累坏了！喝点鸡汤补补身子吧！郑为民接过碗喝着鸡汤，心里的纠结也慢慢缓解了，心想，妈妈既然把一切真相都告诉了自己，怎么会担心找到亲生母亲带来的影响呢？郑为民道，妈！我不是因为工作忙累成这样的，而是心累呀！我今天在未管所看到了亲生母亲，您猜猜她是谁？郑妈吃惊道，真的吗？太好了！你终于找到亲妈了，我很高兴。郑为民看到妈妈的笑脸，一股悲伤涌上心头，扑进郑妈的怀里哭着说，妈！我谁也不要，只要您，我只有在您身边才有安全感，觉得最幸福。郑妈道，好孩子！人要有感恩之心才对，生育之恩终生难报，如果不是你妈十月怀胎生育了你，怎么会有咱母女的缘分呢？孩子！不要埋怨亲生母亲的无情无义，她肯定有难言之隐，天底下有哪个母亲会舍得把亲生骨肉丢弃呢？你现在也是母亲了，应该能体会到这一点。郑为民揉了揉发红的眼睛道，妈！我知道了，我也想接纳她，可是一时半会儿也难以接受这样的现实，我还得慢慢适应这一切，期盼的东西来得太快了，让我不知如何是好呢！

滚母接到郑为民的信件，按照郑为民信里的要求，亲笔书写回信内容，凭着记忆把当时的情况和写信的内容写了下来。郑为民接到回信，把两封信打开对比字迹和内容，对滚母是自己亲生母亲的身份深信不疑。郑为民冰冻已久的心开始融化了，想到了郑妈的话，知道了感恩，没有亲生母亲哪有和养母的缘分。她决定去和亲妈相认，还要认那个不争气的弟弟，还有已经死去的父亲滚地龙。父亲千方百计要杀害自己的亲生女儿，如果他有在天之灵会是什么感觉？这些事情是多么可怕！郑为民心情低落到了极点。郑为民难过的是父亲到死也不知道他要追杀的人竟然是自己的亲生女儿！郑为民想着想着头疼得厉害，快把自己想疯了。她放下信纸，用纸巾擦了擦眼泪把纸巾扔进垃圾桶里，用手拍着额头。她打了一盆凉水，打开洗发液抹在头发上，用凉水洗了洗乌黑的长发，感觉头脑清醒了许多，暗自告诫自己，放下吧！这一切已经不可逆转了，向前看吧！为了两个母亲、弟弟和孩子，还有未管所的孩子们，她必须坚强地活下去，就当没有发生这件事吧！让自己的内心更加强大，只有自己真正站立起来了，才能帮助未管所的孩子们走出困境。

她一边自我疗伤，一边抽出时间到未管所看望易成龙、刘晓蜀、滚公子，他们的感情在岁月流逝中更加深厚了。时间过得飞快，易成龙马上就要刑满释放了。

金桥南、狄银龙对“三加一教育”模式培养出来的第一个人才十分重视，把易成龙的表现形成材料呈报未管所领导班子，领导们亲自到监区欢送易成龙出狱。郑文革道，小伙子！祝贺你刑满释放，你是“三加一教育”模式培养的第一个学生，希望你事业有成！易成龙感动地鞠躬道，感恩监狱的好政策和您老人家的帮助，否则我出狱了也不知道干些什么好！这次生产技能比武，不仅我获得了服装设计和缝纫第一名，而且刘晓蜀和滚公子也在不同领域获得好成绩，绝大部分狱友都在合格档次以上。我听从安排去中原服装厂工作，充分发挥自己的特长，把学到的知识用到生产中，那里的孙师傅对我很好，请郑所长放心，我不会给您添麻烦丢脸的。如果干明白了，再回来给大家做个正面的示范，感恩大家的帮助。说着向郑文革和民警鞠躬致谢。

郑为民听说易成龙今天要出狱，早早地和其父母在未管所门口等候。易成龙从门口出来，就被家人迎上了汽车。郑为民开车直接把他送到服装厂。易军说，成龙！今天先去厂里报到，然后再回家休息几天。易成龙点着头表示赞同，不由自主地想，如今凭着自己的努力重返社会，再次真正成为一条自由飞翔的“龙”了。这些年他在监狱中学习了《国学》《孝经》等十几部优秀传统文化图书，从思想上有了质的改变，如同再造的人生，现在和以前已是判若两人了，见人彬彬有礼。他在家休息了一个星期才到服装厂车间上班，在孙师傅的带领下工作了半年。他工作兢兢业业成绩突出，还表现出较强的工作能力和协调能力。孙师傅觉得他在车间干活有点浪费人才，于是就向领导汇报了易成龙的近期表现。此时正好运输押运队缺少一名队员，孙师傅就建议把易成龙调到押运队工作，那里虽然跟车劳累一些，可是工资却是车间职工的三倍还多。

易成龙的表现让孙师傅非常满意，三个月后押运队长调走了，孙师傅提议让易成龙担任押运队长，此话一出就遭到许多人反对，特别是易成龙的同事牛大胆极为不满，他认为自己在工厂时间长贡献大，又是厂里的正式职工，让有前科的外来人员接管重要职位，简直是对他的侮辱，难道厂里就没有能干的人了吗？牛大胆带着礼品找到易成龙谈判，想通过沟通让易成龙放下竞争队长的想法。看到易成龙没有退出的意思，牛大胆不怀好意地说，易成龙，就你的实力是竞争不过我的。易成龙道，我们都是同事没有必要争得你死我活，这里只是我人生中的加油站而已，我将来想要当企业家，当队长只是短期目标。这时路边一只鹅和几只鸡在争抢食物，牛大胆指着鹅不屑一顾地说，你就像家鹅一样，最多是一盘菜而已，还想成为企业家，做梦去吧！易成龙也不生气，反而信心满满地说，说到鹅，我真有点看法不敢和你苟同。他用手指着闹哄哄的鸡鹅道，家鹅高昂着头傲立鸡群，却常用屁股思考问题，以生蛋讨好主人，无论翅膀长得有多长、羽毛多么丰满，也永远不会像大鹅一样展翅翱翔在蓝天之上。牛大胆听得不知所以然道，别以为在监狱里喝了点墨水就觉得了不起了，顶多是照搬别人的东西撑自己的门面罢了。易成龙道，这是我根据某人某事临时起兴编的短文，请你好好品尝其中的味道。牛大胆觉得从理论上说不过易成龙，于是他想了个孬招来败坏易成龙的名誉，用此办法阻止他担任队长职务。在选人用人的关键时刻，他在易成龙押运的汽车里动了手脚，装车时故意摆出空隙，少装了一包衣服，从外观上看和平时没有什么区别，汽车到达目的地时，客户发现货物与购物清单数量不符，货物竟然少了一包。很快就传来了易成龙丢失货物的消息。当时外聘司机开着租来的汽车装满货物，易成龙和几个外聘的保安负责押运，只有易成龙是服装厂的合同制工人，当然是易成龙承担责任了。按照厂里的责任追究规定，丢失货物应该解除责任人的劳务合同。孙师傅心急火燎地找到厂长，请求把易成龙留下来。郑为民、王永盛、小强、易成龙父母听说后都来到厂里，请求厂长调查清楚以后再做处理决定，尽管如此也没有保住易成龙合同工的职位。郑为民安慰道，成龙呀！现在正常人想找到这样的好工作都很难，况且你是有前科的人，因此丢失了工作真不值得，以后有什么想法呢？易成龙哈哈笑着说，这东西我真的没有偷，请你们破案吧！把真正的坏人抓住，我就清白了。郑为民道，从监控看，你的车上装满了货物，可是卸货时却少了一大包衣服，中间有很多疑问无法查清楚，就连司机也有嫌疑，又怎么能证明你的清白呢！这就是一本糊涂账，怎么能够算清楚呢？只有你来承担责任了。易成龙道，既然这样我只有走人了，在城市里也没有别的去处，暂时跟父母回家再做打算！小强讨好地说，成龙！还有我呢，急什么？跟着我去卖衣服也许会有发展，怎么样？易成龙听了小强的话，感激地站起来说，关键时刻还是朋友出手帮忙，请你放心，我一定尽全力干好工作，再也不会出现这种情况，给别人造成损失，自己也伤心难过。

易成龙告别了郑为民和王永盛，跟随小强到广州经营服装生意。他几经磨难，为人处世圆滑起来，和周围的生意人慢慢建立了感情。他乐于奉献处事厚道，对别人的困难及时出手帮忙，时间久了，得到了商圈中人的信任。

有一个茶庄园直销公司的会员王新友近期经常找易成龙吃饭聊天，向易成龙介绍直销茶砖的利润如何丰厚，自己开的奔驰轿车就是做到董事级别时公司给予的物质奖励。易成龙在车上欣赏着尊贵的汽车内饰，羡慕得有点动心了。王新友看到时机已经成熟，就邀请易成龙加入直销团队共同创业。易成龙经过了两次的打击，思想成熟了许多，他非常谨慎地分析着直销存在的风险。王新友又加了一把火道，你加入吧！我让一个很有能力的人当下线，给你拉人头赚钱，他赚钱的同时你也赚很多的钱。如果做到了董事的位置，哈哈，就躺在被窝里数钱吧！易成龙问道，需要多少钱？王新友道，两万元就可以成为会员，你加入直销后，每发展一名下线就直接提五千元现金。我给你找了个叫曹真的下线，他的能力很强，能拉很多人进来，让你利润丰厚。易成龙被眼前的障眼法给迷惑了，拿出两万元加入了直销团队，曹真也紧随其后成了会员。易成龙当天就拿到了五千元的现金，高兴得合不拢嘴。曹真笑道，我还有几个朋友想加入直销，不过心里没有底，想去茶厂考察一下公司的实力，估计他们去一趟就会成为我们的下线，咱们都挣钱。易成龙向王新友说明了情况，正好小强让易成龙去洽谈服装生意，如果合适的时候就直接把衣服购买回来。易成龙对小强说，我想顺路去一趟茶厂。小强笑道，散散心挺好的！你去吧！不要耽误了服装生意。易成龙告别小强带着资金和曹真一起领着十五个朋友去茶厂参观。曹真对易成龙道，他们都很愿意加入直销，如果咱们到茶厂办理加入手续，收费会低一些，咱们照样收取两万元的会费，你算一下会有多大的收入，这些人都算你的下线。易成龙算过账吓了一跳，感激地对曹真说，有七万元的利润，不过他们现在没带现金没法缴费，需要垫付资金。曹真说，如果垫付了资金，回去把钱还给你多好，这样赚钱多么容易。易成龙信以为真，动用了小强给他的购衣服资金，自己垫付了十五个人的入会费用，手续办完了七万元返款也到账了。易成龙回头再找入会的人员，发现他们早已不知去向。易成龙向茶庄园公司询问情况，才知道上当受骗了。曹真和王新友也消失得无影无踪。

不到一年时间，易成龙因二十三万元货款被骗，由于资金没有及时到位，对方终止了合同的履行，使小强的生意受到了巨大的损失，易成龙觉得对不起小强的一片好心，辜负了小强的信任，主动辞职返回中原市。他觉得无脸回家，更无脸面去见郑为民和王永盛诉说这么多的不幸，随后他去饭店、宾馆、物业等多家单位应聘，都因有前科而以失败告终。他只有自己面对这么多不如意，下定决心单独闯天下，重新制订目标，把理想定得高高的，使自己无论在多么阴暗的困境中都能看到希望，把现实目标定得低低的，使自己伸手就能轻松实现短期目标。话虽这么说，但做起来却非常困难。他下定干一番事业的决心，决不给郑妈妈、王妈妈和未管所的领导丢脸。他多日来没有找到工作又无处安身，心想，在这个熟悉而又陌生的城市里怎样才能安身立命呢？

半夜时分，他身心疲惫地走在大街上，看到一辆装满垃圾的人力三轮车，车上老汉吃力地蹬着脚蹬，车子有气无力地向上爬着。易成龙起了恻隐之心，快速走到车后用力向前推着，老汉顿时感到一阵轻松，把三轮车骑上斜坡停在路边，看着气喘吁吁的易成龙道，小伙子谢谢你！我老了，蹬个车也没有那么大的力气了，你怎么还没有睡觉呀？易成龙把自己的伤心事告诉了老汉，老汉同情地拿出烧饼递过去道，饿了吧！别嫌脏，咱们每人吃一个烧饼，如果不嫌弃的话和我一起运送垃圾吧？这里有几个单位的活干不完。易成龙感激地说，我太需要这份工作了，我一定能做好。易成龙在老汉的帮助下加入云霞家政公司，负责三个单位的垃圾清运工作。

干了一段时间，他觉得这个活出力多挣钱少，就问老汉道，大爷，我年轻有力气想多挣些钱，干什么来钱快些？大爷笑道，来钱快的大多都是违法犯罪的营生，比如贩毒、偷东西这些不劳而获的事情，来钱快出钱也快，挣钱都是给别人存的款，被公安抓住了就什么也没有了，孩子咱可不能干那些违法的事情呀！易成龙听了点点头没有吱声，心想自己曾经亲身经历过监狱生活，无论如何也不能重新犯罪，那样也太丢人了。大爷继续说，有一个既合法又能挣大钱的活，也不用出很大的力气，不过又没有人愿意去干，不知你是否想干这样的活？易成龙道，只要合法，我干！这是什么活？大爷压低声音道，拉尸体你敢去吗？易成龙听了毛骨悚然道，怪吓人的，不过我也没有退路了，我愿意干，帮我联系一下吧！大爷联系了殡仪馆的老乡，他的老乡正为缺少人手发愁呢，当晚就有活干了。易成龙刚开始看到尸体有些害怕，不过每次拉尸体都有五百元左右的酬金，他很满意这份收入，慢慢地克服了恐惧心理。尽管他有清运垃圾和搬运尸体两份工作，但是他仍然舍不得租房子住，他在路边的涵洞里住宿，夏天睡在凉席上，冬天裹着军大衣御寒，时间长了身体的抗病能力逐渐下降。在一个秋天的傍晚他病倒了，三天没有去上班，他负责清运的垃圾堆积如山臭气熏天，单位把问题反映到家政公司老板孙云霞那里。孙云霞也是第一次遇到这样的问题，用电话也联系不上易成龙，只好去找大爷帮忙把垃圾清运干净，并请求大爷帮忙寻找易成龙的下落。

大爷把孙云霞领到了易成龙暂住的涵洞里，孙云霞摸着易成龙的额头，发现热得有点烫手，赶快叫人把他送到医院。易成龙在医院病房住了七天，孙云霞给予了无微不至的关心和照顾。通过接触交流，孙云霞为易成龙的意志力所感动。她看到易成龙骨子里难能可贵的拼搏精神，也了解了他想成为企业家的远大理想，这个理想正好和孙云霞的想法不谋而合。不过在易成龙眼里孙云霞既是大学生又是老板，自己害怕高攀不起，也就不敢多想了。这也许是易成龙第一次爱上一个女人，他真想早点儿创办企业，实现人生的第一个梦想，让眼前的女人欣赏自己，心甘情愿地嫁过来成为自己的爱人，然后生儿育女幸福地生活。可是他现在没有赢得孙云霞芳心的实力和资本，没有般配的条件，害怕此时说出心里话吓着了孙云霞，那么不仅会失去眼前的工作，就连一般的朋友也无法做了。

孙云霞看着沉默寡言的易成龙道，你住在涵洞里可不是个好办法，长期下去会把身体拖垮的，如果没有了健康的身体，有多么远大的目标也是空话。公司员工宿舍还有床铺空着，你搬过去住大家好有个照应，再这样下去身体无法承受恶劣的生存环境，那么美好的一切就成了空中楼阁。你以后有什么打算？易成龙想了想说，我小时候见过父母用粮食熬制糖稀，我想用这种办法赚钱，也许会有收获。我现在也有几十万元的存款了，有能力开个加工厂自己做老板，希望我们合作共赢。孙云霞听了有点惊讶道，你可以呀！真没有想到，有那么多的钱还如此难为自己，太说不过去了。如果你人身安全出了问题，公司还有责任呢！我支持你创办糖厂，出院了先搬到员工宿舍住，咱们再去找场地买机器。我帮你招收工人怎么样啊？孙云霞伸出手和易成龙击掌约定。

易成龙要开糖厂当老板，这个大好的消息传出去，得到了许多朋友的认可，大家也为他找到体面的工作而高兴。易成龙想请父亲到工厂帮忙，技术上的问题就会迎刃而解，于是他专程赶回家中，把开糖厂的想法和父亲交流了看法，得到了父亲的大力支持。易军曾经在一家倒闭的糖厂当过技术员，负责制作糖稀工作，听说儿子要开糖厂，对儿子创业满怀信心。父亲正愁没有活干呢，于是就来到儿子的住处，帮助易成龙选定厂址指导开业。

经过考察，场地选在都市村庄的一个小院里，这里虽说地方不大，又在城市的边缘地带，但是人员也相对密集，利于销售产品。易军在这个简易的小糖厂中，只能用最原始的方法熬制糖稀制作成糖饼，再把糖饼切割成糖块，成品的糖块堆放在库房里，一时间销售成了难题。因为没有包装和商标，只能到市场上零卖，这样下来也赚不了多少钱，甚至除去房租和工资基本上没有利润可言。易成龙初次尝到了创业的艰辛，但他为了实现当企业家的远大目标，再难也要咬牙挺过去。想到这，他问易军道，爹！我听说你们厂大部分工人都下岗了，厂里用的包装箱和糖纸还有吗？易军笑道，有是有，不过都已经封存了，那是国有资产怎么能动呢？有困难呀！易成龙道，事在人为，没有去厂里找人不能过早下结论，我觉得你们厂已经停产，那些糖纸包装也没有用了，放置时间长就会变成废品，不如卖给咱们还能发挥它的作用。这里的糖稀是您亲自熬制出来的，与你们工厂糖稀制作工艺和质量差不多，再加上华丽的外包装，我们的糖块就能卖出高价，你说是吗？易军笑得合不拢嘴，还是儿子聪明，好吧！易军联系了厂里的仓库保管员，经过谈判与厂里达成协议，把剩余的糖纸和包装箱全部卖给易龙糖厂。这下可好了，那些经过易军精心加工的糖块，再经过易成龙包装，就像让叫花子穿上华丽的外衣瞬间变成了仙女，美若天仙般的外表让易龙糖块迅速打开了市场。易军也不愁销路了，因为大糖厂效益不好停产，依然还有不少顾客来厂里订购糖块，厂里的库存早就销售空了。易军从销售科那里得到顾客的信息，就悄悄地以糖厂的名义把自己生产的糖块卖给供销商，这样易成龙收入日益增多，糖厂的生意越来越红火。可是随着时间的推移，糖纸包装日益告急，易军想着从别的糖厂购买糖纸。过了些时间，这些糖纸也不够了。突然工商局和公安局的人来到糖厂，把整个糖厂包围了起来。一个干部模样的人问道，谁是这里的老板？易军答道，我是老板。干部模样的人道，这个加工厂有证件没有？易军道，没有呀！干部道，没有许可证，还敢明目张胆地生产假冒伪劣产品。没有工商证、没有质量合格证、没有商标，你也敢冒用大糖厂的商标在全国销售。现在正式通知，这个加工厂被依法查封，机器一律封存，人员全部带走依法处理。这里就是制造假冒伪劣产品的黑加工厂，卫生条件根本不符合生产食品的要求，直接侵犯了广大消费者的利益。易军道，我们只想靠劳动赚些钱，也不知道会犯这么大的错呀！求您了！我跟你们走，把工人都放了吧！干部严肃地说，法不容情，把门锁了，人员全部带走。

易成龙正在外面跑业务，突然听说厂子被工商局查封，工人被民警带走，心里咯噔一下差点晕了过去，这可是多年来的心血呀！工厂如果被没收，这辈子可能就再也翻不了身了。易成龙向当天请假的工人询问了情况，得知是因为一个小摊贩与客户发生纠纷，引起对糖块质量的质疑，客户举报糖块的违法来源，公安局和工商局根据举报的线索，联合执法查处工厂。易成龙哭笑不得，赶紧想办法，想来想去脑子里浮现出了许多曾经帮过忙的人：郑为民、王永盛、郑文革、杜干事、孙师傅……最终易成龙决定去找郑文革和郑为民。他先找到郑为民道，郑妈妈！真的不想麻烦您，可是没有办法，我的糖厂因无证生产被查封，工人都被带到派出所了，这可怎么办？

郑为民道，事已至此就不要害怕，配合公安机关尽快处理这件事，你看好吗？易成龙道，我听您的安排。郑为民关心地问道，这几年你去哪里了？突然消失也没有了消息，我正在找你的下落呢！没承想你一出现就是出问题了，我先了解一下案情再说吧。

郑为民找到王永盛说明情况，王永盛直摇头道，这个案件是我们刑侦队处理的，但是法律面前人人平等，目前能救他的只有他自己了。中原市刚实行“认罪认罚”暂行规定，如果认罪态度较好或许判刑会轻一些，被处罚的人也会少一些。郑为民道，我不是来求情的，我是想知道糖厂以后的发展方向，关于案件你依法处理吧！郑为民无奈地走出王永盛办公室，伤心难过了好一阵子。她想到了王永盛也许会更难过，甚至想到了大义灭亲的感觉是什么样子，可是这个易军和自己一点儿关系也没有。说是诸葛亮挥泪斩马谡吧，这也不是上下级关系，不过心里总有一万个舍不得的感觉。她还想，法不容情就对了，如果大家都去造假，假商品满天飞，那该多么恐怖，那么人民怎么生活？依法处理吧！为自己竟然想起了诸葛亮挥泪斩马谡的故事觉得可笑。在大量证据面前，易军交代了违法的事实经过，承担了糖厂案件的全部责任，从开始生产到现在总共销售金额达到十三万元，他态度较好认罪认罚，依法被刑事拘留，等待他的将是检察院提审和法院的判决。

易成龙为父亲承担全部责任感到不安，同时也因为工人对他的保护逃过了一劫。他找到了金桥南道，对不起金队长，我又犯错了，向您赔个不是，我为了早日成功有点急于求成，甚至走歪道碰了一鼻子的灰，向你们道歉，请相信我从头再来一定能够做好。金桥南安慰着易成龙，并把他领进郑文革办公室。郑文革倒了一杯茶水递给易成龙，语重心长地说，失败了不要气馁，只要心中有太阳，生命中的每一天都是晴天，我相信你一定能成功。民警找了两年也没有找到你的信息，连电话也无法联系到你本人，你就像水一样突然蒸发消失得无影无踪。我最担心你再进来，果不其然你又出问题，还好只是虚惊一场。说着拍了拍易成龙的肩膀道，不小心跌倒了要重新爬起来，尽快理清思路构思下一个创业计划。

易成龙道，我本想成就一番事业，再回来向你们报喜，没承想干砸了。说着话深深地向郑文革和金桥南鞠了一躬。郑文革急忙扶住易成龙道，你的事情我听说了，主要是缺少指路的人，靠蛮干是不行的，失败了要总结经验教训，从头再来东山再起。分析原因以利再战吧！我给你指一条明路，这个事情已经处理完毕，还好你的工厂和技术人员还在，你生产的糖稀质量也能过关，这样呀，你把生产糖稀的样品拿一些，按照要求去食品部门进行安全检验，如果质量达标了，再去商标管理部门注册商标，然后到工商局注册工商登记……这些都做好了，你就成为一个真正的企业家。易成龙感动地说，郑所长！我不知该怎么感谢你们才好，你们就是我的再生父母，没有你们的关心，我真的不知道该怎么去面对生活。

郑文革道，不经历风雨怎么见彩虹，这次挫折是你成长过程中的垫脚石，也是成长中通向成功的阶梯，你能理解其中的道理吧？相信你能把挫折变成前进的动力，变成向更高阶梯进发的跳板，预祝你一路顺风、生意兴隆、事业有成。

易成龙千恩万谢离开了郑文革办公室，那心情比唐僧取了真经还兴奋，回去准备创办正规糖厂的合法手续。郑文革随即拨通工商局老同学的电话道，老同学！易成龙是我所“三加一教育”模式毕业的第一个学员，希望你能多指导，先发现问题敦促及时整改，而不是等他犯法了才去惩罚，改天我们见面请你喝酒具体再聊。老同学道，我们如果喝到了假酒该怎么办呢？老同学放心吧！教育下一代不只是监狱一家的职责，这是全社会的共同责任，把社会阴暗面转变成正面的东西，也有工商部门的责任。我把制造假商品的人经过改造培养，改变成制造合格商品的人，需要改造他的思想，指导他的行为，监督生产的质量，只有这样才能生产出真正的好产品，让大家放心地喝上真酒，那是我的成就。好比你把易成龙变成社会有用的人一样，让他自食其力是你的责任，是你的成就，也是社会、家庭、学校的成就，我们的目标是一致的，让我们共同努力吧！

郑文革和老同学沟通完毕放下电话，也放下了心中沉重的包袱，等待着金桥南的最新消息，等待着易成龙正规糖厂的开业。

易成龙在工商局、商标局、税务局来回跑着，办理各种证照。郑为民利用业余时间指导易成龙创办糖厂，好像自己改行当起了老板似的忙里忙外。王永盛笑着对郑为民说，你也要发财致富吗？郑为民道，能让易成龙这样的问题孩子成才，是我的梦想，如果他们发财了，我们的心血就没有白费。

易成龙的糖厂开业还需要资金注入，他想到孙云霞的家政公司一定有积蓄，于是他找到孙云霞，把糖厂被查封的经验教训和正规糖厂的前景做了详细介绍。孙云霞看了糖厂的成果展示和对市场的调研结果，发现人民生活水平提高后对糖块的巨大需求，她对糖厂的前景充满了信心，决定和易成龙共同打拼，出资创办糖厂当股东重新创业。

经过精心的准备，易成龙的糖厂正式开业了。易龙喜糖一生产出来，就通过了相关部门食品安全检验。喜糖虽然好吃，但是新商标缺少广告支持，没有人知道易龙牌喜糖的好坏，喜糖的销量极小。易成龙也没有太多的销售经验，去找以前合作的客户推销喜糖，因为上次工厂被查封丢失了信任，无论他怎么和老顾客宣传，人家也不敢买他的喜糖，上次被工商局处罚的阴影还在人们心里难以消除。

易成龙想了很久，这次是正规糖厂生产的产品，质量好又有商标，全方位都是合法合规的优质喜糖，为什么没有人买自己的糖块呢？分析原因，都是因为上次糖厂被查处遗留下来的影响，看起来信誉太重要了，先前自己做的假冒产品害了自己。他又想到了郑文革，想到了以前工作过的厂子。抱着试一试的态度，找到郑文革道，请您尝尝易龙糖厂的新产品。郑文革剥开糖纸，把糖块放进嘴里慢慢品尝着喜糖的甜美味道，嗯！不错！是高级糖的味道！挺甜的！你今天不会只是让我分享成功的喜悦吧！我觉着你还等我分忧解愁呢！对吧！易成龙笑道，新产品新商标没有打开市场，我想能否让监狱的朋友们支持我的产品，我送一些样品请大家品尝，让大家提提意见，为生产更好的喜糖提供市场依据，让大家知道我曾是他们的狱友，我想大家会支持易龙喜糖的发展。果然这一招引起了狱友的共鸣，大家纷纷购买易龙喜糖作为喜庆的礼物，每逢有人出狱、过生日都发放糖块，大家不是为了享受喜糖本身甜美的味道，而是为了支持易龙企业成长壮大。

不知不觉中监狱迎来了第七个家长培训会，易龙喜糖被定为本次会议的特约产品，易成龙也作为成功企业家走上了讲台。中原市各大媒体记者云集未管所，采访易成龙创业的先进经验，一夜之间易龙喜糖成了驰名商标。人们带着浪子回头金不换的感情购买易龙喜糖，竞相品尝。

郭小娟在女子未管所看到了新闻，对易成龙的先进事迹羡慕不已，也树立了走出监狱自主创业的信心。

孙哲、齐飞因表现良好相应减刑，想着以后出了监狱，也会经历各种各样的红脸白眼，历尽艰辛也不一定能在企业落脚，看到易龙喜糖的新闻，都想投奔易成龙的糖厂，学习易成龙的创业精神。

孙云霞分红得利喜出望外，看到了糖业的前景，正在为糖厂健康发展兴奋的时候，张红星的房产事业也如日中天，房价涨势强劲。国家新一轮控制房价的政策开始了，一家企业因经营不善形成烂尾楼。说起来这是一家企业，其实也就是开发了一栋楼房，这些不具备房产开发能力的企业，看到房产开发带来的巨大利润，争先恐后地进军房产开发领域。由于新生的房产企业经验不足，又遇到了房产的寒冬季节，实力不强的房企因为资金链断裂而被淘汰，楼房建设中途就停止了施工。先期购房客户担心房子出现问题，就以不同的方式到有关部门反映情况。当地信访部门多次接到群众来访，反映投资没有回报的问题，购房款交了却没有按期收到房子。信访局领导急需解决这一难题，就让红星公司接手烂尾楼的承建工程。张红星对这个“小楼盘”没有多大兴趣，这个烂尾楼充其量能挣两千万元的利润，这与他每年捐赠的款项差不多。他想起了孙云霞十多年前存入公司的十万元现金，按照股份分成现在应该有一些钱。张红星叫来陈会计算出存款的现在数量，陈会计打开计算机和账本算出结果道，这十万元参与了市郊土地购买资金投入，随着城市的不断扩容，周围已经被高楼大厦包围，成了黄金地段，地价也由原来五十万元一亩不断上涨，去年被蒋氏公司以两千五百万元一亩的价格收购，原有资金翻了五十倍，孙云霞的资金大约有四百多万元吧！张红星着实吓了一跳，十几年的光景十万元增值到四百万元也是个奇迹，这可不是一个小数目呀！陈会计道，张总，您算过没有我们公司增值了多少倍？除了我们的正常盈利外，还有土地的自然增值和通货膨胀，这也在常理之中。张红星道，那好吧！你看接过这个楼盘，需要投资多少钱？陈会计道，全部下来需要五千万元，如果您愿意帮忙的话，一千万元流动资金就可以启动工程。张红星道，此话怎讲？陈会计道，如果用我们公司的信誉担保，再把材料款押一部分，那么就可以实现开工的愿望，也就是孙云霞和易成龙的苦日子到头了，咱们一定力挺孙云霞成立房产公司。张红星道，云霞这孩子也太苦了，从小就没了爹妈，和我们家为民一样可怜，我决定把这个工程转让给孙云霞！一来可以给上面一个交代，二来也是孙云霞和易成龙涉足房产的开始，你看怎么样？陈会计笑道，房产的寒冬过后就是春天，不久就会迎来房价新一轮的上涨。因为发展中的城市刚需太多，不管会不会做房产的开发商，将都会有红利可赚，也就是人们常说的“千载难逢的好机会”，机不可失，失不再来。张红星哈哈笑道，这是你的远见卓识，我有同感。我们不仅要把孙云霞和易成龙扶上马，还要送他们一程，他们会发展得更好。陈会计夸奖道，你呀！善心不仅会成就一个人，改变一个有前科的人，还会成就一个公司，从而带动整个未管所的改革，甚至会重新书写全国未成年犯罪改造的新篇章，这是一个伟大工程的开始。说着深表感谢地给张红星鞠了一躬。张红星鞠躬还礼道，你不愧为国学大师，向你学习礼仪，使我受益匪浅！

第九章　艰辛创业

蒋甲满怀希望想用最低价格收购烂尾楼，使公司利益最大化，没承想让易成龙捷足先登。如果是别人抢了蒋甲的生意，他也不会有什么想法，这个烂尾楼充其量也就几千万元的利润，而抢他生意的人竟然是易成龙，他有阴沟里翻船的强烈耻辱感，像卡在喉咙的鱼刺取不出咽不下难以忍受，真有点丢人现眼，无法咽下这口恶气。

蒋甲早就想收购这个烂尾楼，他对开发商做了调查了解，由于开发商把先期购房款挪作他用，使楼盘后续建设资金发生断裂。甲方长期拖欠工人工资，材料款也无法依据合同约定按时结清，因此开发商的其他生意也受到了影响，使整个企业出现了信任危机无法正常运转。银行也停止向这家企业贷款，企业只好转让烂尾楼抽取资金。蒋甲除了对甲方做了了解外，还对乙方的施工情况进行调查，乙方因为没有按时拿到工资而停止施工。蒋甲对乙方的史经理表示，如果蒋氏房产接收这个烂尾楼，承诺在一周内结清工人工资，让乙方继续进场施工，史经理欣然接受。蒋甲同时发现甲方与政府各部门没有协调到位，存在工程建设手续不全的问题，虽然土地使用证已办理完毕，但是在商品房建设使用证还没有办理的情况下，就开始违规施工建设楼房，致使政府相关部门查验时，出现因证件不全而被多次停工，造成拖延工期的严重后果，使前期购房客户利益受损，向上级部门反映该公司不按期交房的违约行为，希望上级部门判令赔偿违约金。针对这些问题蒋甲也做出了承诺，如果拿到了该项目转让合同，蒋氏房产会给购房客户满意的答复。一些材料供应商听说蒋甲和易成龙都想接手该项目，也兴奋地前来打听消息，蒋甲也给供应商做出了承诺，使其满意而归。对想承接点生意的小混混们，蒋甲也是以礼相待，让人无话可说。只是在和甲方谈判时，蒋甲把接盘的价格一压再压，总以生意人的眼光看问题。按照他的想法，这个项目做下来，最起码能挣到八千万元的纯利润，如果想达到公司利益最大化的效果，需要甲方做出巨大的让步和牺牲。甲方的程经理看到蒋甲的收购方案，感到蒋甲有乘人之危的嫌疑，为了减少损失对蒋甲避而远之。于是他找到红星房产公司商谈转让楼盘事宜，张红星派小帆和陈会计组成评审团，限定一周内拿出评审结果。红星公司在充分考虑到甲方利益之后，经测算这个工程会有五千万元的纯收入。张红星看后不以为然道，五千万元在咱公司不算什么，我们要集中精力打造精品楼盘，不过我有一个藏了十几年的心愿没有实现，今天就和大家说说，也请大家帮助实现这个愿望。

十多年前，我爱人郑为民办案时救了一个叫孙云霞的小女孩儿，我本想帮助孙云霞渡过难关，让郑为民轻松解决这个难题，就接纳了孙云霞的父亲孙勇到红星公司做钢筋工人，没承想孙勇坠楼摔死了，这个意外使孙云霞从此成了孤儿。孙勇死亡赔偿金只够偿还欠下的债务，后来我和郑为民商量，请求董事会研究通过“给孙勇特批十万元赔偿金的决定”。因为孙云霞是未成年人，不具备对资金的监管能力，所以就把这十万元钱投资到红星公司。如今这十万元资金随着公司资产的增加，本金和红利的总额已经达到了四百多万元，这也是孙云霞加入房产经营的启动资金，我想帮她实现成为企业家的梦想，大家是否有更好的办法？请畅所欲言，让我们助她一臂之力。

在张红星的大力倡导下，小帆请孙云霞和易成龙到红星公司协商接收烂尾楼盘的具体事项。无论张红星怎么说明自己的好意，孙云霞也不敢接收这个烫手的山芋，她明白此项工程的巨大利润，但是不想给张叔叔增添新的麻烦。两位恩人的帮助简直让人无以回报，她想如果这样可能会使自己一跃成为房产界的一员，但是如果搞砸了会连累郑阿姨和张叔叔。他们给予自己太多的帮助和支持了，不仅帮助自己完成了学业，还协助创建云霞公司，就像父母一样关怀备至。现在让自己骑上马还要送一程，自己已经是小有成就的企业家了，再接受两位恩人的帮助有点于心不忍。张红星看出了孙云霞的心思，就把郑为民请过来参加公司的股东会议，让孙云霞和易成龙坐在自己的身边。

张红星道，我已经向孙云霞和易成龙讲了烂尾楼的背景和现状，并充分考虑可能会遇到的困难以及解决的办法，我想兑现多年前的承诺，希望这个孤苦伶仃的孩子成长为企业家，我相信她一定能行，可是这孩子不想再给我们增加麻烦，用种种理由拒绝我们的好意。这样的善意我领了，不过错过良机会遗憾终生。

孙云霞听后信心倍增地说，张叔叔，郑阿姨，大家好！既然是这样，我就不辜负你们的期望了，非常感谢张叔叔、郑阿姨和大家的帮助，这个工程我非常愿意承接。我也相信在红星公司的技术支持下，肯定会顺利完成施工任务。只不过让你们总是为我操心，如此的大恩大德让我不知如何报答。其余的六百万元资金我有能力拿出来，我们的易龙糖厂有三百万元的流动资金，把糖厂抵押可以贷款三百万元，就可以解决资金的问题，再加上给我的四百多万元，我就有信心做好这件事。

郑为民笑道，这就对了，云霞！预祝你和易成龙马到成功！如果你爸妈有在天之灵也会为此而高兴，一定要接了这个工程并高质量完成任务，证明你和易成龙投身房产建设的能力。孙云霞激动地说，好吧！谢谢郑阿姨！让我怎么感谢你的大恩大德？她拉着郑为民的手，任凭幸福的泪水涌出眼眶。郑为民紧握着孙云霞的手鼓励道，你要坚强，只要努力就一定能够成功！

易成龙声音沙哑地哽咽道，感谢你们！感谢红星公司的恩人们，如果没有郑妈妈和你们的爱心救助，我和云霞早就……易成龙的眼睛充满了泪水，他深深地向在场的人鞠躬致谢。张红星道，放心吧！成龙，这里的叔叔阿姨都是你的亲人，会像父母一样照顾你们，保护你们成长进步，不要犹豫了，请签合同吧！

孙云霞接过合同签上了自己的名字，郑重其事地交给张红星道，张总这合同我已经看过了，您就是我的亲人，是我的再生父亲。说着用手背擦去脸上的泪珠。

易成龙和孙云霞签了合同，高兴得眉飞色舞。别人抢不到手的工程项目，自己却轻易得到了，那是张叔叔和郑阿姨支持的结果，也是他们长期积德行善修来的福分。不过让烂尾楼变成商品房，产生经济效益，也不是容易的事，还需要漫长的过程。

蒋甲本来想和烂尾楼的甲乙双方搞好关系，为接收楼盘打好基础，没想到被利益最大化的目标拖延了时间，让易龙公司抢占了先机。蒋甲顿生怨气，他把这些联系人请过来放话说，孙云霞是个孤儿，易成龙是从监狱释放不久的劳改犯人，他们根本没有接收这个楼盘的实力。如果他接了这个工程，只不过是从一个烂尾楼走向另一个烂尾楼，大家什么也得不到。

这样的传言一出，甲方的信心开始动摇了，程经理派人催要工程接收款，材料供应商也跑过来凑热闹，购房客户不仅堵了工地的大门，也堵了糖厂的大门，闹得糖厂也无法开工。孙云霞急了，找到易成龙问道，三百万元资金取出来了没有？易成龙道，王会计已经把钱取出来了，我按照计划先把工人工资付清。你去说服甲方的程经理按合同办事，不得无理取闹，否则楼盘出现问题由他们负责。

易成龙带着王会计来到工地门口，对着静坐的工人们说，父老乡亲们！我是易成龙，我们易龙公司接收了这个工程。一个领头的工人抢先喊道，你们只管接收楼盘，不管我们的死活。工人们乱哄哄地喊道，不管你们谁接收这个楼盘，先把我们的工资拿来再说，否则就别想开门施工，我们见不到钱是不会放机器进场施工的。易成龙道，我现在就是来给大家发工资的，钱就在这里。说着话让王会计把钱箱高高举起，让在场的工人都看到。易成龙继续说，谁是工友们的领导？请过来同甲乙双方结算工资，请大家到会议室休息一会儿，等结算完毕就可以领取工资了。工友们半信半疑地向会议室走去，几个领头的人见大势已去，也只好闪到一边让铲车开进工地。办公室里王会计忙碌地计算着工资，不仅计算出各工种的总额工资，还明确到工人个人的工资总量，让甲乙双方的程经理和史经理在工资表上签字，开始有序地逐人发放工资。

门卫老罗慌忙地跑过来说，我在门口抓住一个偷管扣的工人，你看怎么处理？易成龙道，走，咱们去看看。老罗和易成龙来到保安室，看到另一个门卫正在训斥蹲在地上的胖子工人。易成龙问道，你为什么偷管扣？胖子道，我在工地干了这么长时间，也没有领到工资，兜里没钱又没法回家，只好拿几个管扣换个烧饼吃。易成龙笑了，对不起呀兄弟，请起来吧！拿着现金去给工友们买饭吃吧。说着把钱递过去。他接着说，我以后负责承建这个工程，有什么事多交流沟通，不可以干偷偷摸摸的坏事。易成龙看到那个工人还在犹豫，就叫来刘工头购买午餐。偷管扣的工人没想到老板会这样对他，心里像打翻了五味瓶一样品不出味道，不知如何是好。刘工头道，黄胖子还愣着干啥？快拿上钱给每人买一份午餐，看你像个饿死没出息的样子。

王会计用了半天时间才把工资发完。刘工头向易成龙告别道，我们已经出来好长时间没有回家，现在工资发到手了，也该回去和家人团聚，感谢你的帮助。易成龙道，我这里还没有招收新的工人，希望你们留下来继续干活怎么样？刘工头道，算了吧！这次乡亲们差点没有拿到工资，如果不是您解决了这个问题，我回去还不知怎么和乡亲们交代。都是相邻五村的乡亲，低头不见抬头见，还是算了吧！这年月说话不算数的人大有人在。易成龙道，你看我怎么样？说到做到把大家的工资都结清了，你还不信吗？刘工头道，那是我们长期堵门才解决了工资问题，否则怎么会呢？我有点担心会有下次的麻烦。这时黄胖子买饭回来，递给刘工头和易成龙每人一个盒饭道，盖浇米饭先吃着，一会儿再送来些开水喝。易成龙称赞道，好样的，这么快就回来了，你想得真周到，连开水也安排好了。我真心希望你们能留下来，从质检报告上看，你们的工程质量完全符合国家标准，留下来一起完成这个工程吧！按月结工资总可以吧？如果月底见不到工资，大不了就再堵一次门，请相信我一回。黄胖子一口气吃了两盒盖浇饭，用手擦了擦嘴角道，刘叔！易经理说的按月结工资对咱们多有利呀！还是留下来吧！回去也没人给钱花。刘工头道，好吧！我就相信你一次，千万不要耍赖呀。

刘工头召集工人宣布，下午开始施工，每个人还住在原来的工棚里，干好自己的工作按件计算报酬，每月结算工资。工人们都回到原来的工作岗位上，各负其责，工地恢复了往日的忙碌。

工人问题得到了解决，易成龙对质检员道，辛苦你在这里盯着，我还得返回糖厂，孙云霞恐怕难以应付那里的复杂情况。

易成龙赶到糖厂门口，看到一群人正在和孙云霞理论，有人想借机冲进糖厂。易成龙过去问道，云霞！这是怎么回事？孙云霞气得脸都青了，指着身边的男子道，你问他吧！蒋冰看到易成龙过来就不怀好意地说，你是哪根葱呀？敢管这事！不交房怎么住？易成龙道，我就是接收楼盘的易成龙。蒋冰看到易成龙不好对付，就缓和口气道，眼看快到交房日期了，你准备什么时候交房呢？易成龙道，我会按照新签订的合同交房。蒋冰态度强硬地问，那不行！违约的时间怎么办？易成龙道，按照合同规定赔偿大家违约金，你们看怎么样？客户道，这还差不多。只听口头承诺怎么行呢？蒋冰起哄道，别信他的，他的信誉坏到了极点，他曾因盗窃被判过刑，刑满释放后又参加生产假冒伪劣产品被处罚过，他的话能信吗？众人起哄的场面乱得不可控制。

此时民警赶到现场，“糊涂老马”大声喊道，各位客户，请不要说话了，我是民警，听我说两句好吗？大家看到两个穿警服的民警站在中间，就立刻停止了吵闹。老马道，我刚才接到报警称：糖厂门口有人闹事，请问谁是客户代表？请你说出聚集的原因，其他人不要说话，有问题的人等代表讲完了再举手发言，这是纪律，明白吧？大家笑道，明白！蒋冰道，我是代表，他们公司不按期交房，我们无法入住小区，想要讨个说法，民警同志可要给我们做主呀！老马道，就这些说完了，还有谁发言？一个大妈道，警官！什么时候交房，孩子等着结婚呢！再过半年不交房，总不能让孩子在大街上结婚吧！那样什么时候才能抱上孙子。大家一阵哄笑。一个大爷道，说个日期吧！立个字据回去也好向老婆交代，换个大房子就这么难，老房卖的钱交了新房款，现在还住在出租房里每月交着房租，我们真是有点等不起了，求您了警官做个主吧！老马笑了，各位父老乡亲们，我虽然做不了这个主，但是我会督促开发商解决这个问题。又回头问易成龙，你是开发商吗？易成龙道，是我，刚接收楼盘就遇到这样的问题，我会积极化解各方面矛盾。老马说，你能科学给出满意的答案吗？易成龙道，确切交房时间也只能让施工方监理来回答，我作为开发商明确告诉大家，明天上午，我们在工地会议室给大家签订交房合同，大家觉得怎么样？客户们听到承诺平静了许多，在老马的协调下散开离去。蒋冰还想说点什么，看到身边客户已经走完了，剩下的糖厂工人对他怒目而视，他也灰溜溜地离开了。

第二天，易成龙遵守承诺和客户们签订了交房补充协议书，客户们吃了“定心丸”，回家等待新房的交接。蒋冰回到公司向蒋甲汇报情况，两次出击都没能阻止易成龙的工程进度，他不甘心自己的失败，对蒋冰道，软的不行就来硬的，我看一个小偷能干成什么工程。蒋冰得令后叫来村庄里的铁牛和二猫娃，教唆他们向易龙公司讨要过路钱和卫生费，工地运输车每天都从村庄经过，垃圾撒得满地都是，不要钱怎么能行，清扫垃圾费用从哪里支出？两人觉得很有道理。

蒋甲把小混混对付他的办法都拿了出来，利用混混们去易成龙的工地找别扭，达到阻止工地施工的目的。混混们在铁牛和二猫娃的带领下，利用夜晚门卫打瞌睡时，用渣土车运来垃圾把工地大门堵住，施工车辆无法正常进入工地。门卫老罗听到声音出来制止，发现司机已经倒完垃圾开车离去。

易成龙得知消息连夜赶来，正好把另一辆渣土车司机堵在驾驶室里问道，为什么把垃圾倒在这里？你不怕法律制裁吗？司机道，有人出钱让俺把垃圾倒在这里，我们又不管那么多。易成龙道，你不说出是谁让你把垃圾倒在这里，今天就别想离开驾驶室。司机也生气道，看你个小屁孩儿，竟敢和我叫板！说着拿出电话叫铁牛和二猫娃带着一群人来到现场。这群人气势汹汹地围住易成龙和王会计准备打架，老罗见势不妙，急忙报警请求民警处理。不一会儿民警赶到了现场，老马和民警下了警车，看到易成龙被围在中间道，易成龙怎么又是你？老是发生这样的事。易成龙道，是我们报的警，他们无故用垃圾堵了工地的门，还叫人想打架，我们才报了警。老马指着铁牛问道，你们是干什么的？铁牛道，我认识你马警官，他们工地运输垃圾的汽车经过村里，也没有防护措施，垃圾掉得满地都是，既不清理也不给清理费用，村民有意见呢！如果把运土的活承包给我们干，那么保洁费就不用交了，也不用他们清理垃圾，我们安排人打扫卫生，费用由我们承担。民警同志，村里的生活环境是靠大家维护的，卫生管理也需要有偿服务，以前和甲方说过多少次也没有结果，所以今天只有这样……

老马看到铁牛和二猫娃带来那么多人，就说，也是呀！你们说的也有道理。双方跟我上警车到派出所解决，你们几个人——铁牛、二猫娃、易成龙、王会计、司机一起去派出所。经过现场调查和制作笔录，老马认为这个堵门事件不是简单的纠纷，而是一起涉黑案件。无论什么原因也不能强堵工地大门影响施工，并且以掉垃圾来要挟工地，强行承揽土石方运输，以纠纷的名义处理有点说不过去。老马给铁牛和二猫娃下发了传唤通知书，两人吓了一跳，心想，不会吧！这么严重！赶紧商量对策。易成龙并不着急，因为他知道这些人不好对付，通过民警使他们受到教训，让他们知道什么是违法犯罪，就像当年自己因为无知偷东西受到法律制裁一样，要不然以后工地是无法正常运转了，他们会三天两头来找事。此时天已经大亮，易成龙在派出所会议室里睡着了，蒋冰过来拍了拍易成龙道，易经理醒一醒，和你商量个事怎么样？我想让你求警官别处理铁牛了，否则他们会变本加厉找你的麻烦。易成龙道，国有国法家有家规，不是谁想怎么样就怎么样的，要不然要法律干什么用呢？蒋冰道，意思说到了你看着办！

蒋冰其实想让民警把铁牛和二猫娃依法拘留，这样易成龙又多一个劲敌，楼盘施工就会遇到更大的阻力。他去找易成龙实际想找借口做实这件事，如果他心想事成，就可以给铁牛传话是易成龙在中间作梗，才会出现他们被治安拘留的结果。易成龙当时还没有想那么多，蒋冰的话提醒了他，自己不能把事做绝，想起郑妈妈的教导，得饶人处且饶人，冤家宜解不宜结。于是他找到马仗义道，马警官！我想撤案，我们也没有损失，只要把垃圾及时运走，怎么办都好商量。要不让我们双方协商解决这个问题，你也可以早点儿下班休息。老马笑道，嘿！你的思想怎么转得这么快，警是你们报的，撤案也是你们要求撤的，拿公安局当儿戏玩呢？易成龙赶紧鞠躬道，不敢不敢，只是为了以后少给您添麻烦，到目前为止已经烦劳您两次了，我这样做对大家都好，您看行吗警官？老马笑道，我见的多就见怪不怪了，你的做法我也赞同，正想和你交流意见呢！为了以后平安施工，他们的违法行为相对较轻，可以免予处理，给你们一个协调的机会。易成龙再次致谢。

老马把双方请到协调室，铁牛气呼呼地说，好小子你看好吧！欺负人不是，看你以后怎么施工，噪音那么大影响村民休息，这么多问题难以解决，如果处理不好，你什么也干不成。易成龙沉稳地喝了口水没有吱声。老马道，铁牛！你还没有看清当前自己的处境吗？学过法律没有？你的行为已经扰乱了企业事业单位办公秩序，应当受到处罚明白吗？说着把《中华人民共和国治安管理处罚法》打开递过去道，铁牛好好看看，我讲着，你也学着，不过我告诉你，易成龙不想让我们依法处理你，他想撤案，也就是说想和你谈谈合作的事项，你看怎么样？铁牛和二猫娃都笑了，二猫娃接过话题道，这正是我们想要的结果，好呀！看他狗嘴里能吐出象牙吗？易成龙也笑了，我没有吐出象牙的本事，但是我一口能吐出两个猫娃来。他停顿了一下。二猫娃止住笑道，好小子你敢嘲笑我，说着举起拳头做出要打的架势。铁牛阻止道，猫娃坐下别冲动，说吧易大经理。易成龙接着道，我还能吐出个大铁牛来。铁牛笑道，你小子没有正经，猫娃揍他！看他还敢满嘴胡溜。说着两个人站了起来吹胡子瞪眼睛。老马道，有点幽默感好不好。两位笑着又坐在凳子上，现场紧张的气氛又活泼了起来。易成龙笑道，别介意呀！开个玩笑而已，其实我早就想找你们谈谈了，我们在这里施工给村民带来许多不便，敬请你们谅解。我想把扩建地下室的土石方运输工程分给你们一半，另一半还得人家运输，因为前任运输公司和甲方签有合同，我不愿意全部给推翻了，这样大家都有活干是吧？关于在这儿施工有噪音的问题，我是这么想的，在午休和晚上十点以后停止施工，如果必须干活的话，请有关部门做出鉴定，如果达到了噪音标准影响居民休息，我们做出经济补偿，但是一般不会出现这种情况。铁牛道，挺好呀！我听说的你怎么和见到的你不一样呀？有人说你们不仅不会分活给我们，而且还会和村民死磕到底，噪音也无法治理，更谈不上赔偿。易成龙道，道听途说无依无据不可信也。老马道，这样吧！只要你们和睦相处，商量一个双方都能接受的方案，公安局就不追究责任了。你们能合作共赢是我的最大心愿。

易成龙和铁牛、二猫娃通过这件事，不仅没有成为仇人，反而还成了朋友。铁牛在运输土石时，发现一些散落在地上的尸骨。易成龙赶到现场要求暂停施工，报告公安局和文物保护部门。郑为民和王永盛得知消息，心里一阵兴奋，也许这次会有所收获。经过技术部门勘查，发现这是附近村民在此囚禁的尸体，死者的配偶还健在人世，按照当地风俗暂时不能葬入老坟。尸骨的身份真相大白，郑为民和王永盛郁结的心情依然沉重，但她们相信那份寻找真相的执着，早晚会揭开尘封多年的谜底。

蒋冰怎么也没有想到易成龙这么难对付，向蒋甲报告了实际情况。蒋甲恼羞成怒一掌拍在桌子上道，蒋冰老弟呀！你简直就是酒囊饭袋！三件事让你都给搞砸了，想想整治他们的其他办法！蒋冰道，哥，还可以在他们卖房时做些手脚，用房价的杠杆打压他们。蒋甲道，房产开发投入都是同样的成本，我们怎么可以降价销售呢？那不是自己割肉吗？蒋冰笑道，我们的楼盘距离不到两公里，绝对能影响到他的正常销售。我们把二期的房子成本降低，房价自然也降下来，再给一些优惠政策和他竞争。他第一次搞房产开发不会有太多经验，让他的房子不好卖，增加他的工程资金回流时间，也就减少了他的利润。蒋甲道，父亲在世时最讨厌假冒伪劣产品，做生意最怕失去信誉，得不偿失不可取呀！蒋冰道，要不就在隔墙上动动手脚，减少它的厚度，不承重的隔墙不会有问题的，这样室内的面积会大一些，我们试试。蒋甲也苦于没有办法阻止易成龙的正常施工，只有走一步险棋了，做出杀敌一千自损八百的错误决定。

郑文革开展“三加一教育”以来，引起了社会的广泛关注。领导对此做法给予了充分肯定，中原女子未管所也开始效仿“三加一教育”模式。郭小娟在汇报预演中担任《千手观音》舞蹈第一人的角色，她熟练的动作、优美的舞姿迎来了阵阵掌声，还有俊俏的脸蛋儿，引起皮革养护中心卢厂长的注意。她从一丝不苟的舞蹈动作中，看到郭小娟对生活的坚定信心，也看到了她坚韧不拔的性格。卢厂长被感动了，心想，这孩子一定能从邪路上走出来，只要她愿意学习，我就能把她培养成为皮革养护能手。汇报演出结束了，卢厂长通过管教民警见到郭小娟，畅谈了自己的想法。郭小娟感到已经对生活失去了信心，因为亲手杀死了父亲和养母，无意间又害死了奶奶，如今这个世界上除了亲生母亲外，她已经没有任何留恋。卢厂长耐心地开导道，孩子！不要气馁，我会帮你找到亲生母亲，要有小蝌蚪找妈妈的耐心和勇气，你小时候学过的课文里也有妈妈的影子。这句话勾起郭小娟美好的回忆，想起母亲温暖的怀抱，她擦掉眼泪轻轻地哭着，默默想着妈妈的模样。卢厂长慈祥地说，过来孩子，想哭就哭吧！伸手把郭小娟搂在怀里，郭小娟趴在卢厂长肩头伤心了好一阵子，才停止哭泣。卢厂长轻轻拍着郭小娟的背小声说，很快就会见到妈妈了，幸福从现在开始，快乐会占据你的整个心灵。郭小娟在卢厂长的怀里睡着了，像在妈妈的怀抱中一样安全。

其实卢厂长已经找到了刘大杰的下落，她的外号叫“兔子阿姨”。前些天卢厂长特意去拜访了刘大杰，已经和她商量好来参加这次活动，她期待着明天正式汇报演出的来临。第二天郭小娟在汇报演出中镇定自若超常发挥，赢得台下阵阵掌声，使演出走向了高潮。接下来演员们在台上与父母相见，刘大杰母女俩诉说分离之苦和相见之甜。刘大杰的言谈举止温暖着郭小娟的每根神经，融化了郭小娟冰冻已久的心。

母女相见使郭小娟发生了明显变化。郭小娟在服刑期间多次因为有突出贡献被减刑，她还心灵手巧发明了一种“蜂棋”。刚开始自娱自乐，看到蜜蜂在花朵上采蜜，她感受到了蜜蜂自由自在的快乐！当她看到蜜蜂飞到空中穿过高墙电网时，心中坚定了走出去的信念。她想到蜜蜂是多么勤劳，又是多么可怜，夏季工蜂只有一个半月左右的生命长度，却在广阔的空间里活得那么精彩。可是自己虽然生命很长，但却生活在狭小的空间里，心想，怎么才能达到减刑的目的呢？她开始注意搜集各方面的资料。郭小娟听管教说，对社会有贡献的发明创造，通过专利申请后可以减刑，于是她专心研究制作“蜂棋”。她经过思考制作了一副蜂棋：棋盘就像一个巨大的蜜蜂，四角的四个小蜂巢就像蜜蜂的翅膀，四个蜂王分别带领五个蜂兵，利用飞行蜂道吃掉对方的蜂兵蜂王。其余的蜜蜂相接触时可以吃掉对方，蜂王还可以直线飞行吃掉对方的蜂兵，也可以直接吃掉对方的蜂王。棋盘是这样设计的：四角的蜂巢有两条半圆弧的蜂道相互连接，分内蜂道和外蜂道，内外蜂道各行其道互不相通，可以通过横格变换蜂道。有纵横各七条直线蜂道组成三十六个方格，每个蜂王拥有五个蜂兵……这次发明经过公示并通过了专利审批，为此郭小娟由无期徒刑减刑为十五年有期徒刑。她继续努力克服自身存在的恐惧心理、自私等问题，争取再次减刑。服刑十三年后终于带着考取的皮革养护资格证书走出了监狱，开始了人生的新生活。

刘大杰这些年带着离婚的巨大伤痛不能自拔，一直在社会上漂来漂去，至今还是一个人在拼搏奋斗，她多么渴望女儿能走出监狱一起生活。郭小娟回到母亲身边有了安身之地，她去卢厂长的皮革养护中心打工，有了一定的经济收入。在卢厂长的精心照顾下，郭小娟的技术突飞猛进，她的进步让卢厂长刮目相看。

工友们听说郭小娟用毒药害死父母和奶奶的事，都对这个心如蛇蝎的冷血女孩儿避而远之，不愿意和她交朋友。时间长了，她觉得自己是一个孤家寡人，心情极度压抑，甚至出现了抑郁症状，难以消解，于是她就想向卢厂长汇报自己的想法。在厂区林荫小道上见到卢厂长，她们坐在柳树下的椅子上。郭小娟道，卢厂长，我不知怎么感谢您才好，我们以前互不相识又没有血缘关系，您却给予了我像母亲般的关爱，把我从死亡深渊里拉了回来，如今又是您指导我的生产技术，给了我重生的信心。可是这里没有人愿意和我交朋友，这是我罪孽深重造成的恶果，造成这样的局面和别人没有任何关系。我无法忍受这种孤单寂寞，它同样会让我无疾而死。我想到社会上闯一片属于自己的天地，凭我现在的技术完全可以独立经营，我想让妈妈开个洗衣中心。经过对市场的考察，我发现只需要几万元就可以加盟汤米洗衣店，这样妈妈老了，我也可以孝敬她，让她颐养天年幸福地生活。说着郭小娟泪眼蒙眬。卢厂长拉住郭小娟的手道，孩子！你的命真苦，不过现在都过去了，这些年你的努力没有白费，已经掌握了过硬的技术本领，可以单打独斗，翅膀硬了就应该自己飞翔，你也该去享受人生最美好的生活了，回家好好陪伴你的妈妈！郭小娟哭出了声试探着说，卢厂长，我还可以经常回来看您吗？卢厂长笑了，当然可以，你走了，我也会经常想你的。郭小娟道，我也是，以前经常在梦里见到你，要不这样吧，我叫您一声妈妈好吗？卢厂长哈哈地大笑起来，好孩子，那么从今以后我就是你的妈妈了，有什么难事不要瞒着我好吗？遇到需要帮忙的事就像女儿和妈妈似的交谈。我最喜欢你直来直去的性格，不要忘了皮革厂的同事和卢妈妈。郭小娟依依不舍地告别了卢厂长，回到家中和刘大杰商议加盟洗衣店的具体事宜。

刘大杰选了一个居民家属院的大门口，把自己多年来的积蓄投了进去，开办汤米洗衣加盟店。抱着诚实经营质量至上的经营理念，这个洗衣店给小区群众带来很大的方便，生意一天天好起来。郭小娟成了这个店的主力军。

郭小娟整日重复着同样的劳动，长时间不与人交流沟通。她性格内向，思想垃圾难以排泄，几度出现自杀的倾向。这么大的姑娘还不嫁人，急得刘大杰唉声叹气。此时驴友队“恶狼”队长来店里领衣服，“恶狼”拿出会员卡道，阿姨，看看我的登山衣洗好了吗？刘大杰拿过会员卡在电脑上查询后笑道，洗好了，我这就给你取过来。说着转动衣服架子，把相应的号码转过来，取下登山衣麻利地套上袋子。刘大杰问道，你经常登山吗？“恶狼”道，阿姨，我经常登山，看您愁眉不展的样子，有什么不顺心的事情吗？刘大杰道，我女儿长期独处，情绪难以排解，出现了思想障碍。“恶狼”笑道，同我们一起登山就能消解心中的苦闷，排解身体毒素的同时还能丢掉精神上的垃圾，保证她回来后轻松愉快地生活。刘大杰道，真有这么神奇吗？如果这样我也去登山。“恶狼”道，您看呀！为什么把登山的人叫作“驴友”，那是有说法的，因为驴友具有小毛驴的许多特点，毛驴有不服输的倔强脾气，它经常会因为外界原因生闷气，久而久之就会心理失衡，要想平衡自己心态缓解压力，你猜驴会怎么办呢？它情绪低落时就会大叫几声，发泄自己的不满情绪，困了就在地上打两个滚儿解解乏，高兴了就撒几个欢儿展示一下心中的快乐，再苦再累的活儿还不得继续干吗？因为生活还得继续，毛驴是通过这样的方式让自己保持积极上进的心态的。其实人也是如此，所以人们喜欢把花钱买罪受的登山人叫“驴友”。请您和小娟加入“恶狼”队吧！

刘大杰为了缓解女儿的病情，索性关掉洗衣店大门，挂上“今天休息”的牌子，专门陪着小娟去登山排解心中的不快，释放心中的郁闷。次日早晨，她们登上了去太行山的旅游大巴车，看到郑为民和王永盛穿着登山衣也在车上。郑为民道，小娟你也登山？郭小娟投去呆呆的目光道，妈妈非得让我陪她登山，两位阿姨也喜欢登山呀？郑为民道，经常熬夜，身体需要放松，登山也是一项较好的有氧运动，比较适合锻炼身体。王永盛向小娟示意道，很高兴与你们同行。

几个小时后，汽车停在太行山下的神沟入口，晴朗的空中悬挂着暖洋洋的太阳，小桥流水哗哗啦啦的响声伴随着乌鸦嘎嘎的叫声在山间回荡，溪涧潭水里映照着满山的翠绿和红叶，绿中带红的秋水里鱼儿自由地游荡，空气中散发着野菊花迷人的香味，让人神清气爽，断崖峭壁上的千年古柏和各种叫不上名字的小草树木与红叶交相呼应，一幅美丽的秋色风景山水画卷展现在眼前。

驴友背起行囊向着山中走去，就像画中的蚂蚁在缓慢爬行。刘大杰向郑为民和王永盛诉说着小娟的抑郁状况，并说明了登山的目的。郑为民惊呆了，郭小娟出狱后发生了这么大的变化，如今自由了还想不开，就和王永盛商量怎样才能调动郭小娟对生活的热情。王永盛道，小娟学过国学，有一定文化基础，要不让她动动脑筋，咱们作诗表达自己的心情或者赞扬美好的风景，或许会让她脑袋开窍从抑郁中走出来。几个人赞同王永盛的提议，加快脚步赶上郭小娟，说明了作诗的规则，问小娟是否愿意加入作诗的小活动。郭小娟在登山运动中精神愉悦，把一切烦心事都抛到脑后，满口答应王永盛的邀请。郑为民道，我已经想了好长时间，你们看到小溪边的冬青树没有？上边瀑布散发的薄雾在阳光照射下形成了漂亮的彩虹，还有树顶上刚长出鲜艳的红色嫩叶，新叶红得比花儿还好看呢！我就以《叶如花》为名作一首小诗，希望大家多提宝贵意见：

叶如花

万绿丛中几点红，
首红身绿各不同。
似花非花叶儿囧，
绿红辉映悬空中。
红叶争艳百花㞞，

驻足采风景色浓。
蓝天白云映彩虹，
涓涓涟漪影似弓。

大家拍手叫绝，好诗好诗。王永盛道，你们看到小溪下游湖水上的拱桥了吗？还有旁边的栈道，联想到身边的“恶狼”和小娟，我以桥为名作一首小诗，希望驴友喜欢：

爱情桥

虹桥飞渡银河湾，
仙境桥水自相连。
如胶似漆情谊绵，
舍近求远暗自恋。

半圆虹桥寡自娱，
影桥结伴自成圆。
创意之作孤影伴，
倩桥丽影虚实幻。

眼前自有桥半边，
相亲相爱桥水间。
栈道通幽意中郎，
牛郎织女水中央。

小娟有点不好意思地说，我才认识“恶狼”没几天，就别取笑我们了。王永盛道，此“涓”非彼“娟”，此“郎”非彼“狼”，不必计较。郭小娟道，听不明白你的意思了。王永盛道，郑为民的“涓”为涓涓流水的“涓”，不是郭小娟的“娟”。我的“郎”为新郎的“郎”，不是“恶狼”的“狼”。“恶狼”接过话题道，我听说小娟的外号叫“美女蛇”，我的网名叫“恶狼”，咱们是一对“猛兽”，我们从认识到相互欣赏还得慢慢来！大家笑了。小娟却有点不高兴了，因为别人叫她“美女蛇”，是因为犯罪才得了这个外号，可是“恶狼”不知道这个原因，小娟忍着没有发作。“恶狼”道，我就以悬崖上的柏树作一首小诗吧，见笑了：

崖柏

神沟青山崖上柏，
根植崖壁事蹉跎。
季节变换满九州，
孤寂崖缝求生活。

缺水少肥不气馁，
强练筋骨千百岁。
候鸟嬉戏羊嘲笑，
驴儿欢歌满山叫。

崖柏点绿不成荫，
驴去柏留续千秋。
守望大山育万物，
千年古柏寄哀愁。

这首诗让郭小娟受益匪浅，感叹自己就像崖柏艰难地生存，如今已经快三十岁了，还是孤身一人没有恋爱，多么可怜。说话间众人已登上山顶，大家坐下来休息，她发现红叶树下生长着一片黄色的野菊花，几只蜜蜂在忙碌着采集花蜜。小娟灵机一动道，有了，我来作一首小诗大家听着：

赏红叶

神沟叶儿红似火，
万绫艳红缀青松。
白云深处飞禽鸣，
游人如织并肩行。

骄阳炙烤热难耐，
红叶丛中盼秋风。
忽见枯叶飘落处，
侧耳倾听采蜜嗡。

满山遍野似花海，
山山相连人攒动。
翘首弄姿留倩影，
留连忘返此山中。

不觉夕阳映红天，
方知留恋误返程。
贪恋红叶景色美，
来年孕育秋色景。

大家鼓掌叫好，真没有想到小娟竟然也是人才。说话间到了下山的时间。俗话说，上山容易下山难，走着走着驴友被前面的悬崖拦住了去路。“恶狼”道，我早有准备。说着把肩膀上的绳子取下来，一头绑在小树上用手拉拉检验是否牢固结实，把绳子的另一头扔下悬崖，告诉郑为民指挥驴友下山的方法，自己下到山崖中间保护驴友的人身安全。郑为民告诉着每个驴友下山的注意事项，驴友一个个地拉着绳子向下滑去。小娟看到许多驴友没系安全绳索，都顺利地下去了，她认为自己年轻，就拒绝安全绳索的保护。她顺着绳子向崖下降去，快到崖中间平台时一脚没有踩稳，身体顺着绳子向下滑去。她看到几十米深的悬崖峭壁，害怕极了，如果掉下去非死即伤。她抓紧绳子沿着崖壁向下加速滑落，“恶狼”看到情况危急，就站在悬崖边上急忙喊道，我接着你不要怕，一定要抓紧绳子。小娟磕磕碰碰滑落下来，“恶狼”一手抓着树枝一只胳膊拦腰抱住小娟问道，没受伤吧？小娟蹲了下来道，我的脚崴了，这可怎么办？“恶狼”道，没事的，有我呢！我就是背也要把你背到山下，况且还有这么多驴友呢！“恶狼”护着小娟下到安全地带，小娟扶着“恶狼”胳膊一瘸一拐地向前走着。小娟感到脚踝疼痛难忍，“恶狼”就背着她继续下山。郑为民和王永盛想了个好办法，让四个人相互握住手腕，形成口字形的受力点，让郭小娟坐上去，大家抬着她下了山。分别时“恶狼”还给小娟发出了邀请，要求每登一座山，就要写一首诗进行比赛。小娟从此多了一个生活乐趣，爱上了爬山，也爱上了这个善良的“恶狼”。爱情和健康的业余爱好使郭小娟告别了抑郁，开始了真正的生活。

马君红看到出狱少年犯的喜人成绩，也立志成才。这些年在未管所里精心学习厨艺，他通过自己的努力考取了二级厨师资格证书，把监狱无聊的生活变成了美好的学习时代。他想，与其无聊地混日子，还不如学一门有用的技术，出狱后也好找到体面的工作养活自己。如果幸运还能找到如意的妻子，过上老婆孩子热炕头的幸福生活，那该多么美好。如今刑满释放回到社会，他不愿意到培养他成才的大酒店当厨师，因为那里的人都知道他是从监狱走出来的少年犯，有人会看不起他。他就去一家中等大小的酒店应聘，拿出二级厨师证书亮明身份，并做了几道拿手的饭菜，老板一眼就相中了马君红做的菜肴，尝了一口红烧鲤鱼夸奖道，色香味俱全，适合大众口味，请马师傅留下吧！这家酒店因为有了马君红的加入，生意越来越红火，马君红的饭菜得到了客人的认可，可是好景不长，酒店发生了一起案件使马君红深受其害。

将冰是这家酒店的老顾客，这天他私人请客，酒过三巡就向朋友吹嘘道，今天请客不用付钱。朋友也喝多了酒说，我们不信你能把牛吹上天，吃饭哪有不付钱的道理？双方打起赌来，新来的女服务员倒酒送菜，不知其中的原委。蒋冰道，妹子，你看这么高级的酒店里怎么还有苍蝇，赶快把这些“飞机”消灭掉，否则我让你们领导批评你。服务员左打右拍，苍蝇依然乱飞。蒋冰道，快去叫范经理过来把“飞机”打掉，连几个苍蝇都搞不定还开酒店。服务员无奈叫来范经理，两人手忙脚乱地拍打苍蝇。蒋冰道，别打了，不仅天上飞的有苍蝇，炒的菜里也有苍蝇。范经理赔笑道，蒋经理别开玩笑了，这不“飞机”都在天上飞着呢嘛，菜里哪有啊！说着审视着桌子上的美味佳肴。蒋冰道，你敢说没有！这是什么？此时一只苍蝇从他眼前飞过落在盘子的边沿上，他举手在苍蝇的后上方猛然向前一抓，把苍蝇抓在手里又顺手一弹，把苍蝇的尸体弹到鱼汤里。范经理见状道，你这是干什么？自己往菜里扔苍蝇那怎么能行？蒋冰道，苍蝇吃饱了自己飞进菜里，你们饭店卫生也太差了，搞不好我们已经吃进肚里好多苍蝇，哎哟！我肚子疼得难受，你看怎么处理吧！否则让卫生局、消费者协会来查你们。说着话捂着肚子一脸难受的样子。范经理道，高抬贵手让我们过得去，请别这样难为我们。你想怎么样才行？蒋冰道，也好说，都是老顾客了，今天免单怎么样？就不追究你们的过错了。范经理道，我只有半价的权力，要不让我请示一下老板怎么样？蒋冰一看真没面子，就趁着酒劲道，去你的吧！这里的卫生差到了极点，还想收钱，把你们的厨师叫过来，怎么做的菜呀！这鱼里怎么还有其他肉呢？

马君红听到吵闹声穿着厨师的衣服急忙跑过来，连声道，大哥请原谅都是我的错！要不再给你做一道菜，说着连连鞠躬致歉。蒋冰笑道，你他妈还学日本人，想投降怎么着？带个白帽子又是鞠躬又是作揖成何体统！借着酒劲对马君红身上猛踢两脚，把马君红踢倒在地。马君红自从学习国学以来，都是遇到以礼相待的人，还没有见过这样的场面。人常说，不打笑脸人，礼多人不怪，可是眼前的蒋冰借酒耍疯，马君红再也忍不下去了，起身一个飞脚把蒋冰踢倒在地，喝酒的朋友看到打了起来，就一哄而上，双方打得不可开交。

郑为民和民警把他们全部带到派出所，马君红和蒋冰的前科记录被查了出来，这次双方打架的人都被依法拘留。马君红也在拘留人员之列，他后悔莫及，老板也因为他的菜中有苍蝇把他开除了，马君红走投无路，准备出来后去易成龙的公司做饭。

郑为民送马君红去拘留所的路上，问起孙哲、齐飞、二黑的情况。马君红道，孙哲在未管所挑选了学习蛋糕的制作技术，面点技巧简单易学，很快就成了面点师傅，他出狱后在都市村庄开了一家面包店，承接生日蛋糕生意，整日里自得其乐。

郑为民道，齐飞现在干什么呢？马君红道，齐飞是都市村庄一户人家的独生子，这些年随着城市的扩容，这里被城市包围了起来，随着都市村庄改造，他家的宅基地和房子赔偿了八百多万元，他爹是种了一辈子地的农民，一下子得到了这么多的现金，真的不知道怎么用这些钱才好，齐父去探监的时候说，有错咱就改，犯了法就接受惩罚，出狱了爹帮你做生意。齐飞出狱后，齐父用五百万元现金做了中原知名白酒的省代理商，全省所有销售此类白酒的商户，都必须经过齐飞的代理公司购买，齐飞因此成了白酒的大批发商，在白酒批发业小有名气。

说话间汽车到了拘留所。老马正在拘留所大厅填写材料，听到他们说话插嘴道，齐飞家庭条件好，这样不用原始积累就能赚大钱，成功在望。听说二黑表现不错提前出狱了。马君红道，二黑出狱后放弃了服装加工手艺，凭着自己考取的电工证书，在红星公司做起专职电工，成了红星公司的得力干将，他拿出自己的收入，跟随道义和老板悄悄地做起了爱心活动。

郑为民道，他们几个出来后生活得还不错嘛！适应得挺好！老马岔开话题道，你家的华华现在干什么呢？郑为民笑道，这孩子从小养成了探索世界的习惯，以至于问得老师也无法回答他的问题。郑华华遇到问题就问身边的人，他奉行“三人行必有我师焉”的学习态度，听到别人说的正确答案，经过思考吸收转化成自己的知识，久而久之就成了“百事通”，特别在感兴趣的航天工业和机器人领域，除了孜孜不倦学习书本知识以外，更是刻苦钻研开拓创新，在航空领域向老师学习，攻关克难正向新的台阶迈进。老马道，华华是真正的优秀人才。

华华考上了清华大学，一直在钻研科技，从来没有想过能交上桃花运，没想到一支玫瑰花向他砸来，幸福来得太快，让他措手不及。《紫荆》报副社长司马金兰多次打来电话，让他们“空间动力学”的学生也参加校报栏目投稿，郑华华这些天为了攻克航天难题，也顾不上向校报投稿的事了。司马金兰看到电话通知没有作用，就亲自来到实验室对郑华华道，人常说，一枝独秀不是春，百花齐放春满园呢！郑华华笑了笑放下手中的实验盒道，自娱自乐吧！谁承认你们是一枝独秀的花儿。司马金兰妩媚地笑道，自成一体就是美丽的花朵，你们空间动力学不想秀一下肌肉吗？快来参加校报吧！给你们留了一席之地。郑华华道，当然当然！我和同学们商量了再确定吧！司马金兰道，华华，向你请教个问题好吗？我爸让我把小时候的学习方法和作文之类的东西总结归类，出一本指导小学生学习的书，你看怎么样？郑华华轻视地笑道，小儿科，我在高中时就出过这样的书。顺手从书架上拿了一本书递过去道，给！司马社长看看这个。司马金兰打开书的目录，欣赏着郑华华的作品：《如何成为航空领域的领军人物》、《让航空母舰成为太空中转站的理论设想》、《浅析超越人类极限走出太阳系的策略》……司马金兰惊讶地看着郑华华道，你家的牛上餐桌了。郑华华一愣道，此话怎讲？司马金兰笑道，“牛死”了呗！如果夸你虚怀若谷志向远大，有点小看你了，我说你迟迟不来参加校报投稿，原来是胸怀宇宙之外的太空，你的想象大到了无边无际，简直让常人不可理解，我敬佩你远大的梦想，华华！我等你的好消息呀！我也可能会助你一臂之力，我是法学系研究刑法的学生，我是说中国的刑法乃至世界的刑法学，而你的思想已经飞到了星球之外乃至整个太空，这在实验室里不会有人误解你，如果在社会上也许会有人认为你是疯子，简直就是异想天开。

郑华华笑道，司马金兰呀，夸我呢还是损我？我今天的任务完成了，走，我们到校园里走走，聊聊你的看法。司马金兰道，谁给你的任务？郑华华道，自己定的呗，首先完成一个小小的目标，把小目标全部完成了，就会实现基本级目标乃至终极目标，对吧！司马金兰从心里敬佩这个高大帅气的小伙子，仰着脸说道，我们的思想是这么一致，我也是这样做的，不过实现走出宇宙的终极目标，咱们这一代能行吗？郑华华看到有机可乘道，那就让咱们的下一代来实现吧！郑华华故意加重拉长“咱”字的声音语调。司马金兰看华华嬉皮笑脸就不好意思地说，别强调“咱”字了，是我们的下一代好吗？郑华华喜上眉梢连声道，听你的！好……你中计了也不知道，真是个傻妞。司马金兰方才明白过来“我们”的双层含义，让郑华华抓住了把柄。于是就上前揪住郑华华的耳朵娇嗔道，就你坏！将来上了太空也得法律管着你，看你还敢使坏不。郑华华求饶道，好疼呀，赶快松开吧！下回不敢了。顺手把司马金兰的手推开，继续道，我感觉耳朵被拧挺幸福的。司马金兰笑道，耍贫嘴了还有下回，让另一只耳朵也尝尝被拧的滋味。郑华华道，我要走在星空之间，脚踏大地之上，让子孙后代继续探索宇宙空间直到功成名就，这是利在千秋的伟大事业，必须后继有人才能实现。司马金兰高傲的心被彻底征服了，她觉得郑华华身上有太多的奥秘需要探索。她认为郑华华就是爸爸说的麦田理论中最大的麦穗，心生爱慕之情，两人交往更加亲密起来。郑华华被司马金兰的机智豁达征服了，觉得找到志同道合之人，两个人很快坠入了爱河。

郑华华给妈妈用微信发来问候，还有一张自己和一个女孩儿背影的照片，下面留有一行楷体小字：妈妈！我恋爱了，暂时保密，别问她是谁，见面就知道了。郑为民为华华学业有成而骄傲，更为他能自由选择爱人而高兴。于是回复一幅喜鹊闹春的图片，送去甜蜜的祝福贺词。郑华华看到了两层意思，一是祝福美好的生活，二是别忘了娘。他回复妈妈常讲的一句俗话“麻雀翘尾巴长娶了媳妇忘了娘”，然后加上“笑脸”。郑为民回道，到达遥远的星球需要三十一光年的时间，看你怎么过去又怎么回来，不忘了娘才怪呢！哈哈哈！

司马永庆欣赏着女儿的文章《快乐似水痛苦如沙》，回忆着女儿中学时代成长的甜蜜。他觉得女儿快毕业了，应该到清华大学看望女儿一次，显示父母对孩子的关心和爱护。

司马金兰在学校门口见到父母，稍作休息就趁着中午放学时间去见张导师。司马永庆表达了对张导师的仰慕之情，执意要请张导师吃饭。张导师道，还是体会一下女儿在清华大学的生活吧！饭堂伙食挺好的，味道不比外边饭店的差，到外边吃饭既花钱又浪费时间，请吧！我们去饭堂边吃边聊。司马永庆看到各种各样的菜饭赞不绝口，打了喜欢吃的饭菜坐在张导师对面，请求道，张导师！我就这么一个女儿，我这个做父亲的有点俗，孩子马上就毕业了，想找称心如意的工作还需要您推荐呀！张导师不以为然道，我的学生是中国刑法的继承者，是为中国人民法治进程做贡献的人，在为中国人民乃至世界人民的法治文明做出贡献的同时，会得到人民的爱戴和认可，也会得到相应的报酬，工作的事就不用费心了。司马金兰道，请您老人家放心吧！我以前以考入清华大学为骄傲，以后我要成为清华大学的骄傲。司马永庆听了女儿的话语，仿佛看到女儿高远的志向和博大的胸怀，他满足地微笑着不知何言以对。回到家中对全家人说，女儿是我们的骄傲，也是全家人的荣耀，依据女儿现在的水平和高度不是她去找工作，而是有众多的工作等着她去完成，我太欣慰了。

司马永庆提到女儿的婚事，司马金兰却直言不讳地把她和郑华华亲密的照片发了过来，把郑华华的家庭背景和父母名字详细向父亲汇报。司马永庆看后笑逐颜开，回微信道，女儿呀！你终于找到了最好的麦田，带回了称心如意的麦穗。全家人期待着你成家立业。

转眼间假期到了，司马金兰和郑华华回家休假，张红星和郑为民把双方老人孩子请到饭店，包了能坐十几个人的大圆桌，大家分宾主落座。司马永庆小声地问女儿道，你的如意郎君呢？司马金兰拉着郑华华大方地说，爸爸！这就是你要的大麦穗。说着把郑华华推到司马永庆面前，司马永庆高兴地请郑华华坐下。郑华华毕恭毕敬地说道，叔叔好！回头看着司马金兰不解地笑道，我怎么成麦穗了呢？司马金兰顽皮地解释道，这是我和爸爸的约定，他提出麦田理论中的最高产品，看你高耸直立的发型多么像成熟的麦芒，一个个锋芒毕露，宽大额头下白净的脸颊好似镶嵌了饱满的麦粒，在向大家呼唤“我就是最大的麦穗”。郑华华挺胸自嘲道，成熟麦穗因饱满昂首挺立。司马金兰嬉笑道，成功智者因谋深手到擒来。说着双手捧起郑华华的脸在额头上轻轻地亲了一下。郑华华被司马金兰热情奔放的举动弄傻了，红晕从脸上瞬间传染到了脖子，看上去像白里透红的晚霞。郑华华姑娘般的羞涩使大家捧腹大笑起来。郑为民和张红星笑得最欢，张红星拍了拍华华的肩膀道，我们家培养出来的麦穗不仅最大最好，还能吃能喝，而且还能靠在肩膀上睡个安稳觉。郑为民笑道，都这把年纪了还不正经。司马夫妇连连夸赞亲家幽默风趣，大家谈笑风生，张红星和司马永庆酒醉而归。

易成龙得知消息已经是第二天了，前来祝贺郑华华喜结良缘。谈话间电话响了起来，易成龙不动声色地接听电话，完毕后合上电话道，如果方便请你们喝茶，让我也学习新的知识。郑华华依然醉眼蒙眬地说，改日再聚吧！昨天的酒现在还在肚子里作怪呢！

易成龙回到了工地售楼部，王会计道，易经理！蒋甲的售楼价格明显低于市场价格，本来已经谈好的顾客，大多都跑到他们那里去了，你看怎么办？易成龙道，他有千条计，我有老主意，以不变应万变。我们的楼盘小，加上先期销售的部分，现在正在收尾，不用着急上火，不理他便是了。蒋甲利用欺骗的手段把易成龙的五个客户吸引过来，签订了购房合同。易成龙暂时受到了损失，不过房屋所剩无几，此时恰逢服装厂员工集体购房正在选择楼盘。孙师傅问孙云霞道，易龙房产还有多少房子没有出售，价格如何？孙云霞实情相告道，如果清盘自然优惠多多。双方在互惠互利中达成了协议，易成龙此次楼盘销售圆满收官，蒋甲得知消息怒不可遏。

蒋甲正在教训蒋冰时，蒋秘书打开门道，蒋总外面有人找您，说是滚公子来了。蒋甲赶紧到门口迎接，滚公子在母亲和蒋母的陪同下来到公司会议室，分别坐在相应的位置上。蒋母指着身边的人道，不用介绍你应该知道这是滚公子，那是伯母，你爸去世前已经写好财产分割书，为了报答滚公子父亲的知遇之恩，把蒋氏公司一半股份分给了滚公子。当时你也看到了这份遗书，这些年你经营得很好，也辛苦了。滚母道，感谢蒋氏公司在我们母子人生最失落的时候出手相助，感谢蒋甲多年来对公司的付出。滚公子道，蒋甲，以后我们兄弟就要肩并肩地经营公司了，不过你还是老总，我听你的指挥，有重大问题我们开董事会商量解决。特别是涉及法律法规的问题切不可大意，我算是吃了个大亏，也吃够了苦头。蒋甲道，滚哥！你是苦尽甘来，咱们公司现在的资产已经达到了五个亿，你不是一无所有，而是两点五亿元的富翁了。放心吧！我有吃的就不会让哥哥挨饿。

滚公子点头致谢道，谢了蒋甲兄弟！今天我还请过来一个人，她叫郑为民，我向大家郑重宣布我认亲了，她就是我失散多年的亲姐姐。说话间郑为民和老马走了进来，蒋甲一脸惊讶。会议室里传来阵阵掌声。郑为民走进来向大家示意道，感谢上天的安排，让我找到了亲生母亲和弟弟，无论过去经历了什么，我都不会去计较，我们要珍惜眼前的幸福，不能让以前的悲剧重演。希望蒋氏公司合法经营再创佳绩，为社会做贡献的同时盈利多多生意兴隆。也希望你们内部精诚团结，与外部和睦相处互利共赢。更希望我们大家庭小家庭幸福美满，不要让更多的儿童失去家园、失去母亲、失去温暖，让每个家庭都保护好幼小的心灵。说着郑为民泪水已经流满了脸颊。

郑为民谈到了易成龙，想让易成龙和滚公子、蒋甲见面，化干戈为玉帛，不再发生那么多无意义的争斗。蒋冰走进来贴近蒋甲的耳朵小声说，蒋总，有五个客户来找您讨说法，他们购买房子的面积与实际不符，要求房管局重新测量。滚公子听了对蒋甲道，兄弟！如果是我们的失误就重新测量补偿差价。蒋甲道，滚哥好听力呀！这么小的声音也能听到，这是从易成龙那里抢来的客户，我知道是什么原因，价格降下来了面积当然有了减少，其实羊毛出在羊身上。你说得非常正确，把多收的钱退回去让客户满意，这个损失公司承担。当时有点冲动做出错误决定，才造成这样的结果，让滚哥见笑了。滚公子哈哈笑道，能听到你们两个的悄悄话，这“千里听”的本事是跟着未管所杜干事学来的。老马道，滚公子这些年可学了不少本事，据说“千里听”只是冰山一角而已。

郑为民看到这个和谐的场面就提议道，有机会让你们几个小兄弟见个面，互通有无、摒弃前嫌、交流经验、化干戈为玉帛，你们看行吗？

滚公子表面答应道，好的姐！

郑为民道，见面把话说开是最好的选择，便于公司以后的发展。

蒋甲望着大家离去的背影对滚公子道，易成龙处处和我们作对，抢我们的生意，何不这样……给他点颜色看看。滚公子笑道，只要能出蒋弟一口恶气，你就随心所欲吧！蒋甲道，易成龙可是郑为民的红人，不过郑为民原来是我们的敌人，现在不同了。滚公子道，有什么区别？蒋甲道，她可是你亲姐呀！滚公子笑道，不知她会帮谁，心里没有底，我们这样做会有风险！蒋甲道，量小非君子，无毒不丈夫。滚公子道，听说易成龙要成立公司，承建商品房和体育场，请二猫娃出山也许会带来好运。蒋甲说，钱比亲情更重要，关键时候摆他一道。

第十章　回报社会

司马金兰被郑华华的高远目标所打动，为他的才华而感到自豪。同在清华大学就读，又是中原市的老乡，她的心已有所属了，经常莫名其妙地想起郑华华。她有了心思，再也不是以前单纯的姑娘了。郑华华也为司马金兰的演讲所折服，在一次国际刑法研讨会上，司马金兰用德语演讲了四十多分钟，阐述了自己的论文观点，在世界性的研讨会上得到了德国、法国、英国等刑法专家的一致好评，迎来了阵阵掌声。郑华华也为学了一门德语而庆幸，否则这么精彩的德语演讲就错过了。

郑华华拿着《紫荆》报翻看着，欣赏着司马金兰亲自编辑的文章，闻着报纸散发出的墨香，就像呵护爱不释手的宝玉一样，用心咀嚼着每一句话，把字里行间的情感都刻在脑海里。那不是简单的文章而是爱的宣言，虽然不是写给他的，但是他欣赏司马金兰与众不同的文才。他突然间回过神来，告诫自己别那么没有出息，真是有点爱屋及乌了，既然她是文人就来点文的吧，于是顺手在微信中向司马金兰写道：

日熟月满映太空，
银河繁星缀苍穹。
牡丹花开自芬芳，
中原龙凤呈吉祥。
紫荆鹊桥难相忘，
思恋金兰归故乡。

司马金兰喜出望外立刻回道：

似华非花香四溢，
繁星日月皆田地。
麦穗硕果随兰意，
拜谢田人结连理。

郑华华心里狂跳不止，兴奋得难以入眠，看来司马金兰也是动情之作，两人同乡又是同学，真是男女双才。虽说司马金兰没有惊人的容貌，但也是家庭教育良好的才女红颜，即便是在清华大学也是个知名人物，况且双方家庭的教育理念也相当接近。现在同校学习也是难得的好机会，要抓住大好时机谈成婚事。两人开始花前月下密切接触起来，畅谈着人生的感悟，憧憬着美好的未来。自从双方父母见面后，两个人就开始准备结婚的大事了，计划着如何办好结婚典礼。

他们两个到了谈婚论嫁的年龄，毕业后是他们结婚的最佳时机，为此双方父母也操碎了心，都想风风光光地在中原市举办一场别开生面的结婚典礼，为孩子幸福生活打下良好的基础，可是这对年轻人想法出奇相似，不想把结婚仪式落入俗套，他们想借结婚的假期周游世界名山大川。张红星道，华华，我想给你们多花一些钱举办一场高规格的婚礼，让你永远铭记爸妈给你最深厚的爱，记住人生最幸福的时刻。两个人去旅游多没意思，如果能把快乐分享给大家那该多好。郑华华笑了，父母大人的爱我一并笑纳了，我们也不会少花您的钱，你们还不知道我俩想去的地方吧？

司马永庆看着女儿和郑华华关心道，只要你们开心，无论想去哪里都可以，哪怕上天入地游玩爸爸都给予全力支持。司马金兰一手扶着爸爸的肩膀，一手拉着郑华华的手笑道，华华想借结婚的机会到世界各地看看，也不浪费人生的美好时光。张二华在一旁插嘴道，哥哥去哪里玩？也带上我吧！华华笑道，等你长大了我们一起玩好吗？郑为民递给二华一个苹果道，来，多吃点长高了跟着哥哥闯世界。回过头来看着华华问道，计划去几个地方？郑华华笑道，说了你们可别担心呀！我们已经做好了充分的准备，一是到世界最高的地方观察恶劣环境。二是到世界最深的海底瞧瞧高压下的生命延续。三是到世界最先进的航空国家学习他们的航空经验。四是到机器人发展领先的地方参观学习。五是看看微观世界的科学发现，探讨如何能够达到人类长生不老或者冷冻生存的目的。六是去世界最热和最冷的地方感受人类的生存状况。张红星惊讶道，你的计划听起来风险太多了，如何防范呢？郑华华胸有成竹地说，我是想借机开阔视野增加阅历，为以后的航空研究积累经验，不会为了探奇牺牲自己的生命，人力达不到的地方可以借助现代科技实现目标，也算作到达一定的高度和深度，用望远镜观察目标会更加清晰明了。郑为民道，原来是这样呀！可是我还是担心你们的安全问题。司马永庆抢过话题道，金兰！你也喜欢华华选的地方吗？就没有自己选的地方让华华陪你去观光旅游？司马金兰道，他呀！需要我保护，无论走到哪里都有人的存在，有人就有国家，有国家就有法律，我要用法律来保护华华的安全！也借机研究各国刑法的制定标准，特别想了解对少年犯罪惩罚和教育的差异。司马金兰的妈妈心疼道，看看金兰都成什么了，三句话不离本行，简直钻到法律专业里边去了，既然休婚假了就把工作放在一边吧！换个环境让脑子好好地休息一段时间！华华和司马金兰都笑了，看把你们急的，没事，放心吧！张红星道，不过等你们旅游回来后，我还要举办婚礼宴请，让亲人朋友分享你们新婚的快乐！家乡有闹婚的习俗，到时候还有人闹洞房呢！这叫喜庆，明白吗？郑华华答应道，好的！司马金兰有点害怕道，我知道一些闹洞房让人难以理解的内容，其他的礼仪都可以接受，闹洞房就省了吧！郑华华说，只要能让高中同学们放弃闹洞房的想法，其他问题就会迎刃而解，我觉得这工作不好做呀！都想借机会沾点喜气呢！还是硬着头皮迎接新的挑战吧！

他俩征得了双方父母的同意，去中原婚姻登记所领取了两套结婚证书，每人一个大的和一个小的红色本本，大的结婚证书美观大方，适合放在家里保存，小的工艺精美，可以折叠起来便于外出携带。

他们首先乘坐直升机在喜马拉雅山脉上空飞行，飞机掠过珠穆朗玛峰时，司马金兰道，华华快看，全是白茫茫的一片，哪能看到动植物的影子，更不能了解它们的生存状况了。郑华华道，这叫骑马观花大概了解情况，回去再详细观看自动录像设备捕捉到的景象。

几天后，两个人来到中国蛟龙号基地，向领导申请能否同潜水人员下到海底。没有得到领导的同意，只好到深潜的海域观察天气海浪的变化，研究当地海洋生物的生存状况，向队员们询问海底植物和动物的生存方式，探讨人在海底压力和温度巨变情况下的承受能力，以及如何做好防护。

继而他们转到北极，考察冰冻地区因纽特人的生存现状，假想人类在其他星球如何适应恶劣的生存环境。然后横跨非洲和南美洲，不仅乘坐飞机低空飞行环视南极大陆，把南极冰盖尽收眼底，而且还在海岸线周边探险旅行。走访离赤道最近的国家，感受赤道的自然现象，在地球最为引人注目的地域留下了他们爱情的足迹，在人们最为关心的地方走访专家学者，感受环境变化对人类生存的影响，验证了“读万卷书不如行万里路”的名言。

他们两个人旅游回来感触颇深，打算每人写一本结婚游记。郑华华以特殊环境下生物生存状况为载体，书写人类未来一百年生存变迁的设想。司马金兰的笔记是从各国刑法发展历史和差异入手，展望中国刑法的发展方向，特别对沿途各国未成年人刑事处罚做了认真细致的调查，并针对历史发展进行了客观的分析研究。

他们满载着各种知识而归，双方父母宴请各位来宾，把喜悦的心情分享给家人和朋友。

易成龙和孙云霞前来祝贺，并送来请帖，两人定于十月一日举行婚礼，感谢恩人张红星和郑为民，也感谢郑华华以及关心爱护他成长的人们。这次他给所有的恩人们都下了请帖，有公安局、看守所、未管所的叔叔阿姨，有社会上的爱心人士以及政府部门的工作人员，还有他的员工和昔日在未管所的狱友们。这次的婚礼真是别具风格，虽然仪式没有什么特别的不同，但是参加的人员却五花八门。

华华的新婚大喜和易成龙的结婚邀请，使郑为民想起了自己的身世，不免从喜悦的顶峰生出一些悲伤来。她来到滚地龙的坟前祭拜，心情极为复杂，真的不知道该和滚地龙说些什么。她在坟前摆好贡品跪在地上，这是女儿给父亲的礼节，毕竟滚地龙是她的亲生父亲，尽管当时母亲和父亲把自己抛弃了，也是因为当时各种因素造成的，哪个父母会舍得遗弃自己的亲生骨肉呢？郑为民把供香点燃插在土里磕了三个响头，心里默默祝愿地下的父亲能够弃恶从善。郑为民想着这个奇妙的世界，那么多的恩恩怨怨让人无法理解。滚地龙是自己的父亲，命运却阴差阳错地把父女两个人变成了仇人。滚地龙为自己的利益不惜违法犯罪杀人掠财，而他的女儿却被郑家收养因祸得福，经过努力考入了中原人民警察学院，成为一名优秀的人民警察，奔波在社会治安第一线上，与犯罪分子展开了你死我活的斗争，女儿成为正义的使者，她和涉黑的父亲滚地龙成为真正的敌人。滚地龙的犯罪线索被郑为民发现，而郑为民的追查使滚地龙感到了空前的危机，他不仅杀死案件知情人灭口，而且还想杀死继续追查线索的郑为民，幸好被周古莉提醒，郑为民才幸免于难，否则郑为民也会成为父亲手下的冤魂。如果他知道郑为民是自己的亲生女儿，不知会有什么感想。郑为民想着想着两眼满含热泪，自己寻找父母的期盼终于有了眉目，竟然是一个让人难以置信的结果，使自己处于无比尴尬的境地。庆幸的是，养父母和伯伯都是爱心人士。她心里比较着双方的善恶得失，一方是十恶不赦的犯罪分子，另一方是善良的爱心人士。她对自己如此的人生经历颇有感慨。自己来到这个世界上无法选择生命，也无法选择生身父母，生命的一切都是父母给予的。她感叹自己的生命来得不是时候，又是如此悲惨。感谢幸运之神弥补了自己不幸的生命弱点，来到人世间虽然遭人遗弃，但是时来运转被郑伯伯发现并转交郑妈妈抚养，郑妈妈对自己就像对亲生女儿一样无微不至地关怀。如果不是郑妈妈说出自己的身世来历，也许这辈子也不会知道自己养女的身份。她庆幸自己在家庭中受到良好的教育，使自己从思想上和身体上都能够健康成长，顺利考入警校成为一名光荣的人民警察。她想着东又想着西，沉浸在回忆之中。

易成龙回到公司，一边准备着举办婚礼的各项事宜，一边总结着首次涉足房地产经营的经验教训，沉浸在首战告捷的喜悦中。这次在张红星的大力支持下完成了烂尾楼的承建和销售，使他看到了房地产业的广阔前景，但是他依然不敢自己成立房产公司，因为他不熟悉行业知识就不敢贸然跨行经营。俗话说，隔行如隔山，难免会出现意想不到的问题，总不能每次遇到困难就去找张叔叔帮忙解决。

他想着糖厂目前生意兴隆，何不双管齐下扩大生产量。经与股东协商，在糖厂投入一笔资金扩大生产。很快糖厂的机器设备购买到位并投入了生产，工人们在多劳多得制度的刺激下，加班加点地工作使产量剧增。糖厂在没有广告支撑的情况下盲目扩大生产，销售成了亟待解决的问题，一时间糖生产过量出现积压。这下可急坏了易成龙和孙云霞，他们一方面加强广告宣传，另一方面找爱心人士帮忙解决销售问题。社会爱心人士看到易龙喜糖出现滞销，就开始组织大家吃爱心糖，帮助推销易龙喜糖。在大家的共同努力下广告也开始发挥了作用，全国各地的销售商通过电话网络订购易龙喜糖，使易龙糖厂形成了良性循环。

小强得知易成龙有困难的消息，也前来帮助销售易龙喜糖。易成龙看到小强不计前嫌帮助自己，惭愧得无地自容，想起以前给小强带来的损失，于是就拿出资金连本带利地偿还给小强，两个人的感情更加亲密起来。

易龙糖厂正常运转，使易成龙悬着的心终于放了下来。孙云霞和易成龙开始计划成立易龙房产公司。易成龙向张红星请教道，我想成立易龙房产公司，不过在资金和技术上欠缺很多，现有条件下成立房产公司心里没有底气，是否向银行大量贷款承接一百多亩地的房产建设，我一直犹豫不决。张红星道，从目前中原市城市框架不断拉大、外来人员大量涌入来判断房价走势，我觉得房价会持续上涨，也是房产投资的最佳时机。只要投资一般情况下都会赚钱，就好比人们常说的“台风口的猪”，风大了就会把猪吹上天，猪像插上了翅膀在天上飞翔，这种现象也叫水涨船高。抓住机会努力拼搏就会成功。

易成龙得到真经明确了投资方向，携带相关证明到政府部门办理房产公司的各种证照，并让孙云霞负责招收工作人员。张红星派出人员到易龙公司提供技术支持，就这样易成龙在张红星的帮助下办理了各种证照。易成龙如虎添翼，有了独立建设房产的资质。为了解决资金短缺的难题，易龙房产公司吸收了糖厂工人和孙云霞等人的大量资金，公司宣告成立。法人孙云霞，董事长易成龙，股东有孙云霞、易军、小强等人，择吉日召开公司成立大会。有人提出易成龙是进过监狱的人，他任公司董事长会不会有不好的结果，大家难免心存疑问。

会议开始了，易成龙就职演说，各位股东，公司的员工们大家好！有人说我是曾经犯过罪的人，那是以前的事了，从今天开始我会和大家一样遵纪守法努力工作，把我们的公司经营好，让大家知道什么是“浪子回头金不换”，检验真实版回头浪子的拼搏精神。我不敢说让您的投资换回金山银山，但我敢保证今天的投资会换来更多干净的真金白银。今天在这里我宣布易龙房产公司正式成立。大家鼓掌表示祝贺，易成龙听到掌声停下来接着说，在监狱里让我知道了什么是法律，知道了什么是敬畏，那里有我许多亲人，他们就是监狱的人民警察。如果不是他们培养了我，就没有我今天的成就，就不会有和社会爱心人士接触的机会，也不会学到那么多社会知识和生存技能。说实话我感谢那段失足的经历，感谢所有帮助过我的人。热烈的掌声淹没了易成龙的讲话，他举起双手示意掌声停下来，接着说，当然了，人生不能把违法犯罪用来体验，否则会一失足成千古恨，要引以为戒，希望我们公司的每一名员工都要遵守法律。下面由孙云霞经理安排工作。孙云霞道，各位同仁，我能有今天全靠社会各界爱心人士的帮助，全靠民警和办事处工作人员的救助，特别是张红星经理、郑为民警官多年来无微不至的关心和照顾，我才从一个缺吃少穿的孤儿走到了今天，不仅完成了学业，还合资创办了易龙糖厂，后来在红星公司大力扶持下完成了房产建设。这个项目的成功收官，红星公司付出了巨大的心血，我的成功与爱心人士的大力帮助是分不开的，因此我也要成为爱心人士中的一员，有小能力时献出小爱心，有大能力时做出大奉献。尽管易龙公司刚刚成立，各个项目都急需资金，但是我知道，我们投入资金是用来赚钱盈利的，而有些困难家庭和儿童没有生产能力，急于生活所需的物质帮助，我要在发展事业的同时搞好社会救助。今天是易龙公司开业的第一天，也是我们慈善事业的开始。在此我宣布董事预备会通过的捐赠决定，公司拿出两万元到神沟村贫困学校赠送学习用具。其实，“感激别人的心情是美好的，给予别人的心情更美好”。各位对这个决定有什么看法吗？此时大家鼓掌表示赞成。易军道，易成龙曾经是一个“坑爹”的孩子，成龙能有今天的成就真是老天开眼了。易成龙接过话题，手指着墙壁上放大的照片道，爹呀！您看，是因为他们辛勤付出才有我的今天！易成龙向大家依次介绍着照片上的人们，左边第一个是郑为民，其他恩人依次是常赞、司马永庆、马仗义、王永盛、郑文革、检察官、法官……然后对着照片深深地鞠躬道，感谢你们对失足少年的无私奉献，这不仅是慈善事业，还是一项伟大的工程。为了子孙后代的幸福，你们付出太多太多了。今天我长大了，我会用善良的心救助更多需要救助的人，让爱充满世界的每个角落。

此时，蒋甲、滚公子与江美集团合作开发的郊县别墅已售罄，二人将剩余土地转让给蓝天房产公司，利润按股份分成。蓝天公司发现有一个亿的支出没有发票清单，并对蒋甲无偿占用公用面积建设私家花园提出质疑。蒋甲担心道，滚哥，我们还是做些让步吧！蓝天公司还给我们百分之二十五的股份呢！滚公子道，我们投资多，当然利润也大，他们翻不了天。

二猫娃走进会议室兴奋地说，蒋总，我已经把资金按你的要求，投入到易龙公司。不过两位老总，我的报酬什么时候兑现？滚公子道，事成之后论功行赏。

易龙公司如期开张，工程建设顺利进行。二猫娃悄悄收购小强等人的股份，和易成龙的股份各占一半。房子建起来了，蒋甲指使二猫娃偷梁换柱，将易成龙的客户换成自己的客户，签订正式购房合同。两个客户在看同一套房子时，发生冲突，各自拿出自己的购房合同，互不相让。经比较，易成龙签订的购房意向合同，没有房管局的合同法律效力强。此时公司正在建设，急需大量资金，客户房款已被公司使用，暂时不能退还。客户认为，一房卖俩人如同一女嫁二男一样可恶，将易成龙告到经济侦查大队。民警经过取证认定，易成龙有合同诈骗嫌疑，被刑事拘留。

二猫娃回去向蒋甲复命，蒋甲兑现承诺，给二猫娃经济报酬。

孙云霞向郑为民求助，郑为民到处筹措资金，请求客户谅解，退还购房款。将有关材料报送检察院审核，易成龙的行为不构成犯罪。蒋甲得知消息来看易成龙的笑话道，有事没事进去喝个稀饭，挺爽的吧！易成龙笑道，你看江美集团带着民警来了。蒋甲吃惊道，江美也落井下石。民警走到跟前道，蒋甲，这次该你喝稀饭了，走吧！

孙云霞回到公司安排好工作。一行人来到中原市慈善协会，那里有一群整装待发的人们正在等候出发的命令。副主任陈涛看到孙云霞从车上下来道，孙经理！我们的桌椅板凳已经准备好了，你准备的东西在哪里？孙云霞指着身后的汽车笑道，都在卡车里呢！陈涛称赞道，还是孙经理想得周到，人已经到齐了我们出发吧！一行人说笑着上了汽车，向神沟村小学驶去。

神沟村小学坐落在伏牛山系的延山之间，小小的村落三面环山。村庄的低洼处是一汪汪清水，水面虽说不大，但却清澈可见水中嬉戏的鱼儿。山间的小溪从高处落下发出哗啦哗啦的流水声，路边盛开的花儿迎接着远方的客人，不知名的鸟儿也飞来飞去，喜鹊在枝头鸣叫着欢迎车队的到来。三辆汽车驶进村子，高音喇叭里传来的美妙的音乐在空中飘着，蓝天白云下映照着春的气息。学校门口已经人潮涌动，乡村干部和学校师生们列队迎接他们的到来。学校门口道路两边插着红旗，学校大门上方红色的楷书大字“神沟村小学”格外醒目，一边是竖着“好好学习”的牌子，另一边是“天天向上”。汽车在操场上的简易舞台前停了下来，只见舞台上方写着横幅“神沟村小学汇报演出”，左边竖着六个大字“欢迎莅临指导”，右边是“感恩慈善帮扶”。

申校长、曹乡长分别和陈涛、孙云霞等人握手，把一行人请到舞台中央位置坐下。申校长向台下师生们鞠躬道，首先欢迎尊贵客人的到来。掌声过后申校长介绍说，今天到场的贵客分别是：中原市慈善协会副主任陈涛同志、神沟乡副乡长曹利民同志、易龙公司孙云霞经理……应着申校长介绍的名称来宾分别站起来向大家挥手示意。下面欢迎曹乡长讲话！掌声过后，曹利民道，我宣布“中原慈善协会向神沟村小学捐赠仪式”现在开始。孙云霞和陈涛拿出准备好的赠送清单向大家宣布道，这次赠送给神沟村小学的物品有：桌子凳子五十套，黑板写作用品若干，书包三百个，各类图书五百册，铅笔作业本五百套……迎来师生的热烈掌声。申校长道，请各位爱心人士入座观赏神沟村师生文艺汇报演出。孙云霞和陈涛以及曹利民走到观众席坐在相应的位置上，学生们献上从山里采来的野花，此时舞台上响起了开场的音乐，小学生表演自创的“小天鹅”舞蹈，还有一些高年级学生的流行歌曲演唱，以及歌谣、唐诗宋词、三字经、百家姓、国学文化的表演朗诵。主持人道，下面有请神沟村的著名人物登场亮相。只见从舞台的角落里走出一个一年级的小学生，他头戴瓜皮帽，画满了皱纹的脸上戴着一副古典的老花镜。他健步向舞台中间走来，抬起右手在下巴颏的小山羊胡子上抹了一把，左手提起烟斗潇洒地吸了一口旱烟风趣地说，我——是——一——位——老——科——学——家。说着消失在观众的视野之外。观众还没有反应过来表演的意图，小演员就已经走下台去。等到观众明白过来时发出了一阵热烈的掌声。大家在欢乐的氛围中看过演出，众人簇拥着孙云霞、曹利民、陈涛在舞台上和小演员们合影留念。

申校长感激地说，感谢你们的爱心帮助，神沟村的孩子需要你们支持，因为有了你们的帮助，孩子们就会树立更远大的理想，像大鹏展翅一样从这里起飞，让理想插上腾飞的翅膀，飞越祖国的大好河山，实现自己的梦想。

孙云霞一行感慨万分地离开神沟村小学。陈涛道，今天是我人生中最受人尊重的一天，原来感觉接受别人的帮助很美好，现在有了给予别人帮助更美好的感觉，这种感觉使人身体里分泌快乐因子，这种物质使人快乐的同时还会使人提高抗病能力，要不然常说，善人善事得善果，看起来因果报应也是有科学依据的，事实就是如此，不是空穴来风。这次捐赠活动使孙云霞和员工明白了许多积德行善的道理。

孙云霞和易成龙这些年经常和张红星夫妇接触，发现他们每年都去红十字会义务献血，于是也悄悄地去奉献爱心，每献一次血心里就非常喜悦。孙云霞发现郑为民近期总是去医院看病。两个人在医院相遇，孙云霞关切地问道，郑阿姨，你哪里不舒服？我怎么看您脸色有点不对劲呀！郑为民笑道，近些天身体有点小炎症，没有什么大毛病，吃点药打打针就好了。经过孙云霞了解，郑为民因得了尿毒症才经常去看西医，目前已经到了较为严重的地步了，医生建议她手术治疗。郑为民正在选择治疗的方法。医生继续说，尿毒症是因肾脏长期超负荷工作造成的损伤，目前腿部已经出现了轻度浮肿，如果不及时治疗可能会出现更严重的后果。张红星笑着安慰道，为民呀！无论你怎么样我都是你忠实的伴侣。郑为民笑了，你不是我的伴侣又能是谁的伴侣呢？我不会轻易给别人让位置的！王永盛开玩笑道，你可得小心点，对他关心少了，他有可能红杏出墙，让你后悔莫及。郑为民笑道，不用怕，男人就是女人裤腰带上的一条狗，该松的时候一定要放松，让他跑得远一点儿，否则他会咬人的。只要他知道回家就可以了，这样日子就会越过越好。张红星听了伸了伸舌头，双臂卷起来发出“汪……汪”的狗叫声。郑为民笑道，看你那小样还想咬人咋地。张红星冲着郑为民扮了个鬼脸，龇龇牙滑稽地叫两声“汪汪”。此时主治医生经过这里对着病房轻声喊道，医院不许带狗！张红星闻声来到走廊和医生谈起了郑为民的病情。

医生道，从西医的角度出发，换肾手术是最佳治疗方案，这样痊愈后不影响工作和生活。否则任其发展下去可能会造成器官的衰竭，甚至危及生命。

孙云霞得知消息，赶紧找易成龙商量道，我能有今天都是得益于爱心组织的特殊照顾，特别是张红星和郑为民的帮助，否则我早就不在人世了。现在我的恩人生病了，命在旦夕，我要救她，有个想法还需要你的支持。孙云霞继续说，我想把肾脏捐给恩人，让她好好地活下去！易成龙吓了一跳道，不行！你如果少了一个肾脏可能就不会生孩子了！那么我们结婚还有什么意义？也许就会断子绝孙，绝不可以。孙云霞道，他们夫妻救了我，现在她有生命危险，我怎能坐视不管。易成龙道，如果说感恩的话，郑为民对我就像妈妈一样恩重如山，我一直以来都管她叫妈妈！如果真的需要移植肾脏，就用我的肾吧！我是男人不需要生孩子，你说是吧？只要郑妈妈好，我会尽最大的努力。两个人争执不下，继而抱头痛哭起来，好人怎么就不会长寿呢？都说好人一生平安，郑阿姨怎么会得上这种病？易成龙突然推开孙云霞道，云霞我们不哭，关键是哭了也没有用呀！我们也别争了，做好两种准备吧！换肾手术还需要血型配对呢！只有双方各项指标符合标准才能做手术治疗，明白吗？孙云霞恍然大悟道，我怎么这点常识也没有呀？易成龙道，另一种准备就是去找中医，也许中医会用更好的办法保守治疗。用中药疗养会好得慢些，但是就不用做换肾手术了！其实病人也不能完全相信医生的判断，要根据自己的病情做出符合实际的决定。再说了，郑妈妈也不知道是什么态度，我们瞎着急也没有用。我想去郑妈妈那里了解一下情况，我们的想法先不要让她知道。

易成龙买了些营养品去看望郑为民，郑妈和滚公子正在客厅说着什么。看到易成龙来家里看望郑为民，郑妈赶紧迎过来道，成龙来了请坐吧！易成龙道，听说郑妈妈病了我来看看。郑妈道，为民肾炎犯了没什么事，消消炎就好了，不用担心。滚公子接过话道，阿姨！别瞒我们了，我都知道为民姐得的是肾病，也叫尿毒症，我已经把我和为民姐的血液做了配对实验，我和姐的各项指标都很匹配，我可以把肾脏捐给姐姐用。如果姐姐肾脏恢复了正常功能，身体就会健康起来。为民姐可是我的亲姐呀！

郑为民在里屋听到他们的谈话，在张红星的搀扶下走出卧室道，你们看我这样子不是挺好吗？不用紧张，吃药打针就会好的，放心吧！我才不去做手术呢！易成龙拉住郑为民的手道，郑妈妈如果需要手术，我和云霞都愿意把肾捐出来，不惜一切代价也要治好您的病！如果我们以前没有得到您的帮助，那么现在还不知在什么地方流浪呢！更不会有如今的成就。郑为民笑了，好孩子，身体是自己的，不可随意决定捐献器官，请相信人的再生能力和修复功能，经过治疗会好起来的。易成龙听了感动不已，我知道了郑妈妈，您好好养病吧！过几天我再来看你。易成龙走了，他直接去省中医院找到全国知名肾脏专家张医生，把郑为民的病情和基本情况说了一遍。张医生看了郑为民的病历道，这种病很顽固，想痊愈需要很长时间，更重要的是需要休息和有规律的生活。听你说她的生活很不规律，如果不能保证充足的休息时间，肾脏是无法自我康复的，病情反而会更加严重。

易成龙想着如何劝说郑为民去中医院看病。他再次看望郑为民道，让中医看病挂专家号也需要排队，不过我已经提前替您挂过号了，轮到您的时候我们再去见张医生。此时，郑妈和滚妈也为郑为民的病情担忧，已经悄悄地在医院安排了手术时间，滚公子也做好了捐献肾脏的准备。听说今天已经到了给郑为民做手术的时间，易成龙得到消息飞快地跑到医院，先阻止了滚公子的捐肾手术，然后跑到手术室门口向滚妈和郑妈请求道，中医可以用保守的办法治好郑妈妈的病。在易成龙的再三请求下，已经打了麻醉药的郑为民被推出手术室。两个妈妈为了挽救女儿的生命，瞒着郑为民给她做换肾手术，幸好易成龙及时赶到，这场手术流产了，郑为民开始保守治疗肾病。

郑为民在中医的精心调理下，严格遵守医生提供的饮食要求和作息时间，经过一段时间的治疗，身体逐步恢复了健康。郑为民被大家的行为感动着，她想，亲人们都在感恩社会，而自己身体不争气住进了医院。她想让自己快些好起来尽快去上班，她觉得平常工作繁忙，时间过得飞快，现在躺在病床上休息，反而觉得生活这么漫长，无所事事的日子让她不知如何是好。

易成龙和孙云霞本来想结婚，得知郑为民的病情就推迟了结婚时间。随着时间的推移，郑为民的尿毒症已基本康复。他俩邀请郑为民参加婚礼，如果方便的话想让郑为民当证婚人。郑为民满口答应，叹道，只是身体有点不争气，你们两个放心吧！我会按时参加婚礼。易成龙道，郑妈妈可是贵人呢！我和云霞期待您的光临。郑为民问道，你们现在有钱了，结婚可是人生中的大事，准备怎么办呢？易成龙道，我本来想让云霞体面地嫁过来，可是云霞说，结婚只是一个形式而已，没有必要浪费资源，把原来奔驰车队换成了自行车队，让我骑马迎亲。孙云霞道，这也很好嘛，既省钱又别具一格，古老文明和现代文明结合的产物多好呀！不过我们的婚纱照不能少，举行婚礼的酒店也由原来的五星级降到了普通酒店。郑为民对孙云霞说，这样也好，只是有点委屈你了。成龙这孩子义气，对人好，不过有时候自控能力差了点，你多担待一些。孙云霞道，我们两个把预计结婚省下来的十万元现金捐给希望工程，让那些贫困孩子有学上有衣穿，我不想看到有人像我小时候那样缺衣少食没人疼爱。郑为民拉住孙云霞的手道，好孩子！有你这样的有德之人，是家之幸也，国之幸也！为你们点赞。

“十一”国庆节早上，易成龙穿戴新郎礼服，骑着高头大马，带着迎亲的自行车队伍出发了，途经新华路和正南路时，一支高级轿车组成的迎亲队伍浩浩荡荡迎面而来，和易成龙的自行车队擦身而过。蒋甲也恰好定在国庆节结婚，蒋甲从车里探出头来大声喊道，小气鬼，什么年月了还骑马迎亲！滚公子道，不可小看易成龙，他可是今非昔比了，也是我们的竞争对手，他拥有一家和我们相当规模的房产公司，还经营着一家中等大小的糖厂，不可小看。你们两个的结婚时间冲突了，我只好让我姐给易成龙带去贺礼了，凭咱多年的关系我一定来参加你的婚礼，不过我姐也让我给你带来贺礼，祝你新婚愉快！说着从上衣兜里拿出红包递给蒋甲。蒋甲笑道，这样一来我不知道该叫你姐什么了，还是叫阿姨吧！滚公子道，出门在外就是胡叫乱答应，你自便吧！蒋甲接过红包笑道，那就谢谢郑阿姨的祝福了。

蒋甲娶了都市村庄的胖妞，人长得高大白俊，看上去像一座白色的象牙塔。婚礼热闹非凡，酒足饭饱送走了客人，滚公子一群人大闹洞房。

这边人们在喜气洋洋闹洞房的时候，有一个黑影从墙角窜了进来，他想借机混进新婚洞房。当他发现新娘新郎又高又大的身材，就放弃了进入洞房的想法，趁机溜走了。

滚公子闹完洞房去见郑为民，他有点惋惜地说，蒋甲结婚浪费至极，正宗五粮液足喝，真是个阔少爷。从这点就可以看出他在重复我的故事，如果不改变他的观念，仍然会让自己成为牺牲品。郑为民道，你是他的哥们儿，正确引导不可缺少。滚公子笑道，我试试说服他，一切从简不可浪费。郑为民道，很好，我要把易成龙成立房产公司的好消息告诉郑伯伯，让他们也分享易成龙成功的喜悦。

易成龙获得成功的消息反馈到未管所。郑文革高兴地说，我们正需要易成龙的好消息，易成龙就是及时雨，来得正是时候。未管所近期又要召开“三加一教育”活动大会，请易成龙来所做个报告，他这样的正面典型事迹真实感人，能起到激励后人的作用！让未管所的孩子们继承和发扬这样的奋斗精神，树立改造的信心。杜干事根据郑文革的要求安排易成龙做典型发言。

易成龙为了参加未管所的活动做了精心准备。他走上讲台时难免有些激动和紧张，三分钟过后，他镇定自若诉说着创业的艰辛和不易，诉说着爱心人士的帮助和支持，诉说着成功之后的喜悦，诉说着向神沟村小学捐款捐物时受人尊重的感觉，诉说着义务献血和做公益活动的心得体会……他不知不觉泪水已经模糊了双眼，台下响起了雷鸣般的掌声。易成龙向台下走去，主持人礼貌地伸出左手喊道，易成龙请留步，下面请易成龙演唱自创的歌曲《腾飞的翅膀》！此时音乐响起，易成龙拿着麦克风深情地唱道：

以前是我任性放荡，从未珍惜幸福时光！好似迷失方向的羔羊，撞进监狱的高墙电网。以前是我任性放荡，从未珍惜幸福时光！夭折了腾飞的梦想，心情低落黯淡彷徨。亲爱的妈妈呀敬爱的党，伟大母爱为我疗伤，使我丰满了腾飞的翅膀，如同雄鹰展翅翱翔，从此我要为您欢呼，也要为您歌唱，报答您丰满我的翅膀，让您大爱万世久长。

以前是我任性放荡，从未珍惜幸福时光！好似迷失方向的羔羊，撞进监狱的高墙电网。以前是我任性放荡，从未珍惜幸福时光！夭折了腾飞的梦想，心情低落黯淡彷徨。亲爱的妈妈呀敬爱的党，您为浪子缝补衣裳，是您在我的心中种下了红彤彤的大太阳，从此我要为您欢呼，也要为您歌唱，我要立誓把爱心传唱，使您的爱永放光芒。我要立誓把爱心传唱，使您的爱永放光芒。

易成龙唱哭了自己，也引起了少年犯和家长的共鸣。他的歌声已使观众泪湿了衣襟，也大大地鼓励了服刑的狱友，使他们树立了改过自新的信心。

刘晓蜀也作为成功人士被邀请参加这次活动，让他讲述自己的亲身经历。刘晓蜀走到发言台严肃地说，我曾经因犯罪被判刑，送到未管所服刑时心灰意冷，心想自己的后半生就在监狱里度过了，于是产生了轻生的念头。狄银龙管教见我不吃不喝，就一日三餐给我送饭。为了打消狄管教送饭的念头，我就把递过来的饭菜打翻在地上，次数多了他也生气了，就说，不注重改造是不会有好结果的。我顺口就说，我自己不想活了，你再这样连你也一起杀了。狄管教看着我双眼的凶光，不声不响地离开了监室。我在缺少营养的情况下生病了，浑身无力，生活不能自理。生不如死的感觉在折磨着我的意志。我以前耳朵出问题失聪时，因想不开也自杀过，是狄管教不计前嫌无微不至地关怀照顾我，把我从生死线上拉了回来，使我重新点燃了生活的希望。他说，家庭教育的缺失，最重要的是淡漠了道德培养，是人性的一种退化，鼓励我补好这一课。他分析了当前社会存在的一些问题，告诉我要好好学习自己喜欢的印刷专业，学成了走出去会大有作为。我在狄管教的帮助下，学习了《孝经》等国学知识，我的思想得到了极大改观，学习印刷技术也变得主动了。到了出狱的前两个月，有四家印刷厂来请我去当车间主任。我学的装订技术在比赛中获得了第一名，现在干的装订技艺是印刷技能的延伸，当时三家工厂的活都在一个场地完成，我合理安排工作时间和工作流程，同样人员在同样时间内我们完成的任务最多，所以三家老板都来聘请我去工作。

我选择了一家较大的印刷厂，用我的管理方法使工厂效率大大提高，工人工资也提高了一个档次。我还买来相关书籍学习印刷机器的保养维护。有一天流水线突然停止了运转，工程师也没有找到机器的问题所在，只好请厂家来维修机器。我知道厂家上门维修机器不仅时间长，还会花费大量的维修费用，就向厂长主动请缨让我试试。我分段打开开关查看机器仪表是否正常运转，从中发现了问题，让工人更换损坏的电子元件，没费多大力气就把机器修好了，厂长高兴地给了我两万元的奖励。修理工人不服气地说，是我们修好了机器，才给一千元的奖金。他仅仅是查到了问题，就给了两万元奖金。我们觉得很不公平。厂长笑道，能检测到出现问题的部位就有两万元的价值，而真正动手维修就显得微不足道了，明白吗？维修工人无言以对。我现在不仅是车间主任，也是工程师，因为我通过自学考试获得了资格证书。因此我总结出一句话，只要心不死，生活就有希望。

热烈的掌声过后，刘晓蜀深深地向大家鞠躬致谢道，感谢曾经帮助我改过自新的人们，是你们让我走向了成功。说着跪在台上向大家致谢。

刘晓蜀的成功和感恩行动，激励着在场的每一个人。在经久不息的掌声中，工作人员搀扶刘晓蜀走下台去。

会议结束了，杜干事有些激动地问狄银龙道，你工作方法得当，成绩不错呀！刘晓蜀从要杀你到现在成为工程师，你付出了不少心血。经过你的改造竟成了好朋友，他成了工程师，真的了不起。狄银龙谦虚道，这些成绩主要是他本人的觉醒，内因是发生质变的主要作用，外因只是起到教育引导而已。

自从开展“三加一教育”后，刘晓蜀取得了重大成绩，那个时候郭小娟在女子监狱也在成长进步着，他们出狱后都走上了正常的人生道路。

郭小娟和“恶狼”也走进了婚姻殿堂，他们经营的洗衣店生意日益红火。她看到刘晓蜀和易成龙的善举，自己也开始利用洗衣店为社会做点好事。她在小区里设立了多个衣服捐赠点，把居民的旧衣物收集起来，拿到自己的洗衣店清洗干净，把干净的衣物用塑料袋子包装整齐，通过邮递公司寄给山区的孩子们！

胖妞来到洗衣店清洗衣服时，接到表妹火急火燎的电话说，姐，有人把我绑架了，快来救我呀！我刚刚从小屋里逃出来，姐姐过来帮我！胖妞道，你在原来的位置不要乱跑，看到大路口的执勤民警了吗？赶快向民警跑过去，然后等着派出所民警的电话，我现在就报警。

郑为民还没有完全恢复健康就到单位上班了，她接到警情开着警车向现场奔去……

第十一章　重蹈覆辙

胖妞的表妹齐丽丽被民警接到派出所。郑为民问道，小姑娘，你报的什么警啊？把详细经过说一遍。齐丽丽道，我原本在实验中学上学，因为学习不好，妈妈没少批评我，老师也看不起我，同学们经常嘲笑我。我觉着学习成绩落后，既然跟不上学习进度，干脆就退学了，又不想回家接受父母的批评。以为自己有一米七的身高，可以到外面打工挣钱养活自己，可是又不想去干出力多挣钱少的活。我就去博爱路酒吧当服务员，每天端酒送水，觉得既辛苦薪水又少，就改行当了陪酒员。有一天，男孩儿们争着让我陪他们喝酒打了起来，我同学肖晓彤从中调停，让我摆脱男孩儿们的纠缠。肖晓彤对我关心备至，我逐渐对她产生了依赖。由于我长期不和父母联系，又没有经济来源，生活十分紧张。我不愿意干又脏又累的活，肖晓彤就让我跟她去酒吧消费，一切的花费都由她负责，让我跟别人学习挣钱的技巧。肖晓彤还有一个叫毛倩倩的好姐妹，她们经常出入歌舞厅，还带着一个叫姜杰杰的小女孩儿。姜杰杰和我的情况差不多，常年在外面漂着不愿意回家，不想让父母知道自己的生存状况。她想挣钱养活自己，但没有成年人的生活技能，只好听从肖晓彤的安排。我和她还有所不同，我出生在都市村庄，家庭条件比较好，并且经常和胖妞姐联系，有时姐还给我一些零花钱。肖晓彤多次让我去接客，我才不愿意呢！她们三个人就把我关进出租屋里，我激烈地反抗着，她们害怕被民警发现，就把我的手机钱包抢走，并把我拉到郊县出租屋里关了三天，还通过手机向我父母索要三千元赎金，她们拿到赎金也不放我走。我哭闹着不服从她们的安排，她们害怕暴露行踪就把我送回到这里。今天我趁她们放松警惕逃了出来，用别人的手机给胖妞姐打求助电话。

郑为民道，你知道肖晓彤的其他情况吗？齐丽丽说，我只有她的联系电话，其他情况我就不知道了。不过她们应该还住在那个出租屋，如果现在回去也许会抓住她们。郑为民把情况向刑侦队的王永盛队长作了介绍，随后立即组织人员和齐丽丽去出租屋抓捕肖晓彤。

郑为民一行四人赶到楼下，把汽车停在隐蔽处，民警着便装到了出租屋门口。郑为民用力敲着房门，发出“咚——咚——咚”的声音，发现屋里没有人应声。这时邻居的房门打开了，一个大姐问道，你找谁？郑为民笑道，大姐，我找隔壁的表妹肖晓彤。大姐道，她去买午餐了，等一会儿就会回来，要不进屋歇一会儿。郑为民笑道，感谢大姐的好意，我们不打扰您了，就在走廊里等她回来吧。郑为民带着大家在楼梯间隐蔽起来，观察出租屋的动静。

过了一个多小时，有两个小女孩儿回到出租屋。郑为民趁关门的时候冲进屋里，民警一拥而上将两个女孩儿抓获。经询问，一个叫毛倩倩，另一个叫姜杰杰。郑为民问道，这个房子是谁租的？毛倩倩回答道，是肖晓彤租的房子。郑为民急切地问道，她人呢？姜杰杰道，刚才齐丽丽跑了，我们三个去找齐丽丽，但没有找到。她让我们看看齐丽丽回来没有，她到别的地方再找找，过一会儿应该就回来了。郑为民用商量的口气道，我和齐丽丽到外面找肖晓彤，辛苦永盛和其他人留下。郑为民和齐丽丽找了一大圈，也没有看到肖晓彤的影子，就来到物业办公室向经理出示警官证，调取肖晓彤租房记录和身份证复印件。郑为民当即打开警务通手机进行查询，发现肖晓彤曾因抢劫罪被判过刑，这次又故技重演。郑为民谢过物业经理回到出租屋，王永盛固定现场证据，把两个嫌疑人带回刑侦队进行审问。

毛倩倩和姜杰杰因抢劫罪和绑架罪被刑事拘留。王永盛在网上报批肖晓彤追逃手续，对郑为民说道，这下全国民警都可以抓捕她，让她插翅难逃。

周日早晨，郑为民正在洗脸，手机响了起来，她放下毛巾赶紧接通电话，是郊县公安局的李俊锋打过来的，通知她尽快到郊县派出所把肖晓彤接回来。郑为民自言自语道，我说呢，早上起来就有喜鹊在窗前鸣叫，原来真有喜事啊。她通知王永盛一同去郊县派出所把肖晓彤带回来。

郑为民问道，肖晓彤！你为什么跑到郊县呢？肖晓彤道，没办法，齐丽丽逃跑那天，我就怀疑她会去公安局报警。我让毛倩倩和姜杰杰回出租屋打探消息，发现她们也被抓走了。猜想齐丽丽的事已经暴露，我没敢回屋取东西，就跑到郊县隐藏起来。我身体不舒服，又不敢去大医院看病，就到小诊所拿了些药，没承想民警很快就找到我。起初我想可能有别的事，其实还是这个事情惹的祸。我认罪好吗？任凭你们处理……郑为民道，你还得好好学习法律。只是一知半解还想钻法律的空子吗？肖晓彤低下头沉思了一会儿叹道，唉！还是没有逃出法律的制裁范围，想着干几年等年龄大了，就改行干正规的营生。没想到还要承受法律的制裁。郑为民道，遵纪守法才能快乐成长，违法犯罪只有在痛苦中挣扎。你家人就这样任你为非作歹吗？肖晓彤道，我从家里跑出来就再也不想回去了。不想听妈妈的唠叨看爸爸的白眼，家对我来说其实是个可怕的地方。郑为民感慨道，肖晓彤，你失去家人爱护和教育，也就只有法律来教育你，你不仅不爱惜自己，还坑害别人，太不珍惜大好时光啦。

郑为民把案件移交给王永盛办理，刑侦队办理此类案件轻车熟路，很快就把肖晓彤送进看守所。王永盛道，为民呀，总觉得我们很累，不知为什么。通过这么多年办理未成年人的刑事案件，感到未成年人在社会文明进步的今天，学习途径既方便又快捷，大多数孩子享受现代科技的便利，还有一些孩子受到不良思想的影响，不具备分辨黄毒赌、凶杀、暴力等违背法律和伦理道德的能力，提前进入成年人的生活，违法犯罪年龄也提前了，这是不可忽视的问题。郑为民道，当然啦，你看啊！人来到这个世界上，任何东西都不是人类自己的，都是大自然给予人类的恩赐。婴儿出生时只知道吃母亲的乳汁，对危险和冷暖敏感度极低，其他的知识也知之甚少，全靠后天学习得来的善恶之分，可见后天学习的重要性。你说的未成年犯罪年龄逐渐变小，也有其中的道理呀！现在科技提供众多学习机会，缩短孩子心理成熟时间。王永盛说，随着电脑、电视、广播、手机的普及，孩子们学习渠道增多，好坏信息一起向不明是非的孩子们涌来。孩子们涉世未深，就会盲目效仿，想通过模仿来展现自己的能力。有的少年不惜以身试法，走向犯罪道路。郑为民道，当然了，他们的自制能力还不成熟，从外表看像个成年人的样子，但实际上对法律了解甚少，还是小孩子的心理。其实法律禁止的东西都是“很舒服”的东西，只不过得到那些“舒服”东西的同时，会影响甚至妨碍他人舒服和自由。法律为保障公民的合法权益，让人们都能够在阳光下幸福生活，就必须有所限制，禁止妨碍别人自由的行为发生，那么制定的法律是对大家有益的，包括犯罪分子本人也在法律保护之内。小孩子们不懂这些道理，只管自己为所欲为，为自己舒服不惜损害他人利益，最终成为犯罪分子。更有甚者，像肖晓彤一样明知违法犯罪，还敢以身试法，最终也没有逃过法律的制裁。

张伟局长从外面走进来，看到郑为民和王永盛谈得正欢就说，难得你们老搭档讨论案件，我认为关于未成年教育的问题，不仅要教育改造好犯罪人员，给他们出路，还要做好犯罪源头的教育，使孩子们健康成长减少犯罪。就好比未成年犯管教所是个水池子，一边不停注入新水源，一边不停地放水，只要进水不减小水流，那么无论出水质量再好，也不能减少水池的库存量。如果想从源头控制水量的进入，就必须改革落后于时代进程的《中华人民共和国未成年人保护法》。如何改革呢？还需要调研探讨，如果有兴趣可以交换看法。郑为民笑道，那当然好啦，我也有这样的想法，只不过不是很成熟而已，我想好了再向您汇报。王永盛道，从某种意义上讲，《中华人民共和国未成年人保护法》过于宽松，保护了未成年人犯罪，我觉得在原有的八大罪基础上，应增加几种承担罪责的法律条文，还要增加几种死刑条款。这样或许会减少未成年犯罪的发生，起到震慑的作用，也会减少无辜生命的死亡和财产损失。

陈向阳从外面走进来说，你们的想法和我不谋而合，我正在调查贩卖假币线索。回来后我们再说。说着话，他带着常赞开车走了。

这个线索是滚公子老部下小新提供的。通过边防民警围追堵截，贩毒人员基本被打击殆尽，漏网之鱼也如惊弓之鸟，不敢再来从事贩毒生意。他们有的改行加入贩卖假币团伙，企图卷土重来。陈向阳和常赞本来想先期侦查，突然接到信息称：贩假币的程志已经到了神沟村，正在联系购买假币的老板。滚公子把信息转发给陈向阳，并交换看法。陈向阳决定化装成老板去接头地点面见程志，协商购买假币的价格和数量。陈向阳换上皮夹克，把头发喷上发胶梳得铮亮，看上去三七开的发型整齐有序。他戴上墨镜，并在脖子上戴了一条又粗又大的金黄项链，配上黑色西装，使整个人格外显眼。他把手枪放在皮包里拉上拉锁，又把皮包夹在腋下对常赞说，我已经准备就绪，你准备得怎么样了？可以出发吗？常赞道，局长，今天我因其他任务没有带枪。陈向阳道，现在回去领枪已经来不及了，这是个突发情况，也许是程志想考验我们的诚意。就这样出发吧！我已经和张伟局长通过话，让郑为民、王永盛保持通信畅通，随时接应我们的行动。你要见机行事，不可暴露真实意图和身份，看我的眼色行事，明白吗？常赞道，明白，局长。陈向阳驾车向神沟村驶去。

程志和滚公子联系后觉得有些不妥，害怕出现意外。虽然是在自己的村庄上，毕竟自己刚过十七周岁，又是第一次贩卖这么多的假币，他心里没有底气，就告诉家人道，一会儿有人来谈笔生意，如果谈成了，就给大家分一些红利；如果有人想做坏事，还得大家帮忙把坏人撵走。按照程志提供的联系地点，陈向阳和常赞到神沟村一个老宅子中。这家人经常在外打工，家中很少有人居住。程志就把接头地点选在这里，既便于接头也便于向山沟里撤退。程志正在屋里等待老板的到来，此时电话响了。陈向阳道，程老板，我们在院子里等你，怎么不见你的人呢？程志边接电话边从屋里走出来，看到陈向阳和常赞一身江湖大款的打扮，放下高度紧张的心说道，两位老板请进屋说话。院子里晾晒玉米的人看了看他们，没有说话，继续干着手里的活。陈向阳和常赞越过玉米进屋坐在凳子上，程志递过一根烟道，老板抽根烟吧！陈向阳接过烟拿在手里摆弄了两下，又放在鼻子下闻闻道，嗯，帝豪牌香烟闻起来味道还不错。常赞赶紧拿出打火机讨好地把烟点着，又坐回凳子上。程志点燃烟吸了一口，把烟吐出来任烟圈在空中飘着说道，老板想要些什么东西？陈向阳听到程志这样问自己，想着也许前面电话沟通起了作用，让他放松了警惕，就说，你这里有多少？如果方便我全要了。程志说，这次我带得比较少，因为我们是第一次合作，先看看有多少利润再说。陈向阳道，这个价格嘛，我觉得还是随行就市最公平。你平常兑换的比例是多少？程志道，三七或者四六，看你要的数量多少决定兑换比例。陈向阳道，多少钱是四六和三七的界线？程志道，十万元以下是四六，也就是四元真币兑换十元假币。十万元以上按照三比七的比例兑换，就是三元真币兑换十元假币。陈向阳说，还算合理，不过你的币种是哪个版本的？是美国版还是其他版本？程志道，我做生意就是要最好的币种，当然是美国版，请放心吧！这种假币做过特殊处理，和真币没有太大差别，一般人难以发现这种假币，除非验钞机可以鉴别真伪。陈向阳问道，怎么会这么逼真？程志说，这款币种采用凹版印刷，盲文、金线和伟人头像都很逼真，用肉眼不易识别真伪，特别是在光线不好的地方更难以辨别。陈向阳道，这正是我想要的币种，把样品拿来让我看看。程志道，今天就要吗，还是先看看？陈向阳道，如果像你说的那么好，今天就要一些。说着拍了拍皮包道，钱就在这里。程志信以为真，从上衣口袋掏出一沓假币交给陈向阳。陈向阳仔细看了看假币，顺手从钱包里拿出一张真币比较着，对常赞说，这种假币的真伪还真难辨别，先要点，回去看看是否容易出手再说。程志问道，要多少？陈向阳道，先要五万元，不过你要按照三比七的价格兑换。程志道，那怎么行啊！要的太少，如果要的多还可以商量。陈向阳试探地问道，你有多少？程志说，我现在有五十万元的货源，你如果给现钱，咱们一手交钱一手交货。陈向阳听了心里忐忑不安，心想这小子年纪不大心可不小呀！既然这样先把他抓了，再追那五十万元假币的下落也不迟。陈向阳正想着对策。程志说，还没有看到你们的现金呢，让我看看你们的诚意。陈向阳站起来笑道，好吧！钱就在我的包里，拿出来给你看看。一边拉开皮包的拉锁，一边向程志走去。常赞看到陈向阳有抓捕程志的可能，也站起来顺手摸着腰间的手铐。

此时程志看到两个人同时向自己走来，感觉不对劲，就把手伸到腰间去摸刺刀。陈向阳看到程志势头不对，快速从皮包中拿出手枪对着程志喊道，别动，我们是警察，否则就开枪了。程志吓了一跳，迅速掏出刺刀对着陈向阳大声责问道，你想黑吃黑，看到这是什么地方吗？外面全是我的人。不想躺着出去，就乖乖地把手枪和钱放下立马滚蛋，否则你们一个也跑不了。于是大声喊道，坏蛋抢钱了！快来人帮忙！外面的人听到程志的喊声，也大声喊道，快来人哪！有人想抢东西了！程志看到陈向阳有了一些迟疑，挥刺刀冲过来，因为两个人距离较近，陈向阳向后撤了一步。程志挥刀又砍向走过来的常赞，常赞见状赶紧撤到一边，陈向阳上前一步把程志推了个趔趄，刺刀没有砍到常赞，程志反手把刀刺在陈向阳的大臂上，顿时鲜血染红了衣袖。

陈向阳不顾一切地追赶程志，对着程志逃跑的方向开了两枪，子弹击中程志的腿部。两个人追出去，被一群拿着农具的人挡住去路。常赞拿出警官证道，我们是中原市的人民警察，正在抓捕重大案件嫌疑人，请你们让开。一个男青年喊道，你们是警察？黑社会吧！哪个民警像你们一样穿得溜光水滑，分明就是来抢东西的流氓，还拿着假枪吓唬谁呢？大家一起上，把他们抓起来扭送公安局。众人拿着农具一拥而上。陈向阳看到不明真相的群众冲过来，就对天鸣枪警告道，谁再靠近当场击毙。这群人看到枪真的响了，吓得丢掉工具四下逃散。

两个人追出小院，已不见程志的踪影。陈向阳持枪警戒着四周，常赞从急救包中取出纱布给陈向阳包扎伤口，鲜红的血液透过布条滴在地上。陈向阳强忍着疼痛观察周围的环境，感到相对安全，顺手关上手枪保险，拿出手机给张伟打电话请求增援。郑为民接到张伟的增援电话，立即组织备勤民警前往案发地点，并告诉陈向阳，今天“恶狼”登山队三十八人正在神沟村登山，所处位置和你的距离很近，或许能帮上我们的忙，防止程志向深山逃窜。陈向阳立即拨通“恶狼”的电话，通报了犯罪嫌疑人逃跑的方向、长相以及随身携带的凶器，请求他们帮忙围堵。“恶狼”分别接到陈向阳和郑为民的电话，并从微信中获取发案位置和其他信息。“恶狼”拿起电台喊道，“恶狼”队的各位驴友，今天有幸赶上民警抓捕犯罪嫌疑人的好戏，请大家参加围堵行动，让我们参加一次真实版的抓捕游戏。我把嫌疑人的特征和可能出现的区域以及发案位置发给大家，并注明嫌疑人腿部受伤的明显特征。“恶狼”队的前队、中队、后队收到信息的请回答。电台里传来：前队收到，中队收到，后队收到。“恶狼”在电台里喊道，驴友们请注意，现在后队变前队，前队变后队，向发案地域出发，按照扇形搜索包围发案地点。大家务必保持通信畅通，注意安全。驴友们以发现围堵为目的，避免和嫌疑人正面接触发生冲突。大家明白了“恶狼”的意图，搜索着山坳的每个角落，等待民警的到来，配合民警的抓捕行动。

程志觉察到了危险，庆幸自己早有准备，事先随身携带刺刀。他本想借着地利、人和的优势，做了这笔生意，就带着钱远走高飞，没承想会遇到民警。虽然自己没有对抗民警的经验，但是用一身的蛮劲硬是闯了出来，不过腿上的枪伤依然在流血，尽管是皮肉伤也疼得他龇牙咧嘴。他把伤口用布包扎结实，向隐藏假币的山洞跑去。他快到洞口时，已经累得气喘吁吁，想坐在石头上休息一下，并不停地用眼睛警觉着进山的路，发现没有人追过来，才放心地坐下来休息，他想吸根烟放松紧张的神经。

此时大山深处传来一群人的歌声：“几度风雨几度春秋，风霜雪雨搏急流……”歌声从远处传来打破了山谷的宁静，好像满山遍野都是民警，正迈着整齐的步伐向他走来。激荡在山谷里的歌声吓得他扔下香烟，一瘸一拐地向山洞走去，并极力捂着伤口阻止鲜血滴在地上，防止民警顺着血迹跟踪而来。他想悄悄隐蔽在山洞之中，逃避民警追捕。程志对着山洞发出暗号——乌鸦的叫声“啊……啊……啊……啊”，山洞里立刻传来回音，是另一个“啊……啊……啊……啊”的回应声。不一会儿程刚跑过来关心道，哥！你受伤啦？程志道，三弟快扶我进山洞，后面有民警追过来。你听山里的歌声，想必是民警从山里围捕我们。赶快藏起来，否则会被他们抓走判刑的。程刚把进洞的血迹用树枝盖起来，扶着程志爬进山洞，寻找藏身之地。

郑为民和王永盛接到张伟的指令，迅速赶到神沟村与陈向阳会合，从山下向山里搜索前进。郑为民带着十几个全副武装的民警组成抓捕小分队，队伍前面还有一只开路的警犬，出发前训犬员让警犬闻了闻程志的血迹和脚印。警犬不停地在路上搜索着程志的蛛丝马迹，并发现程志进山后留在石头上的血迹，一路跟踪到神沟山洞附近，血迹突然消失，警犬在一块大石头边不停地嗅来嗅去。郑为民发现石头边丢弃的香烟，她打开工具箱，把香烟装进塑料袋子交给陈向阳。陈向阳看到帝豪牌香烟，经过仔细分辨道，这和程志吸的香烟是同一牌子。

警犬转了一圈就向着山沟边的小路走去，走着走着警犬转起圈来，并向着山崖高处的洞穴狂叫不止。郑为民道，警犬是不是发现了什么？训犬员道，到这里就失去了目标的踪迹，嫌疑人应该是隐藏在山崖洞穴中。郑为民和“恶狼”取得联系，“恶狼”队的驴友们熟悉这个地方，把这个山洞所有出口团团围住。民警们开始在“恶狼”队员的带领下，向山洞里搜索前进。郭小娟、“恶狼”和驴友们平时准备的手电、头灯等工具，今天真正发挥了作用，把洞穴照得如同白昼一般明亮。好在洞穴不大，一会儿工夫警犬就在洞穴分岔处狂叫不止。郑为民开始向山洞里边喊话，程志，我们已经发现你在里边，赶快出来自首，否则放警犬进去抓捕你们，如果负隅顽抗就会罪加一等，山洞里边仍然没有回音。常赞带领突击队员攀上岔洞，在“恶狼”的指引下向前搜索。不一会儿看到钟乳石背面藏着的程志和程刚，把他们一举抓获归案。

常赞给程刚戴上手铐。民警把昏迷不醒的程志抬出山洞，郑为民用酒精处理程志的伤口，并用纱布包扎起来，用手铐脚镣把程志固定在担架上，抬着程志向山下走去。陈向阳严肃地问道，程刚！假币放到哪里了？老实交代。程刚道，我本来在这里看守假币，等谈好价钱通知我过去交易，没想到会被你们抓住，就那么多假钱，刚才被你们的警犬找到了。常赞兴奋地举起袋子道，就这些！还有吗？程刚害怕道，我交代我交代，就这么多假币。可要从轻处理我呀！陈向阳道，只要老实交代可以从轻处理。常赞道，虽然这起假币案成功破获，但是还没找到假币来源。要防止假币再次进入中原省，堵住假币的销售通道。如果他们这次贩卖成功，给人民群众带来的可不只是五十万元的直接经济损失，还会有许多连带案件发生，比如假币纠纷会大幅度增加，还会因为假币纠纷发生打架，甚至上升为刑事案件，幸好假币被我们全部追缴。

陈向阳道，双管齐下吧！调查清楚这两个孩子的监护人，通知他们到刑侦大队核对孩子的身份。陈向阳和郑为民对驴友们表示感谢，把程氏兄弟押回刑侦大队继续审问。

常赞见到程父劈头盖脸地猛批道，你是程志和程刚的父亲吗？程父道，我是他们的父亲，真不好意思，没有管教好孩子。常赞笑道，你是个失职的父亲，从小对孩子缺失教育，才会造成现在的不良后果，两个儿子共同违法犯罪。你真中，养了两个祸害，太有才了。程父自责道，都是我不好，没有管好孩子，让他们失学跑出来违法犯罪。常赞道，如果不纠正孩子所犯的小错误，那么孩子将来会用大错误来惩罚你，现在应验了吧！程父道，我只顾挣钱养家，没承想这俩孩子对学习不感兴趣，经常逃学，后来辍学到社会上也不学好。我批评兄弟两个，他们就离家出走，宁可在社会上流浪，也不愿意接受我的帮助。他们既没有生存技能，又不想通过合法途径挣钱，还和家里断绝联系，很快就会遇到缺钱的困扰，着急了就用违法犯罪的方法挣钱，这事做到家门口，真丢人。陈向阳走进审讯室对程父道，孩子就像树苗一样，如果你不照顾他成长，那么他就会吸收邪恶的思想和毒素，真正的结果使你大失所望，因为毒素会改变孩子正常生活轨道，成为你不想看到的歪才。

王永盛、常赞把程氏兄弟送进看守所，追查假币的来源。郑为民为分局之间合作办案乐此不疲，她回到单位值班时，看着发呆的王永盛道，永盛想什么呢？王永盛道，真的搞不懂，应该采取哪些办法来防止类似案件的发生呢？郑为民道，国家对所有孩子的成长都非常关心，优秀的孩子通过努力考取好的大学，学习较好的学生考取本科或大专院校，还有学习一般的孩子们可以考取大中专院校，一些不能跟上同龄人学习进度的学生，可以上为期三年或者五年的职业学校，比如三年制或五年制的技术学校，学习实际操作技能，就业范围非常广阔，比如地铁的客乘人员、飞机上的空乘人员、饭店的厨师、工地的大型机械操作手、客运和货运司机等，这些操作能力较强的专业具有国家承认的同等大中专学历。

郑为民道，实际上学生阶段的学习只是个过程而已。毕业证书也只是打开就业大门的钥匙，至于以后发展的好坏，还要由孩子的综合素质、能力大小和社会环境所决定。没必要把孩子目前的一些小问题上纲上线进行批判。家长注重引导是关键，采取多表扬少批评的方法，让孩子愿意听家长的话，和孩子交朋友使孩子向好的方面发展，而不是抓住孩子的小错误无限放大，最终使孩子成为家长的敌人。把多年来精心培养的孩子逼到对立面，准确地说，就是培养了自己的掘墓人。不同的教育环境形成不同的价值观，聪明的家长从关心爱护孩子成长出发，不仅让孩子身体健康成长，也让孩子思想健康成长，使思想和身体共同成长为理想状态，这样就不至于出现严重的犯罪行为。

王永盛道，有人总以家长身份来压制孩子，扼杀孩子的天性和个性，认为孩子是我生的，是我家的私人财产，一般情况下孩子小时候都很听话，因为孩子没有自理能力，一切都要依靠父母才能生存，必须听大人的安排。当他长到十五六岁的时候，有了自己的思想，家长还用居高临下的方法开展教育，经常因为一些小事打骂孩子，使孩子觉得家长的关心爱护出于私心。孩子有反抗能力和独立思考能力的时候，就会出现让人意想不到的严重后果。一些行为让人不可思议。从另一个角度讲，一个人从出生到长大成人都要经历过学习，人不是生而知之，而是学而知之。从历史角度看，同样一个知识体系，往上看，自己学、父亲学、爷爷学、祖宗也要学；往下看，儿子学、孙子学、重孙子学、子孙后代都要学。区别在于，越往后发展知识面越广阔，知识量越大。每个人都要经历极其相似的人生——出生、学习、成长、工作、结婚生子、事业有成、衰老、死亡，这才是完整的人生，那么怎样才能拥有快乐人生呢？让所有人都快乐生活，在儿童、青少年阶段就要注重心理健康，这是社会课题，也是需要大家共同努力才能实现的目标。

常赞道，在人生的过程中如何做到不违法犯罪？我觉得要从人出生的那一刻开始教育，也就是说，每对夫妻在孩子出生之前，就应该拥有正确的育儿方法。婚姻登记部门在为男女办理结婚登记之前，就应该对其进行婚前教育加上育儿的生理知识和心理知识培训，让新生儿父母知道育儿的基本常识。掌握教育孩子的正确方法，通过教育使孩子有爱父母、爱家庭、爱祖国、爱人民的敬爱之心。那么孩子在生活中不仅身体得到成长，而且思想也会进步，就会避免小时候的乖孩子，随着年龄增长出现逆反心理，经常和父母老师作对，甚至违法犯罪成为阶下囚。因此，培养育龄夫妇正确育儿知识至关重要。如果这项目标能够实现，那么我国的幼儿教育就会形成良性循环。

郑为民道，曾子曾经说："人而好善，福虽未至，祸已远矣。"善良其实是绝大部分人的信仰。我觉得根据幼儿和青少年的生理特点，普及正能量宣传片和学习资料很有必要。让婚前的少男少女学习并且考试合格，才能发放结婚证书。其实行为的发生都是思想得到实践的结果，无论是有益还是有害的行为，都是意念变成了现实，这个意念的形成不是临时的想法，而是长期对外界信息摄入和内部思维结合形成的结果。另外有些家庭对孩子溺爱，缺失教育和沟通，被家暴伤害的孩子就会增多，这样孩子出现犯罪的概率就会升高。如果从小培养孩子良好人格和善良思维，孩子也不会养成自私残暴的性格。

王永盛道，现在未成年人犯罪呈现低龄化、成人化、暴力化的特点，这是现阶段科技高速发展下青少年犯罪的必然结果。因某些教育监管环节出现脱节，使个别问题逐步演化成社会问题。由此看到未成年人家庭、社会背景和心理疏导的重要性，应当重视孩子综合能力的培养，重视道德品质的塑造，减少对孩子过高的要求，不能让父母的期望变成孩子的心理负担。

郑为民道，按照未成年人的生长规律，应创造良好的学习和生活环境，打击黑网吧，清理音像市场，以减少文化用品对未成年人成长的影响，从源头上堵住未成年人违法犯罪的思想根源。我们要采取一切措施，不仅让已经犯罪的孩子学好，更应该让所有的孩子都遵纪守法，防止未成年犯罪案件的发生，从源头上开始防治。一些孩子的错误思想导致犯罪的发生，以至于使缺少管教的少年重蹈覆辙，重演着前人的悲剧，那么他们的父母也正在重演着前人的错误教育方法。如果任其发展下去，将来还会有更多的人重复别人犯下的错误。这就要求不仅家长要觉醒，学校也要觉醒，社会各界人士都要觉醒，让下一代在良好的社会环境中生长，让我们广开门路招贤纳士，使未成年教育的策略博众人之智、聚精英之气、引发展之向，实现少年强则国强的愿望。

郑为民和王永盛正在交谈时，接到刑侦大队报警电话称：有一名叫李聪的男子被骗五万元。王永盛赶到值班室，见到报案人进行询问。李聪道，我喜欢上网休闲以缓解紧张的心情，每天晚上都在网上观看主播的表演。时间长了，我喜欢网名叫“花蝴蝶”的女主播。她除了“说学逗唱”样样精通以外，还有迷人的舞姿和滑稽幽默的表演。真是让人一笑解千愁啊！不过近段时间她改变收费方式，开始向粉丝索要现金打赏，并且开展五折返还优惠活动。我看到有人真的得到现金返还，我就参加打赏活动，第一次打赏五万元现金，可是过了三天也没有返还的迹象，更没有得到她的演出服务。后来才发现“花蝴蝶”在网上已销声匿迹。我费了好大的劲在网上找到真正的“花蝴蝶”主播，她不承认收钱的事情，让我赶快报警。我只好求助民警挽回损失。

王永盛询问案件基本情况，把发案的微信号、微信名称以及转账明细记录下来。她来到郑为民办公室道，为民呀，我接到一起利用网络主播的诈骗案件，涉及面比较广，侦破还需要你的配合。郑为民笑道，好的，谁让我们共管一个辖区呢！我有办法，我这里也接到相同的诈骗案件，你把案件信息编成短信发给我。另外准备好案件的查询手续，我们合办这个案件好吧！王永盛笑道，求之不得，这个辖区是咱们共同的办案范围，我们合作破案理所当然。郑为民接到王永盛的证据调取通知书，并把案件材料交给张伟道，张局长，侦破技术含量高的案件还需要您大力支持。张伟道，你们等我的电话。

郑为民、王永盛到发案地点进行实地勘查。报案人受骗的地方是个网吧，她们把网页上的相关信息打印在 A4 纸上，让受害人签字按手印。此时张伟打来电话道，郑为民，看到手机上的信息没有？按照嫌疑人的活动轨迹查找，辛苦你们跑一趟吧！

郑为民打开手机信息，看到发案电脑地址在都市村庄的新月网吧，嫌疑人董男暂住在附近的新月小区里。郑为民和王永盛带着男民警马乐乐、小牛赶到新月网吧，那台作案用的电脑前坐着一个黄毛丫头，正在打着 CS 枪战游戏。看到几个陌生人站在面前，她心里有些紧张。郑为民出示警官证道，请你离开电脑。她极不情愿地摘下耳机问道，你们是干什么的这么霸道？哎哟！没看人家玩得正高兴吗？郑为民再次把警官证递过去道，看清楚了，我们是派出所的民警。麻烦你让一下，我们要调取这台电脑上的证据资料。

黄毛丫头极不情愿地离开电脑。王永盛固定了证据，抓捕小组迅速赶到董男暂住的地方。经了解发现董男在两天前已经退房不知去向，郑为民向张伟作了详细汇报。张伟道，我正在忙着其他案件，一会儿让小蔡直接联系你们。过了一会儿，一个神秘的电话打过来。郑为民赶紧接通电话，里边传来小蔡的声音，请问你是郑为民吗？张伟局长让我告诉你需要的信息。董男现在所处的位置是博爱路康洁洗浴中心，请你们尽快采取行动。

郑为民从包里取出董男的照片，分发给王永盛、马乐乐和小牛，驾车赶到康洁洗浴中心。郑为民向值班的任经理亮明身份并说明来意。任经理看着照片道，现在正是洗澡旺季，里边的人太多，又都是赤身裸体不好辨认呢！这样吧，我拿着照片去里面找人，你们通过监控查找他使用柜子的位置，吧台收费处的录像非常清晰。郑为民点头道，好的，麻烦你了。

任经理去澡堂里转了好一阵子，在雾气腾腾的澡堂里没有找到照片上的人，又不敢大声喊叫董男的名字，他只好去监控室告诉郑为民。郑为民在监控室里比对到董男的影像资料。经过服务员认定，董男用的是 22 号柜子，确定他还在澡堂里面没有离去。王永盛和民警在澡堂门口把守着，比对着每个出来的男客人。郑为民道，他应该会带着手机吧？任经理笑道，现在每个人都有手机，不过应该锁在柜子里了。郑为民道，这样吧，你和马乐乐再进男澡堂里找找，喊喊 22 号柜子的客人。就说他的手机一直在响，请他接电话。任经理走进洗澡间喊道，谁是 22 号柜子的客人？见没有人应声，就转到休息室喊了几声，哪位是 22 号柜子的客人？正在用毛巾擦头的董男听到喊声，看看自己的手牌道，我用的是 22 号柜子，有事吗？任经理道，你的手机一直响个不停，影响别人休息。董男信以为真，跟着任经理向柜子走去。马乐乐悄无声息地跟在董男身后，并电话通知小牛到 22 号柜子附近等待抓捕。小牛接到电话赶了过来，看见他们过来就亮明民警身份，对董男进行人身检查，又拿过董男的手牌钥匙打开 22 号柜子，经检查没有发现危险物品。然后命令道，把衣服穿上，现在口头传唤你到派出所接受调查。董男磨磨蹭蹭地穿好衣服，配合民警到派出所接受询问。

王永盛问道，你叫董男吗？董男答道，我是董男。讲一下你违法犯罪的基本情况。董男道，我在都市村庄居住，经常去网吧上网。我在网上看到一位网名叫“花蝴蝶”的女主播，她的粉丝已超过三十万人。我就经常进入“花蝴蝶”的网上演播室观看演出。我发现了奇怪的现象，就是一些男观众非常大方。要求女主播唱歌时，只要他满意了，就会给女主播打赏酬金，少的几十元、几百元，多的几千元、上万元，有的土豪甚至一次打赏酬金十万元，包下当天晚上“花蝴蝶”直播间的观赏权。这种现象让我心生羡慕，心想自己在网上开直播间也能挣钱。不过感觉自己既没长相也口才欠佳。说学逗唱没有根基，演唱流行歌曲也是五音不全，只有当观众的份儿了。不过我学过计算机软件编程，对改编软件的活再熟悉不过，就想借用“花蝴蝶”的网名和头像，把她的粉丝拉过来骗些钱花。于是就把自己的网名和头像换成“花蝴蝶”，我操纵这个假“花蝴蝶”在网上招揽生意，并把“花蝴蝶”播放的节目保存下来，需要的时候发到主播间里迷惑观众。这样我的粉丝也开始多了起来，真的“花蝴蝶”因有三十万粉丝，竟然没有察觉有人冒充自己。我用这种方法取得粉丝们的信任。开始在主播室里利用“花蝴蝶”惯用方法，播放粉丝喜欢的歌曲、相声、舞蹈。在关键时刻停止播放。用渐进式的方法调动粉丝胃口。就像真“花蝴蝶”一样要求粉丝充钱打赏，收到打赏后再继续演出节目。粉丝们不知其中有诈，就按照我的要求进行打赏。我也因此挣了几万元钱。时间长了，我不满足挣这几个小钱，我想反正头像名字都是借用“花蝴蝶”的，不如借机骗几笔大钱一走了之。想到这，我开始实施蓄谋已久的诈骗行动。首先在直播节目中插播广告，告诉粉丝们给直播间充钱有优惠活动，也就是充一万元以上的客户返还五千元现金，充十万元的客户返还五万元现金，一年内返还完毕，粉丝充多少钱还当多少钱用。这个消息在网上发出后粉丝们就炸了锅。有的粉丝在微信上说，不相信这是真的，明显是骗人的把戏。有的粉丝认为这是真的活动，看看她直播间每天的收入就知道了，“花蝴蝶”不会因为这点钱毁坏自己多年来闯下的名气。有人抱着试试看的态度，给我打赏一万元现金，我非常守信用，按照承诺给粉丝提供播出服务，又给粉丝打回去五千元现金。这个男粉丝高兴地把微信截图发到朋友圈里，得到许多粉丝的响应。大家纷纷通过主播平台给假“花蝴蝶”打赏现金。第二天我就收到十几万元的打赏。这次我没有及时兑现承诺，粉丝用微信询问为什么没有收到返款，我就以平台出现故障为由，谎称明天再打回返款，粉丝们凭着几年来对“花蝴蝶”的信任，就没有人计较太多。第三天打赏人数量猛增，打赏金额也越来越大。几天下来打赏的钱高达七十多万元，询问返款的人也越来越多，我感到不及时返款早晚会露馅，于是就金蝉脱壳下线逃跑，把钱全部取出来，消失得无影无踪。我从主播间消失后把微信拉黑，引起粉丝们强烈不满，粉丝们在网上到处寻找“花蝴蝶”。找到真“花蝴蝶”讨要返款，真“花蝴蝶”建议粉丝们报警求助，于是就有人报了警，后来我在洗澡时被抓。郑为民道，你还有什么交代的吗？董男道，我以前曾因诈骗被判过刑，在服刑期间也学过几项实用技术，但是刑满释放后不务正业，没有利用学到的驾驶技术从事正当行业，感觉开车不仅辛苦而且挣钱又少，都是好逸恶劳坏习惯造成的恶果，最终再次走上犯罪道路。郑为民道，你再次犯罪不感到难过吗？你知道人生的幸福密码吗？董男道，我没有文化不懂这些。郑为民道，只要你想听，我就给你补上这一课。董男道，当然愿意听了。

郑为民道，解开幸福密码的多少，决定人的幸福程度，遵循幸福密码就会幸福终生。

第一个幸福密码是学习继承。人在出生的时候，父母是最好的老师。良好的家庭环境是孩子健康成长的肥沃土壤。小时候应认真学习前人积累的社会知识、自然知识和科学知识，把知识吸收消化提高生存本领。人类通过文字记述前人的生活经验，并传给后人学习应用。这是人类区别于其他动物的明显标志。通过学习使前人的知识得以延续。

董男点头道，嗯！我知道了。

郑为民继续道，第二个幸福密码是发展创新。长大后要把掌握的知识用到生活中，善于发现自然规律，敢于发明创造，运用科学成果造福人类，使人类的科学技术再上新台阶。个人在付出的同时会得到相应的报酬，而不是非法骗取他人的财富。人从出生成长到事业有成，如果想过一辈子的幸福生活，就要维护祥和的社会环境，维护人与自然的和谐，继承和发扬前人的经验成果，不断为人类积累财富和智慧，为后世子孙战胜自然提高生存能力打下良好基础。

第三个幸福密码是胸怀远大。人要站得高才能看得远，才能在灾难来临之前防患于未然，做好防护准备，减少财产损失。其实眼前失去的利益是渺小的，获得长远物质利益才是巨大的财富，但这和获得崇高精神财富的境界就无法相提并论了。

第四个幸福密码是精神健康。思想决定行为，无论什么事情都要拿得起放得下，时刻保持积极心态使精神愉悦，只有生活快乐身体才会正常运转。用大度的心态待人接物，能够保持和谐的人际关系，使许多事情变得顺利自然，自己也会成为化解问题的佼佼者。这样精神层次就会达到最高境界。

第五个幸福密码是家庭幸福。家庭是社会的基本细胞，只有家庭稳固，社会才能健康。每个成员在健康稳定的家庭中生活，社会就会形成良性循环，人们的幸福感就会油然而生。反之，家庭破碎会给社会带来不稳定因素，幸福感就会不翼而飞，就会产生不利于社会和家庭的后果。如果违背自然规律，就会破坏大自然和人类的幸福和谐。

董男道，感谢警官的教导，不过生活中的具体问题很难解决。王永盛道，关键还需要掌握幸福密码，才能坚信真理，永远立于不败之地，无论在什么样的艰苦环境下都会遵纪守法。郑为民道，幸福密码还有许多没有讲到，教育董男的事情需要长时间才有效果，靠一时半会儿的说教那是杯水车薪，先放下吧！我们还要把近期的案件报到检察院和法院，跟踪这几起案件的办理情况。我们一起去拜访检察官和法官，向他们请教关于未成年犯罪的看法，你看怎么样？王永盛道，我正想和你结伴同行。

第十二章　大爱育人

郑为民、王永盛、常赞、马仗义来到中原区检察院未管科，见到冀科长。郑为民拿出卷宗说道，材料已补充完毕，请你过目。冀科长拿起材料边看边说，这些材料补充起来比较困难，还要天南海北地去抓人，我理解你们的辛苦，更为犯罪的未成年人感到惋惜，年纪轻轻就进了监狱。王永盛道，今天除送交材料外，还有让人头疼的事向你请教，就是关于未成年人犯罪的预防。你有好办法吗？冀科长道，这些年未成年犯罪案件，大多数罪犯在中原未管所服刑。为更好掌握改造情况，我们专门在未管所设立办公室，便于及时发现和解决问题。近几年，郑文革所长主持未管所工作以来，开展“三加一教育”活动，检察官对少年犯开展教育科目。我们培训社区义工的服务技能，对少年犯义务帮扶。还和道义和学校联盟，请优秀检察官给少年犯家长讲课，动员家长参加教育改造活动，用亲情感化少年犯，使他们排除后顾之忧，安心在未管所改造。

老马道，今天姜杰杰取保候审，她既是受害人又是嫌疑人，处在法律边缘地带。我了解她的家庭情况，她八岁时父亲因病去世。母亲带着弟弟去外地打工，她在家乡跟着奶奶生活，竟然不知道什么是犯罪！她对我说，如果早知道后果这么严重，还会判重刑，我肯定不做这样的傻事。冀科长道，法律面前人人平等，法律不会因无知免除责任，也不会因无畏原谅罪过。不过为避免更多无知者违法犯罪，我们应该采取有效措施，特别是父母残缺的未成年人。让他们也享受良好的教育，补上这个迟来的爱，弥补这迟来的普法教育。

常赞道，现在校园欺凌案件有增无减，各地学生有模仿的现象。本案中肖晓彤在学校就因犯罪被处理过，她仍然不思悔改继续犯罪，不仅自己犯罪还要拉别人下水，实在可恶。我们要打击防范双管齐下，挽救误入歧途的孩子，使无辜者免受侵害。

冀科长道，我们重点对案件边缘的未成年人进行教育，不能只依靠社区监管和你们的辛苦付出，还要让大家共同努力去改造他们。

转眼间肖晓彤案件到了起诉阶段。郑为民和王永盛、常赞来到法院未管科，向牛法官请教对未成年人犯罪的看法。牛法官道，这些少年犯罪嫌疑人既可气又可怜。可气的是他们为了私利而犯罪，不惜侵犯他人的人身和财产权利；可怜的是竟然不知道自己行为的严重性。判刑之后才知道，自己像做游戏一样的行为，竟然会判十几年的重罪，可笑吧，这些无知的犯罪，值得大家警惕。

王永盛道，请问法院对未成年人教育工作的重点在哪里？牛法官道，其实少年犯罪是社会问题，也是世界性的问题，不是哪个部门能够解决的。我认为应把缺少教育的未成年人作为帮扶对象，把游离在法律边缘的未成年人管理好，大家要共同做好这项工作。常赞竖起大拇指道，是的，牛法官想到这个环节的漏洞，这部分人如果教育不好，就是下一个犯罪案件的开始，是未成年管教所的后备军。说着大家都笑了。老马道，要想方设法避免他们走向犯罪的深渊。郑为民道，想做好这些人的工作，就要动员社会力量，比如除了我们和社区人员外，还要动员学校、工厂、单位、家长、司法、法院和社会爱心人士等，大家共同努力才会更有效果。王永盛笑道，我们不仅要去说教，还要有喜闻乐见的活动，让孩子们在实践中纠正思想行为的偏差。牛法官看着材料，用手捶打着腰部，把脖子左右摇晃得像拨浪鼓似的，发出“咔嚓……咔嚓”的响声道，唉！办公室工作活动量小，老毛病又犯了，出现腰酸背疼是常有的事，这颈椎病也真让人难受啊！

郑为民道，我的颈椎也是经常疼痛，我觉得登山游泳这些有氧运动可以治疗疾病。近期“恶狼”登山队准备去神沟登山，全程野线，你喜欢吗？欢迎你加入登山队伍，体会主动治疗疾病的效果。牛法官道，只要时间允许，我们一起去登山，缓解身体的疼痛。

王永盛质疑道，又是神沟啊？怎么老去神沟那里，换个地方吧！郑为民道，那里有几十条野线可以攀登，每次登山路线都不重复，进山和出山的路各有不同，不仅没有风险便于攀登，而且一路上还有水流相伴，鸟语花香，最适合新人适应性登山。老驴号称这里是“腐败线”，也就是好走的意思。四肢健全的人都能走下来，不用绳子攀爬又没有风险。常赞、老马提议道，带上帮扶的孩子们吧！其他人也可以报名参加。郑为民道，当然好啦，易成龙和孙云霞也报名了，郑华华和金兰从学校回来正好赶上登山，他们也想去看看巍峨的大山，顺便参加易成龙组织的足球比赛。老马道，太好了，易成龙怎么成体育爱好者了？郑为民道，这是易成龙一直以来很想实现的愿望，慢慢你就知道他的想法了。

牛法官道，嘿！你们业余生活很丰富啊！我也想参加足球比赛。郑为民笑道，当然可以啦。欢迎你参加比赛，易成龙从小就想成立足球队，现在终于成立了易龙足球队。他呀！念念不忘小时候和华华见面的场景，两个人为一块面包大打出手，从此也成了好朋友。易成龙为实现自己的愿望，正在和红星集团联手建造体育场。牛法官道，这样吧，这次登山，把联系的孩子也带上可以吧？我们先去登山，然后再计划如何参加足球比赛。

易成龙征地时，因地面附属物赔偿和村民王春发生纠纷，久拖不决。王春以叔叔王伯来的坟墓为夫妻合葬为由，要求双份赔偿金。但是据了解，王伯来是脑残病人，从来没娶过亲，哪来夫妻合葬之说，分明是向开发商索要更多赔偿而想出的孬招。双方闹得不可开交。

易成龙向郑为民唠叨着，郑妈妈，我的工地发生一件怪事，请您出个主意吧。郑为民道，这事发生在老马管区，我没有管辖权，说了也不能解决问题，还不如直接报警让当地民警处理。易成龙道，您还记得多年前被害的王丹吗？郑为民听到王丹的名字，立刻精神抖擞地说，我一直在查找她的下落，这么多年来，我处处留心也没有结果，有点灰心丧气。易成龙道，据王春说，王伯来是配的阴亲，迎来女子遗骨时间和王丹失踪时间非常接近，并且遗骨身份不明。郑为民听后笑道，我通知王永盛一块过去。

当王永盛和郑为民赶到现场时，马仗义笑道，等你们来黄花菜都凉了，技术队已经提取可疑尸骨的样品，我正在等待 DNA 比对结果呢！

俩人把王丹的资料交给马仗义，无功而返。没过几日，马仗义电话通知郑为民道，经大数据比对该遗骨和你寻找多年的王丹 DNA 相吻合。他把遗骨和王丹的照片发过来。郑为民激动不已，压在心头多年的失踪案件终于告破。她看着照片，怎么也不能把尸骨和美丽的姑娘联系起来。她问道，王丹怎么就结了阴亲？马仗义道，据王春交代，当年瘸子王为满足母亲的愿望，将王丹遗骨挖出埋入坟中，给傻儿子王伯来找个“媳妇”，哪怕阴亲也可以，不至于死后变成孤魂野鬼。郑为民道，真没看出来，这样凶狠的恶人，也有孝敬老人的善念，这种孝敬简直不可思议。郑为民把这个好消息通知王永盛道，尽管瘸子王被枪毙这么多年，但压在心头的案子终于大白于天下，王丹也可以瞑目安息！王永盛道，她该回家了，也是我们扬眉吐气的时候。

郑为民称赞道，成龙挣钱破案两不误。易成龙道，我欠你的太多，无法偿还。郑为民转移话题道，偿还谈不上，我弟和蒋甲没再来捣乱吧？易成龙道，有你在，滚公子不会来，蒋甲更不敢来了。

郑为民他们回到单位，处理案件的后续工作，也开始准备组织登山活动。她想通过登山，使这些曾经违法犯罪和缺少关爱的孩子们，在实践活动中学到法律知识和生活常识。

星期天早上五点半，三辆旅游大巴汽车开到了博爱路和爱心路交叉口。“恶狼”事先把公检法司的民警和郑华华、司马金兰安排在第一号车上。郭小娟带领二号车排在中间，安排辖区的群众和帮扶的孩子们。“兔子阿姨”带领着三号车紧随其后。有登山经验的“老驴”和第一次登山的“新驴”穿插坐在车上，好让大家搞好传帮带，在登山时互相帮助。

汽车启动了，向着神沟山区开去。“恶狼”在电台里喊道，二号车、三号车请注意，我们按照原计划开展文艺选拔赛，每一辆车里选出歌手和表演能手，各车自行组织比赛，下车时报上优秀人员名单。郭小娟和“兔子阿姨”在电台里回道，明白，明白。“恶狼”道，老规矩，我们比一比，看看谁的歌声好听。

“恶狼”笑了笑放下电台，拿起身边的麦克风故意清了清嗓子喊道，大家好！首先做个自我介绍，我的网名叫“恶狼”，听起来虽然很恶，其实我很善良。今天很高兴和大家一起登山，我们中间有许多第一次登山的新驴友，我讲一下注意事项。第一要注意安全，做到看景不走路、走路不看景，防止摔伤。所有的东西都放在背包里，把手腾出来便于抓拉和攀爬，要穿上登山衣服和鞋袜，保障登山人员的绝对安全。第二要注意防火，请爱好吸烟的驴友注意把火熄灭，不要乱扔烟头。第三要保持环境卫生，把自己产生的垃圾带下山去，特别是不易分解的塑料和金属制品不能留在山上，请大家为保持神沟美好的环境做贡献，我们下次登山时这里依然是青山绿水。最后希望我们互相团结，发扬团队精神，互帮互助顺利平安完成这次出行。祝大家开心每一天！下面每个人都上来介绍自己，让驴友们互相认识对方，便于在登山中互相帮忙。

郑为民、王永盛、司马金兰、牛法官、杜干事等人，分别走到车前自我介绍。轮到张二华时，他飞快地走过去拿起话筒道，我叫张二华，是实验中学的学生。然后走回座位，推了推身边的姜杰杰道，第一次登山该你自我介绍了。姜杰杰有点内向，怎么也不愿意做自我介绍。“恶狼”圆场道，这样吧，你的自我介绍就省了，表演节目时再上来一并完成。不一会儿自我介绍就结束了。

“恶狼”道，我宣布节目表演现在开始。首先欢迎郑为民演唱歌曲，大家鼓掌欢迎。郑为民在掌声中走到车前，接过麦克风面对大家道，今天有幸和大家一起登山，尽管是野线新路，但我相信大家不仅能找到上山的路，也能找到下山的路，我喜欢寻找人生的新路。今天我演唱的是《西游记》主题曲《敢问路在何方》，希望大家喜欢。悠扬的歌声在车中回荡：你挑着担，我牵着马……大家沉浸在优美的旋律中，歌声仿佛把人们带到了妖魔鬼怪的世界。歌声停止，大家掌声鼓励。

郑为民把麦克风向“恶狼”递过去道，谢谢大家鼓励，转身向座位走去。“恶狼”道，据我所知，郑大姐还有自己的原创歌曲，今天就不要保留了，唱给大家听听怎么样？大家呱唧呱唧。说着把双手举过头顶鼓起掌来，车内又是一片欢声笑语和掌声。郑为民无奈只好拿起麦克风道，感谢“恶狼”给我唱歌的机会，这首歌叫《人生的路》，是我为未管所孩子们创作的，今天在这里就献丑了。郑为民唱道：人生的路呀，有坦途也有坎坷……欢快流畅的歌曲迎来阵阵的喝彩声。等掌声停了下来，郑为民已经走回座位。“恶狼”道，真没想到郑大姐还多才多艺，下面有请易成龙为大家演唱，鼓掌有请！

易成龙大大方方地走到汽车前方，把后背靠在座椅上对着话筒道，今天我给大家演唱一首《两只老虎》，请别见怪呀：两只老虎，两只老虎谈恋爱，谈恋爱。两只都是公的，两只都是公的，真奇怪，真奇怪……车厢里顿时沸腾起来，欢声笑语不绝于耳。易成龙唱完歌向座位走去，“恶狼”一把拉住衣服道，哈哈！且慢，有人已经把你出卖了，你也有一首原创歌曲，和《人生的路》是姊妹歌曲，让我们共同分享你雄壮浑厚的歌声，不好意思啦，我又揭你一次伤疤，我们实在想听你唱的歌，易总请吧！易成龙经不起“恶狼”的劝说，转过身来道，我脸皮已经厚得像城墙，再揭伤疤也不会有感觉。以前在未管所服刑时，是在痛苦中回忆幸福，只会感到更加痛苦。现在是在幸福中回忆痛苦，只会感到更加幸福。感谢你勾起我对往事的回忆，今天就亮亮嗓子，大伙儿凑合着听吧！歌名是《腾飞的翅膀》。这首歌词是我根据自己的经历写出来的，是经过郑为民阿姨修改完善的歌曲。歌词大意是感谢党和国家对少年犯的关爱和帮扶。也正是广大民警和爱心人士的伟大付出，用无私奉献的精神感化了我，不仅使我学到生存技能，更重要的是培养我积极向上的心态和百折不挠的坚强意志，我才成功实现创办企业的梦想。今天在这欢乐的气氛中，我不仅不哭，反而会笑得更加开心，也会欢快地唱完这首歌。易成龙说着示意“恶狼”打开伴奏，音乐响了起来……

“以前是我任性放荡，从未珍惜幸福时光……”

易成龙的歌声那么自信刚强，充满成功者的自信和骄傲。车厢内欢呼声惊叫声几乎淹没了歌声，易成龙在掌声中向大家鞠躬致谢，满脸笑容的眼角里却充满了极不相称的泪花。那是易成龙历经艰辛换来成功的幸福泪花，也是幸福中回忆痛苦过去伤感的苦涩，更是感恩走过艰辛历程的甘露。大家没有察觉易成龙的微妙表情，任凭他擦去泪珠坐在座位上。

“恶狼”放声喊道，有请二华表演节目！二华应声走到汽车前边道，我不会唱歌，但是我会学狗叫，请驴友们听听狗的喜怒哀乐。姜杰杰笑道，放着歌曲不唱，非要当小狗，我以后走到哪都牵着你。二华道，俺最拿手的就是学狗的叫声。二华接着就把在学习班练习的口技表演了一番，从小狗到大狗、老狗的叫声，他把狗叫声学得惟妙惟肖，小奶狗向妈妈要奶吃发出娇嫩的“嗯嗯”声，狗妈妈喂奶时满足的“哼哼”声，狗妈妈发现危险保护幼崽时发出“呜呜”的警告声，狗儿打架时“汪汪”的吵闹声，狗儿战败受伤时“呛呛”的惨叫声，还掺杂着狗儿胜利者“嗷嗷”的嚎叫声，时而又默不作声寂静得只剩下汽车马达声。大家静静等待打破宁静的狗叫声，二华把手握成喇叭状放在嘴边发出“嘘嘘”的声音，时而一狗“汪、汪汪、汪汪汪”叫着，引来群狗一唱一和的“汪汪”声，继而群狗“汪汪”狂叫不止。突然二华放下手立正站好发出一声“喵——”清脆的猫叫声，喊道，猫儿都听烦了。自嘲道，猫儿客串了。然后向大家鞠躬致谢。几个驴友以为二华把听众当成猫了就喊道，原来这真是小狗的叫声！二华听到大家调侃自己，脸上的红晕一下子红到耳根。表演完毕随着车身的摇晃大步回到座位，推了推身边的姜杰杰道，杰杰该你上场了，领队叫你上去表演节目呢！姜杰杰此时正在取保候审期间，心里总想着这件不愉快的事情，忐忑不安的心情打消了她表演的欲望。

话筒里传来“恶狼”再三鼓励的话语，姜杰杰只好大着胆子走到前方位置，把身体牢牢靠在凳子上，拿起麦克风腼腆地说道，我不会唱歌，也不会当小狗。说着向张二华扮了个鬼脸，二华把手变成手枪的姿势对着姜杰杰，嘴里发出“哒哒哒哒”的声音。姜杰杰也不理会二华的捣蛋，继续说，我表演魔术给大家看看可以吗？驴友们鼓励道，可以。一阵欢快的掌声过后，驴友们目不转睛看着姜杰杰举起的双手。她的双手分别向前伸开亮了个空手，然后左手抖了抖手巾前后亮相，让大家看个明白。手巾再次翻过来时，一只红色的海绵兔子出现在手里。她一抖、两抖、三抖……在手巾来回的抖动中，手里出现十几只海绵兔子，她把兔子扔向驴友，动作娴熟得天衣无缝，就连近在咫尺的“恶狼”也没有看明白小兔子是从哪里变出来的。末了，姜杰杰在大家的掌声中回到座位，大声喊道，把小兔子还给我吧！兔子该回窝睡觉了。驴友们把小兔子扔过去，姜杰杰把小兔子装进大兔子的肚子里，自言自语道，哈哈，表演成功啦。姜杰杰悬着的心终于放下来，沉浸在喜悦之中。

大家在欢乐气氛中争相上前表演节目，一百多公里的路程显得短暂又富有创意，汽车很快就到了神沟山脚之下。

阳春三月的神沟，草木枯黄，冰雪融化，冰冷的小溪为生命带来春的气息。表面荒凉的群山，却孕育着勃勃生机。蛰伏了整个冬天的生命蠢蠢欲动，毫不吝啬地吸收着大地的营养，储存着阳光恩惠的热量。这些生命的种子，竞相生长欲破土而出。

易成龙下了车，听到“恶狼”大声喊道，各位驴友听着，我们的汽车向前开出五百米左右，停放在前面的停车场里。大家跟着当地导游从这里上山，不要掉队啦。下山后在停车场集合返回市里。

易成龙跟在郑为民、王永盛身后，手里抚摸着王东北留下的玉坠，回忆着往事。自从王东北死后，公安局在易成龙的帮助下成功侦破案件，王东北母亲为了感谢易成龙，就把这个玉坠送给易成龙留作纪念。自那以后易成龙时刻把玉坠挂在胸前，作为护身符，提醒自己不要忘了那艰苦的岁月，不要忘记患难之交的王东北，亦有卧薪尝胆的味道，更是激励自己奋发图强创业拼搏。如今自己成功了，他更加怀念以前艰苦的岁月，回想着和王东北到处流浪的日子，回想着瘸子王的凶狠，回想着患难时候的痛苦，回想着周古莉和小伙伴们。那些往事像过电影似的在眼前一晃而过。他抬头看看眼前的郑妈妈和王妈妈。她们已经是两鬓斑白。他对岁月的无情感慨万分，对眼前这些为了失足少年无私奉献的登山者们肃然起敬，心里默默地向他们致敬！他抬头看着蓝天白云，听着鸟儿鸣叫，呼吸着周围迎春花散发的清香，聆听着深谷中哗哗的流水声，手捧着刚刚从大地散发出来的雾气，心旷神怡，如同身置仙境一般，陷入深深的遐想之中。

此时，三辆车里选出的优秀歌手加速前进，在崎岖的山路上超过驴友，就连强驴也给他们让路。不一会儿歌手们就冲到登山队的前边。王永盛和常赞接过"恶狼"手中的麦克风，打开扩音器，开始唱起云飞和郭津彤演唱的《云在飞》。山谷里响起一唱一和温柔雄壮交替的歌声："水在地上流，云在天上飞，水是流淌的云，云是飞翔的水，水是云的爱，云是水的魂，水是前世的云，云是来生的水，云在天上飞，水在地上流，前世今生美丽，美丽的轮回……约定三生无悔，无悔的等待……"真想停下来欣赏美丽的春色，聆听这美妙的歌曲，可是后边的驴友再三催促前进。

姜杰杰和张二华在队伍中间紧追不舍，已是气喘吁吁上气不接下气。他们两个停下来坐在石头上打开水瓶，咕嘟咕嘟地喝起水来。姜杰杰叹道，登山真累人，这么高的山什么时候才能爬到山顶，我有点不想往上爬了。易成龙走过来道，小朋友！这次登山只有上山的路，不走回头路，如果原路返回你会走得更远，这是循环线路，加把油就能登顶，登山就像人生一样，时光不会逆流，否则你就会成为迷路的羔羊。此时山上飘来郑为民《人生的路》的歌声：人生的路呀！有坦途也有坎坷……想想弯腰爬过的山呀……姜杰杰说，我累得肺都要炸了，真没劲再爬高逞强。易成龙说，你们听郑妈妈唱的《人生的路》多么好听。现在爬山和人生走的路是一样的道理，有平坦大道也有高山大河，也会遇到艰难险阻。无论爬山还是人生，都会经过疲劳期。咱们到了这个时候，就是登山最艰难的疲劳期。咬牙也要坚持到底，一切艰难险阻就会过去，就会取得最后的胜利。一定要战胜自己，这就是锻炼意志力的关键时候。希望你们能成为生活中的强者，登上高山，登上人生的顶峰。易成龙说着话，在蜿蜒崎岖的山路上超过他们向领队走去。

易成龙的歌曲被评为冠军，是这次演唱的压轴歌曲。不一会儿，易成龙《腾飞的翅膀》的歌声充满了大山峡谷。歌声在山谷中回荡着，人们欣赏着嘹亮的歌声，沉浸在欢乐之中。快到山顶歌曲也唱完了，驴友们正好赶到大峡谷的入口处。这座山就是因为大峡谷而得名“神沟”的。大家停下来稍作休息补充能量。“恶狼”要求每个驴友对着山谷大喊，“我——来——了——大——山！”山谷中充满了欢声笑语，不时传来长长的回音。姜杰杰和张二华兴奋地大喊大叫，把嗓子也喊哑了。郑为民道，人生其实就是这个样子，你对生活笑脸相迎，心中充满阳光，那么生活就会给你光明；如果你对着山谷哭泣谩骂，那么它会给你悲愤的回音。因此面对生活要朝气蓬勃充满理想，想什么就要向什么方向努力，就会得到想要的结果。驴友们把烦恼全部抛在脑后。姜杰杰对张二华笑道，我想对着大山许个愿。说着闭起眼睛默默地许起愿来，看她那认真的劲儿，是动了真心。通过这次登山他们从思想上得到了一次净化。大家登上山顶，老驴们在树上绑起吊床，让弱驴躺上去体会吊床摇晃的感觉。大家悠闲自得，开始自选场地围坐在石头旁边享用午餐。

易成龙借此机会，把成立易龙足球俱乐部的消息向大家宣布，请体育爱好者参加比赛。喜欢足球的驴友们纷纷响应，报名体验各种体育设施。易成龙对郑华华道，我有个愿望一直藏在心里，想去小时候你踢足球的地方看看，想把那群兄弟姐妹们召集过来参加足球比赛，也欢迎所有喜欢足球的人参加活动，希望当时的原班人马再次对决分个胜负。

太阳西下，驴友队顺山而下。大家拖着疲惫的身体上了旅游大巴，心里却是无比高兴，因为人生又多了一次登山的体验，多了一些意想不到的收获，不仅身体健康了，心情也愉悦起来。

易成龙和郑华华、司马金兰翻看着手机里的照片，当看到驴友登山的全景照片时感慨道，人生就像登山一样，不过如此，无论如何都有自己的一席之地，也就是常说的天生我材必有用。无论你走得快慢，时间也会一分一秒地从身边流走，绝不留情，就像神沟的小溪从高山倾泻而下，形成美丽的瀑布，一去不复返。我们要往高处走，实现美好的愿望，就一定要奋斗，要有远大的目标和美好的梦想，更要为实现梦想而不懈努力。司马金兰笑道，是的，人生不过如此，如果在人生的路上不小心掉队，那该是多么可怕。就像动物世界中非洲草原落单的角马，尽管它有快速奔跑的本领，最终也难逃狮子追捕的厄运。所以必须向前看，不断地努力攀登高峰才会幸福美满。郑为民接过话说，其实人生要想拥有美好的未来，就必须从婴幼儿开始学习教育，个人成长才会有足够的原动力，家庭兴旺才会后继有人，民族发展才会经久不衰，国家繁荣昌盛才会人才辈出，人类科技进步才会日新月异。

牛法官称赞道，真没想到基层民警也是藏龙卧虎呀！很想听听您的独特见解。

郑为民谦虚道，过奖了，只是我的一些看法而已。然后笑着继续说，婴幼儿就像苗圃里的树苗，在幼小的时候，享受同样的阳光雨露，供给相同的营养水分，在偌大的空间里自由自在地生长。当某个时机需要移植的时候，树苗的生长就会随着环境不同而发生变化。有些树苗种在肥沃的土壤里，空间大、空气良好、水分充足、营养丰富、阳光明媚，树苗生长就会更加旺盛，随着时间的推移会长成参天大树。如果有些树苗被种植在条件一般的土壤里，生长需要的各种条件都能够满足，那么树苗也会正常生长，长成参天大树，只不过不会像条件好的树苗那样高速生长。然而把树苗移植到高寒、高温、盐碱、沙漠、高山、缺水、空气稀薄等自然条件恶劣的地区，那么就不会像前两种优越条件那样，拥有满足树苗生长需要的各种条件而正常生长，更不用说高速生长了。树苗即使成活了，生长也会非常缓慢，甚至因水土不服或被病虫害侵扰而造成死亡。这样就会因为后天生长环境不同形成不同的生长结果，比如同样苗圃里的柏树苗移植在贫瘠土地上，就会成为干瘦型的活标本，形成千年古柏精品，生长在寺庙前的柏树却因水肥充足而高大挺拔，而生长在悬崖峭壁山石夹缝中的崖柏却形态各异短小精致，成为罕见的装饰藏品。

还有很多生长在不同环境中的树苗，有着不同的经历就会形成不同的结果，不过无论怎样的经历，形成什么样的结果，有句话说得好，叫作“天生我材必有用”。无论是健壮粗大的古柏，能够成为国家的栋梁之材，还是崖柏浓缩了千年的精华，制作成精美的工艺品，散发着古柏的清香，它们都是大自然给予的生命，是成长历程的必然。

因此，每个人在婴幼儿时期就像柏树苗一样，无论生长在哪里都要阳光向上，都要有正确的引导和教育。无论将来承担着什么样的角色，只要按照正常的轨道前进，岁月是公平的，会留下真实的生长年轮，长大后也会取得相应的成就，因此人生如果想取得成就，从婴幼儿开始教育就显得极为重要，大家说是吗？

王永盛道，婴幼儿成长的过程，其实是从母亲的怀抱开始起步的，从幼儿园的小班、中班到大班，从上小学一年级、二年级逐步升级，再到初中、高中、大学、就业，直到成家立业，在这样的过程中，大部分孩子会按照一般的晋升规律逐步成长，走进人生最辉煌的青壮年时期，可是有的孩子会在前进的路上中途掉队，从应当晋升的队伍中分离出来成为落伍者。这些孩子或许是因为自身的原因，也许是社会的原因、家庭的原因等诸多因素，造成了掉队现象。这种在学习进步中掉队的人员，如果没有受到正确的教育引导，没有得到家庭的温暖，没有经历社会的帮扶和爱护，没有人及时对孩子的错误想法进行纠正，那么他们会对家庭、学校、社会产生失望情绪，在幼小心灵里种下邪恶的种子。随着年龄的增长，这颗邪恶的种子会发芽、生长、壮大。这棵邪恶的幼苗长大到足以危害孩子本人和家人甚至社会时，就会在某个诱因的激发下迸发出来，瞬间造成意想不到的恶果。这就是“种善因得善果，种恶因得恶果”的因果报应。因此，幼儿教育应该时刻注意对“善”的培养。无论家长贫富和社会地位高低，“德行”培养是不可缺少的，如果缺少了道德培养，那么无论孩子学习好坏都无济于事。有的孩子虽然成绩优秀，但是因缺少道德修养而犯罪，最终走进监狱，造成自残或伤害别人的恶果，甚至是学习越好，违法犯罪的方法就越多，对社会的危害就越大。可以说，强大的武器看掌握在谁的手里，在不同人的手里就会发挥不同的作用。如果掌握在善良人的手中，就是服务人民的利器，有益社会的发展；如果掌握在缺少道德修养的人手里，将是祸国殃民的凶器。由此可见幼儿教育的重要性、紧迫性和必要性。

郑华华笑道，这个课题也太复杂了，人的思想最难管理。人们余兴未尽地返回家中，准备投入第二天的工作。

易成龙开始组织足球比赛。他首先成立组委会，筹办足球比赛的相关准备工作。郑为民道，易成龙、郑华华，你们组织足球比赛的目的是什么呢？易成龙说，我想还郑华华一个承诺，小时候就承诺要建一个足球场，让他和好朋友可以天天踢足球。不过现在想法有所不同啦。除了还愿以外，还要以此为平台广交各界朋友，扩大易龙房产的知名度。郑为民道，我也有一个想法，希望能穿插到活动中去，那就是让爱好足球的少年犯也参加比赛。还有一些游离在法律边缘的孩子们，他们因失去父母的关爱，缺少必要的家庭教养，让他们参加各种体育比赛，借机补上家教这一课程，把他们从法律的边缘地带拉回来，走上人生的正常轨道。欢迎其他人参加义工或有偿服务，通过这样的社会实践活动，增加阅历，使他们知道感恩父母、感恩国家，也学会生活基本常识。张二华道，我和姜杰杰已经报名参加义务劳动，感受义务服务的获得感。易成龙道，欢迎你们参加，活动期间可以穿插灵活多样的普法教育，使孩子们在欢乐的氛围中学到法律知识。

王永盛道，如果这样做的话，足球比赛就会显得有些不伦不类，主题不鲜明。易成龙道，这次是初赛，主要是选拔优秀的足球队员，能做贡献的人员尽自己所能，不能做贡献的人员可以当替补队员，我们也需要粉丝在观众席助威呐喊嘛！正规的比赛在半年后进行。

正在说话期间，值班室打来电话，让郑为民、王永盛马上返回单位，辖区都市村庄再次发生命案。郑为民赶回单位，领受任务。

辖区都市村庄发生一起命案，受害人是一对新婚夫妇，新婚之夜被杀死在婚房里，第二天凌晨尸体被家人发现，从伤口分析是有人用刀将其杀死的。王永盛和技术人员查看现场，对周围人员进行询问。受害人结婚当天晚上有许多同龄人闹洞房，大家十一点钟就离开洞房，受害人把房门从内部锁上了。新郎的几个堂弟想再次叫开房门，新婚夫妇默不作声就是不开门，外边的人怎么推门也无法进入新房，无奈，最后一拨闹洞房的人扫兴而归，他们商量第二天再来难为新娘新郎。凌晨五点新郎母亲起夜路过新房，看到新房的门没有关紧，就喊叫新郎新娘的名字，也没有人应答。母亲还说，这俩孩子怎么搞的，睡觉连门也不关多不安全，也不防着闹洞房的小弟们装孬使坏。母亲边说边推门进到房间，打开电灯看到新房内一片狼藉，新郎和新娘穿着睡衣横卧在床上，鲜血流得到处都是。母亲顿时惊呆了，慌里慌张地叫来丈夫报警。

恰逢昨夜飘起雪花，凶手在天快亮时离开了现场，门口地上留下清晰的脚印。郑为民叫来村民共同追踪雪地上的脚印，大家顺着脚印跟踪到村后一条小河前面，脚印消失在河水边。郑为民看着河边的鹅卵石，听着哗哗流淌的河水，观察着追踪的方向。张伟赶了过来道，这个案件作案手法和郊县的命案极其相似，欢迎陈局长和我们联合办案。陈局长道，我来的时候了解了现场的情况，从河边脚印的方向分析判断，凶手具有一定的反侦查能力，他故意跳入河水中掩盖踪迹。河两岸我们都要查找，一定要找到凶手上岸的地方，继续沿着脚印追查凶手的落脚点。张伟道，我们分一下侦查方向和地点，郑为民带两个人在河西顺岸边向上游追踪，王永盛带两个人向下游查找脚印，我和陈局长带人到河对岸查找，向上下游寻找脚印的踪迹。大家手机保持畅通，如果发现凶手的脚印，立即通知其他三个小组会合继续查找。陈局长，您看行吗？陈向阳点点头道，这地方您熟悉，听您安排。然后兴奋地看着飞舞的雪花感叹道，感谢上天的眷顾呀！这场雪来得真是时候！张伟看了看天道，这雪一时半会儿也停不下来，大家抓紧时间查找，否则雪下大了就会把脚印覆盖上。如果这条线索中断就更难破案了，大家分头行动吧！

两个局长带人涉水来到东岸，陈向阳沿着鹅卵石向对岸下游侦查。张伟向上游走了大约两公里突然喊道，同志们快来看，这脚印是不是嫌疑人留下的？他立即通知郑为民过河认定足迹，郑为民顺着河流平缓的地方蹚水过河，刺骨的河水使她的肚子隐隐作痛起来。她的肾病虽然得到了控制，但是遇到经常性加班加点的工作，时常会旧病复发。她强忍着疼痛来到东岸，拿出照片放在地上和脚印相比较，用毛刷轻轻地清理覆盖的积雪，随着雪花的分离，一个清晰的脚印出现在眼前。王永盛也赶了过来，看到地上的脚印道，没错，就是嫌疑人留下的脚印。郑为民表示赞同。

此时陈向阳带着民警走过来说，正好大家合兵一处顺着脚印的方向追踪。民警们来到了村庄一户人家的院墙外边，发现没有了脚印的踪迹。郑为民道，奇怪了，脚印怎么会消失了呢？是否还有别的通道？然后向墙上看看积雪上是否有异常。张伟走近院墙仔细查看，发现院墙上面有翻越时留下的痕迹，虽然被新下的雪花覆盖，但是翻墙的痕迹依然清晰可见。张伟小声把大家召集过来说，我们这样……申高杰说，我去开门。话音刚落，他已经飞身爬上高墙轻轻地跳进院中，悄悄地把院门打开，民警们鱼贯而入。郑为民敲了敲上房的门喊道，有人吗？李村长正在睡觉还没有起床，因昨夜参加河西村婚宴喝多了酒，还在梦乡之中。他醉眼蒙眬地把门打开，看到院子里站满了警察，惊讶道，郑指导员！你们怎么会来我家？找我有事吗？郑为民道，李村长，你家还有谁在这院里住？李村长道，我家有三口人，大儿子结婚已搬出去了，现在和小儿子在这个老宅子住。

张伟道，我们是公安局的民警，辛苦你领我们见见你的小儿子。他多大年龄啦？李村长一边向小儿子的房屋走去，一边说，他今年十九岁了。张伟心里有了一个确定的信号，李村长的小儿子有重大作案嫌疑。郑为民听到这样的年龄，迅速把手放在腰间的手枪上，做出戒备姿势。李村长道，找他有事吗？孬蛋这熊孩子！是我领养我妹姗姗的孩子，当年郭中和姗姗死了，孬蛋无人照看就送给我抚养，成了我的养子，后来索性就把孬蛋改成姓李了。小时候就不好好学习，让人操碎了心，十三岁时因犯罪被学校开除。李村长说着话走到小儿子房门前，敲门道，孬蛋快开门！孬蛋听到爹在叫门就不客气地说，我还没有起床嘞！想再睡一会儿呢！李村长道，快开门吧！找你有事商量。孬蛋拗不过村长就打开了房门，民警趁机冲进屋里，把孬蛋按在地上戴上手铐。李村长木木地站在那里说道，这孩子已经改好了，为啥抓他？郑为民道，他犯罪了自己清楚。村长呀！这孩子出大事了，你不清楚吧！郑为民说着话走到床前用手摸了摸被窝，回头对张伟道，嘿！这小子刚回来没多久，被窝还是凉的没有暖热呢！真的感谢这场春雪的到来，说起来也奇怪，今年是倒春寒，迎春花都开了，竟然还下了一场中雪，要不然多年的案子又要搁浅。申高杰拿起孬蛋的湿鞋和湿裤子，把鞋里的水往外倒着，检查裤子时发现上面有残留的血迹。李村长看着民警在屋里东翻西找，也不知如何是好，就被民警请出屋外。

老马把孬蛋的手铐提起来道，站好了，局长问你话呢！张伟围着孬蛋转了两圈，看了看孬蛋镇静自若的样子，觉得他心中早有了说谎的准备。突然喊道，把他的衣服全部脱光。孬蛋站在那里不在乎地眯着眼睛，任由民警脱他的衣服。张伟见状有点恼怒，左手伸展开来顺着孬蛋的脸往下摸，把孬蛋半睁着的眼睛合上，顺势往脖子摸去道，这里有抓伤，拍下来。再往下摸着孬蛋的胸膛和肚皮，孬蛋站着一动也不动，心里忐忑不安想着对策，不知局长要干什么。突然，张伟右手用力对着孬蛋的小鸡鸡弹了一下，孬蛋疼痛难忍，撅屁股凹腰，惊叫道，哎哟！张伟道，看你这小样，细皮嫩肉的像个书生，胆子还不小，小小年纪竟敢杀人强奸。凶器呢？孬蛋不解地问，你们怎么知道是我杀的人？老马冷笑道，嘿嘿！小子，杀人是会留下痕迹的，明白吗？这是你的衣服吧？这是你的鞋子吧？看看血迹还没有来得及清理呢！还敢抵赖！刚回屋里吧？被窝还没有暖热呢！赶快老实交代你的犯罪行为。

孬蛋看到事情已经败露，也没有抵抗的必要了，就如实交代杀害新婚夫妇的事情经过，并带着民警来到河边，指认抛弃凶器的现场。老马跟在张伟后边问道，张局，您怎么知道他是先杀后奸呢？张伟笑道，老干探了，这点侦查常识也没有学到手吗？活体被侵犯会恢复原状，而尸体呢？因为失去活力，不会恢复到原来形状，明白吗？结果是什么样子就是什么样子！老马拍着自己的脑门，嗯了一声。张伟看他似懂非懂的样子，接着说，老马打过弹弓吗？有弹性的橡皮筋和失去弹性的橡皮筋有区别吧？尸体和活体就是橡皮筋的区别，这下明白了吧！老马会意地笑道，原来是这样，局长这是经验之谈呀，我还得好好学习。

看完现场，张伟安排王永盛等人留下来打捞凶器。王永盛跳进冰冷的河水里，徒手打捞杀人尖刀，可是没有找到，随后下河的民警也没有捞到凶器。陈向阳道，老马你带几个人留下来配合王永盛继续寻找凶器，我和其他人带着孬蛋撤回单位。

郑为民把孬蛋扣在审讯椅上，让民警看着孬蛋，自己回到办公室和两位局长商量审讯的突破口。张伟和郑为民来到审讯室开始审问。张伟道，讲讲杀人经过。孬蛋脸上飘过一丝得意的笑容，交代道，昨天晚上河西村一户人家结婚，正好和我家是远方亲戚，请我爹去帮忙，我就和爹一起去蹭顿饭吃。喝了几杯酒后有种无名之火又冲上心来，我嫉妒他们幸福的婚姻生活，恨上天让老子独受失恋的煎熬。看着闹洞房的人给新婚夫妻出难题取笑，大家象征性地闹完洞房都走了，我借机在新床下面藏起来。后半夜听到新郎新娘均匀的呼吸声，顿时心中嫉妒之火爆发，我悄悄地从床下爬出来，先用刀杀死了熟睡的新郎，再把惊慌失措的新娘捅死。夜深了，听了听新房外边一点儿动静也没有，我就静下心来和新娘发生了关系。又把容易带走的首饰用毛巾包起来，带在身上出门跑了。看到下起大雪，害怕被你们抓住，不敢从桥上回家，就绕到河边洗洗身上的血迹，才蹚河回家把东西藏在红薯窖里。刚回到屋里躺下还没有睡呢，你们就追来了。郑为民道，你从来也没有想到上天这么不给力，让你在雪地上留下脚印吧？孬蛋低头不语。张伟继续问道，你和他们有仇吗？为什么要杀他们呢？孬蛋说，我心里不平衡，嫉妒他们的幸福婚姻而已。在婚礼之前，我根本就不认识他们，是因为我从心里愤恨女人，才会下如此狠手将他们杀死。郑为民听着孬蛋轻松地说着杀人动机，愤恨得真想上前扇他两巴掌，恼怒道，你！你个杂种，还是人吗？简直连畜生都不如。孬蛋面无表情地说，凭你们怎么骂，事到如今我什么也不在乎了。告诉你们啊，我十三岁时就杀过一个人，她是我的初恋情人，那个女孩儿不愿意和我谈恋爱，我慌乱之中用工具刀将她捅死。民警把我叫到派出所进行批评教育，并告诉我，年龄不到十四岁的人不负刑事责任，就通知爹把我领回来。就我爹那暴脾气，以前经常揍我，这次，他也被我杀人的事情吓住了，只是经常唉声叹气。嗯！民警让父亲对我进行监管和教育。因为这件事我爹把工厂和房子全卖了，对人家进行经济补偿。回家后害怕爹揍我，总是把自己关在屋里。我爹看我变得更加内向了，也没有再打过我，唉声叹气了好长时间。从那个时候我心里就留下了阴影。看到谁谈恋爱结婚，我就心里不平衡，就想寻找机会把他们杀死，以解心头之恨。申高杰问道，你杀的人得罪过你吗？杀他们对你有什么好处吗？孬蛋道，我以前是心里愤恨那个女生，后来就发展成嫉妒所有类似的人，不是针对哪个人，而是这类事情的人。见不得别人恩恩爱爱的场面，就想破坏他们的幸福，把人杀了。从十三岁那年起，我已经是这样子了，现在已经六年，好像魔鬼住在我心里，不时地折磨着我。

王永盛取来磁铁探测器放在孬蛋扔刀的河道里，在鹅卵石里来回地搜寻着，终于在傍晚时分找到了尖刀。王永盛赶回单位讯问室向张伟汇报道，凶器找到了。然后直截了当地问孬蛋道，这是你杀人用的尖刀吗？孬蛋道，我看看。王永盛把装着刀的塑料袋子拿过去让孬蛋看个明白。孬蛋仔细看过尖刀后说，这是我杀人用的刀。张伟道，一会儿做完笔录还得让他再去指认现场。王永盛道，好的，你们先问着，我去换衣裳。郑为民接着问道，你家几口人？说说你的家庭情况和个人经历。孬蛋回答道，我家现在只有我爹和我两个人。我小时候娘因为爹长期在外打工，两个人感情不和就趁机跟别人跑了，到现在也没有回来。娘抛弃了我们，我就把感情转移到女同学身上，女同学也不能寄托我的感情，其实与其说我恨娘和女同学，还不如说我痛恨天下所有的女人，所以我最见不得女人幸福。

郑为民痛惜道，你的恨包括你娘吗？孬蛋眼睛里充满泪水点点头默不作声，低下头想着心事，其实也不是亲娘，只是舅娘而已。此时有人在外面喊道，郑指导员，有人找你。郑为民扭头汇报道，张局长我暂时离开一会儿。张伟道，好的，你忙吧，我们几个人继续审问孬蛋。

郑为民从办案区走出来，看到了郑华华和司马金兰站在院子里。郑华华笑道，妈，你都成老同志了，还这样拼命啊！郑为民自嘲道，职业责任所在嘛！端人碗受人管，不干怎么能行？干活是理所当然的事。局长还亲自上阵呢！何况我这个小兵，在大案子中出点小力不算什么事。今天审问的这个小子有点特别，让我心里好难受。司马金兰道，妈，怎么啦？讲出来让我们也听听稀罕。郑为民道，这个叫孬蛋的男孩儿，今年十九岁了，他是郭小娟同父异母的弟弟。小时候父母双亡，后来跟着舅舅和舅娘生活，从此这个外甥也变成了舅舅的儿子。五岁的时候舅娘就跟人私奔了，他爹含辛茹苦把他养大。他在十三岁时就因为谈恋爱未能如愿把女同学杀了，犯下重罪被抓进公安局，但是《中华人民共和国未成年人保护法》规定十四周岁以上才负刑事责任，他不但没有承担刑事责任，就连最起码的处罚也没有法律依据，他也没有受到任何处罚，只是他爹对受害人家长进行经济赔偿，这个事就结束了。在他心里留下用钱可以摆平杀人事件的印象，这个可怕的错误概念留存至今，在他看来杀人的事用钱就能摆平，还有什么事用钱办不到呢？后来他成年后犯下杀害新婚夫妇的案件，这实在让人心寒，不可救药罪大恶极，可是法律规定年龄在十四周岁以上才负刑事责任，十八周岁才有死刑判决，为此，孬蛋凶杀案的第一个死者家属言辞激烈。司马金兰道，妈，请您放心，我会呼吁各界人士共同严惩害人恶魔，让这种实则犯罪而又不受惩罚的法外之人销声匿迹。无论伤人性命者的年龄大小，决不让任何条文、任何东西成为保护伤害无辜生命的护身符，那样对死者太不公平。我要通过努力改变现状，让善良的人有法可依，有力量保护自己的人身安全。

郑为民道，我们应该学习更为先进的管理方法，不能让伤害他人性命的人免受刑事处罚，出现凌驾在他人之上的特权，随意侵害他人合法权益，甚至剥夺他人的性命。应该把适用的他山之石为我所用，取人之长补己之短，这样也许会减少未成年犯罪的发生。

司马金兰说，想教育好下一代，不只是未成年人法律的问题，我们要想从根本上改变这种现象，就要从少儿教育入手，从儿童身心发育的角度考虑问题，要充分利用广播电视，播放适合少儿学习进步的儿童节目，更要有适合我国少年儿童教育的读物，出版纯粹儿童语言行为的刊物和书籍，使他们从小就吸收充满正能量的生活常识和法律知识，禁止色情暴力毒品等出现在少儿读物和节目中，从小培养良好的人生观。王永盛走出讯问室，听到司马金兰的话称赞道，金兰对少儿教育也有研究，小小年纪大有作为呀！想必有了这方面的创作，让我们欣赏欣赏。

司马金兰谦虚道，我根据自己的见解写了一篇少儿读物《清晨》，不很成熟，请你们指正：

大公鸡喔喔叫，月亮婆婆闻声笑，回家睡觉歇歇脚。太阳公公起得早，问声娃娃清晨好！阳光照得满屋亮，闹钟温柔把歌唱。娃娃睁眼大声叫，我要妈妈穿衣裳。妈妈教娃学穿衣，娃娃笑着脚乱踢，拿起上衣披在肩，左手胳膊衣袖穿，右臂穿袖伸向前，拉拉衣角把扣连，手提裤腰左腿蜷，右脚进裤腿伸展，裤带扣子系腰间。娃娃弯腰把鞋穿，脚丫急忙鞋里钻，双脚鞋儿全穿反，妈妈亲亲娃娃脸，夸我是个小捣蛋……

郑华华笑道，幼稚！幼稚！

孙云霞也赶过来，听金兰儿歌似的朗诵笑道，金兰嫂子好文采。教育孩子要有适合孩子成长的图书才行，我特意来找你们聊聊少儿图书的事。前些天我去神沟村学校，找申校长商量办个免费少儿图书馆，申校长为选房子和人员有点为难，你们有好办法吗？金兰道，心诚则灵，为孩子们办好事学校和村里会大力支持的，到校园内和周边寻找适合办图书馆的房子，至于管理人员，只要有时间，认识字的成年人都可以胜任这项工作。

孙云霞受到金兰的鼓励，坚定了开办图书馆的信心，再次来到神沟小学向校长说明来意。申校长正在处理学生小艾打人的事情，班主任老师诉苦道，这个小艾真淘气，经常惹是生非打架斗殴，请家长来管理孩子或许会有点效果。小艾母亲听到小艾打人的消息，急忙从外地赶到学校，心里非常不是滋味。她对申校长说，我如果回家陪伴孩子上学，就失去了一份收入，家里的生活就会受到影响。孙云霞看到艾母两头作难的样子，为小艾的问题也想了许多办法，但都无济于事。申校长被孙云霞创办图书馆的精神感动，在学校门口给孙云霞腾出一百多平方米的房子，孙云霞从市里征集一万多册图书，经过申校长辨别审定，确定都是启蒙教育少儿的好书籍。孙云霞一边把书放在书架上，一边和搬书的申校长说，我还没有找到管理图书馆的合适人选。申校长道，这确实是个难题，老师都有各自的工作，也无法照看图书馆，如果聘请专职人员，工资也是个大问题。此时，艾母来找校长商量小艾回学校上课的事，她走进图书馆对申校长道，这里环境不错呀！开个学生用品商店也能赚些钱。孙云霞笑道，既然你这么有眼光，我建议你在图书馆剩余的一半地方免费开商店，同时也搞好图书馆的管理，让学生免费借阅图书，你看怎么样？申校长接过话题道，就让小艾母亲留下吧！在房子中间用砖隔开，一半是图书馆，另一半开商店。如果艾母能长期留下来，对孩子成长有很大好处，这样既有收入，又能照看孩子的学习。陪伴孩子成长和经营商店两不误，商店收入就算作艾母的工资。真是一举两得，孩子和图书馆的问题都得到解决。班主任老师道，这是神沟小学的福分，小学生业余时间到图书馆阅读儿童读物，在那里学习知识开阔眼界，了解世界风土人情，会让学生们受益匪浅。申校长预言道，这个图书馆是孩子们打开世界知识大门的窗口，会成为孩子们变成金凤凰的加油站。我仿佛看到大山里孩子们羽毛未丰的翅膀，我相信不久的将来他们会从这里起飞，飞出大山有所作为。

申校长看到小艾的变化，高兴地到处表扬小艾的进步。看着络绎不绝来图书馆读书的学生，看着母亲陪伴小艾的场景，申校长感叹道，如果都像艾母一样陪伴孩子成长，那么就不会有这么多问题孩子。申校长对艾母道，孩子成长过程中，母亲陪伴是多么重要啊！艾母道，如果在家有份差不多的收入，我相信做母亲的都会留在村里，照看孩子的成长。有句话说得好，“在外挣一千不如在家挣五百”。在外看着挣得多花销也大，一年到头落不了几个钱。在家里就不同了，自己的房子自己的地，要啥有啥，挣一个落一个，何乐而不为呢？神沟村长听学生说图书馆的事，也来阅读少儿图书，听到申校长和艾母的对话说道，我觉得啊，村里的青山绿水没有利用好，我们要把这里变成驴友常来常往的地方，变成游客经常光顾的景区，还要邀请城里学生到这里观赏大山河流，也想让村里的孩子到城市看看繁华街道和高楼大厦，把现代化城市的气息带回来，这样有利于孩子们成长，让他们开阔视野丰满自己的理想。

申校长道，我已经和实验中学的闻校长达成协议，两个学校结成帮教对子，您的愿望指日可待。其实不要小瞧山里孩子，他们现在就像四季里的冬天，现在山里的教育也像冬天，冬天的寒冷深藏春的温暖，储蓄朝气蓬勃的春花，蛰伏着勇往直前的力量，孕育着夏天的鸣叫，冬天不仅迎接百花齐放的美丽，还翘望着硕果累累的秋收。学生们是冬的骄子、春的花蕾、夏的绿叶、秋的唯美。也许在不远处，一个美丽的惊喜在等着孩子们，让你惊叹不已，那就是下一个冬天的蛰伏。期盼着下一个欣欣向荣的春天，我相信在不久的将来，我们会看到桃李满天下丰硕的秋收。村长脸上笑开了花，期待着春天的小雨，期待着夏天的绿叶，更期待着硕果累累的秋收。

孙云霞笑道，开图书馆的目的就是让孩子从小就放眼世界，充分发挥创造性，打开禁锢已久的思想，同时领会与人为善的处世哲学。人都具有善恶的两面性，只是出发点不同，就会导致内心善恶的膨胀，从而点燃善恶的导火索引起剧烈爆炸，形成善恶不同的结果。无论善果或恶果最初都是微小的念想，被外界刺激使念想变成现实所形成的结果，可见引导学生极为重要。村长道，感谢你的热心相助，读适合儿童成长的书，就是培养孩子优良品质的开始。

孙云霞满意而归，向郑为民分享成立免费图书馆的感受，心里美滋滋的，感慨道，原来帮人的感觉如此美好。郑为民道，人生就是这样：把钱用在哪里，哪里就会光鲜亮丽；把精力用到哪里，哪里就会异军突起。人生，怎样科学使用有限的金钱和精力，能否用在关键部位，是决定人生高度和广度的原动力。孙云霞满足地笑道，我要向您和易成龙学习。

此时，易成龙召集小时候的足球队友二黑、马君红等人，他们进行赛前训练。大家友好交谈，二黑谈着生活感受，既想参加比赛又碍于对孙云霞的愧疚，心里矛盾重重，考虑再三还是硬着头皮等待比赛开始。马君红把自己生意的经营状况分享给大家，孙哲遇到婚姻问题请求解决办法。郑华华应邀通知小时候踢球的朋友，把马侄子、马乐乐、小新、小蔡、晓东等人召集过来，其他朋友有出国留学的，还有在国外就业的，也不好召集。郑华华道，这样吧，我把高中同学也叫过来和大家踢足球，以了却易成龙的心愿。小新道，太好了！需要在网络上通知吗？我开的网络运营公司，可以长期免费提供服务。晓东笑道，你们都能给活动提供帮助，我的挖掘机目前派不上用场，哈哈！我就蹭大家的爱心吧！易成龙笑道，欢迎！欢迎！贵在参与嘛！

王永盛在欢乐氛围中百感交集笑道，昔日，蒙昧少年就像夏天的柿子幼嫩苦涩，趋利盲从误入歧途；今朝，成功的欢笑里洒满救赎者晶莹的汗珠，激励着浪子奋发向上的斗志。郑为民感触颇深道，失败时，赞扬是点燃自信的烟火；成功时，批评是迈向高层的阶梯。灵魂的工程师任重而道远。

郑为民大声问道，有女子足球队吗？王永盛阿姨也是足球爱好者。郑华华道，王阿姨深藏不露呀！欢迎女子足球队登场亮相。

易成龙看到她俩佝偻的身影感慨道，人总是在坎坷中成长，跌跌撞撞的岁月里，总有蓬勃向上的力量，托起沉沦的太阳。翘首回望慈母的微笑，已是警徽下苍老的脸庞。

大家说着笑着准备着，期待着足球比赛的到来，期待着足球场上友谊的碰撞，期待着童年美妙时光的回忆，期待着更加美好的未来。

后 记

这些年来，随着我国经济的高速发展，人民生活水平不断提高，城乡差别逐步缩小。科学技术的进步推动了农业的工业化进程，把祖祖辈辈依靠农耕的人们解放出来，成为新时代的剩余劳动力。正好赶上了城市建设的大潮，人们抱着发财致富的梦想涌入城市，和城市的建设者们一道成为建造新型城市的主力军，为城市的发展作出了巨大的贡献。

然而，无论是城市还是农村总有些家庭关系紧张，各种矛盾难以调和。在这种环境中成长的孩子，或多或少会形成心理阴影，造成思想道德和法律意识的缺失。这些个别家庭，忽视了孩子成长的精神需求，在孩子教育方面存在着极大的偏差，使孩子出现了严重的精神“缺钙”问题。孩子们在成长的关键时期，本应该享受父母的关爱，却因为父母工作繁忙而被留在家中，与爷爷奶奶或外公外婆一起生活，有的甚至因为夫妻长期分居等原因造成离婚，使本身就脆弱的家庭支离破碎，给孩子幼小的心灵造成了难以愈合的创伤，使孩子身心受到极大伤害。事实证明，孩子离开了父母的陪伴，大多数会处在极其危险的境地，他们不仅缺少安全感，而且还会丧失明辨是非的能力。我从大多数失足少年的案例中感悟到，人在幼小的时候，没有任何人可以代替父母的角色，母子分离会造成孩子成长过程中不可弥补的感情缺憾，而父亲的教育隔离会使孩子失去模仿男人的伟岸，失去形成豁达宽容性格的良好时机，造成法纪观念淡薄和人生格局萎缩。即使其他人给予了精神慰藉，也不能达到原生家庭亲生父母的教育效果，从而给社会治安埋下重大隐患，有些孩子还在某些诱因的刺激下，走上了犯罪道路。在孩子沉痛的教训中、父母的叹息中、亲人的埋怨中、路人的嘲笑中，孩子成了真正的受害者。这些孩子的父母把他们带到了这个世界上，没有尽到应有的教育培养职责，失职失察失教，形成了未成年人犯罪的原始基础。

我从事基层公安工作二十年来，经常触及到未成年人犯罪案件，这些案件背后都有一段心酸的历史，都有许多悲欢离合的故事，都有家庭教育缺失的经历。他们因监管教育缺失造成悲惨结局。有些失去父母亲情的孩子在社会上流浪，没有经济来源，没有教育引导，没有获取生存技能的渠道，他们甚至不知道什么是违法犯罪，如同盲人骑瞎马在悬崖边沿游荡，一不小心就会跌入深渊摔得粉身碎骨。这些孩子因无知而触犯法律锒铛入狱。尽管这些孩子是少数人，但是在社会上造成了恶劣影响。他们是经济时代家庭教育缺失的缩影，他们的教育问题是引起社会广泛关注的不可忽视的课题。

在处理未成年人犯罪时，有许多受害者反映：对于未成年人的处罚过于宽容，使一些未成年人肆无忌惮地违法犯罪，更有甚者，一些成年人钻法律的空子，指使未成年人违法犯罪，从中牟利逃避打击。这些问题的存在阻碍了未成年人的健康成长。我想通过本书的创作，既要把基层民警和爱心人士帮助未成年犯成长成才的艰辛历程以及未管所创新的工作方法展现在读者面前，以引起人们对未成年人犯罪的重视，更好保护未成年人的合法权益，有益于社会秩序的良好发展，还要通过故事的描写，让读者了解当代未成年人犯罪的原因、危害和国家的救治途径，从中受到教育孩子的启发，改进滞后于时代的思想观念，探索出一条适合教育未成年人的方式方法。

将此书献给广大读者，不仅仅是让更多的家长和孩子有所感悟，也重现了为祖国花朵茁壮成长默默奉献者的感人事迹，更是激励我们后来者接过前人的爱心航标，时刻纠正孩子们成长的航向，让每个人都达到理想的巅峰，让人间大爱源远流长。同时我还想告诉曾经失足的孩子们，亲人在关心和爱护着你们，社会爱心人士在帮扶和支持着你们，国家在重视和培养着你们。我相信你们会像常人那样走向社会回归家庭，成为家庭的顶梁柱，成为国家的有用人才。希望你们像故事里的易成龙一样奋发图强努力拼搏，通过智慧的思考和辛勤的劳动成为生活的强者，过上幸福美满的生活。我在采访中遇到了几个迫切需要感恩他人的孩子，他们对接受别人的帮助无以回报感到很内疚，再三表示出狱后要感谢那些曾经对自己有恩的人。其实这个世界上感人的故事无非就是人帮人的事情，他们帮助你不是为了回报，而是想让你早日走出人生低谷过上幸福的生活。一位名人说："我帮助你并不是为了回报，如果你真要感谢我，那就给我一个承诺吧！当你遇到别人有困难的时候，你也同我一样尽力去帮助别人。"只有像这位名人说的那样，你的善举才会收到意想不到的丰硕果实，让你顺利实现人生的价值，圆满完成人生的目标。

本书反映了当代基层民警和监狱民警改革创新的精神，讲述了他们帮助游走在法律边缘的未成年人立志成才的励志故事。

在创作过程中，我得到了全国公安文联和群众出版社、河南省公安厅、河南省未管所、郑州市公安局、金水区检察院等单位的大力支持，特别是文化路分局同志们提供了大量的案例，并在创作时间上给予了充分的照顾，更要感谢河南省未管所孩子们提供的感人故事。在此对一直以来关心我和关注未成年人健康成长的人们表示衷心的感谢，并致以崇高的敬礼。

张建芳

2020 年 3 月 31 日于郑州